SABINA NABER

Marathonduell

DER PERFEKTE MORD Bei einem Marathon stirbt eine reiche Frau. Der Verlobte scheint verdächtig, hat aber durch die Teilnahme am Lauf ein wasserdichtes Alibi. Chefinspektor Katz vom Landeskriminalamt, selbst Läufer, wird misstrauisch aufgrund der Tatsache, dass der Verdächtige nach dem Marathon zu wenig erschöpft ist und will ihn überführen. Gruppeninspektorin Daniela Mayer soll dafür sorgen, dass ihr freakiger, tanzender, Zigarre rauchender Kollege dabei nicht nur seiner Intuition vertraut – gegen ihren Willen. Denn eigentlich liebt sie nichts mehr, als eine ruhige Kugel auf ihrem kleinen Kommissariat West zu schieben. Doch ihre Lebensgefährtin hat sie hinausgeworfen und Mayer braucht jetzt dringend Geld, das ihr die Überstunden bringen sollen. Die Aufzeichnungen des Events, der elektronische Chip am Schuh – alles scheint für die Unschuld des Verlobten zu sprechen. Ein mörderisches Katz-und-Maus-Spiel beginnt …

Sabina Naber, geboren 1965 in Niederösterreich, studierte in Wien Theaterwissenschaften sowie Germanistik, Geschichte und Philosophie. Sie arbeitete als Schauspielerin, Regisseurin, Drehbuchautorin und als Journalistin, unter anderem beim ORF. 2002 startete sie ihre erste Krimiserie rund um die Wiener Kriminalkommissarin Maria Kouba. Außerdem schreibt sie Kurzgeschichten und ist Herausgeberin von Anthologien. Für ihre Story »Peter in St. Paul« wurde Sabina Naber 2007 mit dem Friedrich-Glauser-Preis ausgezeichnet. Sie ist Mitbegründerin und Leiterin der österreichischen Plattform www.krimiautoren.at

SABINA NABER

Marathonduell

Erster Fall für Mayer & Katz

GMEINER *Original*

Personen und Handlung sind frei erfunden.
Ähnlichkeiten mit lebenden oder toten Personen
sind rein zufällig und nicht beabsichtigt.

Besuchen Sie uns im Internet:
www.gmeiner-verlag.de

Im Ehnried 5, 88605 Meßkirch
Telefon 07575/2095-0
info@gmeiner-verlag.de

1. Auflage 2013

Lektorat: Claudia Senghaas, Kirchardt
Herstellung: Julia Franze
Umschlaggestaltung: U.O.R.G. Lutz Eberle, Stuttgart
unter Verwendung eines Fotos von: © Photosani – Fotolia.com
Druck: GGP Media GmbH, Pößneck
Printed in Germany
ISBN 978-3-8392-1379-7

Gewidmet …

… all jenen, die jemals in einem Stück 42,195 Kilometer gelaufen sind

… und den p.t. kritischen LeserInnen; ich weiß, dass das Badeschiff im April noch nicht geöffnet hat. Doch die Location ist zu schön …

Während des Marathons, ein Zinshaus in der Böcklinstraße, 12:14 Uhr:

Der Hammer drückte sich durch das Kamel-Leder der Umhängetasche. Ihr Riemen schnitt ihm in die Schulter, so schwer war das Werkzeug. Er kreiste die Schulter und fuhr mit dem Daumen die Konturen des Hammers ab: acht Zentimeter Länge, vier Zentimeter Breite, acht Zentimeter, vier. Die Wanduhr im Design der Dreißigerjahre, beige Kordel und kupferner Rahmen, schlug Viertel nach Mittag.

Noch fünfundzwanzig Minuten.

In weniger als einer halben Stunde war die Sache erledigt. Perfekt erledigt. Niemand würde ihm etwas beweisen können. Denn die Gier musste man zu unterdrücken wissen. Und eine blöde Kuh weniger auf der Welt. Kein wirklicher Verlust. Zu wenig Intelligenz und zu wenig – sein Blick glitt über den Körper der Frau vor ihm – Klasse. Keine besondere Figur, kein Geschmack bei der Kleidung. Schon allein der Kimono aus roter Viskose mit aufgestickten Papageien war ein Grund, sie zu beseitigen. Es war gut, dass er sich nun nicht mehr länger dieser menschlichen Unvollkommenheit aussetzen musste. Die Vorbereitung hatte definitiv zu lang gedauert, beinahe hätte er das Projekt ad acta gelegt. Weil sie einfach blöd war, diese Karikatur einer Frau. Behäbig. Und aufgrund der mangelnden Intelligenz misstrauisch wie ein Tier, dessen Instinkte und Gefühle nicht vom Verstand abgelenkt werden und deshalb umso präsenter sind. Diese ihre Intuition, dass er es mit ihr nicht ernst meinen könnte, zu verwirren und schließlich auszuschalten, hatte ihn Zeit gekostet. Aber ihm wenigstens auch ein bisschen Spaß gebracht.

Sie griff sich mit der Linken über die rechte Schulter auf den Nacken und kratzte ein Wimmerl auf. Blut quoll hervor. Ihm wurde sofort speiübel, wie jedes Mal, wenn sie an ihrem Körper herumfummelte. Aber dieses Wimmerl würde das letzte sein, das sie mit ihren glatt polierten, langen Nägeln aufriss. Und es würde auch das letzte Mal sein, dass sie sich gleich umdrehte, ihn anlächelte, gedankenlos den Rest des Wimmerls mit der Zunge unter dem Nagel des Mittelfingers herausholte und schluckte. Ihm dann mit dieser abgeleckten Hand übers Gesicht fuhr. Das letzte Mal. Eine Zigarette wäre jetzt gut.

Sie studierte noch immer den Vertrag. Konzentriert und mit dem Rücken zu ihm. Zwei größere Schritte entfernt. Im Grunde sollte er sofort zuschlagen. Damit sie gar nicht die Chance bekam, ihn mit ihrer eingespeichelten Hand zu betatschen. Aber sie hatte noch nicht unterschrieben.

Dreiundzwanzig Minuten.

Er dehnte den Nacken, schob den Gurt der Tasche auf eine andere Stelle der Schulter. Er glitt ab, weil das Hemd auf der Laufdress rutschte. Und heiß war das Gewand über dem Gewand. Aber er musste nicht mehr lang leiden, die Uhr würde nicht einmal mehr die halbe Stunde schlagen.

»Ich finde es schon schade, dass du aufgegeben hast.« Sie sah ihn von seitlich unten an. »Ich hab dir so was Schönes zur Belohnung gekocht.«

Er schob die Mundwinkel nach oben. »Dann ist es unser Festessen anlässlich des Geschäftes. Außerdem habe ich nicht aufgegeben, ich hab dir gesagt, dass ich nur einen Halbmarathon laufe.«

»Das hast du nicht.«

»Doch, mein Mäuselchen.«

Ihr Finger kratzte jetzt an einer anderen Stelle. »Und warum wolltest du dann erst um zwei Uhr da sein?«

Er schickte ihr einen Luftkuss. »Weil ich mich für dich erholen wollte. Aber jetzt ist der Termin dazwischengekommen. Finanzleute darf man nicht mit einer Absage düpieren. Na, was soll's. Dann erholen wir uns dann eben gemeinsam.« Neuerlicher Luftkuss.

Sie lächelte und wandte sich wieder dem Papier zu. Diese Frau war wirklich selten dämlich. Wenn er gesagt hätte, dass ihn ein Bankier mit dem Privatjet in die Schweiz fliegen würde, sie hätte es ihm auch geglaubt. So viel Einfältigkeit gehörte ausgemerzt. Und zwar jetzt. Endlich war es so weit.

Leider war die Finalisierung der Geschichte eine dreckige Arbeit. Stinkend nach Metall durch den Hammer und das Blut. Aber es war die sicherste Methode. Schießen: zu laut plus das Beschaffungs- und Entsorgungsproblem der Waffe. Stechen: Gefahr einer Rangelei. Würgen: zu viel Körperkontakt. Gift: gefährlich aufgrund von Unabwägbarkeiten. Erschlagen war schlichtweg am effektivsten. Wenn er gut traf, wovon er ausging, eine stille, sichere Angelegenheit. Und das mit einem Hammer, der in jedem Baumarkt zu kaufen war.

Sie seufzte. »Trotzdem verstehe ich noch immer nicht, warum das ausgerechnet jetzt und so stante pede sein muss. Am Sonntag.«

Sie war und blieb eine Nervensäge mit irritierend guter Intuition. »Ich hab dir doch gesagt, es ist ein Freund von einem Freund, der mir entgegenkommt.« Das reichte nicht. »Und er muss überraschend morgen für zwei Wochen nach Liechtenstein. Irgendwelche geheimen Verhandlungen. Ja, und damit mein Antrag niemand anderem als ihm zugeteilt wird …«

Sie drehte sich um und lehnte sich mit dem Hintern, mit diesem dürren, ausgelaufenen Arsch, an den Sekretär aus Nussholz. Das einzige edle Möbelstück in ihrer Wohnung. Die Hand hatte sie noch immer in ihrem Nacken. »Ja, aber warum brauchst du die Bestätigung für die Schenkung wirklich? Ich hab dir doch schon das Geld gegeben, es ist auf deinem Konto. Ich meine …« Sie kicherte und zog die Schultern zu den Ohren. Die Kleinmädchennummer, die sie für eine neckische Art hielt, ihm zu zeigen, wie sehr sie ihn begehrte. Was sie nicht tat, die Schlampe. Sie kaufte sich mit dem Sex nur die Chance auf Zweisamkeit. »Wieso muss das jetzt sein? Wenn wir in zwei Monaten heiraten, gehört dir sowieso alles. Also warum brauchst du dann zusätzlich noch einen Kredit? Das habe ich bis jetzt nicht verstanden. Ist es nicht glaubwürdiger für die anderen Investoren, wenn du mit deinem eigenen Moos dastehst?«

Das ist mir scheißegal, weil ich nämlich gar keinen Banktermin habe, du blöde Kuh. Moos. Sprachlich passte sie zum nahe gelegenen Wurstelprater.

Er ging zu ihr und zwang seine Hand, ihr über die Wange zu streicheln. Er küsste ganz leicht ihre Stirn, ihre mittlerweile geschlossenen Lider, ihre Nasenspitze. Atmete ganz flach, um so wenig wie möglich von ihrem Parfum in die Nase zu bekommen. Es roch, wie sie bald riechen würde: nach Verwesung. Süßlich und abgestanden. Ihre Muskeln entspannten sich noch nicht. Also fuhr er mit der Zunge den Rand ihrer Lippen ab. Sie waren das Beste an ihr. So sanft und weich wie die Nüstern einer Kuh. Passend eben. Er müsste sie abschneiden und in Formaldehyd einlegen. Ab und zu herausnehmen und ablecken. Nein, sie würden nicht mehr so geschmeidig sein. Und außerdem war Formaldehyd giftig.

Er steckte ihr die Zunge in den Mund und ließ sie kreisen, stupste ihre Wangen an, wie sie es mochte. Holte die Zunge wieder heraus und knabberte an ihrem linken Ohr. Sie war mit Abstand jene Frau, die am meisten auf diese Behandlung reagierte. Und sie erschauerte auch brav.

Er nahm ihren Hinterkopf in seine Hand und legte seine Nase auf ihre Wange. »Ich hab dir doch erklärt, dass sich das Geschäft aufgrund der Zinsen mit dem Kredit besser ausgeht. Wir verdienen auch noch dabei.« Er streckte sie von sich weg. »Oder glaubst du mir nicht? Traust du mir etwa nicht zu, dass ich …?«

Sie legte ihre Speichelhand auf seinen Mund. Er stoppte das Atmen, verbot sich, überhaupt noch etwas zu empfinden. Wenn er jetzt kotzte, dann war alles umsonst gewesen. Die Uhr hinter ihrem blondgefärbten Dutt stand auf fünf vor halb.

»Aber mein Hamster, das tu ich doch nicht.« Sie kicherte erneut. »Mach nur, wie du glaubst. Ist mir einfach zu hoch, der Quatsch.«

Und das sagte eine Frau, deren Wiege mit Geld gepolstert gewesen war. Solche Leute waren üblicherweise zerfressen vor Misstrauen, das wusste er seit Kindheitstagen, hatte sich doch sein Vater ständig mit dieser Mischpoche abgegeben. Der Mann unterdrückte ein Seufzen. Er hätte sich die Mühe mit dem fingierten Vertrag und der Erpressung ersparen, das dunkle Geheimnis seines Lieblingsbankers für eine andere Notsituation aufheben können.

Sie wandte sich ihm erneut zu. »Aber warum muss in der Bestätigung das mit dem Ableben drinstehen? Abgesehen davon, dass ja auch das Testament auf dich geht, was doch Sicherheit genug ist, werd ich in den nächsten acht Wochen kaum an Krebs sterben.« Kichern.

Das nicht, aber an einem Hammer! Er stupste mit dem Finger auf ihre Nasenspitze, der ultimative Kleinmädchenliebesbeweis. »Nein, mein Mäuselchen, und hoffentlich auch nicht bei einem Unfall oder sonst wie. Ich werde dich hüten wie meinen Augapfel. Viel zu lang habe ich darauf warten müssen, dass ich eine Frau wie dich finde.« Und jetzt noch ein Kuss auf die Nasenspitze. »Aber Bankmenschen wollen sichergehen. Und wenn du das nicht unterschreibst, kann dein Bruder das Geld theoretisch von mir zurückverlangen. Weil als Verlobter bin ich rechtlich sozusagen gar nichts. Und du kennst ihn, er würde auch das Testament anfechten.« Er seufzte. »Ich wünschte, wir wären schon Mann und Frau. Und das nicht wegen des Geldes. Oh, du …«

Er lächelte und wiederholte das Ritual Stirn, Lider, Nasenspitze, Lippen. Sie drückte ihn fest an sich und wandte sich wieder dem Sekretär zu.

Er beugte sich zu ihrem Ohr. »Und vergiss nicht, das Datum wäre der …«

Sie griff nach hinten auf seinen Schwanz. Bald schon nie wieder. »Ich weiß, ich weiß. Sonst hält der Bankmensch dich für einen Lügner.« Sie kniff ihm in die Eier. »Auch wenn du für diese Voreiligkeit bestraft werden müsstest.«

Sie drehte sich zu ihm und grinste ihn an.

Jetzt unterschreib endlich, du blöde, verfickte Kuh!

»Na, dann musst du mich halt später bestrafen.« Er zwinkerte ihr zu.

Sie zwinkerte zurück. Griff nach dem Kugelschreiber.

Zwölf Uhr sechsundzwanzig. Noch vierzehn Minuten.

Er wich einen Schritt zurück. Hob die Klappe der Tasche an, ließ sie wieder sinken. Er musste sie von dem Papier weglocken. Das durfte nicht kontaminiert werden.

Sie setzte das Datum ein.

Er sah sich um. Irgendwas musste er finden, was seine Aufmerksamkeit fesseln könnte. Die Fotos auf der Anrichte hatten sie schon hundert Mal gemeinsam angeschaut. Die Bücher am Regal rechts daneben kannte er auswendig. Er sah zum Fenster. Auf den ovalen Tisch aus Glas, der wie ein Spiegel glänzte. Der Strauß blauer Iris, den er ihr geschenkt hatte, stand in einer weißen Vase darauf. Eine Blume war abgeknickt.

Es raschelte. Er fixierte sie. Das Papier lag jetzt schräg, sie konnte den Arm aufstützen. Sie unterschrieb.

Er schob sich zum Tisch. »So also gehst du mit meinen Geschenken um.«

Sie schnellte herum, starrte ihn an, starrte die Blumen an. »Aber mein Hamster …«

»Du bist wirklich das Allerletzte. Du weißt ganz genau, was sie dir sagen sollen. *Mit meinem ganzen Sein stehe ich zu dir.* Und du lässt sie, also mich, verkommen.«

Ihre Augen waren nun weit aufgerissen. Sie streckte ihm die Handflächen entgegen. Er wandte den Blick ab.

Sie stakste einen Schritt zu ihm. »Aber mein Hamster …«

»Ich hasse es, wenn du mich so nennst.« Er schob die Hand unter die Klappe, ließ sie hinaufkriechen zur Öffnung der Tasche und ins Innere hineingleiten.

»Aber wieso …?«

»Nichts wieso.« Seine Hand umfasste den Stiel des Hammers. Seine Schultern sackten ab, er atmete tief durch.

Sie stakste noch einen Schritt zu ihm. Jetzt war sie zugleich entfernt und nah genug, sie musste sich nur noch umdrehen. Er verengte seine Augen. »Glotz mich nicht so an. Wie ein Schaf. Mäh. Ein gefühlloses Schaf. Mäh.«

Sie verzog das Gesicht, es schien nur mehr aus ihrer Nase und breiten, borstigen Augenbrauen zu bestehen.

»Das alles«, er deutete mit dem Kopf zum Sekretär, »das ist alles nicht echt. Weil es dir doch nichts bedeutet. Geld ist dir egal.« Sie folgte seinem Blick. »Und ich bin es dir auch. Sonst hättest du die Blumen nicht so behandelt. Ich will dich …« Er machte ein Geräusch, als müsste er kotzen. Es fiel ihm nicht schwer. »Ich will dein verlogenes Gesicht einfach nicht mehr sehen. Kapierst du?«

Sie duckte sich weg.

Er riss den Hammer aus der Tasche und schlug auf die Stelle knapp oberhalb ihres Dutts. Es knackte. Dann passierte nichts. Er holte erneut aus … verharrte, denn sie ging ganz langsam in die Knie. Dabei vollzog sie eine halbe Drehung. Ihre Hand streifte die Vase mit den Iris, sie fiel zu Boden. Ihr Fuß verhakte sich im Bein des Tisches, er schrammte über den Boden. Doch sie schrie nicht. Was auch egal wäre. Die Nachbarin war weg, und die Fenster waren geschlossen. In ihren Augen, die ihn fixierten, stand bloß Erstaunen. Er grinste. Da wurden ihre Augen silberglänzende Messerspitzen. Er grinste noch breiter. Jetzt hatte sie realisiert, dass ihre Intuition die richtige gewesen war. Er holte nochmals aus und donnerte den Hammer gegen ihre linke Schläfe. Im nächsten Moment sprühte Blut durch die Luft. Es traf ihn, aber nicht das unterschriebene Papier.

Während des Marathons, am Rand der Strecke, Abschnitt Obere Donaustraße, Ecke Friedensgasse, 12:56 Uhr:

Gruppeninspektorin Daniela Mayer trug einen Dreier in das letzte leere Quadrat ein und schlug das *Große Sudoku Buch* zu.

Sie hatte läppische vier Tage für 50 Rätsel gebraucht. Je mehr sie löste, desto langweiliger wurde die Sache. Vielleicht sollte sie wieder mit Billardspielen anfangen. Das war allerdings kein Hobby für den Dienst … wobei, es gab ja Tischbillard und sogar eines für die Tasche, nur mit Rahmen und … ein altbackenes Kreuzworträtsel wäre eventuell die Alternative, auch wenn dann sämtliche Kollegen ihre Geschichten mit memorierenden Großmüttern auspacken würden. Diese Ignoranten. Manchen von ihnen würde ein bissel Hirnakrobatik nicht schaden. Aber es konnte ihr egal sein, es ging sie nichts an.

Mayer warf das Sudoku-Buch auf den Beifahrersitz, sein mittlerer Teil rutschte heraus. Sie nahm das gebrochene Buch, stieg aus dem Streifenwagen, ging zum Mistkübel, der an einem Verkehrsschild montiert war, und warf die Buchreste hinein. Ihre Hand zuckte kurz zum Schlitz zurück. Scheiß auf die Mülltrennung. Der Restmüll musste ja auch mit irgendwas befeuert werden.

Sie wandte sich zur Absperrung am Ende der Gasse, an der wie ein bulimiekranker Wurm einzelne Läufer in bunten T-Shirts vorbeitrabten. Mittlerweile waren es nicht mehr Profiläufer, nicht mehr Amateurläufer, sondern Dickbäuche mit schwabbelnden Waden und Schenkeln, die sich aus unerfindlichen Gründen Kilometer um Kilometer durch die Stadt quälten, um einmal in ihrem Leben einen Marathon zu schaffen. Um Teil des Mythos zu werden, wie es in den letzten zwei Wochen aus allen Radios und Fernsehern getönt hatte. Mythos. Was war so großartig daran, einen Mann nachzuäffen, der vor zweitausend Jahren am Ende seiner Lauferei tot zusammengesunken war und tatsächlich gar nicht existiert hatte?

Mayer lehnte sich ans Auto. Noch eine gute Stunde, dann war ihr Dienst vorbei. Wieder einmal hatte sich Wien als Nabel der Welt fühlen dürfen. Immer dieses Geltungsbedürfnis, diese Jagd nach Sensationen. Alles nur eine unnötige Kraftanstrengung. Aber bitte, jeder, wie er wollte, wenn man nur sie damit in Ruhe ließ.

Sie musste grinsen. Jetzt stolperte einer vorbei, dessen Beine anscheinend so eine extreme X-Form hatten, dass sie bei jedem Schritt nach links und rechts ausschlugen. Sie waren so lächerlich, so wahnsinnig uncool, diese Hobbyläufer, die immer zwei Monate vor dem Marathon sonntags den Park von Schönbrunn oder den Prater heimsuchten und die Alleen verstopften, um sich zu beweisen, dass sie nicht eingerostet, kein Fall für ein monatelanges Wiederaufbauprogramm waren. Dennoch waren sie es. Ihre Gesichter wiesen jenen vergeistigten, starren Ausdruck auf, den Profiläufer vielleicht, aber auch nur vielleicht, kurz vor dem Zieleinlauf hatten. Bislang war ein gutes Dutzend der Trampeltiere mit schweren Kreislaufproblemen zusammengebrochen, wahrscheinlich wurden es bis zum Ende des Marathons drei Dutzend. Da! Na, bitte, jetzt torkelte schon wieder einer auf die Absperrung zu. Kurz davor ging er einfach in die Knie. Eine Frau, die zwei Schritte vor ihm zurückgewichen war, näherte sich ihm und schüttete ihm nach kurzem Zögern den Inhalt ihrer Wasserflasche über den Kopf.

Mayers Kollege, Gruppeninspektor Johann Oppitz, drehte sich um und suchte ihren Blick. Dann wedelte er mit der flachen Hand vor seinem Gesicht. Mayer spiegelte seine Geste. Sie lachten einander an. Dann deutete Mayer auf einen Zaun mit einer Steinmauer als Basis, bei der nächsten Kreuzung gelegen. Oppitz nickte und wandte sich wieder dem Geschehen auf der abgesperrten Straße zu. Mayer schlenderte zur Mauer und setzte sich auf den schmalen Vorsprung. Sie streckte die Beine aus, lehnte den Kopf an das Gitter des Zauns und ließ sich von der Sonne bescheinen.

Nie im Leben würde sie bei so einer Massenveranstaltung mitmachen. Dieses Gewusel am Start. Die ersten drei, vier Kilometer konnten angeblich alle nur gehen. Aber auch danach kämpften die meisten um jeden freien Meter. Nein, da waren ihr Bergtouren schon wesentlich lieber. Kein Mensch weit und breit. Nur der Fels und sie.

Mayer sah die Friedensgasse entlang. Die Sonne malte scharfkantige Schatten. Es war ein Witz mit dieser Klimaerwärmung. Die Veranstalter hatten vor ein paar Jahren den Marathon extra von Mai auf April verschoben, dennoch war es jetzt schon so heiß wie an einem Hochsommertag. Das kam ja noch dazu – bei Hitze zu rennen. Die Leute waren wirklich zu blöd. Nein, es war ein Massenwahn. Auch die Hälfte des Reviers schwitzte die 42 Kilometer mit. Die Kollegen waren ihr dankbar, dass sie gemeinsam mit Oppitz immer eine der wenigen war, die freiwillig Dienst schoben, auch wenn sie das als Ermittlerin in Zivil nicht müsste. Die Burschen wussten nicht, dass sie das sogar jedes Mal gern tat, weil ihr das einen ansonsten noch langweiligeren Sonntag ersparte. Und so sollte es auch bleiben.

Nichts bewegte sich in der Gasse, nicht einmal ein Blatt.

Sie wirkte wie eine Kulisse. Alle waren beim Volksfest, das entlang der Laufstrecke aufgebaut war. Während sich Papi oder Ehemann oder Schwester oder Freundin das Beuschl vor Überanstrengung heraushusteten, schütteten sich die lieben Freunde und Angehörigen literweise Bier in den Bauch und schickten ein paar Hendln oder Koteletts zum Schwimmen hinterher. Seelische Unterstützung … also sie würde sich gefrotzelt fühlen. Auch die ständige, saulaute Musik war zum aus der Haut fahren. Gleich um die Ecke brüllten die *Stones* schon zum mindestens vierzigsten Mal *Satisfaction*. Nichts gegen die Stones, die waren schon eine leiwande Partie, auch wenn die Opas auf der Bühne irgendwie urpeinlich waren – in Prag hatte Ron Wood Keith Richards mit dem Hals der Gitarre aufhelfen müssen, wirklich so megapeinlich, Gott sei Dank hatten sie trotzdem geil angegast, aber vierzig Mal hintereinander waren sie nicht zum Aushalten.

Na, bitte, dort vorn, wo die Gasse auf den Prater stieß, war schon wieder einer der Helden, die es nicht geschafft hatten. Der wollte offensichtlich nur schnell heim unter die kalte Dusche, so wie der mit dem Rad raste, noch komplett im Lauf-Outfit. Kiwigrün. Die Farbe schlug einem ja die Augen ein. Wenigstens hatte er aufgegeben, das zeugte von einem Mindestmaß an Vernunft. Oder es war ein Staffelläufer. Noch lächerlicher. In manchen Firmen gehörte es bereits unabdingbar zum Herausbilden des Teamgeistes, Staffeln ins Rennen zu schicken.

Es war so langweilig. Und kein Sudoku mehr. Mayers Blick fiel auf den Zeitungsständer, der auf der Stange des Vorrangschildes angebracht war. Sie stemmte sich in die Senkrechte und marschierte zu dem Ständer. Ihre Hand fuhr in die leere Brusttasche. Die Geldbörse lag im Wagen.

Und der stand fünfzig Meter entfernt. Egal, die Zeitungsmacher rechneten den Schwund ohnehin in ihre Kalkulation ein. Sie griff zur Plastiktasche … Oppitz würde ihr wieder einen Vortrag halten. Er hasste es, wenn sie die Zeitung fladerte. *Sonst glauben die Leute noch, dass auch Polizisten Diebe sind.* Sie würde das Geld später einwerfen. Mayer sah sich um, niemand da. Sie entnahm dem Plastikbeutel eine Zeitung und machte sich auf den Weg zum Wagen.

Zwei Meter entfernt hörte sie ihn. Den Funkspruch. Mist, irgendeine Rangelei unter den besoffenen Zuschauern. Oder ein frustrierter Abbrecher, der im Hitzekoller seine Frau erschlagen hatte. Da machte man ohnehin schon Freiwilligendienst, und dann hatte man nicht einmal seine Ruhe.

Als sie sich auf einen Meter genähert hatte, hörte sie es deutlich: »Julius 1, Julius 2 von der Funkstelle.« Sie waren gemeint. Sie drückte den Knopf. »Julius 1.«

»Fahren sie einsatzmäßig Wien 2, Böcklinstraße 80. KV. Täter eventuell anwesend.«

Es war ihr Rayon. Als Streifenpolizistin, die sie ja für heute war. Als Ermittlerin ging sie der zweite Bezirk nichts an. Hätte sie die Langweile nur nie verdammt. Na ja, sie würde einfach nachschauen, was los war, und dann gegebenenfalls an die Kollegen übergeben. Wo blieb nur Julius 2? Wahrscheinlich hörten die Kollegen den Funkspruch vor lauter Lärm nicht.

»Julius 1 verstanden.«

Mayer steckte Zeige- und Mittelfinger in den Mund und pfiff Oppitz. Der runzelte die Stirn, das konnte sie sogar über die fünfzehn Meter Entfernung sehen. Was keine Kunst war, denn Oppitz glich einem Shar-pei. Der Kopf inklusive Kinn voller kurzer, borstiger sandfarbener Haare, das Gesicht ebenso eine Berg-und-Tal-Landschaft wie bei diesem Faltenhund. Sogar die Statur ihres Kollegen glich jener eines Shar-peis: kernig, wie man so schön sagte.

Mayer winkte ihm und setzte sich in den Wagen. Es war mittlerweile unerträglich heiß. Sie fächelte sich mit der Zeitung Luft zu.

Oppitz ließ sich neben sie fallen, das Auto schaukelte. »Was liegt an?«

»KV. Da hat jemand eine Schreierei gehört. Gleich da um die Ecke in der Böcklin. Wir sollen einmal die Lage checken.«

Oppitz seufzte. »Na, super. Was meinst … einer von den Zuhältern, oder wieder einmal ein Junkie?«

Mayer startete. »Durchgeknallter Jogger würde sich anbieten. Aber wart! Eifersüchtiger Moslem war schon lang nicht mehr. Statistisch müsste es einer sein.«

Oppitz wiegte den Kopf und schnallte sich an. Dann holte er einen Fünf-Euro-Schein heraus und hielt ihn ihr hin. »Junkie.«

Mayer kramte ihre Geldbörse heraus und legte fünf Euro dazu. »Moslem.«

Oppitz steckte das Geld ein. Mayer fuhr los. Ihr Kollege nahm die Zeitung in die Hand und warf ihr einen Seitenblick zu. Mayer bremste, fuhr retour. Oppitz stieg aus und steckte in die Kassa des Zeitungsständers einen Euro.

Am Vorabend des Marathons, im 16. Wiener Gemeindebezirk, 21:01 Uhr:

10439. Diese Ziffern sind auf ein rechteckiges Papier gedruckt. Rundherum leuchten die Logos von Firmen. Das Blatt liegt auf einem dunkelbraunen Küchentisch, dessen Furnier an den Ecken abgeblättert ist. Ein Mann mit grauen Augen, bekleidet mit schwarzen Boxershorts und einem schwarzen Baumwoll-T-Shirt, starrt darauf. Er blinzelt und setzt sich auf einen der vier Sessel, die rund um den Tisch gruppiert sind. Neben dem Papier liegt ein Geschirrtuch, auf dem ein Paar Laufschuhe in Grau und Silber mit zitronengelben Verzierungen steht. Daneben befindet sich eine Plakette aus Plastik, in die zwei Löcher gestanzt sind. Er nimmt die Plakette in die eine und den rechten Laufschuh in die andere Hand, stellt ihn auf seinen Knien ab. Er führt die Schuhbänder zum Loch in der Plakette, trifft nicht hinein. Haut mit der Faust auf den Tisch, presst Lippen und Augen zusammen.

Er atmet durch und versucht es erneut, trifft wieder nicht ins Loch. Er stellt den Schuh zu seinem Pendant auf dem Geschirrtuch, dabei fällt sein Blick auf die linke Hand. Sie zittert. Er schlägt mit der Rechten auf den Handrücken. Jetzt bleibt sein Blick am Papier hängen. Er streicht sich mit der ganzen Hand über seine rasierte Glatze.

Er nickt langsam. »Dein Geburtsdatum.« Er lächelt. »Das ist ein gutes Omen.« Seine Augen wandern zu einem Bild an der Wand, das von einigen anderen umgeben ist. Aber er fixiert nur das eine Foto. Es ist fünfzehn mal zwanzig Zentimeter groß und schwarz gerahmt. Ein junger Mann in Jeans und Lederjacke mit Elvis-Tolle und eine junge Frau mit Petticoat lächeln in die Kamera. »Ich weiß, ich weiß, Omen gibt es nicht.«

Der Mann schließt die Augen, presst die Lider zusammen. Dann atmet er tief durch. Als er die Augen wieder öffnet, rinnt ihm eine Träne über die Wange. Er wischt sie mit einer groben Bewegung des Zeigefingers weg. Erneut führt er die Schuhbänder zum Chip, jetzt trifft er durch das Loch. Mit geübten Bewegungen fädelt er die Schuhbänder in die restlichen Löcher des Laufschuhs. Dann dehnt er die Bindung, zieht die Zunge heraus, korrigiert eine Schleife, stellt den Schuh wieder neben den anderen auf das Geschirrtuch, exakt parallel ausgerichtet.

Der Glatzkopf geht zum Fenster, das offen steht. Auf der Kante des Fensterrahmens hängt auf einem Kleiderbügel ein T-Shirt aus atmungsaktivem, dunkelblauem Material. Er nimmt es vom Haken, darunter befindet sich auf der Querstange des Kleiderbügels eine graue Laufhose, ebenfalls aus atmungsaktivem Material. Er nimmt auch die Hose in die Hand, riecht an beiden Kleidungsstücken, rümpft die Nase, nickt. Mit großer Sorgfalt legt er T-Shirt und Hose über die Lehne des Sessels, der links von jenem steht, auf dem er gesessen ist, als er den Chip montiert hat. Er streicht die Kleidungsstücke glatt … und verzieht das Gesicht. Er krümmt sich. Mit der Hand vor dem Mund läuft er aus der Küche in den Gang und stößt mit dem Oberschenkel an die Ecke eines Kartons, der aus einem Turm von Kisten herausragt. Er schreit auf und drischt mit der freien Hand auf den Karton. Jetzt knicken seine Beine ein. Im letzten Moment kann er sich am nächstgelegenen Kistenturm abstützen. Der ganze Gang ist voller Türme von aufgestapelten Kartons. Er torkelt zwischen ihnen Richtung einer Tür, auf der ein zwanzig mal dreißig Zentimeter großes Bild hängt. Hinter Glas ist ein Stoff aufgespannt, auf dem mit rotem Kreuzstich das Wort *Thron* aufgestickt ist. Um das Wort ranken sich Blumen in Rot, Gelb, Grün, Lila und Blau. Der Glatzkopf dreht sich in die Toilette hinein, beugt sich über die Schüssel. Es reckt ihn, aber es kommt nichts heraus. Er lässt sich auf den Hintern fallen und lehnt sich an die Wand. Sein Atem geht schwer.

»Ich werde es schaffen. Es ist ja nicht das erste Mal.« Er starrt auf die gegenüberliegende Wand. Dort hängt hinter Glas ein Plakat mit einer weiß-roten Grafik und dem Schriftzug *Messner Mountain Museum*.

Der Glatzkopf zieht Luft durch die Nase, lacht auf. »Ich hab dir das mit dem Hochschwab in einem Tag nie geglaubt. Weißt du das eigentlich? Nie. Wer so viel Zirbenen sauft, der rennt den Hochschwab nie in einem Tag.« Er kneift die Augen zusammen. »Und dein dämliches Matterhorn-Gschichtl.« Er beugt sich vor, fletscht die Zähne. »Weißt du, du warst nicht Messner. Du warst nie so gut wie er. Nie. Im Schnapssaufen vielleicht, aber nicht beim Bergsteigen. Du hast ja schon zum Kreuzwirt hinüber einen Herzinfarkt kriegt.« Er keucht.

Der Mann schließt die Augen und massiert sich mit allen zehn Fingern die Stirn und die Glatze. Mit einer schnellen Bewegung steht er auf. Er verlässt die Toilette und tastet sich Richtung Küche zurück.

Direkt unter der Deckenlampe, die nicht leuchtet, verharrt er in der Bewegung. Er wendet den Kopf halb zur Lampe, stiert dann wieder auf den Boden. »Matterhorn.« Er lacht auf. »Dir ist ja schon auf einem Sessel schwindlig geworden.«

Er schaut zur Deckenlampe, geht schnell den Gang zurück zur Eingangstür. Links daneben ist an der Wand mit Dreiecksstützen ein dunkelbraunes Brett montiert. Darauf stehen ein schwarzes Funktelefon, eine silberfarbene Halterung mit Brieföffner, ein durchsichtiger Behälter für Notizzettel, ein Igel aus Ton, in dessen Rücken Kugelschreiber und Bleistifte stecken. Hinter dem Telefon stapeln sich Dutzende Doppelpackungen Glühbirnen à sechzig Watt. Mit zwei Fingern und langsamer Bewegung nimmt er vom oberen Ende des Stapels eine Packung, es wirkt, als würde er Mikado spielen. Der Stapel wackelt leicht. Mit dem Handrücken drückt er ihn wieder gegen die Wand. Er holt aus der Packung eine Birne heraus, legt den Rest auf den Kartonstapel daneben und geht zur Küche zurück. Er packt den Sessel, der vor den Laufschuhen am Tisch steht, und platziert ihn unter der Deckenlampe, stellt den rechten Fuß darauf, verharrt.

»Ich weiß, ich weiß«, er senkt den Kopf und hebt abwehrend die Handflächen, »nie ohne Trittleiter. Aber du«, er blickt Richtung Küche, »brauchst mir gar nichts mehr sagen. Du nicht mehr.« Er gibt dem Stuhl einen Tritt. Der donnert gegen den Kartonturm mit der herausragenden Kiste. Der Turm wankt und fällt um. Die Kisten springen auf. Es purzeln Bücher heraus. Alle haben entweder das Wort *Berg* oder das Wort *Waffen* im Titel. Wanderrouten, Erlebnisberichte, kleinkalibrige Waffen, Bildbände, seltene Waffen.

Der Glatzkopf tritt in den Haufen und schleudert so die Bücher weit weg von sich. Eines zerreißt. Der Mann atmet schwer, schleppt sich in die Küche zurück. Behutsam stellt er die Laufschuhe mitsamt dem Geschirrtuch auf den Boden. Mit konzentrierten Bewegungen nimmt er den anderen Sessel und stellt ihn an die Stelle desjenigen, auf dem er zuvor gesessen ist. Er lässt sich darauf nieder, öffnet die Schublade, die unter der Tischplatte angebracht ist, holt einen Block und einen Kugelschreiber heraus. Mit dem Stift fährt er eine Liste entlang und hakt Begriffe ab – *Training, allen Bescheid geben, Weg studieren, Timing durchrechnen, Gewand bereitlegen, isotonisches Getränk, Rucksack mit Wechselgewand, alte Jacke.* Das letzte Wort unterstreicht er doppelt. Dann legt er das dunkelblaue T-Shirt aus atmungsaktivem Material auf den Tisch und befestigt mit kleinen Sicherheitsnadeln auf Vorder- und Rückseite das Papier, das sich als zwei idente Stücke herausstellt.

Der Glatzkopf blickt auf und schaut nun wieder genau auf das Foto mit dem jungen Pärchen. Sein Blick fixiert die Münder, die lachen. Den Glatzkopf würgt es. Er schließt die Augen und atmet einige Male tief durch, wobei er immer den Atem kurz anhält.

Schließlich schaut er das Bild nochmals an. »Ich kann alles. Das habe ich dir schon oft genug bewiesen. Und dieses Mal wird es mir wieder gelingen. Ich bin schon über die Grenze gegangen. Mehrmals. Du niemals. Deine vier Mal waren gelogen. Wie du das auch immer mit den Erinnerungsmedaillen angestellt hast.« Seine Nasenflügel blähen sich. Er betrachtet das Bild daneben. Zu sehen ist ein Mädchen mit Zahnspange, ungefähr zwölf Jahre alt und bekleidet mit Schlaghosen. »Und du wirst bezahlen, du Miststück.«

Er lässt sich vornüberfallen. Die Arme baumeln. Er atmet ein, hält die Luft an, atmet aus. Einatmen, Halten, Ausatmen. »Ich bin perfekt vorbereitet. Perfekt vorbereitet. Und Alex wird da sein. Wie immer.«

Er springt auf, rennt ins Vorzimmer, kramt aus einem grauen Kaschmir-Kurzmantel einen grünen MP3-Player. Er entwirrt mit hektischen Bewegungen die Kabel, steckt sich die Kopfhörer in die Ohren, drückt die Suchtaste, endlich die Starttaste. Das Display zeigt *Rolling Stones – Out of Control.* Der Glatzkopf schließt die Augen und gibt sich dem Rhythmus hin. Seine Bewegungen sind fließend. Er wirkt wie ein Mann, der es gewohnt ist, zu tanzen.

Während des Marathons, Zinshaus in der Böcklinstraße, 13:04 Uhr:

Die Nachbarin lehnte mit verschränkten Armen am Rahmen der halb offenen Flügeltür. Er war ozeanblau gestrichen, die Tür hellblau. Die Frau selbst trug eine türkisfarbene kurze Hose, leicht ausgestellt wie bei Schwimmerinnen Anfang des 20. Jahrhunderts, und ein eng anliegendes weißes Ripp-Shirt. Darunter zeichnete sich die Ahnung von Brüsten ab. Sie passten zum schlanken Körper der Frau, der bereits jetzt im April gebräunt war, dessen Haut keine Delle und kein Wimmerl aufwies. Der hohe Vorraum hinter der höchstens einen Meter fünfundsechzig großen Schönheit schimmerte in Eisblau, die Hängelampe in Weiß war eingeschaltet und leuchtete wie eine Corona über ihr. Sie brachte die Spitzen des kurzgelockten schwarzen Haares zum Flirren.

Oppitz schnaufte hörbar.

Daniela Mayer senkte mit angehaltenem Atem den Kopf und tat so, als wäre sie gegen eine Unebenheit auf dem alten Fliesenboden des Ganges gestoßen. Am Revier machten sie sich alle regelmäßig über die üblichen Nachbarinnen, die etwas gehört oder gesehen hatten, als *alte Schabracken* lustig. Immer in Leggings oder geblümte Kleiderschürzen gekleidet, immer vom gleichen Kochmief und vom gleichen süßlichen Parfum umgeben. Sie würde diese Damen ab nun schätzen, denn sie lenkten nicht von der Arbeit ab wie diese Frau vor ihr.

Oppitz spulte das Polizeisprüchlein ab. Mayer ließ den Blick über den Fußboden zur Tür und von der Schwelle zu den Beinen der Frau schweifen. Sie stand barfuß da, den

Ballen des rechten Fußes auf die Zehen des linken gestellt. Wie eine Lipizzanerstute.

Die Frau nannte ihren Namen: Susanna Ilic. Sie erklärte, dass es sich um die Wohnung nebenan handelte. Oppitz gurrte etwas von vorbildlichem Verhalten, die Menschen würden mittlerweile ja kaum mehr ihre Umgebung wahrnehmen, geschweige denn, sich irgendwo …

Mayer reichte Ilic die Hand. Deren Druck war fest und trocken. Die Augen der Frau waren ebenfalls blau. »Sie haben also einen Schrei gehört.«

Ilic schüttelte den Kopf. »Nein, da war ein Rumpeln.«

»Aha.« Mayer runzelte die Stirn, Ilic zuckte mit den Schultern.

Allgemeines Schweigen. Aus der Ferne war durch das offene Gangfenster ein Wummern zu hören, die Musik jedoch nicht mehr identifizierbar. Man konnte sich glatt einbilden, dass gar kein Marathon stattfand.

Mayer betrachtete die Tür neben jener von Ilic. Sie war klassisch in Dunkelbraun gestrichen, wie es sich für den Eingang einer Altbauwohnung gehörte. Der Fußabstreifer stellte eine grüne Katze dar. Keine Einbruchsspuren.

»Und die Katze von Frau …«, Mayer musterte das silberne Namensschild auf der Tür, »Zwirn kann es nicht gewesen sein?«

Ilic entwirrte die Arme und stellte sich gerade hin. »Woher wissen Sie, dass Lisbeth …?« Ihr Blick fiel auf den Fußabstreifer. Sie nickte und schüttelte dann den Kopf. »Nein. Theo ist vor zwei Jahren gestorben.« Sie ging einen Schritt zu Zwirns Tür und machte mit der Hand eine vage Geste. »Es ist ja nicht das Rumpeln allein. Ich hab bei ihr angeläutet, weil ich ihr das Brot geben wollte, das ich für ihr Mittagessen vom Praterstern mitbringen sollte. Ich hab nämlich dort beim *Billa* einkaufen gehen müssen, weil ich gestern spät in der Nacht, also genau genommen heute früh, von einem Seminar zurückgekommen bin. Eigentlich hätte ich erst heute Abend heimkommen sollen, aber mich hat es nicht gefreut, noch einmal in diesem stinkigen Hotel zu übernachten. Jetzt habe ich dadurch zwar heute meine Freundin in Linz nicht besuchen können, aber so ist es mir trotzdem lieber.«

»Aha.« Mayer wagte keinen Hinweis auf die Unerheblichkeit von Ilic' Redefluss zu äußern, denn die Stimme der Frau war rau und vibrierend, was ihr selbst trotz der nervenden Suada Herzklopfen und wahrscheinlich eine ebenfalls raue Stimme bescherte. Zu verräterisch.

Oppitz steckte die Hände in die Hosentaschen. Sicherlich waren sie schweißnass, wie immer, wenn ihm eine Frau gefiel. »Seminar?«

Sie *waren* schweißnass, sonst würde er der schwadronierenden Unerheblichkeit nicht auch noch Vorschub leisten. Er hasste üblicherweise zu viele Worte, so wie sie selbst.

Ilic lächelte ihn an. »Ich bin Stimmtrainerin. Also eigentlich Schauspielerin, aber Sie wissen ja, man muss schauen, wie man über die Runden kommt. Irgendwie zumindest.«

Gut, dass sie sich auf *Aha* beschränkt hatte. Aber das funktionierte natürlich nicht auf Dauer. Mayer lehnte sich an die Tür der Zwirn und tat so, als würde sie lauschen. Ilic war damit aus ihrem Blick verschwunden. Sie atmete durch. »Sie haben also geläutet. Und Frau Zwirn hat nicht geöffnet. Ist sie vielleicht selbst Brot kaufen gegangen?«

»Sicher nicht. Sie hat ein dreigängiges Menü vorbereitet, war total im Stress, deshalb hat sie mich ja gebeten.«

»Sie erwartete Gäste?«

»Einen Gast. Andreas Niederle. Ihren Verlobten.«

Oppitz lachte auf. »Und für den kocht sie ein Dreigang-

Menü?« Die Stute verwirrte ihn eindeutig, normalerweise würde ihn so etwas nicht interessieren.

Ilic verschränkte die Arme erneut und sog die Wangen ein. »Lotto-Sechser.«

Oppitz schob die Schultern zurück und den Kopf nach vorn. Der aufmerksame Falke war erwacht. »Frau Zwirn hat im Lotto gewonnen?« Das wäre natürlich theoretisch ein Motiv für einen Raubüberfall.

Ilic lachte und schüttelte den Kopf. »Nein, Niederle ist ihr Gewinn. Sie hat schon geglaubt, dass sie nie wieder eine Beziehung haben wird. Tja, und er läuft heute den Marathon, da wird er natürlich belohnt.« Sie stellte sich aufrecht hin. »Wollen Sie nicht endlich nachschauen?«

Mayer ging zur Tür und drückte vier Sekunden lang den Klingelknopf. Nichts außer dem Wummern weit entfernt. Sie legte nochmals das Ohr an die Tür. Dieses Mal lauschte sie tatsächlich. Kein Stöhnen oder Jammern.

»Das habe ich auch schon alles gemacht. Und ich wollte ja schon hinein, wenn mir dann nicht eingefallen wäre, dass ich kurz zuvor dieses Poltern gehört habe.«

Mayer richtete sich auf und sah Ilic an. »Das heißt, Sie haben einen Schlüssel.«

Ilic nickte.

»Und warum gehen Sie dann nicht einfach hinein? Warum rufen Sie uns? Vielleicht braucht Frau Zwirn ja nur einen Rettungswagen.«

Ilic biss sich auf die Lippen und schaute zu Zwirns Tür. Sie schien nachzudenken. »Ein blödes Gefühl. Aber natürlich haben Sie recht. Wahrscheinlich ist sie nur ausgerutscht und ohnmächtig.« Sie verschwand in ihrer Wohnung.

Mayer spürte den nahezu unerträglichen Drang, der Frau zu folgen und sie ohne viele Worte auf das sicherlich große und bequeme Bett zu schmeißen. Oder stattdessen zumindest einen Berg hinaufzulaufen. Bis zur Gier tötenden Erschöpfung. Sie verschränkte die Hände und massierte die Finger.

Oppitz lehnte sich mit seinem massigen Körper an die Mauer zwischen den beiden Türen, was einen satten Ton erzeugte »*Nur?* Das reicht doch. Vielleicht ist sie auf den Kopf gefallen und blutet langsam aus.«

»Auf jeden Fall wären wir dann unnötig.« Und bald weit weg von dieser Verführung. Daheim rekelte sich Carmen sicherlich schon auf der Terrasse und spielte an sich herum. Um bereit zu sein, wenn Mayer nach Hause kam. Sie hatten immer am Sonntagnachmittag Sex. Immer. Jeden Sonntag. Zwischen vier und fünf Uhr. So sicher, wie das Amen im Gebet …

Oppitz nickte ihr zu. »Dir war doch eh fad.«

Ilic kam heraus und enthob Mayer so einer Antwort. »Ich dachte mir, wenn wirklich was Schlimmes passiert sein sollte, dann wäre es besser, wenn nicht ich die Tür aufgemacht habe. Aber jetzt sind Sie ja dabei.«

»Ja, aber wenn Sie …« Ilic kam direkt neben Mayer zu stehen. Sie roch nach Maiglöckchen. Irgendeinen Gedanken hatte sie da eben gehabt.

»Ja?« Große blaue Augen.

»Äh … ja, wenn Sie schon das Poltern so beunruhigt hat … ich meine, haben Sie gleich nachgeschaut? Haben Sie jemanden gesehen?« Sie stammelte. *Sie stammelte!*

»Das hätte ich doch gesagt. Nein, ich habe auch gar nicht nachgeschaut. Ich hab geglaubt, sie verrückt vielleicht die Möbel. Um Niederle besser massieren zu können. Das macht sie oft bei ihm, hat sie mir erzählt. Dafür legt sie ihn auf den Boden, weil der schön hart ist und der Niederle es mit dem Kreuz hat, und dann macht sie auf

Geisha, mit einem roten Kimono und so … ja, das habe ich gedacht. Ich bin erst auf die Idee, dass ihr … also, dass etwas nicht …«, sie atmete durch, »als sie nicht geöffnet hat.« Sie steckte den Schlüssel ins Loch und verharrte. »Das ist der Beweis.«

Oppitz stieß sich von der Wand ab. »Wieso?«

»Sie lässt immer den Schlüssel stecken, wenn sie daheim ist.« Ilic drehte den Schlüssel herum.

»Also ist sie nicht daheim. Sie hat sicher irgendeinen Kleinschaß vergessen und wird gleich auftauchen.« Er wandte sich zur Treppe.

Mayer schob Ilic zur Seite, öffnete die Tür. Rief durch den Spalt Zwirns Namen. Rief ihn nochmals, erklärte, dass die Polizei da sei. Sie betrat die Wohnung.

Der Flur war lindgrün gestrichen, was aber nur direkt beim Fenster zum Hof erkennbar war, denn er war nicht beleuchtet und aufgrund seiner Länge sehr dunkel. Einige Türen zweigten ab. Mayer öffnete die erste. Ein Kabinett mit Regalen voller Kisten, Skiern, Koffern, die obenauf lagen, und einer Couch. Es folgte das Schlafzimmer mit einem großen französischen Bett aus Edelstahl und einem Spiegelschrank. Gestrichen war es in Hellgelb. Die Toilette wartete mit einer geblümten Klobrille aus Plexiglas auf. Das Bad war in Schwarz und Weiß gehalten, die Möbel bestanden aus Glas. Die Küche war ebenfalls in Stahl und Glas gestaltet. Alle Räume wirkten, als wären sie aus dem Katalog eines Massenmöbelhauses. Nur die Nippes, die auf jedem freien Fleckchen platziert waren, störten die Beliebigkeit. Oder verstärkten die Durchschnittlichkeit. Je nach Sichtweise. Auf einem Hocker neben der Couch im Kabinett stand eine beleuchtbare venezianische Gondel, eine Flamencotänzerin auf dem Spülkasten im Klo.

Es gab Muscheln in der Küche, aber auch Fächer, einen Reispapierkalender, einen künstlichen Blumenstock mit großen roten Blüten.

Mayer schloss die Augen und visualisierte Carmens Wohnung, um die Hässlichkeit, die sie umgab, zu neutralisieren. Bei all den Fehlern, die ihre Freundin hatte, Geschmacklosigkeit gehörte nicht dazu. Wahrscheinlich hielt ihre Beziehung deswegen schon zweieinhalb Jahre.

»Da ist das Wohnzimmer.« Maiglöckchen. Dieser Duft war an einer Frau wie Ilic wirklich betörend. Und lästig. Denn diese Frau war sicherlich hetero und nicht einmal bi. Verlorene Liebesmüh. Außerdem tabu. Denn Carmen wartete daheim. Auf der Terrasse.

Mayer drückte die Schnalle nach unten, die Tür einen Spalt breit auf. Und sofort roch sie es. Sie schob Ilic hinter sich. Oppitz nahm die Nachbarin am Oberarm und bugsierte sie aus der Wohnung. Sie stammelte ein paar *Aber*, die zunehmend ängstlich klangen und schließlich diffundierten.

Als Oppitz wieder hinter Mayer stand, öffnete sie die Tür zur Gänze. Der metallene Geruch nahm ihr den Atem. Das blutige Bündel Fleisch in der Mitte des Raumes am Boden brachte ihn ihr zurück. Der alte Teppich, der die Mitte des Wohnzimmers füllte, schimmerte rund um den Kopf in Schwarzrot. Unweit von ihm lag ein Bund Iris, deren kobaltblaue Blüten mit dem Rot elegant harmonierten.

Synchron mit Oppitz seufzte sie. Auch wenn vom Schädel nichts anderes übrig war als ein Brei aus Knochen, Muskeln, Hautfetzen und Haaren, identifizierte der Körper die Leiche als Frau Zwirn. Denn er war mit einem roten Kimono bekleidet.

Am Tag des Marathons, in der Wiener Innenstadt, 6:30 Uhr:

So ein Mist. Die Ohren tun mir weh. Hab ich das Fenster offen gelassen? Eine Verkühlung ist wirklich das Letzte, was ich brauch. Shit.

Der Mann öffnet die Augen und betrachtet den Raum, der sechs mal sechs Meter misst. Graues Licht strömt durch ein Atelierfenster. Sein Blick wandert über den Schiffboden und über einen zwei Meter langen Garderobenständer mit schwarzen Kleidungsstücken zum Fußende seines Bettes. Seinen Körper entlang zu seiner Brust. Dort liegt ein schwarzer MP3-Player. Er greift sich an die Ohren, in denen Kopfhörer stecken, sein Körper entspannt sich. Der Mann drückt die Tasten, zielsicher, als würde er Kommandos folgen. Dann startet er eine Nummer. *Flip The Switch* von den Stones.

Ich brauch's. Längst fällig. Brauch's. Noch einen Tag länger … ich würd's nicht durchstehen.

Der Mann springt auf, geht mit dem MP3-Player in der Hand zum freien Platz vor dem Fenster und schließt die Augen. Er formt Laute, die nach *Digidigidigidigi* wie das rasende Uhrwerk einer Bombe klingen, und vollzieht langsam mit den Armen Kraulbewegungen. Groß und ausladend, vor dem Brustkorb schnell und abgehackt, als würde er mit der Faust ins Wasser eintauchen oder auf etwas einschlagen.

Das heute wird meine Meisterleistung. Jawoll, Herr Papa, du kannst ruhig den Kopf schütteln. Machs dir bequem auf deinem Wolkerl und schau zu. Die Augen werden dir herausfallen. Ich habe alles perfekt vorbereitet. Absolut perfekt. Jedes Detail ist durchdacht.

Er stoppt die Bewegungen.

Okay, fast. Aber es wird funktionieren, ich weiß es. Wenn ich es mir so recht überlege, dann waren die anderen Male davor eigentlich nur Fingerübungen. Viel zu sicher angelegt. Aber heute gehe ich an die Grenze. Du würdest das nie schaffen. Nie.

Der Mann reißt sich die Kopfhörer aus den Ohren und wirft den Player aufs Bett. Er tänzelt durch eine offen stehende Flügeltür in den Wohnraum, der zehn mal zwölf Meter misst und ebenfalls mit einem Schiffboden ausgelegt ist. Gegenüber einem die Wand füllenden Atelierfenster ist eine offene Küche eingebaut. Der Mann geht zur Arbeitsfläche, steckt das Kabel des Standmixers in die Steckdose, schält eine Banane und wirft sie in den Mixbecher. Er fügt noch Kekse, einen Apfel, Magnesium und Traubenzucker hinzu, mixt das alles zu einem Brei, den er in eine vorbereitete Flasche mit Trinkloch füllt.

Eigentlich unnötig. Nein, Tommy braucht's. Und er liebt das Zeug, das Schleckermaul. Ich muss ihn bei Laune halten.

Der Mann dreht die Flasche in seinen Händen. Er grinst.

Mit ausgreifenden Schritten geht er zum vier Meter langen Esstisch aus Olivenholz in der Mitte des Raumes und stellt die Flasche ab. Er setzt sich auf einen Stuhl im Barockstil und studiert einen Zettel mit einzelnen Punkten. Er hakt sie der Reihe nach ab. *Zweites Gewand, Fahrrad, Nachbarin, Trafikant, Tasche* … er springt auf, dabei fällt der Sessel um.

Verdammter Mist, verdammter.

Er hebt ihn auf, streift dabei ein kiwigrünes Laufshirt von der Lehne des benachbarten Sessels in Form eines grob zu einem Stuhl geschnitzten Baumstammes. Darunter kommt eine graue Laufhose zum Vorschein. Er hebt das Shirt auf und wirft es auf den vergoldeten Thonetsessel rechts daneben.

Grässliche Farbe, dieses Grün. Wie von einer überreifen Kiwi. Ich hätte nicht so lang warten sollen. Natürlich war alles ausverkauft.

Ansatzlos greift er sich an die Schläfen. Er schließt die Augen.

Bald ist es vorbei. In … er schaut auf die einen halben Meter große Wanduhr … ja, in sechs Stunden ist es vorbei. Und nachher ist alles gut. Dann ist alles wieder in Ordnung. Komm, Alter, reiß dich zusammen. Du musst jetzt Tommy wecken, du musst ihn nochmals präparieren. Und du brauchst nicht zu flippen. Er wird halten, wie immer. Du bist mit ihm die Strecke durchgegangen, du bereitest alles für ihn vor. Er wird genau das tun, was du von ihm verlangst. Wie immer. Verdammter Schwindel. Shit. Shit. Shit.

Der Mann setzt sich wieder auf den Barockstuhl. Er atmet tief ein und aus. Mit flatternden Lidern öffnet er die Augen. Sein Blick fällt auf ein längliches Kuvert ohne Beschriftung, kurz zuckt sein Mund, dann auf die Startnummerblätter aus Papier, die auf der gegenüberliegenden Seite des Tisches liegen und die Zahl 10.441 tragen. Mitten auf der Null prangt eine Plakette aus Plastik mit gestanzten Löchern. Er duckt sich unter den Tisch. Dort steht ein Paar Laufschuhe in Weiß mit hellblauem Muster. Der Mann nimmt den rechten Schuh, dann vom Tisch den Chip und befestigt ihn am Schuhband. Er seufzt.

Echt ein bissel viel Aufwand. Zwar perfekt, aber ein zweites Mal tu ich mir das nicht an. Sicher nicht. Das nächste Mal zieh ich's wieder gemütlich durch.

Er grinst.

Oder noch mehr am Punkt. Ja …

Er springt auf und reißt einen Teil des Atelierfensters auf. Zieht die Luft durch die Nase ein. Atmet sie durch den Mund aus. Sein Blick schweift über die Dächer und Ausschnitte der Gassen. Unweit ist der Stephansdom erkennbar. Er fixiert tief unter ihm eine Frau auf der Gasse, die den Hinterreifen ihres Fahrrades untersucht, und lächelt. Es wirkt, als würde er gleich ausspucken wollen. Dann sticht ihm eine Ameise ins Auge, die gerade von der Außenseite des Fensters in die Ritze zu schlüpfen versucht. Er zerdrückt sie mit dem Daumen.

Während des Marathons, Zinshaus in der Böcklinstraße, 14:12 Uhr:

Nur mehr ein Zahnstocher. Mayer schob die Zündholzschachtel zu und wieder auf. Es war und blieb nur ein Zahnstocher. Sie steckte ihn in den Mund und kaute darauf herum. Er würde nur für eine halbe Stunde reichen, niemals für die gesamte Dauer der Spurensicherung am Tatort. Sie stieß sich vom Vorzimmerfenster ab und schlenderte zur Küche. Alle Menschen hatten hölzerne Zahnstocher gebunkert. Erst recht so eine durchschnittliche Person wie Elisabeth Zwirn.

Staatsanwalt Rössler lehnte am Rahmen der Wohnzimmertür und sah ihr entgegen, unbeeindruckt von den Spurensicherern, die immer wieder an ihm vorbeiwischten. So, wie er durch diese Männer hindurchschaute und Mayer anstarrte, mussten die weißen Gestalten für ihn wie schwingende Gardinen wirken.

Mayer lehnte sich ihm schräg gegenüber an die Küchentür. »Und? Wissen Sie jetzt schon, wer den Fall übernimmt?«

Rössler nickte zwei Mal, und zwar ganz langsam. Dabei ließ er sie nicht aus den Augen. Es war anstrengend, seine Traumfrau zu sein. Seit sie ihm am Polizeiball das sündteure Seidel Bier über den Smoking gegossen hatte, tauchte er beruflich überall dort auf, wo sie war, wenn es nur irgendwie vertretbar schien. Auch seine Präsenz heute war an der Grenze des Auffälligen, denn kaum einer der anderen Staatsanwälte ließ sich für gewöhnlich am Tatort blicken, auch wenn es ihre Pflicht als *Herren des Verfahrens* war, wie es seit der Reform so schön hieß. Könnte sie ihren fünfprozentigen Bi-Anteil doch nur ein wenig vergrößern … er wäre eine gute Partie. Sie musste es ihm irgendwann sagen, dass er chancenlos war.

Sie hängte die Daumen in den Gürtelbund. »Und? Darf man es wissen?«

»Chefinspektor Katz.«

Rössler hatte die Abteilung nicht dazugesagt, musste er auch nicht, denn der Mann mit dem crazy Namen war hinlänglich für seine Erfolge bekannt, wenn für Mayer auch nur vom Hörensagen. Eigentlich müsste er Pitbull und nicht Katz heißen. Der Fall Zwirn war also der Regionalliga entzogen und der Landesliga zugeschoben worden. Aber das war normal, die meisten interessanten Mordfälle gingen von den Polizeikommissariaten zum Landeskriminalamt. Aber dass gleich ein Star eingesetzt wurde? Mayer hob die Augenbrauen.

Rössler zog den rechten Mundwinkel nach oben, was bei ihm ein Lächeln war. »Der Täter sitzt nicht daneben und ist nicht geständig. Elisabeth Zwirn ist reich und hat außerdem einen noch reicheren Bruder, der Banker ist. In London. Deshalb der EB01.«

Deshalb Katz, hieß das eigentlich. »Alles klar.«

Rössler ließ den Mundwinkel wieder fallen und seufzte. »Die Zwirn war außerdem die Saunafreundin der Schwägerin der Innenministerin.«

Seit Rösslers Verständigung durch den Journaldienst war nicht einmal eine Stunde vergangen. Sein Report basierte also nicht auf Recherche, sondern auf persönlichem Wissen. Ja, die liebe *Wiener High Society*.

»Das wird einen Presserummel geben. Nicht schlecht.« In Gedanken schlug sie drei Kreuze über den Umstand, in ihrem Rayon mit der Yellow Press kaum zu tun zu haben.

»Ja, wird es. Aber ich«, Rössler beugte sich leicht zu ihr, »werde das übernehmen. Meine Leute abschirmen, damit sie in Ruhe arbeiten können.«

»Nettes Service.« Mayer nickte ein paar Mal und schaute wie nebenbei in die Küche. Meist standen doch solche Behälter mit Zahnstochern auf dem Tisch oder auf der Ablage daneben. Doch da waren nur Salz- und Pfefferstreuer. Sie mussten sich also in einer Lade befinden. Die Frage war nur, ob die Küche zum Tatort zählte und daher nicht betatscht werden durfte. »Und wer mit Katz?«

»Wieso interessiert Sie das so sehr, Frau Mayer? Wollen Sie selber den Fall übernehmen?«

Mayer drehte sich zu Rössler um. »Sicher nicht.«

Rössler mundwinkelte wieder.

»Und außerdem bin ich, lieber Doktor Rössler, wie Sie ja wissen, eine kleine Beamtin im Kommissariat West. Nicht zuständig.«

Nur ein langer Blick von ihm als Antwort, als wüsste er alles besser. Er wusste gar nichts. Sie könnte Karriere machen, aber sie wollte nicht. Slow Motion, Slow Food, Berge, Sex, Ruhe. »Und wo bleibt der Kollege Katz? Ich würde gern gehen, mein …«, sie betonte das nachfolgende Wort, »außerordentlicher Dienst hat um zwei geendet.«

Sie drehte sich in die Küche hinein und zog mit den Fingernägeln die rechte Lade der Kredenz auf. Richtige Intuition. Neben gelben Tischsets und Servietten mit Sonnenblumen lag eine Schachtel Zahnstocher. Sie nahm sie an sich und schloss die Lade.

»Er muss jeden Moment kommen. Er ist den Marathon mitgelaufen und muss sich nur noch frisch machen. Sie reihen die Küche also nicht zum Tatort ein, liebe Frau Kollegin?«

Mayer schleuderte herum. »Na ja, nicht direkt. Ich glaub kaum, dass es wesentlich ist, ob der Täter diese Schublade … ich meine, das ganze Blut ist im Wohnzimmer, hier ist nichts durchwühlt. Ja. Äh. Ich schau, wie weit mein Kollege Oppitz mit der Befragung der Hausbewohner ist.«

Sie huschte an Rössler vorbei und aus der Wohnung hinaus. Der Flur schien nicht enden zu wollen.

Kurz vor dem Marathon, Wagramer Straße, ab 8:20 Uhr:

Der Glatzkopf steht beim Ausgang in der vollbesetzten U-Bahn-Garnitur der Linie 1. Um ihn herum nur Läufer. Er hält den Kopf gesenkt, zupft einen nicht vorhandenen Fusel von seinem dunkelblauen T-Shirt. Die U-Bahn bremst stark ab, ein etwa 35-jähriger Mann mit Wuschelfrisur, der sich an einer Halteschlaufe festhält, pendelt gegen ihn. Der Mann entschuldigt sich, der Glatzkopf sieht ihn nicht an, brummt nur, geht in die Knie und wischt mit Spucke einen Fleck von der zitronengelben Musterung seiner Laufschuhe. Der Wuschelige schafft es nicht, ins Gleichgewicht zu kommen und stößt nochmals, dieses Mal mit seinem Hintern, gegen den Glatzkopf. Der rümpft die Nase und schließt die Augen. Sein Hals bläht sich auf, er scheint sich jeden Moment übergeben zu müssen.

Die U-Bahn hält. Der Glatzkopf drängt hinaus und nimmt einen tiefen Zug frischer Luft ... worauf er mit verzerrtem Gesicht hustet und würgt. Die anderen Menschen stoßen gegen ihn, er lässt sich von ihnen die Stufen hinunter treiben. Vor dem U-Bahn-Gebäude bleibt er stehen und stützt sich mit den Händen auf den Knien auf. »Ich schaff das, ich bin besser als du. Ich schaffe das fünfte Mal.«

»Ist Ihnen nicht gut?« Ein älterer durchtrainierter Mann mit weißen kurzen Haaren und von der Sonne gegerbter Haut beugt sich zum Glatzkopf.

Er schüttelt den Kopf, hebt abwehrend die Hände, schaut den Mann aber nicht an. Der andere geht weiter, wirft noch einen Blick zurück, bevor er zielstrebig in der Masse verschwindet.

Der Glatzkopf hebt den Kopf, sein Blick verliert sich

unter den Tausenden Menschen. Wie in Trance tapst er zwischen ihnen hindurch. »Du bist ein Arschloch. Du hättest mit dem Sterben echt noch warten können. Aber das ist wieder einmal typisch für dich. Bevor du eine Wette verlierst, machst du lieber einen Abgang. Ein Feigling bist du, ein Drückeberger. Nur nützt dir das nichts. Ich weiß, dass du jetzt zuschaust. Du bist noch nicht weg. Du kannst dich nämlich erst vertschüssen, wenn wir beide miteinander fertig sind, du widerlicher Fettsack.«

Eine Frau starrt ihn an, versucht zu verstehen, was er sagt. Er duckt sich weg. Visiert die Lkws an, bei denen die Läufer ihre Taschen und Kleidungsstücke abgeben.

Er stellt sich bei jenem für die Nummern 10.000 bis 10.500 an, rollt die Schultern. »Fett. Widerlich.« Sein Kopf wippt zur Musik, die über die Läufer hinwegwummert.

»Ja, echt widerlich. Dass sie das net endlich in den Griff kriegen.«

Der Glatzkopf wendet sich dem Sprecher zu, der ihn mit blauen basedowschen Augen anglotzt. Ganz ruhig sagt er: »Widerlich.«

Der Mann verzieht den Mund zu einem Lächeln, sein Blick ist jedoch irritiert. Er schiebt sich vom Glatzkopf weg.

Seine Stelle nimmt ein anderer Mann ein. Sein Kopf ist ebenfalls rasiert, er trägt ein kiwigrünes Shirt unter einer alten Jacke und ein dunkelgrünes Stirnband. Er wippt mit dem ganzen Körper, als würde er unter Strom stehen. Sein Blick fällt auf den Glatzkopf. Sie starren einander an, verharren in ihren Bewegungen zur Musik. Ihre Schultern straffen sich wie bei Kampfhähnen. Der Kiwimann verzieht die Mundwinkel nach unten. Im nächsten Moment ist er durch die Bewegung der Masse wieder weg.

Der Glatzkopf lässt die Schultern fallen und murmelt vor sich hin. Kommt an die Reihe, gibt den Rucksack ab, lässt sich vom Lkw weg zum Startblock 2 treiben. Mitten in der Masse der Läufer, die auf den Startschuss warten, bleibt er stehen. Er blickt ins Nichts, bemerkt nicht, dass er immer mehr in den hinteren Teil des Startblocks geschoben wird.

Ansatzlos lacht er auf. »Weißt du, du hast dich einfach geschlichen. Bist einfach weg. Und hat es dir was gebracht? Nein, du bist zweitklassig geblieben. Immer nur groß reden, das hast können. Aber sonst?«

Eine extrem schlanke und durchtrainierte Frau mit blondem Pferdeschwanz mustert ihn. Er deutet mit dem Zeigefinger auf sie, kreuzt das rechte über das linke Bein und legt eine perfekte Standdrehung in der Manier von Michael Jackson hin. Die Handflächen hat er nun seitlich der Brust gegen sie gerichtet und angespannt. Sein Lächeln ist breit und unecht. Er präsentiert sich, als würde er auf einer Bühne stehen. Sie runzelt die Brauen, sieht ihn von der Seite an. Er lacht auf und macht einen Ausfallschritt, dehnt die Waden. Sie wendet sich ab.

Der Glatzkopf zieht das ausgestreckte Bein unter sich und legt den Oberkörper über die Oberschenkel. »Halbmarathon. Kein Problem. Ring auch noch nicht. Dann Liechtensteinstraße, Donaukanal. Hauptallee. Hauptallee. Stadionschleife. Alex wird kommen. Wird kommen.« Er wippt auf den Fersen vor und zurück. »Wird kommen. Wird da sein. Sonst geht es nicht. Es wird gehen. Es muss. Ich kann es. Ich kann. Es wird gehen. Alex wird da sein.«

Der Startschuss ertönt. Rechts neben dem Glatzkopf rennt ein leicht untersetzter Mann mit weißem Haarkranz los und prallt gegen den Vordermann. Dabei schlägt er mit den Füßen aus und trifft den Glatzkopf. Der ignoriert dessen Entschuldigungsgesten, schaut sich um und realisiert nun, dass sich die Masse langsam in Bewegung setzt. Er starrt ins Leere, als würde ihn das alles nichts angehen. Als sich das Feld um ihn herum lichtet, realisiert er, dass er einer der Letzten seines Startblocks ist und schon die Gruppe 3 dahinter auf das Signal wartet – das auch prompt ertönt. Weit entfernt ist der Startbogen.

Der Glatzkopf rennt schnell los und holt innerhalb kürzester Zeit den Untersetzten ein. Der lächelt ihn an, seine Augen strahlen. »Nix für ungut für vorhin. Ich war schon so gampig aufs Rennen.« Er seufzt. »Und jetzt schleichn wir da herum.«

Der Glatzkopf nickt nur. Dann fixiert er seine Füße. »Mit 4,20 bin ich schnell. Nein, vergiss es. Lauf deine 4,40. Dann bist du auf der sicheren Seite. 4,40, dann hältst du durch. 4,40.« Er stellt seine Uhr und schaut auf die Masse vor ihm, die jetzt die Mitte der Reichsbrücke erreicht. Ein durchgehender bunter, brückenbreiter Wurm. »4,40. Dann geht sich alles aus.«

Während des Marathons, Zinshaus in der Böcklinstraße, 14:18 Uhr:

Die Ilic lehnte am Rahmen ihrer Wohnungstür und starrte Mayer entgegen. Ihre Augen waren rot umrändert. Flecken auf den Wangen ließen sie wie an Mumps erkrankt aussehen. Arm und beschützenswert, trotzdem wunderschön.

Mayer verschränkte die Arme und ließ sich mit dem Rücken gegen die Wand fallen, genau so lässig, wie es kurz zuvor Oppitz getan hatte. »Sie waren sehr eng mit der … Frau Zwirn befreundet?«

Ilic zuckte mit den Schultern. »Mein erster Mord. Mir ist zum Kotzen.«

»Geht allen so.«

Ilic lächelte. »Ich frag mich, wer das getan haben kann. Ich mein, die Wohnung war von außen zugesperrt. Oder von innen. Aber auf jeden Fall nicht aufgebrochen. Also waren es keine Einbrecher. Wobei, die könnten ja auch einfach angeklingelt haben und dann … haben Sie Einbruchsspuren gefunden?«

»Ich kann Ihnen leider keine Auskunft geben.«

»Laufende Ermittlungen, wie es so schön heißt. Den Satz habe ich auch schon einmal gesagt. Probeaufnahmen für eine Vorabendserie in Deutschland.« Ilic lächelte und zuckte mit den Schultern.

Mayer verdammte den blöden Regisseur, der die Stute nicht genommen hatte.

Ilic holte tief Atem und ließ die Luft langsam ausströmen. »Hätte ich doch nur gleich reagiert, wie es gepoltert hat.«

»Dann wäre es wahrscheinlich auch schon zu spät gewesen.«

»Ja, aber dann hätte ich vielleicht den Mann davonlaufen gesehen. Könnte Ihnen jetzt sagen, wie er ausgeschaut hat.«

Die blauen Augen schienen aus den Höhlen zu fallen. Ilic' Blick war ein einziges Betteln um Absolution. Um ein in den Arm genommen werden.

Mayer krallte die Finger in die Oberarme. »Vielleicht hätte er Sie dann auch … egal. Sie haben ohnehin sehr aufmerksam reagiert.«

Ilic sackte in sich zusammen. Sie sah nochmals auf und lächelte ein klein wenig. Mayer wurde es eng in der Brust. Die Lipizzanerstute gefiel ihr nicht nur, sie machte sie nervös. Und das konnte und durfte nicht sein. Nicht nur, weil Ilic eine Zeugin war. Mayer war glücklich mit Carmen. Es passte alles mit ihr. Sie sah gut aus mit ihrer rotblonden Mähne und dem breiten, strahlenden Lächeln, das Cameron Diaz alle Ehre machen würde, war ein im Prinzip liebenswerter Mensch, gut im Bett, hatte Geschmack und Geld. Sie konnten miteinander lachen und zumindest gemeinsam ins Kino gehen. Sportlich war Carmen halt nicht. Und nicht besonders denkfreudig. Um es einmal so zu formulieren. Aber sonst? Es passte einfach alles. Mehr konnte man von einer Beziehung nicht erwarten. Mayer wohnte sogar das erste Mal in ihrem Leben in einer Dachterrassenwohnung. Eine Affäre, noch dazu mit einer Hetero, die erst überzeugt werden musste, war das alles nicht wert. Hormone wurden überhaupt viel zu sehr überschätzt.

Mayer streckte ihren Rücken durch. »Können Sie mir irgendwas über Frau Zwirn erzählen? Sie sagten, dass sie schon nicht mehr geglaubt hat, nochmals eine Beziehung zu haben. Wieso nicht?«

Ilic sog wieder die Wangen ein, ließ den Mund dann mit

einem Schnalzen aufgehen. »Sie war nicht unbedingt die Attraktivste.«

So konnte man das auch formulieren. Die Fotos im Wohnzimmer von Elisabeth Zwirn zeigten eine Frau mit dünnem, aschblondem, manchmal strohblond gefärbtem Haar, teigiger Haut und Vorbiss.

Ilic massierte sich die linke Augenbraue. »Und sie war ganz gut betucht. Deshalb hat sie keinem Typen getraut.«

»Aber diesem …«

»Andreas Niederle.«

»… schon?«

»Er hat nicht locker gelassen. Und er hat selber Geld.« Ilic sah hinter sich in die Wohnung, wohl zu einer Uhr, da sie nickte, und dann zum Stiegenaufgang. »Er müsste jetzt eigentlich gleich auftauchen. Er ist Hobbyläufer. Hat mit vier Stunden gerechnet.«

Wie auf Befehl waren Schritte im Stiegenhaus zu hören. Sie hüpften.

Ilic blauäugelte Mayer an. »Das machen schon Sie … ich meine, dass Sie es ihm sagen, oder?«

Mayer nickte. Das würde ein Drama werden. Zusammenbruch, Theatralik. Diese blöden Wieso-Fragen. Aber wenigstens mussten sie nicht mitbedenken, dass der Mann der Mörder sein konnte. Ein Marathon war ein ziemlich gutes Alibi.

Der Rhythmus der Schritte veränderte sich. Der Mann schien nun zwei Stufen auf einmal zu nehmen. Dabei war kein Keuchen zu hören. Es war erstaunlich, dass ein Amateur nach so einer Tortur noch so flott auf den Beinen war.

Aber Alibi bedeutete auch, dass es kompliziert wurde. Es konnte ein entfernter Bekannter sein, irgendjemand, der etwas an der Tür verkaufte, ein Zeuge Jehovas, jemand, der sich in der Tür geirrt und die Chance genutzt hatte … nein, Blödsinn natürlich …

Die Schritte waren nun ganz deutlich, der Mann hatte wohl die letzte Etage erreicht.

Mayer stieß sich von der Mauer ab und ging einen Schritt Richtung Stiegenaufgang. Niederle durfte auf keinen Fall die Chance bekommen, in die Wohnung seiner zu Faschiertem verarbeiteten Verlobten zu gelangen. Sie steckte sich einen Zahnstocher in den Mund, nahm ihn wieder heraus. Wo blieb nur dieser Katz vom LKA? Das alles ging sie doch gar nichts an.

Ein Glatzkopf enterte das Stockwerk. Er blieb auf dem Bein, mit dem er die Etage erreicht hatte, stehen und zog das andere Bein ganz langsam nach. Dabei lächelte er das Gangfenster an. Zum Abschluss der Bewegung straffte er seinen Rücken. Nun stand er wie ein Soldat beim Appell da. Nein, noch was anderes strahlte mit. Er wirkte wie … ein Tänzer vor dem Auftritt.

Mayer sah zu Ilic. Die schüttelte den Kopf und glotzte wieder die Erscheinung an. Der Glatzkopf trug dunkelblaue Wranglers, die seinen kleinen festen Hintern voll zur Geltung brachten, schwarze, hochschaftige Reeboks und ein eng anliegendes weißes T-Shirt. Sehr schlank, sehr durchtrainiert, aber nicht muskelbepackt. Erstaunlich gut erhalten für sein Alter, das sicher jenseits der Fünfzig lag. In der Linken hielt er ein schwarzes Sakko.

Er wandte den Kopf zu ihnen und musterte sie beide. Sein rechtes Auge zuckte. Ansonsten verriet nicht der Ansatz einer Regung seine Gedanken. Wie ein Marine beim Morgenappell. Das Gesicht strahlte mit den breiten Kieferknochen und der geraden Nase antike Attraktivität aus. Doch irgendetwas störte die kantige Männlichkeit, sie konnte es allerdings nicht festmachen.

Schließlich senkte er den Blick auf Mayer. »Gruppeninspektorin Mayer, nehme ich an.«

Sie trug keine Waffe, die hatte sie im Vorzimmer der Zwirn abgelegt. Was sagte ihm also, dass sie nicht auch nur eine Nachbarin war?

Mayer nickte und ging mit ausgestreckter Hand auf ihn zu. Er machte jedoch keinerlei Anstalten, die seine zu heben, also blieb sie stehen und verschränkte die Hände auf dem Rücken. »Chefinspektor Katz?«

Er nickte kurz. Damit hatte sich der Militär endgültig gegenüber dem Tänzer durchgesetzt.

Mayer suchte ein Lächeln in sich, fand aber keines. Sei's drum, dieser Katz – was für ein crazy Name, er kam ihr jetzt angesichts der Statur und des Alters des Mannes noch unpassender vor – war ja auch kein Ausbund an Freundlichkeit. »Fein. Dann können ja jetzt Sie übernehmen.« Sie deutete mit dem Kopf zur Wohnungstür der Zwirn. »Doktor Rössler wartet da drin. Und das …« Sie betrachtete Ilic. Zerbrechlich und begehrenswert wie Windgebäck. Es war gut, dass sie die Lipizzanerstute nicht länger befragen musste. »Das ist Susanna Ilic, die Nachbarin, die uns verständigt hat.« Sie wandte sich wieder Katz zu. »Und jeden Moment müsste auch Andreas Niederle kommen. Er ist der Verlobte des Opfers, ist den Marathon gelaufen und weiß noch nichts von alldem. Wir haben im Handy des Opfers seine Nummer gefunden, aber da läuft nur die Mailbox.«

»Natürlich. Niemand läuft mit dem Handy am Ohr 42 Kilometer.« Katz fixierte Ilic. »Amateur oder Profi?«

Die Frage prallte der Stute direkt ins Gesicht. Sie straffte sich, als würde sie auf einem Kasernenhof stehen. »Was meinen Sie damit? Ich weiß nicht, warum Sie das jetzt wissen … also, auch wenn ich gerade kein Engagement habe, so bin ich doch …«

»Niederle«, schnappte Katz wie ein Pitbull.

Ilic atmete aus. »Laie. Wenn's so was gibt. Er hat gesagt, dass er froh ist, wenn er es überhaupt schafft. Mit vier Stunden hat er gerechnet.«

Katz starrte Ilic noch immer an. Die satte Stille des Innenhofs drang durch das Fenster zu ihnen auf den Gang und hüllte sie ein. Es war kein Wummern mehr zu hören. Offensichtlich war das Remmidemmi vorbei. Ilic verlagerte das Gewicht von einem Bein aufs andere und duckte sich unter dem Blick von Katz.

Mayer räusperte sich. »Es handelt sich um die 31-jährige Elisabeth …«

Katz hob die Hand und schüttelte den Kopf, noch immer mit dem Blick auf Ilic. Nach einer Unendlichkeit warf er das Sakko über die Schulter und ging in die Wohnung der Zwirn.

Mayer wandte sich Ilic zu, die die Stirn gerunzelt hatte. »Was ist das für ein Typ, bitte?«

»Kollege Katz. Vom EB01.« Ilic runzelte die Stirn. »Also Einsatzbereich Null Eins«, erläuterte Mayer, »Leib und Leben. Ermittlungsdienst Landeskriminalamt. Er wird jetzt die Ermittlungen …«

Wieder Schritte im Stiegenhaus. Pfeifen.

Mayer sah Ilic an, dann zur Zwirnschen Tür. Dieser glatzköpfige Wichtigtuer würde ihr sicherlich befehlen, Andreas Niederle die Unglücksnachricht zu überbringen. Denn er war offensichtlich nicht der Typ, der mit emotional aus dem Ruder gelaufenen Menschen umgehen konnte. Sie war es zwar auch nicht, aber danach fragte niemand.

Und Rössler glaubte sich sowieso für diese Detailarbeit zu gut. Also konnte sie sich eine patzige Anordnung ersparen und Niederle gleich übernehmen. Manchmal war es einfach unerträglich, nicht die absolute Spitzenposition zu haben, in der man dann nur mehr das tun musste, was man wollte.

Vielleicht gehörten die Schritte ja aber auch nur Oppitz, der endlich alle Hausparteien befragt hatte. Was erstaunlich viel Zeit beanspruchte, angesichts der Tatsache, dass sich noch keine gaffende Menge gebildet hatte, das Haus also verwaist war. Anscheinend genossen die meisten Mieter irgendwo draußen die Sonne.

Sie standen da und lauschten. Jetzt sang die Person *Always look on the bright side of life.* Eine Männerstimme zwar, aber nicht jene von Oppitz. Im Innenhof flatterten Tauben auf. Eine flog nah am Fenster vorbei. Ihre Schwingen schienen die Scheiben zu berühren. Die Verdrängung der Luft war so laut wie ein Windstoß. Ilic malmte mit den Zähnen. Dann ploppte es, sie hatte offensichtlich wieder einmal ihre Wangen eingesogen gehabt.

Das vierte und letzte Stockwerk.

Hinter Mayer war irgendwas. Sie spürte es. Sie drehte sich um und sah Katz im Türrahmen stehen. Er streichelte mit einer kleinen Bewegung eine Stelle auf der linken Seite seines Glatzkopfes. Sein Gesicht … irgendetwas … die dunklen, tiefliegenden Augen waren es nicht. Was nur?

Die Schritte erreichten die Etage. Sie deutete, mit dem Blick auf den Chefinspektor, zu diesen Schritten. Er drehte den Kopf kaum merklich nach links und nach rechts. Wie erwartet. Dann zog er die Augenbrauen zusammen, als würde ihn das irritieren, was er hinter Mayer erkannte, schüttelte im nächsten Moment wieder den Kopf.

Sie drehte sich um und sah … schon wieder einen Glatzkopf. Der Neuankömmling trug allerdings – was die Unterscheidung erleichterte, wie auch das Alter, er war vielleicht Anfang vierzig – eine schwarze Bundfaltenhose aus Leinen und ein schwarzes Hemd sowie schwarze Mokassins und in der Hand eine schwarze Sporttasche ohne jeglichen Aufdruck. Große bernsteinbraune Augen, geschnitten wie bei einem Löwen, sinnliche Lippen, eingefallene Wangen, die edel wie bei Marlene Dietrich wirkten. Der Mann hatte ebenfalls einen durchtrainierten Körper, schien aus einem Sport-Magazin entstiegen, rang nach den vier Stockwerken nicht im Ansatz nach Luft und war somit sicherlich keiner der üblichen Hobbykeucher. Seltsam, dass er für den Marathon so lang gebraucht hatte, so, wie er aussah. Er war wahrscheinlich weniger Läufer als Allgemeinsportler, anders war das nicht zu erklären.

Black Beauty starrte Mayer an, dazwischen kurz die Ilic. Es wirkte nachlässig, die beiden schienen einander nicht besonders gut zu kennen oder leiden zu können. Dann wanderte sein Blick Richtung Zwirnscher Tür. Seine Augen zogen sich zusammen. Jetzt registrierte er wohl, dass sie offen und etwas ganz und gar nicht in Ordnung war. Dass ein wildfremder Mann in der Tür seiner Verlobten stand. Wie auf Kommando stürmte einer der Spurensicherer im weißen Ganzkörperkondom auf den Gang, während er in sein Handy brüllte. Irgendjemand sollte irgendein Kind verdammt noch mal schleunigst ins Krankenhaus bringen, mit einer Platzwunde am Kopf sei nicht zu spaßen. Er hetzte, ohne sie drei eines Blickes zu würdigen, an das andere Ende der Etage, dann war nur mehr Flüstern zu vernehmen.

Niederles Blick wanderte zur Ilic, die den Kopf senkte

und mit drei kleinen Schritten rückwärts in die Wohnung schlich. Er sah Mayer an.

Sie stellte sich vor, fragte ihn nach seiner Identität und unterrichtete ihn mit Bedauern vom gewaltsamen Tod seiner Verlobten. Kurz und bündig.

Niederle versteinerte. Sie fragte ihn, ob er sich setzen oder vielleicht einen Schluck Wasser wolle. Er reagierte nicht. Groß leuchtete in ihr das Bedürfnis auf, nach der Pflichterfüllung jetzt einfach die Szenerie zu verlassen, der Rest ging sie nichts mehr an. Aber Ilic hatte inzwischen hinter sich die Tür geschlossen, und Katz stand einfach da, mit der einen Hand in der Jeanstasche, mit der anderen das Sakko auf der Schulter haltend, und betrachtete Niederle regungslos.

Mayer ging zum Verlobten der Toten und berührte ihn sacht am Arm. Denn er verdiente Mitgefühl, auch wenn es nur eine ungefühlte Geste war.

Er fokussierte auf sie. »Wie? Waren es diese widerlichen Kanaken, die jetzt überall einbrechen?«

»Sie wurde … das können wir noch nicht genau sagen.«

»Ich will sie sehen.« Sein Blick funkelte, doch er blieb stehen. Kein filmreifes Stürmen der Wohnung.

»Natürlich. Später. Jetzt wird der Tatort untersucht.«

Wieder Schritte und Stimmen im Stiegenhaus. Laut und deutlich meinte jemand, dass er diese alten, beschissenen Häuser ohne Lift hassen würde. Etwas rumpelte gegen die Wand. Keuchen. Das war wohl der Leichenabholdienst. Gar nicht gut.

»Wie viel haben Sie gebraucht?« Die Frage von Katz hallte nach. In ihrer Deplatziertheit hatte sie beinahe etwas Komisches.

Niederle sah Katz lang an, es wirkte, als hätte er die Frage nicht verstanden. Wahrscheinlich hatte er auch nicht. »Vier-siebenundzwanzig.« Er hatte doch. Niederles Gesicht blieb bei der Antwort regungslos.

»Sie wirken wie maximal dreieinhalb.« Katz war ebenfalls mimikfrei.

»So kann man sich irren.«

»Das mache ich selten. Im Grunde nie.«

»Es gibt immer ein erstes Mal.«

»Natürlich. Aber nach dem ersten Mal gab es nur noch drei Mal, dass ich mich geirrt habe.«

»Jetzt ist es eben das fünfte Mal.«

Die beiden Männer redeten noch immer mimikfrei. Und Schwachsinn. Die Rennerei hatte ihr Gehirn angegriffen, das musste es sein. Ein Marathon war einfach nicht gesund.

Mayer ging zur Stiege, die zum Dachboden führte. Wenn sie sich rechts neben Niederle setzte, konnte sie ein wenig den Blick auf den Leichenabholdienst verdecken, der bald das Stockwerk erreicht haben würde. »Kommen Sie, Herr Niederle, unterhalten wir uns ein bisschen.« Sie deutete auf die dritte Stufe, setzte sich auf die Seite zum Stiegenhaus. Er musste den Platz neben der Mauer nehmen.

Das tat er auch. Die Tasche stellte er zwischen sie. Deren Deckelklappe war nicht komplett geschlossen und klappte nun nach innen. Etwas Kiwigrünes leuchtete auf, wie bei dem Radfahrer, den sie in der Friedensgasse gesehen hatte. Das war wohl die neue Modefarbe bei den Joggern.

»Wo waren Sie zwischen zwölf und dreizehn Uhr?«

Mayer sah zu Katz, doch der machte keinen verwirrten Eindruck. Warum hatte er dann diese blöde Frage gestellt? Wahrscheinlich war er ein Protokoll-Reiter, alles musste seine Richtigkeit haben.

Niederle ignorierte ihn. Er betrachtete das offene Gangfenster, dann die über das Handy gekrümmte Gestalt des Spurensicherers. »Ich sollte jetzt heulen und zusammenbrechen.« Er sah Mayer an. »Oder?«

»Jeder Mensch reagiert anders.«

»Wo waren Sie zwischen zwölf und dreizehn Uhr?«

Niederle fuhr hoch und blitzte Katz an. »Wer sind Sie überhaupt?«

Der sah ihn nur an.

»Was ist? Mich blöd anquatschen können Sie, aber sich vorstellen nicht?«

Mayer seufzte hörbar. Gleich war sie die beiden Spinner los und bei ihrer Carmen. »Das ist Chefinspektor Katz vom Landeskriminalamt, der gemeinsam mit Staatsanwalt Rössler und ein paar Kollegen die Untersuchung durchführen wird. Sie sollten ihm also die Frage beantworten. Er ist jetzt Ihr Ansprechpartner.«

»Gar nichts werde ich. Mit unhöflichen Leuten rede ich nicht.«

Ein sonorer Bass fragte im Stiegenhaus, wie weit es noch sei. Keuchend und flehentlich.

Katz beugte sich über das Geländer. »In den letzten Stock, Stanek. Du hättest nicht aufhören sollen mit dem Laufen. Jetzt brauchst bald einen Rollator.«

»Charlie …« Pfeifendes Keuchen. »Weißt was? Halt einfach deine Pappn, ja?« Ein massiger Mann um die fünfzig wurde sichtbar. Über die Glatze frisierte graue Haare. Den Hinterteil des Metallsarges schleppten ein vielleicht 30-Jähriger mit zwar schlanker Gestalt, aber Muskeln wie Drahtseilen und ein rund 20-jähriger Cornettohüne. Sie stellten den Sarg mitten auf dem Gang ab.

Der Spurensicherer kam von seinem Telefonat zurück

und stieg über das Ding, blieb mit dem Fuß hängen und torkelte gegen Ilic' Tür. »Scheiß Sarg.«

»Pass gfälligst auf, du Hiafla.« Stanek wischte sich mit einem Stofftaschentuch über die Glatze, auf der es vor Schweiß perlte. Sein Blick fiel auf Katz, der breitbeinig dastand und abwechselnd die Knie nach vorn schob. Es wirkte, als würde er sich für einen Sprint aufwärmen. Dabei grinste er.

Stanek schob das Kinn vor. »Na komm, sag schon.«

Katz nahm aus seinem Sakko ein Smart-Phone und tippte herum.

Mayer warf einen Seitenblick auf Niederle, der den Sarg musterte, als hätte er noch nie in seinem Leben so etwas gesehen. Hatte er wahrscheinlich auch noch nicht. Zumindest nicht in der Realität. Wenigstens blieb er ruhig sitzen. Später, wenn sie freihatte, konnte er ruhig zusammenbrechen, aber nicht, so lang sie noch da war. Sie wandte sich wieder Katz zu, der sich gerade mit der einen Hand über die Glatze fuhr und mit der anderen Stanek das Display unter die Nase hielt.

Der nickte anerkennend. »Dreisiebenundzwanzig. Net schlecht, net schlecht.«

Katz nickte ganz schnell und mit kleinen Bewegungen, ließ die Zunge zwischen den Zähnen tanzen. Diese Flippigkeit hatte Mayer bislang nur bei Koksern bemerkt. Jetzt begann er auch noch, sich in den Hüften zu wiegen, als würde er Salsa tanzen.

»Aber wollt's du net unter drei Stunden bleiben, Charlie?«

Mitten in der Bewegung mit verdrehten Beinen blieb Katz stehen. »Stanek«, er deutete mit dem Kinn zum Sarg, »wer mit den Jungen nicht mehr mithalten kann, sollte ganz ruhig sein. Deine Keucherei …«

Von einer Sekunde auf die andere versteifte sich *Charlie* – den Spitznamen musste er in einem anderen Leben bekommen haben, der passte überhaupt nicht; Karl, von dem das wohl ausging, aber auch nicht.

Katz scrollte am Smart-Phone herum. »Wo waren Sie zwischen zwölf und dreizehn Uhr?«

Er sah bei der Frage nicht auf, und trotzdem schauten die drei Sargträger zu Niederle. Auch Mayer konnte nichts dagegen machen, ihr Kopf drehte sich einfach zum Verlobten der Toten.

Niederle senkte die Lider, während er ganz langsam den Blick auf Katz richtete, dann öffnete er die Augen wieder, Millimeter um Millimeter wie eine Frau beim Flirt. Bei ihm wirkte es allerdings arrogant. »Auf der Strecke.« Der Subtext *Wo sonst, du Trottel* hallte im Gang nach.

Katz kam zu ihnen zur Stiege. »Niederle mit langem I. Andreas. Richtig?«

»Richtig.« Es klang wie das Donnergrollen vor dem Blitzeinschlag.

Der Ermittler nickte, scrollte. Nickte wieder. Sah dann Niederle zum ersten Mal so richtig an. »Wo waren Sie zwischen zwölf und dreizehn Uhr?«

Niederle fixierte den Mann vor ihm. Ein lautloser Dialog entspann sich zwischen den beiden. Mayer sah sie quasi im Ring einander umkreisen. Und ihre Sympathie lag eindeutig bei Niederle. Katz machte sich mit seiner sturen Fragerei nach dem Alibi doch nur lächerlich. Unglaublich, dass das der Star des Landeskriminalamtes sein sollte. Nun ja, er war nicht mehr der Jüngste, vielleicht hatte er seine goldenen Zeiten schon hinter sich.

Die beredte Stille dehnte sich. Mayer ertappte sich dabei, wie sie einer Taube beim Landeanflug auf das Brett des

Gangfensters zuschaute. Eine zweite kam den Bruchteil einer Sekunde hinterher und drehte im letzten Moment ab. Mayer zwang ihren Blick wieder zu Niederle. Männer und ihre Rituale, sich wichtig zu machen.

Sie räusperte sich und beugte sich zu Niederle. »Ja, äh, wir brauchen das fürs Protokoll.«

Katz blitzte sie an. Seine Daumen trommelten auf das Handy.

Niederle sah zum Sarg und seufzte. Dann holte er stockend Luft, es klang, als würde er gleich zu weinen beginnen. »Na, ich war auf der Strecke. Ich hab ja schon gesagt, dass ich den Marathon gelaufen bin.«

»Wo auf der Strecke?«

Mayer schaute zu Katz, ihr Kopfschütteln konnte sie nicht unterdrücken. Er stierte sie an, mit seinem rechten Auge zwinkerte er ihr zu. Inhaltslos. Wohl ein Tick. Jedenfalls war er ein fanatischer Freak. Ein von sich überzeugter, alternder, fanatischer Freak.

Stanek klatschte und wandte sich dem Sarg zu. »Der Charlie wie er leibt und lebt. Pack ma's.« Er nickte seinen Gehilfen zu. Sie wuchteten den Sarg in die Höhe und scheiterten an der Wohnungstür, von der nur ein Flügel offenstand. Also stellten sie den Sarg wieder ab, öffneten den zweiten Türflügel und verschwanden, sich gegenseitig Warnungen zurufend, im Flur.

Ansatzlos krümmte sich Niederle neben ihr unter einem Schüttelkrampf. Jetzt ging es wohl los. Sie war definitiv zu gutmütig. Sie hätte einfach gehen sollen, als Katz erschienen war.

»Wo waren Sie?«

Katz musste einen gewaltigen Anschieber haben, um derart Karriere gemacht zu haben, so verrückt, wie er sich anstellte. Und dann zufällig bei ein paar Fällen Glück gehabt haben. Sie holte Luft, um für Niederle zu antworten, doch der Chefinspektor schüttelte den Kopf. Dann ploppte er ganz schnell mit den Lippen, schnalzte schließlich mit der Zunge. Ein Wahnsinniger. Es war gut, dass sie sich jeder Chance, ins LKA zum EB01 zu wechseln, verweigert hatte. Wenn sie Katz zugeteilt worden wäre, würde sie selbst bereits einen besonders brutalen Mord absitzen.

Niederle stieß einen Jammerlaut aus. »Was wollen Sie von mir? Ich war auf der Strecke.« Er stieß mit dem Kopf zu Mayers Gesicht. »Jetzt sagen Sie schon endlich, was passiert ist. Waren es Einbrecher? Ist sie … ich meine … hat man ihr Gewalt … also …?«

Mayer schüttelte den Kopf.

»Wo genau auf der Strecke waren Sie wann?« Katz beugte sich zu ihnen herab, ohne irgendein Gefühl für die richtige Distanz aufzuweisen.

Niederle sah ihn an, ihre Nasenspitzen waren nur ein paar Zentimeter voneinander entfernt. Ansatzlos stieß Niederle einen unterdrückten Schrei aus. »Was wollen Sie von mir?«

Er ließ sich vornüber auf seine Oberschenkel fallen und verbarg das Gesicht in den Händen. Es schüttelte ihn.

»Herr Niederle, mein Kollege ist eben sehr korrekt. Es ist alles in Ordnung.«

»Wo genau?«

Auf Katz reagierte Niederle überhaupt nicht mehr, an Mayer klammerte er sich. Sie versuchte, ihn wegzuschieben, doch er vergrub sein Gesicht an ihrem Hals. Also tätschelte sie seinen Rücken. Es war doch immer dasselbe. Nur mit Mühe unterdrückte sie ein Seufzen, das wahrscheinlich sehr gelangweilt gewirkt hätte.

Schließlich wurde Niederle vom Gerichtsmediziner ruhiggestellt. Oppitz kam von seinen Befragungen zurück, natürlich hatte niemand etwas gehört oder gesehen. Es waren allerdings außer Ilic nur zwei Parteien daheim gewesen. Eine alte Dame, die ihn zum Auswechseln sämtlicher Glühbirnen genötigt hatte, und ein junger Mann, der zwischen einzelnen Wörtern seinen Restalkohol ausgekotzt hatte. Oppitz brachte Niederle nach Hause. Der seinen letzten Blick Mayer zuwarf. Ein waidwundes Tier.

Sie streckte Katz die Hand zum Abschied entgegen. Er grinste und zwinkerte sie mit seinem rechten Auge an.

Beim Marathon, ab Kilometer 1, Reichsbrücke, 9:05 Uhr:

Der Mann mit dem kiwigrünen Shirt schleudert die Jacke von sich. Sie landet vor der Absperrung, mit dem Fuß kickt er sie dahinter. Ein Mädchen mit geblümtem Minirock und schwarzem T-Shirt hebt sie auf und streckt sie ihm entgegen. Der Kiwimann wirft ihr eine Kusshand zu und schaut auf die Donau hinter ihr. Die Sonne glitzert auf dem Wasser. Er zwinkert und mustert dann die Lassallestraße vor ihm. Die Läufer des ersten Startblocks ergießen sich wie buntes Wasser auf den Asphalt.

Eine verdammt blöde Idee ist das. Eine verdammt blöde Idee. Nie wieder mach ich so was. Ist ja widerlich, jeder steigt jedem auf die Füße. Das ganze Vordrängen hat nichts genützt … nein, stimmt nicht, ich war so schnell wie geplant über der Startlinie. Das ist gut. Übersichtlich. Aber die Menschen … und diese grottigen Deodorants. Wenn sie wenigstens nur nach Seife riechen würden, dann wäre das Ganze ja halbwegs erträglich, aber diese verdammten billigen Deos. Nützen ihnen eh nichts. Vorn beim Praterstern stinken sie sicher schon wie die Iltisse. Wie die Iltisse. Hoffentlich brechen bald ein paar zusammen. Ein paar viele, wenn's geht. He, schleich dich da weg von mir. Ich tret dir in die Kniekehlen, wenn du nicht sofort Platz machst. Wie halten die das alle aus? Ist mir schleierhaft, ist mir absolut schleierhaft. Da wutzeln sie sich die Kilometer entlang, nur um … ja was denn eigentlich? Wenn das so weitergeht, ist das kein Laufbewerb, sondern ein Sonntagsspaziergang. Die sollten einmal auf einen Berg gehen. Einen Fünfer oder Sechser klettern. Ein Tennisturnier spielen. Aber das hier, das ist doch nur was für Weicheier. Na ja, kann mir egal sein.

Der Kiwimann hüpft ein paar Seitwärtsschritte. Winkt einem Kamerateam zu. Lässt sich wieder in einen sehr langsamen Trab fallen.

Der Fette da drüben, der kriegt noch vor der Hauptallee seinen Herzinfarkt. Schöner sterben? Sterben mit Klasse? *Mama, ich hab dir noch einmal gezeigt, was ich für ein Hengst bin, und auch wenn's nur dadurch war, dass ich wieder einmal zwei Schritte zu Fuß gegangen bin.* Fette Sau. Diese Gurke da mit ihrem lila Stirnband geht mir fürchterlich auf die Nerven. Ich fahr ihr jetzt einfach zwischen die Beine, dann haut sie's der Länge nach hin. Was muss die immer an mir vorbeirennen, wenn sie sich dann doch wieder zurückfallen lässt? Das macht mich nervös.

Der Kiwimann legt einen Sprint hin. Dafür muss er sich an mehreren Läufern vorbeidrängeln. So erreicht er die Teilung der Laufstrecke am *Praterstern* rund zehn Meter vor der Frau mit dem lilafarbenen Stirnband. Er läuft rückwärts und wirft ihr einen triumphierenden Blick zu. Sie bemerkt es nicht. Er streckt ihr die Zunge heraus. Sie bemerkt es nicht. Er steigt dem Vordermann unabsichtlich in die Fersen. Der verflucht ihn. Der Kiwimann dreht sich um und zeigt ihm den gestreckten Mittelfinger.

Er lässt sich wieder in einen gemächlichen Trab fallen und folgt der Menge in die *Praterhauptallee*.

Okay, jetzt kommt der mühsame Teil. Immer nur geradeaus. Keine Ahnung, warum die Leut derart drauf stehen. Jeden Sonntag haspeln sie sich da ab. Wahrscheinlich, damit sie nicht die Krise kriegen, wenn sie dann den öden Mist beim Marathon rennen müssen. Geländelauf, ja, das lass ich mir vielleicht einreden. Oder die komischen Typen, die quer durch die Stadt rennen. Über alles drüber … kein Hindernis. Das sollt ich vielleicht einmal probieren. Kein

Hindernis ernst nehmen. Das wär was für mich. Einfach drüber. Immer drüber. Keine Grenzen. Ja. Mal schauen, ob's bei so was Bewerbe gibt. Das wäre doch was fürs nächste Mal. Nein, ist im Prinzip dasselbe wie … trotzdem … keine Grenzen …

Die Frau mit dem lilafarbenen Stirnband überholt ihn. Er läuft kurz schneller, lässt sich dann aber wieder zurückfallen.

Lady, ich brauch meine Kraft für was anderes. Mach dich allein fertig.

Er sieht ihr nach und grinst.

Montag nach dem Marathon, Carmens Wohnung, 8:32 Uhr:

Mayer öffnete die Augen und sah direkt auf die aufgestellte Brustspitze von Carmen. Sie hob und senkte sich so regelmäßig wie der Atem ihrer Freundin. Die Morgensonne brachte die hauchdünnen Härchen zum Leuchten und vergrößerte sie dadurch wie ein Mikroskop. Der Rest vom Pelz, die Ahnung von Wildnis. Tabuloser Wildheit. Einen ganzen Abend und eine ganze Nacht lang. Carmen war so phantasievoll wie schon lang nicht mehr gewesen. Kein Hauch von Langeweile hatte sich breitgemacht. Es geschahen doch manchmal Wunder.

Mayer befeuchtete ihren rechten Mittelfinger und betupfte damit die Brustspitze. Es würde ein wunderbarer Tag werden. Keine Verzweifelten, keine Widerlinge, schon gar keine Leichen, nur Carmen und sie und die Sonne und die Terrasse.

Die Gegensprechanlage surrte.

Carmen öffnete nun ebenfalls die Augen. »Wer stört?«

Mayer rollte sich auf den Rücken und dehnte sich. »Hast wohl irgendeinen Shopping-Termin mit irgendeinem deiner Betthäschen vergessen.«

»Ich hab keine Betthäschen. Du bist so blöd, hör endlich auf damit. Nie wieder erzähl ich dir, ob ich mit jemandem im Bett war oder nicht.«

»Bist.«

Carmen rollte sich auf sie. »War.« Sie küsste Mayer auf die Augen. »Du bist ein eifersüchtiges Gurkerl. Da ist nichts mehr mit der Petra.«

»Sie hat dich abgeschleckt.«

»Das war Spaß.«

»Gut, werd ich mir auch einmal gönnen, den Spaß. Ich wüsst da schon wen.« Für den zweiten Satz hätte sich Mayer am liebsten geohrfeigt. Viel zu nah an der Wahrheit, viel zu wenig Spiel.

Carmen rappelte sich auf, schwang sich auf Mayers Bauch und hielt ihre Oberarme fest. »Wen?«

Mayer musste sich konzentrieren, um nicht in Gedanken an die Lipizzanerstute zu grinsen. »Niemand.«

»Wen?« Carmen stützte sich auf die Hände und somit auf Mayers Oberarme auf. Drückte nochmals nach. »Die Eva?«

»Natürlich die Eva. Die mit ihrem dicken Arsch. Komm, lass mich los, war ja nur ein Scherz.«

»Nein, nein.« Carmen schüttelte sie nun, wenn auch lachend, so doch fordernd. »Du blödelst bei so was nie …«

Die Gegensprechanlage summte. Sie sahen beide in Richtung Eingangstür, dann einander an.

Mayer schob Carmen von sich herunter und wuchtete sich aus dem Bett. »Wahrscheinlich die Zeugen Jehovas.« Sie ging ins Vorzimmer zur Gegensprechanlage, aktivierte ihr stumm geschaltetes Handy und nahm gleichzeitig den Hörer der Hausanlage ab. »Ja, hallo?«

»Rössler hier.«

»Wer? Ich kenn niemanden namens …« Es durchfuhr sie heiß. Sie betrachtete das Display des Handys. Versäumter Anruf. *Rössler.* Automatisch drückte sie den Türöffner. Staatsanwalt Rössler. Der hatte nicht bei ihr daheim aufzutauchen. Der hatte sie in sein Büro zu bestellen. Das hätte sie ihm sagen müssen. Sie schnappte das Telefon, aktivierte seine Nummer, sah vor ihrem geistigen Auge den Lift aufwärts ruckeln, schleuderte das Handy auf den Vorzimmertisch zurück.

Im Laufschritt sauste sie ins Schlafzimmer. Als Carmen ihrer ansichtig wurde, weiteten sich ihre Augen; wahrscheinlich, weil ihre eigenen aufgerissen waren.

Mayer schlüpfte ohne Höschen in die Jeans und ohne BH in ein T-Shirt. Sie verharrte, betrachtete den BH am Boden. Nein, ihr Minibusen irritierte keinen Mann, nicht bei einem kurzen Gespräch zwischen Tür und Angel. Sie nickte Carmen zu. »Rössler. Vom Büro.«

Ihre Freundin fletschte die Zähne und ließ sich auf den Rücken fallen. »Fuck. Ich hab's so satt.«

Mayer, schon bei der Tür zum Flur, schleuderte nochmals zu ihr herum. »Nicht jetzt.«

Carmen presste die Lippen zusammen.

Mayer wuselte ins Bad und fuhr dort durch ihre kurzen, blonden Haare. Fast zeitgleich mit dem Klingeln an der Wohnungstür stand sie vor derselben.

Sie öffnete die Tür. »Herr Staatsanwalt! Was liegt an? Wird ein Großaufgebot wegen eines Massenmörders aufgestellt?« Sie hörte, dass ihr Lachen gekünstelt klang.

»Frau Kollegin Mayer, ja, ich war gerade in der Nähe und dachte mir, dass ich es Ihnen vielleicht gleich persönlich …« Rössler mundwinkelte. Es sah so verkniffen aus, warum konnte er nicht wie ein normaler Mensch lächeln?

Jedenfalls zeigte das Pseudogrinsen, dass der Arsch wusste, was er tat, nämlich etwas, was man nicht tun sollte, und er ging einfach darüber hinweg. Jetzt versuchte er auch noch, an ihr vorbei in die Wohnung zu lugen. Er hatte wohl noch immer nicht kapiert, dass sie kein Interesse an ihm hatte.

»Seien Sie mir nicht böse, aber ich wüsste nicht, was es

zu besprechen gäbe, was nicht bis morgen im Büro warten könnte.« Das war hoffentlich eindeutig genug gewesen.

Er sah sie an, die Augen leicht zusammengekniffen, als müsste er sich erst wieder in Erinnerung rufen, wer sie war. »Bis heute im Büro.«

»Ich hab heute frei.«

»Ich weiß. Sonderzuteilung. Ich hätte Sie in zwanzig Minuten angerufen, um Sie in einer Stunde zu einer Sitzung bei mir im Gericht zu bestellen.« Rösslers Augen fokussierten etwas hinter Mayer. Sein Mund öffnete sich leicht.

Sie drehte sich um. Der Blick in die Küche war frei, denn Carmen und sie hatten vor einem halben Jahr die Tür ausgehängt. Und nun stand ihre Geliebte splitterfasernackt und seelenruhig bei der Espressomaschine. Die begann gerade zu zischen und Kaffee in die Tasse abzulassen. Carmen musste mitbekommen, dass das Gespräch an der Eingangstür versiegt war, dennoch würdigte sie Mayer und Rössler keines Blickes. Vielmehr drehte sie sich nach rechts zum Kühlschrank, also mit dem Rücken zu ihnen, beugte sich vor, um aus dem untersten Fach die Milchflasche herauszunehmen. Ihr Hinterteil strahlte ihnen entgegen.

Mayer meinte, Rössler schlucken zu hören. Sie schob sich zwischen Carmens Anblick und ihn. Grinste. »Meine Mitbewohnerin.«

»Ihre Mitbewohnerin.« Rösslers Augen wirkten nach Schlafzimmer. Er sah sich wohl schon in einem Dreier mit ihnen beiden.

»Schatz? Mögen du und der Herr Staatsanwalt auch einen Cappuccino?«

Das war's mit der Dachterrassenwohnung. Carmen hatte sich disqualifiziert. Vielleicht sollte sie mit einem abschließenden Mord einen Fluch über das Appartement legen.

Dieses renitente Miststück. Zu blöd zum Scheißen. Nicht jede konnte sich so wie Carmen ein absolutes und allumfassendes Outing leisten. Sie musste jetzt irgendwie …

… zu spät. Rössler legte den Kopf schief. »Schatz.« Eine Feststellung.

Er war einfach kein Gentleman, der hätte darüber hinweggehört. Und verdammt noch mal, es ging ihn doch auch nichts an. Im 21. Jahrhundert ging das überhaupt niemanden mehr was an.

»Ich nenn sie *Liebling*. Ein Spiel zwischen alten Freundinnen.« Sie drehte sich zu Carmen um, die sie anlächelte. Miststück, Miststück, Miststück. »Nein danke, Liebling. Der Herr Staatsanwalt«, sie fixierte wieder Rössler, »muss schon wieder gehen.«

Wenn sie denn jemals hätte Karriere machen wollen, so war diese nun erledigt. Die Traumfrau als Lesbe geoutet und dann noch ein Rauswurf. Das war auch für einen im Prinzip netten Kerl wie Rössler zu viel. Zum Glück war ihr die Karriere egal. Entscheidend war, ob Rössler den Mund hielt. Tat er es nicht, würde sie schon bald in Angeboten versinken – sie einmal so richtig durchzuvögeln, denn sie sei ja nur Lesbe, weil da noch nie ein richtiger Mann gewesen sei. Und dann kamen die hasserfüllten Blicke, als wäre ihre sexuelle Orientierung ein persönliche Affront für jeden Mann. Und schließlich …

Rösslers Kinn schob sich nach vorn, als müsse er jeden Moment ausspucken. »Wie gesagt, Kollegin Mayer, in einer Stunde in meinem Büro. Landesgerichtsstraße. Sie kennen die Adresse ja.« Er hechtete die zwei Meter zum Lift, drückte auf die Ruftaste, rannte dann aber zum Treppenhaus.

»Herr Doktor Rössler, wieso …?«

Er hob die Hand in ihre Richtung, ohne sich umzusehen, und war im nächsten Moment um die Kurve verschwunden.

»Jetzt wird er dich endlich in Ruhe lassen.«

Mayer sah Carmen an. Rosige Wangen, glänzende Locken, tiefblaue Augen, perlenweiße Zähne in einem süßen großen Mund mit Lachgrübchen an beiden Enden, makellose Haut, schwere Brüste, runde Hüften, dennoch nicht im Ansatz dick. Es war schade um sie, aber mit einer so dämlichen Frau konnte sie nicht mehr zusammen sein.

Carmen drückte sich an sie und knabberte an ihrem Ohr. »Komm wieder ins Bett.«

Sie duftete nach Schweiß und dem Waschmittel des Bettzeuges. Ein abschließender Quickie musste noch drin sein.

Beim Marathon, ab Kilometer 5, 9:27 Uhr:

Der Glatzkopf schaut die Praterhauptallee entlang. Die letzten zwei Kilometer bis zum *Lusthaus* liegen einsam und verlassen da, obwohl alles für den Marathon geschmückt ist. Er kommt immer näher zur Stelle, an der sich der Menschenwurm nach rechts bewegt, hinein in die *Stadionallee*. Der Glatzkopf bleibt jedoch mit dem Blick auf den leeren Teil der *Hauptallee*.

Er nagt an seiner Unterlippe. »Wir sehen uns. In ein bissel mehr als zwei Stunden sehen wir uns. Sehen wir uns.« Er nickt zwei Mal mit einer großen Bewegung, als müsse er sich diese Aussage selbst bestätigen.

Dann biegt er mit den anderen in die Stadionallee ab. Er mustert die vereinzelten Menschen am Straßenrand. Sie rufen und winken. Beugen sich vor, um mit drehenden Unterarmen die Läufer zu einer größeren Geschwindigkeit anzustacheln. Manche halten aufblasbare Plastikstangen zum Klatschen – alle in Hellblau und Weiß, derselbe Sponsor. Ein Jugendlicher mit messerscharfem Seitenscheitel fordert zum Durchhalten auf.

»Du hast keine Ahnung, Bürschchen. Keine Ahnung. Glaubst du wirklich, dass ich nach so kurzer Zeit schon zusammenbreche? Idiot.«

Der Glatzkopf sieht sich um, entdeckt ein paar Startnummern, die verraten, dass deren Besitzer lediglich einen Halbmarathon laufen. »Okay, okay, nehme alles zurück. Da gibt's sicher ein paar Schwammerln, die nicht trainiert sind. Sicher.«

Sein Blick fällt auf eine Frau mit lilafarbenem Stirnband. Sie macht gerade ein paar schnellere Schritte und lässt sich dann wieder zurückfallen. Mit zusammengefallenem Rücken stößt sie Luft aus. Ihr unruhiger Blick sucht die Strecke ab. Das Gesicht leuchtet rot.

Der Glatzkopf trabt neben sie. »In ungefähr zwei Kilometern gibt's Wasser.«

Die Frau lächelt ihn an und fixiert dann wieder die Straße. Der Glatzkopf trabt an ihr vorbei. Er schaut zur Sonne. Betrachtet die Bäume, die voll im Laub stehen, und nickt.

Hinter ihm wird ein Aufschrei hörbar. Er dreht sich um, indem er seitwärts hüpft. Die Frau mit dem lilafarbenen Stirnband liegt neben der Strecke im Gras und hält sich den rechten Knöchel. Die Menschen, die vorbeilaufen, schauen zwar zu ihr hin, aber niemand bleibt stehen. Das Hüpfen des Glatzkopfes wird unrhythmisch, er fällt ins Gehen. Noch immer bleibt niemand stehen. Der Glatzkopf stoppt, mustert seine Uhr, schaut zur Frau. Ein Mann in einem kiwigrünen Shirt hilft ihr gerade hoch. Sie reden, die Frau schüttelt den Kopf und drängt den Mann freundlich weg. Er winkt ihr zu und verschwindet zwischen den Bäumen.

Der Glatzkopf wendet sich wieder nach vorn und läuft los.

Montag nach dem Marathon, Landesgericht, Landesgerichtsstraße, 9:52 Uhr:

Das Gebäude war groß, grau und abweisend. Pure Wichtigkeit. Der Verkehr flutete daran vorbei, in den Amtsräumen musste ein Höllenlärm herrschen.

Mayer hob den rechten Fuß, um auf die Straße zu steigen. Um dieselbe zu überqueren und das *Landesgerichtsgebäude* zu betreten. Sie stellte den Fuß wieder auf dem Gehsteig ab. Nahm einen Zahnstocher aus dem Seitenfach ihrer Handtasche und kaute darauf herum.

Sonderzuteilung. Als Bundesbediensteter war man ein armes Schwein. Sie wollte nicht *sonderzugeteilt* werden. Aber als Beamte hatte sie zu gehorchen. Kein Mensch interessierte es, dass sie eine ruhige Kugel auf ihrem Kriminalkommissariat West schieben wollte. Hart hatte sie dafür gearbeitet, bei erfolgreichen Fahndungen lieber den Kollegen die Meriten überlassen. Und brav hatten sie auch alle Karriere gemacht, der Klingelhuber, der Strack. Nur Oppitz war so gestrickt wie sie. Nachdem sie einmal in Streit geraten waren, wer denn nun die Pressekonferenz nach der Festnahme eines Ehefrauenmörders schwänzen durfte und wer nicht, hatten sie an einem langen Abend mit viel Weizenbier, das sie beide liebten, ihre Seelenverwandtschaft erkannt. Seitdem arbeiteten sie Hand in Hand, um alle Aufmerksamkeit von sich abzulenken. Zum Glück wollten die meisten Kolleginnen und Kollegen mit Lob überhäuft werden.

Mayer zückte ihr Handy und rief die Nummer von Oppitz auf. »Hi. Ich hab eine Sonderzuteilung … EB01, was sonst … Ja, das ist echte Scheiße, du sagst es … Ich weiß nicht, wie mir das passiert ist. Ich geh erst zur Besprechung … Der Rössler … Geh hör auf, so weit geht der nicht. Nur weil er scharf ist auf mich, schanzt er mich nicht irgendwem … Oppitz, da gibt es etliche Bewerber um diese Jobs. Und ich bin nicht darunter … Ja, hast eh recht. Ich horch mir den Mist einfach mal an … Interessant hin oder her, bei diesen Promi-Leuten schwirrt dann immer die Presse herum, und alle sind gscheiter als du … okay, okay, ich male nicht schwarz … Passt. Goodi. Meld mich wieder.«

Sie steckte das Handy ein und knickte den Zahnstocher. Dann rollte sie ihn zwischen den Fingern. Er flirrte wie ein Hubschrauber. Wenn sie jetzt einfach nicht hinging, dann würde sie entlassen werden. Nein, einen Verweis bekommen. Okay, sie wusste es nicht. Und die wahre Konsequenz herauszufinden, konnte sie nicht riskieren. Denn ab nun brauchte sie gutes Geld. Daheim brüllte eine Hysterikerin herum, die bereits die Hosen und Höschen von Mayer in Plastiksäcke stopfte und sie eine verklemmte Zicke schimpfte. Um Carmen trauerte sie minütlich weniger, um die Dachterrassenwohnung sekündlich mehr. Etwas auch nur annähernd Vergleichbares zu finden, kostete Geld. Sehr viel Geld.

Mayer überquerte die Straße, blieb vor dem Eingang stehen. Sie könnte als Alternative anfangen, Lotto zu spielen. Oder in den privaten Sicherheitsdienst gehen. Ein Ex-Kollege, den sie vor zwei Wochen beim Mountainbiken am *Cobenzl* getroffen hatte, hatte ihr Connections, unter Umständen sogar einen Job versprochen. Mayer nahm ihr Handy heraus und sah, dass eine SMS hereingekommen war. Carmen. *Heb ab, du feige Schlampe, red mit mir.* Als Mayer die Mitteilung schloss, verriet ihr das Display, dass ihre nunmehrige Ex-Freundin sechs Mal versucht hatte, sie zu erreichen. Sie ließ das Handy auf stumm geschaltet und betrat das Gebäude. Das war wohl, was man Opfer der Umstände nannte.

Der Portier wies ihr den Weg durch den Koloss aus dem 19. Jahrhundert. Nach endlosen Minuten, die ihr dennoch bloß wie eine viel zu schnell vergangene Sekunde erschienen, klopfte sie an die angegebene Türnummer. Ein harsches »Herein« erschallte. Sie betrat einen Raum, der gerade einmal vier mal vier Meter umfasste. Die Leuchtstoffröhre an der Decke brannte, und das war gut so, denn das Zimmer hatte kaum Tageslicht. Eineinhalb Meter vom Fenster entfernt war eine Feuermauer. Hoffentlich nicht jene, an der man früher die Hinrichtungen vollzog. Nein, dieser kleine Innenhof war zugemauert, hatte sie irgendwo gelesen.

Hinter einem beige lackierten Stahltisch thronte Rössler. Die Unterlagen und Ordner sowie die Schreibutensilien, Computermonitor und Tastatur inklusive Maus waren in rechten Winkeln angeordnet. Er hatte die Ellbogen auf der Platte aufgestützt, die Hände gefaltet und ließ darauf sein Kinn balancieren. Das Gesicht verriet keinerlei Emotionen.

Ihm gegenüber saß Katz – wieder ins Jeans und engem T-Shirt, sehr knackig – auf einem der Besucherstühle aus Metallrohren mit orangeroter Polsterung. Seine Beine waren übergeschlagen, sein linker Fuß wippte in unfassbarer Geschwindigkeit. Die Arme hatte er hinter dem Kopf verschränkt. Er grinste Mayer an, sein rechtes Auge zuckte wieder einmal. Und irgendwas an seinem Gesicht irritierte sie noch immer.

Rössler deutete auf den zweiten Besucherstuhl. Sie setzte

sich. Überschlug ebenfalls die Beine und stellte die Tasche auf den Knien ab. Das war natürlich unmöglich. Also hängte sie die Tasche auf die Lehne des Sessels. Das war schon lässiger. Doch sie konnte nicht verhindern, dass sich ihre Arme verschränkten. Wozu auch? Sie brauchte keine Freude oder gespannte Erwartung zu heucheln. Mein Gott, wie viel einfacher war es gewesen, als sie noch nicht diese Kurse für Körpersprache besucht hatte. Aber auch verräterischer. Jede Medaille hatte definitiv zwei Seiten.

Rössler strich über einen Ordner und faselte drauflos. Sonderzuteilung zum EB01, wie gesagt. Fall Zwirn. Zusammenarbeit mit Kollegen Katz.

»Wieso?«

Die beiden Männer starrten sie an. Sie starrte abwechselnd zurück, blieb dann mit dem Blick auf Rössler. Sein Kopf schob sich ein winzigkleines Stück nach vorn, als würde er sich nach ihr sehnen oder etwas sagen wollen, das nur sie beide etwas anging. Er öffnete die Lippen, zog den Mundwinkel hinauf, kam aber nicht mehr zum Sprechen.

»Kolonovits hatte einen leichten Herzinfarkt. Beim 27er ist er zusammengebrochen. Wollt sich den Mann mit dem Hammer ersparen.« Katz lachte durch die Nase.

»Den Mann mit dem Hammer«, echote Mayer. Sie drehte sich zu ihm. »Den Mann mit dem Hammer?« Sie legte den Kopf schief, runzelte die Stirn, aber es kam keine Erklärung, dass das ein schlechter Witz gewesen sei.

»Wie man im Marathon-Milieu so schön zu sagen pflegt«, ließ Rössler vernehmen. »Zwischen Kilometer 30 und 35 stellt die Verbrennung im Körper endgültig von Kohlehydrate auf Fett um. Was starke Beschwerden auslöst. Habe ich mir sagen lassen.«

»Und das heißt …« Sie musterte wieder Rössler. Kein

Glitzern in seinen Augen, er schien keinen Scherz zu machen.

»Wenn der Mann mit dem Hammer kommt. Ja, Kollegin Mayer.«

Der Chefinspektor lachte nochmals durch die Nase. Dazu bewegte er sich wie ein Halm im Wind. »Unser Mörder ist ein Spaßvogel.«

Mayer schaute zu ihm. »Das Opfer ist mit einem Hammer erschlagen worden?«

»Mit ziemlicher Wahrscheinlichkeit.«

»Und wer ist Kolonovits?«

»Der Partner von Kollege Katz.« Rössler räusperte sich, als wäre ihm das alles sehr unangenehm.

»Aha. Das tut mir leid.«

Katz nickte. Wieder der Nasenlacher. »Besser für ihn. Hätte eh mindestens vier bis fünf Stunden gebraucht.«

»Äh … und ist er … wie geht's ihm?« Das ging sie doch alles nichts an.

»Er schläft sich aus, der faule Sack. Hätte mehr trainieren sollen.«

»Aha. Fein. Und was hab ich damit zu tun?«

Katz lächelte wieder. So breit und rund wie die Grinsekatze im Wunderland. Es wäre auch nicht absonderlich, wenn er sich plötzlich auflöste, es würde zu seiner Flippigkeit passen. Drogentests für Polizisten sollten verbindlich eingeführt werden. Dieser Typ war doch ständig auf Koks, anders war sein dämliches Verhalten nicht zu erklären. Er grinste, wippte, schaukelte, schien ständig am Sprung oder kurz davor, einen Kasatschok zu tanzen.

Rössler räusperte sich. Also schenkte sie neuerlich ihm ihre Aufmerksamkeit.

»Kollegin Mayer, Sie waren am Tatort, Sie haben die

ersten Vernehmungen durchgeführt, und Kollege Katz meint nun, Sie wären seine ideale Partnerin für den Fall.«

»Aber ich … da wird es doch irgendwen anderen im LKA geben.«

Rössler schlug nun mit den gefalteten Händen auf sein Kinn. »Kollege Katz meint, Sie seien deswegen ideal, weil Niederle zu Ihnen Vertrauen hätte. Gemeinsam hätten Sie eine Chance, ihn zu knacken.«

Mayer wandte sich zu dem Wahnsinnigen. »Andreas Niederle hat ein Alibi für die Tatzeit. Er ist den Marathon gelaufen.«

Katz bewegte die Schultern und den Kopf hin und her, als würde er eine imaginäre Musik hören. »Ist er nicht.«

»Was heißt, ist er nicht? Ist er nicht gestartet?«

»Ist er doch. Er ist auch ins Ziel gelaufen. Das sagt zumindest die offizielle Ergebnisliste. Und die richtet sich nach seinen Chipdaten.«

»Ein elektronischer Chip …«

Mayer wandte sich wiederum Rössler zu, dessen Stimme bei diesem Einwurf den eifrigen Tonfall eines Musterschülers hatte.

»… ist an einem Schuh jedes Läufers montiert, und es gibt Kontrollpunkte.« Rössler lächelte und nickte. Schien nach Lob zu hecheln.

Mayer schaffte es nicht, zurückzunicken, geschweige denn zu lächeln, denn das ging nicht, wenn man sich fremdschämte. Selbst wenn sie hetero wäre, würde sie dem Staatsanwalt einen Korb geben. Er war zwar ganz herzig, aber so wahnsinnig uncool.

Sie schaute wieder Katz an. »Ja, dann passt ja alles. Niederle ist den Marathon gelaufen, er kommt als Täter nicht infrage. Sache abgehakt.«

»Sein Chip ist den Marathon gelaufen.«

Mayer beugte sich zu Katz vor. »Und er nicht, oder was? Wie kommen Sie darauf?«

Sie wusste es, bevor er auch nur ansetzte zu antworten. Niederle war für fast viereinhalb Stunden Laufzeit zu durchtrainiert, er hätte weniger Zeit benötigen müssen. Und er war ohne Erschöpfungserscheinungen am Tatort aufgetaucht. Doch das allein war als Argument zu schwach.

Sie schüttelte den Kopf. »Er spielt vielleicht Tennis. Oder geht mountainbiken. Und dann hat er irgendein Problem auf der Strecke gehabt. Zum Beispiel mit dem Hammer, oder wie das heißt.«

Katz wandte sich Rössler zu. »Ich hab ja gesagt, sie ist die Richtige. Sie hat es auch bemerkt.« Er strich sich mit der Hand über die Glatze.

Mayer sprang auf. Sie ging zum Aktenschrank. Auf den Schienen der Schiebetüren lag Staub. »Nein, das ist wirklich zu wenig. Nur weil jemand durchtrainiert ist, eine schlechte Laufzeit hat und nicht erschöpft wirkt, kann man ihn nicht verdächtigen. Noch dazu, wo er nachweislich den Marathon gelaufen ist.«

»Das werden wir sehen.«

Sie strich mit dem Zeigefinger die linke Schiene entlang und kletzelte den Staubballen heraus. »Was heißt das?«

Rössler seufzte. »Wir bekommen Videos. Vom Fernsehen, von den Veranstaltern…« Seine Hand blieb mit einer vagen Bewegung in der Luft hängen.

Mayer musterte Katz. Lachen kroch ihren Hals hinauf. »Sie wollen ihn auf den Aufzeichnungsvideos verfolgen? Da rennen Tausende! Millionen. Das ist … bescheuert.« Sie schluckte. »'tschuldigung.«

Rössler lehnte sich zurück und legte den Kopf in den

Nacken. »Ja, es ist sehr aufwendig. Und es kostet einiges an Geld.«

»Ja, eben. Und das nur, weil Kollege Katz …« Die kiwigrüne Dress des Mannes am Fahrrad in der Nähe des Tatorts, die kiwigrüne Dress in der Tasche von Niederle. Nein, das war Blödsinn, es war sicherlich nur …

»Kollegin Mayer, Sie wollen etwas sagen?«

Sie sah Rössler an. Den Ordner, der vor ihm lag und der noch sehr wenig Material enthielt. Das Telefon läutete. Rössler ignorierte es, zuckte nicht einmal mit dem kleinen Finger.

Katz imitierte das Klingelgeräusch in einer Art Gesang. Wuidewuidewui. Wuidewuidewui. Als das Läuten abstarb, improvisierte er daraus ein Lied. Seine Daumen schlugen im Rhythmus auf die metallenen Lehnen seines Sessels.

»Nun, Kollegin Mayer?«

Sie schüttelte den Kopf. Katz hatte – zumindest, wenn nicht noch anderes – einen Schaden vom Marathon davongetragen, fixierte sich auf einen Wahn, und sie mussten das jetzt ausbaden. Erst recht Niederle. Der Mann hatte seine Verlobte verloren und wurde nun verdächtigt. Gut, bei der Mehrzahl der Morde waren enge Angehörige die Täter, aber ein Alibi war nun einmal ein Alibi.

»Vielleicht gibt es einen verschmähten Liebhaber. Wir wissen doch noch gar nichts. Ich finde, wir sollten uns nicht auf Niederle einschießen.« Sie ging zum Schreibtisch, stützte sich auf. »Wir sollten uns alle Optionen offen lassen. Hintergründe ausleuchten, Beweise suchen. Halt den üblichen Scheiß abspulen.« Sie sah Rössler starr in die Augen. »'tschuldigung.«

Katz stoppte seinen Gesang und streckte sich durch. Kurz jaulte er auf, stoppte mitten in der Bewegung, trotzdem wirkte er entspannt wie nach einem langen, tiefen Schlaf. Zufrieden wie eine Katze nach einem Becher Schlagobers. Wie ein Katz natürlich.

Rössler legte die Unterarme auf den Tisch und mundwinkelte sie an. »Genau diese Antwort habe ich von Ihnen erwartet, Mayer. Ich vertraue im Grunde Kollegen Katz und seinen Instinkten. Aber von Ihnen erwarte ich die Absicherung des Falles.« Er hielt ihr den Ordner hin. »Morgen um neun Uhr wieder Lagebesprechung.«

Katz sprang auf ... und knickte in der Hüfte ein. Er stand da wie der alte Mann, der er war. Hob die Hand, um Rössler und sie am Sprechen zu hindern. Millimeter um Millimeter knackte er sich in eine würdigere Haltung, nahm Rössler den Akt aus der Hand und hielt Mayer die Tür auf. »Chachacha, Honey.«

Mayer schloss die Augen. Die beiden kapierten es einfach nicht.

Sie nahm ihre Handtasche und ging zu Katz, zischte nah bei seinem Gesicht: »Nicht mit dir, *Schätzchen*.«

Er beugte sich zu ihrem Ohr. »Wenn du jetzt brav bist und einsteigst, dann sage ich allen, dass ich dich gevögelt hab. Lesbe adieu.«

Ihr wurde heiß. Sie ließ ihren Kopf bei jenem von Katz, denn die Hitze war wohl die Begleiterscheinung von Röte auf ihren Wangen. Rössler hatte es wahrlich sehr eilig gehabt, die Neuigkeit auf die Tratschrunde zu schicken. Jetzt war es mit ihrer Ruhe vorbei. Sie hatte es ja mit Männern versucht, aber sie törnten sie einfach nicht an. Schon gar nicht auf Dauer. Sie liebte nun einmal Frauen. Ach, scheiß drauf. Mit Oppitz hatte sie sich ausgesprochen, und alle anderen gingen ihr am Arsch vorbei. Die Junghupfer in ihrem Kommissariat bekam sie sicherlich in den Griff, und

Rössler würde nun endlich aufhören, ihr nachzusteigen. Eine ruhige Kugel schieben … *Du Schlampe.* Ihr schien, als würde das Handy in ihrer Tasche vibrieren.

Sie drehte sich zu Rössler um. »Die Überstunden ausbezahlt?«

Beim Marathon, ab Kilometer 5, Stadionallee, 9:27 Uhr:

So ein verdammter Mist. Ich bin viel zu gut für die Menschheit. Das kostet mich jetzt glatte zwei Minuten. Shit. Shit. Shit. Die muss ich erst wieder reinholen. Das ist nicht gut, das ist gar nicht gut.

Der Kiwimann stapft gezielt auf einen Baum zu, der sehr weit weg von der Rennstrecke steht und von einem Busch umgeben ist. Er dreht sich zur Laufstrecke um. Die Menschen sind kaum als Individuen wahrnehmbar, doch eine Figur ist durch das knallige lilafarbene Stirnband als die Frau erkennbar, der er geholfen hat. Sie steht noch immer am Straßenrand. Er erschießt sie mit ausgestrecktem Mittel- und Zeigefinger. Dann zieht er sich seelenruhig die Laufhose herunter und holt seinen Schwanz heraus. Er schreckt auf, sieht rasch zu den Menschen auf der Strecke und versteckt sich hinter dem Baum. Dort lässt er die Hose wieder über seinen Schwanz hochschnalzen. Mit dem Fuß schiebt er Geäst auf die Seite. Eine hellbraune Ledertasche wird sichtbar. Er nickt, scharrt die Äste zurück über die Tasche. Der Mann geht vor den Baum, verharrt, dreht um und pinkelt nun an den Baum daneben.

Verdammter Mist, ich muss doch sonst nie pinkeln. Nein, so geht das nicht. Disziplin. Jawoll, Herr Vater, das haben Sie mir beigebracht. Disziplin. Wenn sonst schon nichts, dann das. Blöde Tusse. Nein, ich bin hirnverbrannt. Wenn wer nicht laufen kann, dann soll er es bleiben lassen. Hinfallen, wenn er es trotzdem tut. Aber ich, ich muss ihr ja aufhelfen. Und wenn ich jetzt versuche, die Zeit aufzuholen, dann kommt mein Rhythmus durcheinander. Dann schaff ich's vielleicht nicht.

Er schüttelt seinen Schwanz aus und stiert ins Nichts.

Das mit der Tasche war Blödsinn. Ich hätte sie Tommy mitgeben sollen. Nein, er vergisst so etwas. Ist alles richtig. Und ich schaffe es. Nur eine Frage des Willens. Spielt sich alles nur im Kopf ab. Gleichmäßig schnell laufen, langsam darauf hin steigern. Das sagen alle. Nur keine hektischen Bewegungen. Den Profis wird man ja wohl glauben können.

Der Kiwimann läuft über die bucklige Wiese zurück zur Stadionallee. Er verknackst sich.

Verdammter Mist, verdammter. Aus.

Er bleibt stehen und senkt den Kopf. Atmet ein paar Mal tief ein und aus. Dann rennt er mit elastischen Bewegungen auf die Straße. Er mischt sich unter die Menge und überholt die ersten zwei Läufer.

Ein Motorrad fährt diesen Teil des Laufwurmes ab. Der Mann am Rücksitz hält eine große Fernsehkamera. Der Kiwimann sieht zu ihm hin.

Und immer lächeln. Wenn man im Fernsehen ist, muss man immer lächeln.

Er sieht wieder auf die Straße vor ihm. Die Menschen am Rand der Laufstrecke gestikulieren und schreien. Eine Frau mit langen, dunklen Haaren, die von einer großen, schwarzen Sonnenbrille von der Stirn zurückgehalten werden, fotografiert mit einer Digitalkamera.

Und immer lächeln. Ja, brav fotografieren. Nehmt mich nur alle mit zu euch nach Hause. Ihr Wichser. Ihr Armutschkerln. Ihr habt ja keine Ahnung, was es wirklich heißt, über Grenzen zu gehen. Du, mit deiner schwarzen Mähne, fotografierst und fotografierst. Das ist ein emotionales Secondhand-Leben. Renn doch selber, du Trampel. Sich aufgeilen daran, dass andere das tun, was man selber gern möchte. Das könnt ihr alle.

Der Kiwimann biegt in die *Schüttaustraße* ein. Gedränge bei der Wasserstelle. Am Boden ein Meer von Plastikbechern. Er weicht auf den Gehsteig aus, von dem eine abschüssige Wiese zu einer Schrebergartenanlage führt. Er muss kurz bremsen, weil ein Läufer abrupt stehen bleibt, um sich die Schuhe zu binden. Fast wäre er die Wiese hinuntergestolpert.

Diese Amateure. Es war einfach eine ganz, ganz schlechte Idee.

Auf der Wiese stehen bei den Bäumen immer wieder Männer, die pinkeln. Er kommt an einer mobilen Toilette vorbei. Eine Millisekunde, nachdem er sie passiert hat, schwingt die Tür auf.

Er dreht sich zu der Frau um. »Aufpassen! Verdammt noch mal, aufpassen!«

Der Kiwimann läuft auf die Straße zurück. In seinen Augen stehen Tränen.

Das ist alles Wahnsinn. So kann man nicht ... eine ganz schlechte Idee. Aber es darf nicht ... auf keinen Fall ...

Sein Blick wird starr. Rechterhand wird die Schrebergartensiedlung von Zinshäusern abgelöst.

Jetzt bin ich schon ganz in deiner Nähe. Aber es dauert noch. Nicht mehr lang, aber es dauert noch. Bald bin ich bei dir.

Er presst die Lippen zusammen und läuft und läuft. Vorbei an einer christlichen Gruppe mit dem Spruchband *Mit Jesus läuft's besser*, vorbei an einem gelben Trikot, das den Krampf aus dem Bein wegdrückt, vorbei an einem Rollplakat mit der Werbung für Mietfahrräder und dem Slogan *Feel free*.

Das werde ich, das werde ich.

Er wird geblendet, er stolpert. Der gleißende Lichtstrahl

auf seinem Gesicht erlischt. Er erkennt, dass es die Spiegelung der Sonne auf einem sich öffnenden Fenster war, die ihn geblendet hat. Zwei dünne Männer mit ärmellosen schwarzen T-Shirts und Tattoos auf den Oberarmen verkeilen Lautsprecher auf der Fensterbank. Ein paar Meter entfernt von ihm biegt ein schweinchenrosafarbener, mittelgroßer Mann mit dem Bauch einer Hochschwangeren das Absperrungsband durch. Seine Zunge reibt an der Unterlippe, er fixiert mit aufgerissenen Augen abwechselnd das Display seiner Digitalkamera und die Menschen, die an ihm vorbeilaufen.

Hallo, Fettsack. Ich grinse dich an, damit du eine schöne Erinnerung hast. Aber du siehst mich gar nicht, du siehst nur das knappe Höschen über dem Arsch vor mir. Verstehe, ficken willst du sie, aber trauen wirst du dich das nie. Renn doch einfach hinter ihr her und sag ihr, dass sie einen geilen Arsch hat. Lad sie auf eine Massage nach dem Marathon ein. Steck ihr deine Telefonnummer in den Armgurt. Ist doch besser, als jetzt nach Hause zu gehen und sich vor einem Porno einen runterzuholen. Oder vielleicht die aus dem Maul stinkende Alte zu vögeln. Na ja, vielleicht faulst du ja selber. Vielleicht hast du gar keine Frau abgekriegt und gehst ins Puff. Immer, wenn du dir was erspart hast … nein, du hast einen Ehering. Alles klar. Braver Bürger. Und wie oft wolltest du deine Alte schon umbringen? Wie oft warst du knapp davor, die Finger um ihren Hals zu legen und zuzudrücken? Zwanzig Mal? Oder sind es gar fünfzig vorübergegangene Chancen, dein Leben neu zu beginnen? Weil scheiden lassen traust du dich nicht, das wäre ja Versagen. Wie peinlich vor den Kollegen. Und erst vor der Verwandtschaft. Nur blöd, dass dir keine perfekte Mordmethode einfällt. Na ja, ein bissel Hirn braucht man dazu. Und die Bereitschaft, es wirklich zu tun. Man kann nicht über Grenzen gehen, wenn man Schiss vor dem Danach hat.

Der Kiwimann legt einen Sprint hin und steuert die nächste Wasserstelle an. Kurz vor dem Stand mit Mineralwasser entdeckt er ein Stückchen weiter einen Lautsprecher, über dem eine Kamera montiert ist. Er packt das Wasser im Vorbeilaufen und wird langsamer, bis er vor der Kamera stehen bleibt. Er keucht und trinkt das Wasser. Sein Kopf nickt im Rhythmus der Nummer *I will survive*. Er lächelt.

Blöder Stadtsender. Spielt doch was Gescheites. Die Stones zum Beispiel.

Er trabt weiter.

Das war die hirnrissigste Idee meines ganzen Lebens. Marathon. Jawoll, Herr Vater, du hast schon recht gehabt. Ich bin eitel. Und jetzt hängt mir die Zunge heraus. Aber es nützt nix, ich muss da jetzt durch. Weil heute, ja heute muss ich es machen. Sonst dreh ich durch.

Montag nach dem Marathon, Restaurant Adam, Floriani-gasse, 10:46 Uhr:

Mayer schwenkte das Glas hin und her, die Milch hinterließ trübe Schlieren. Sie sah auf, bewusst an Katz vorbei in den Raum. Das *Adam*, Magen- und Leiblokal der Justizler vom benachbarten Landesgericht, genau genommen der Raucherraum des Restaurants, war mit seinen Kaffeehaussesseln und der runden Bar derart konsi, dass er schon fast wieder stylish war, vor allem in seiner Farbgestaltung: rot und schwarz. Diese Kombination war bei Krimiautoren sehr beliebt, hatte Mayer anlässlich des unfreiwilligen Besuchs einer einschlägigen Lesung in einem Lokal im dritten Bezirk festgestellt. Es passte also irgendwie.

Mayer nahm einen der in Papier eingepackten Zahnstocher, enthüllte ihn sorgfältig und kaute darauf herum, während sie zwei Anzugträger beobachtete, die die Köpfe zusammensteckten und dabei lauthals lachten. Der Triumph darüber, bombensichere Beweise bei der Verhandlung durch Tricksereien in der Luft zerrissen zu haben? Nein, wahrscheinlich erzählten sie einander Witze. Das taten Männer meist. Über Frauen. Der mit dem vollen dunklen Haar schüttelte immer wieder den Kopf, der mit dem blonden zurückgekämmten wippte ununterbrochen mit dem linken Fuß. Auch so ein Hektiker wie Katz. Anwälte waren wohl ebenfalls auf Speed. Jetzt orderte der Dunkle lautstark beim Kellner Champagner. Frauenwitze und Champagner, wahrscheinlich besuchten sie demnächst als Belohnung für den harten Arbeitstag ein Puff. Offiziell natürlich nur, um die Sicherheit der Damen zu checken…

»Die begießen den Baradew. Haben die Anklage fertig.«

Mayer war versucht, sich mit einem erfreuten *Oh* Katz zuzuwenden. Erfreut und vor allem beeindruckt, das war sie, auch wenn sie es sich nicht eingestehen wollte. Jetzt befand sie sich im Dunstbereich der großen Kaliber, Aslan Baradew war einer der ganz bösen Jungs im Menschenhandel. Ab sofort natürlich *gewesen*. Für ein paar erfreuliche Jahre lang.

Aber Mayer unterdrückte das *Oh*. Ihr lieber neuer Gruppenchef sollte sich erst einmal für seine Erpressung entschuldigen, auch wenn diese natürlich absolut keinen Einfluss auf ihre Entscheidung gehabt hatte. »Aha.«

»Milch. Ist selten.«

»Hm.« Sie knabberte erneut an ihrem Zahnstocher. Das schabende Geräusch dröhnte in ihren Ohren.

Katz' Sessel knarzte, gleich darauf stöhnte der Herr Chefinspektor selbst in der Tonlage eines wackeligen Stuhls. Mayer konnte sich nicht beherrschen und sah zu ihm. Er hatte die Augen geschlossen, sein Gesicht war schmerzverzerrt. Und er regte sich nach einer halben Minute noch immer nicht.

»Was ist?«

Er runzelte die Stirn. Machte mit der Linken eine kaum sichtbare beruhigende Geste. Schließlich sah er sie doch an. »Wollen Sie sich nicht vielleicht vorn bei der Vitrine einen Kuchen holen? Apfelstrudel. Ist hier super.« Jetzt doch wieder per Sie.

Mayer schüttelte den Kopf.

»Und sagen Sie dem Ober bei der Gelegenheit, dass ich auch eine Milch möchte. Ich lad Sie natürlich ein.« Er wusste, dass er zu weit gegangen war.

Mayer drehte ihren Körper zu ihm und reckte das Kinn. »Wenn das ein Friedensangebot sein sollte, dann nehme ich es an. Aber ich finde, in dem Fall sollten Sie Kuchen und Milch organisieren.«

Katz presste den Mund zu einem Lächeln. »Wird nicht gehen.«

Sie legte den Kopf schief und runzelte die Stirn.

»Jetzt ist er voll eingeschossen.«

»Aha. Wer?«

Katz betrachtete der Reihe nach die Deckenleuchten mit den jeweils acht Kugeln. Er dehnte die Nackenmuskulatur und kräuselte die Lippen. »Dmusklka.«

»Was? Ich hab Sie nicht verstanden.«

»Der Muskelkater.« Er sah noch immer ins Licht.

»Aha.«

Katz nickte, ohne sie anzusehen. Er wirkte mit seinen zusammengepressten Lippen wie ein trotziger Bub.

»Der Muskelkater.« Sie nickte ihm auffordernd zu, denn da musste ja noch was kommen. Ein Muskelkater war nichts Besonderes. Aber Katz würdigte sie keines Blickes. Er nahm mit beiden Händen seinen rechten Oberschenkel und legte das Bein unter Stöhnen über das linke. Danach keuchte er.

»Ich glaub Ihnen schon, dass ein Marathon anstrengend ist, Sie brauchen meinetwegen nicht so ein Theater machen.«

Als Antwort schob ihr Katz einen Autoschlüssel zu.

Mayer nahm ihn. »Soll ich Sie zum Arzt fahren? Magnesium aus der Apotheke tut's aber sicher auch.«

»Zu Niederle.«

Sie blies Luft aus. »Bevor wir den noch einmal befragen, sollten wir wirklich ein bissel die Hintergründe von der

Zwirn checken. Meine ich ja nur. Aber Sie werden sicher wissen, was Sie tun. Ich meine … Sie sind der Chef.« Scheiß Situation, auf die sie sich da eingelassen hatte.

Katz streichelte wieder einmal die linke Seite seines Glatzkopfes. »Lassen Sie sich was einfallen, was wir ihn fragen können. Ich will ihn nur sehen.«

»Aha.«

Der Herr Chefinspektor quälte sich ächzend aus seinem Sessel. »Niederle ist angeblich Amateur. Laie, wie Ihre Freundin gemeint hat.«

»Freundin?« Katz hatte Carmen doch gar nicht … »Wie kommen Sie darauf, dass Susanna Ilic meine Freundin ist? Lassen Sie die blöden Sprüche. Das ist immer noch meine Privat…« Mayer senkte Kopf und Blick. Ertappt. Mist, warum musste dieser Vollidiot auch so dumm daherreden.

Sie blitzte ihn an. »Meine Privatangelegenheit. Und die geht Sie einen absolut feuchten Dreck an. Entschuldigen Sie, ich kann's nur ganz einfach nicht leiden, wenn sich …« Sie musste ihr Mundwerk etwas beherrschen lernen, sie brauchte die Überstunden beim LKA.

Katz straffte sich, nun war er wieder ganz der militärische Polizist. »Sie wird Ihre Freundin. Natürlich nur, wenn Sie sie nicht so anblaffen wie mich. Ein bissel Charme wirkt sicher Wunder.« Er zwinkerte sie mit dem rechten Auge an. So eine Verarsche.

Mayer sprang auf und holte tief Luft. Atmete sie aus. »Das geht Sie …«

»… einen Scheißdreck an. Sie wiederholen sich. Und: Irrtum. Sie arbeiten besser, wenn Sie ausgeglichen sind. Und ausgeglichen sind Sie, wenn Sie ordentlich durchgepudert werden. Oder wie nennt man das bei Ihnen?«

Mayer machte den Mund auf und zu. Sie wandte sich ab, ging zwei Schritte in den Raum, drehte um, baute sich vor Katz auf. Sie machte den Mund erneut auf, aber ihr wollte partout keine Replik einfallen. Wenigstens war Katz kein verlogener Süßholzraspler. Und sie kein Weichei. Mit Beschwerde zu drohen, kam einer Niederlage gleich. Sie machte den Mund wieder zu.

»Aber bitte erst, wenn Sie sie befragt haben. Wie oft war Niederle beim Opfer? Wer sonst noch? Da wissen wir noch zu wenig.« Er klopfte auf den Akt. »Wer war die beste Freundin von Elisabeth Zwirn? Wer …«

»Ich. Weiß. Herr. Chefinspektor.« Der Freak behandelte sie wie eine Anfängerin.

Ohne weitere Regung wandte sich Katz zum Ausgang. Er stakste, als hätte er die Hose voll. Anscheinend kam selbst ein Profi dem Muskelkater nicht aus – also erst recht nicht ein Laie.

Sie rannte Katz nach. »Und wenn er nicht am Boden kriecht, der Niederle? Dann ist das der Beweis, dass er nicht gelaufen ist?«

Über die Schulter zeigte er ihr einen erhobenen Daumen.

Beim Marathon, nach Kilometer 9, Stubenring, 9:46 Uhr:

Der Glatzkopf strauchelt. Sein Gesicht verzerrt sich, er reißt die Augen auf. Ein Schrei entschlüpft ihm. Während er versucht, das Gleichgewicht wieder zu erlangen, schnellt sein Blick zum Boden. »Verdammte Schienen.« Ein Schweißtropfen löst sich von seiner Nase.

Er läuft weiter. Sein Blick ist starr, sein Kopf leicht geneigt, als würde er auf etwas hören, das alle anderen nicht hören. Das rechte Bein vollzieht die Aufwärtsbewegung mit leichter Verzögerung. Nach ein paar Schritten nickt er und fällt wieder in einen gleichbleibenden Rhythmus.

Er hebt den Kopf. Vor ihm liegt die *Ringstraße*. Der bunte Wurm der Läufer hat sich nun in verschieden große Gruppen aufgeteilt. Die häufigste Konstellation ist ein Paar. Eine Dunkelhaarige mit Pferdeschwanz, weißem Baumwoll-T-Shirt und schwarzen kurzen Leggings presst bei jedem zweiten Schritt ein »Shit« heraus. Ihr Gesicht ist knallrot. Der Glatzkopf lugt auf ihre Startnummer. Sie ist eine Staffelläuferin. Ein Mann mit schütterem, blondem Haar lässt sich zu ihr zurückfallen und sagt etwas zu ihr. Sie ringt sich einen Seitenblick und ein Lächeln ab. Der Mann trägt ebenfalls eine Staffelnummer. Auf seinem T-Shirt prangt der Aufdruck *Clean Clothes*.

Der Glatzkopf trabt an ihnen vorbei. »Gutmenschen. So hast du sie doch immer genannt.« Er wiederholt das Wort *Gutmenschen* und scheint dabei auszuspucken. »Haben keine Ahnung vom Leben. Sind nie am Prüfstand gestanden. Blödsinnige Gefühlsduselei. Menschen vertragen es nicht, wenn man nett zu ihnen ist. Sie wollen geführt werden, weil sie für die große Freiheit zu blöd sind. Lemminge.

Nichts als Lemminge. Nur die Harten kommen durch. Verweichlichen ist die größte Sünde, die Eltern ihren Kindern antun können. Gefühle sind was für Schauspieler und alte Weiber. Mitgefühl macht die Menschen faul. Wenn man ihnen alles ins Maul stopft, dann machen sie es sich gemütlich. Sie werden stinkig, wie Geselchtes. Und danken werden sie es dir nie. Ja, man muss hart durchgreifen. Hart durchgreifen. Hart sein. Hart.«

Der Glatzkopf wiederholt bei jedem vierten Schritt das Wort *hart*. Es knackt unter seinen Füßen. Becher. Abrupt biegt er ab zum rechten Straßenrand und schnappt sich bei einer Verpflegungsstelle eine Flasche Wasser. Er schüttet es sich über den Kopf. Seine Augen pressen sich zusammen. Es wirkt, als würde er weinen. »Schauen, wo man selber bleibt.«

Er öffnet die Augen und schaut direkt auf einen Mann Mitte Dreißig, der auf den Eingangsstufen zum Café im *Museum für angewandte Kunst* steht. Auf seinen Schultern sitzt ein blondgelockter Bub von etwa zwei Jahren. Der Glatzkopf erstarrt in der Bewegung.

Montag nach dem Marathon, Franz-Josefs-Kai, 11:05 Uhr:

Der Schwedenplatz mit seinen stinkenden Fressbuden, dem miefigen U-Bahn-Abgang und den Haltestellen für die vielen Straßenbahnlinien zu nah, kein Supermarkt in der Nähe, der Donaukanal mit seinen Strandbars direkt auf der anderen Seite der Straße, der Franz-Josefs-Kai selbst mit seinen alltäglichen Staus, nein, die Adresse konnte hundert Mal im noblen ersten Bezirk situiert sein, genau an dieser Ecke würde sie nie wohnen wollen.

Mayer wandte sich wieder Katz zu, der die Namenstaste der Gegensprechanlage fixierte, als würde dort gleich Niederles Gesicht auftauchen.

Sie lehnte sich mit dem Rücken an die Tür und hielt das Gesicht in die Sonne. »Wenn er sich nicht zugedröhnt hat, wird er arbeiten sein. Manchen hilft das.« Sie kramte in ihrer Tasche nach dem Handy und ihrem Notizblock. »Vielleicht hört er das Telefon und sagt uns, wo er ist.«

»Er ist Lokalbesitzer.«

»Aha.«

Katz drückte die Klingel noch einmal und betrachtete nun seine Schuhspitzen. »Haben wir heute früh schon alles gecheckt.«

»Aha.« Sie verschränkte die Arme und drehte sich etwas zu ihm. Diese Geste sollte ihr neuer Partner verstehen, aber es kam nichts.

Statt eine Erklärung oder ausführliche Darlegung der Fakten abzugeben, bewegte Katz lieber das Gesäß, indem er abwechselnd die Hüftknochen hochzog. Dabei zog er das Gesicht rund um seine Nase zusammen.

Mayer entschlüpfte ein Seufzen. Männer und ihre Wehwehchen. Je älter, desto schlimmer. »Und wie lang? Der Muskelkater?«

Wiederum kam keine Antwort. Katz kreiste nun seine Handgelenke. Erstaunlich grazil. »Blaubart.«

Mayer studierte das Gesicht des Majors, aber da war kein Grinsen. Auch kein Zwinkern. »Blaubart. Was …?«

»Der Graf, der seine Frauen umgebracht hat.«

»Ritter.« Sie löste ihren Blick von den kreisenden Händen. »Wenn schon, dann Ritter Blaubart.« Bei dem Märchen, das sie als Kind in Furcht und Schrecken versetzt hatte, konnte ihr keiner was vormachen. Sie fingerte einen Zahnstocher aus dem Seitenfach ihrer Handtasche und kaute darauf herum. »Erstens kann unser Mann seine Frau, also seine Verlobte, nicht umgebracht haben, und zweitens ist er, also wäre er im Falle des Falles mit einer einzigen Leiche noch kein Blaubart.«

Jetzt verschob Katz seinen Rücken links und rechts von der Hüfte. Gleich würde er anfangen, Samba zu tanzen. »Niederles Lokal heißt so.«

»Aha.« Wenn die Kommunikation zwischen ihnen so weiterging, war sie nach zwei Tagen reif für die Irrenanstalt.

Sie stieß sich von der Tür ab. Die Erwähnung eines Lokals hatte in ihr einen unfassbaren Durst ausgelöst. Für April war es eindeutig zu heiß. »Na, dann werden wir jetzt dort anrufen. Und wenn er da ist, werden wir …« Sie sah um die Ecke des Hauses in die Gasse hinein, wo Schatten lockte. Da war ein Lokal. Mit einem blauen Schild, das einen Mann mit Bart zeigte. »… hingehen.«

Katz hatte sie wohl nicht gehört, schon gar nicht ihren erfreuten Unterton. Er ließ sich gerade vornüber hängen und wippte mit den Fingerspitzen zu den Zehen. Es fehlten gute zwanzig Zentimeter. Dabei entschlüpften ihm immer wieder kurze Stöhngeräusche. Am besten war es wohl, sie plauderte kurz allein mit Niederle. Mit diesem Wahnsinnigen da blamierte sie bloß sich selbst und die ganze Polizei. Gut nur, dass er keine Uniform trug.

Jetzt streckte Katz die Arme über den Kopf und bog sich durch. »Ja, dann machen Sie das einmal. Muss auch irgendwo da im Ersten sein.«

»Verarschen brauchen Sie mich aber nicht, nur weil ich neu bei der Truppe bin. Sie wollten mich, wenn ich Sie erinnern darf.«

Jetzt sah er sie an. Zum ersten Mal seit Minuten. Sein Gesicht drückte pures Unverständnis aus. Sie nickte mit dem Kopf Richtung Gasse. Jetzt runzelte er auch noch die Stirn.

»Es ist da, das Lokal. Da in der Gasse.«

Sein Gesicht hellte sich auf. »Hab ich wohl überlesen.« Er machte einen federnden Schritt in ihre Richtung und zuckte zusammen. »Nie wieder. Verdammte Scheiße.« Er schlug mit den Händen ein paar Mal auf die Seiten der Oberschenkel, wobei nicht klar war, ob das zur Auflockerung der Muskeln oder zur Bestrafung derselben dienen sollte, weil sie ihn so sehr im Stich ließen.

»Das sagen Süchtige immer.« Sie grinste ihn an.

Die drei Fenster des Lokals reichten bis zum Boden. In jeder Nische stand ein Tisch mit zwei Sesseln aus weinrotem Lack. Auch die Tür selbst, die ihr Katz aufhielt, war komplett aus Glas und etwa einen halben Meter nach innen versetzt. Auf dem Glas selbst war nur ein Zettel mit den Öffnungszeiten angebracht – jeden Tag von elf Uhr vormittags bis drei Uhr früh –, doch an den Seitenwänden der Tür im Inneren des Lokals hingen dick übereinander Plakate, die Veranstaltungen ankündigten.

Linkerhand befand sich eine Nische mit einem Tisch für sicherlich acht bis zehn Personen, ebenfalls in weinrotem Lack gehalten. Die Sitzpolster der Bank changierten in verschiedenen Rot- und Blautönen, was einen lilafarbenen Eindruck hervorrief. Rechts der Tür weitete sich der Raum auf etwa sechs mal sechs Meter, alle Tische in derselben Farbgestaltung, mit weißen Kerzen und Karten, blauen gläsernen Aschenbechern und blutroten Zylindern, die als Kerzenhalter dienten, geschmückt. Total Mayers Geschmack.

Der Raum war weiß ausgemalt, zwischen den roten und blauen Wandleuchten in der Form von Krönchen klebten ebenfalls Veranstaltungsplakate. An der rechten Wand wichen sie scheinbar von einem Bild zurück. Es war einen halben mal einen Meter groß und zeigte … Eckchen. Auch wenn Mayer nicht viel mit Malerei am Hut hatte, so wusste sie doch sofort, welchem Meister der Stil nachempfunden war: Picasso. Und wie bei den meisten Bildern des Spaniers gelang es ihr auch bei diesem nicht sofort zu erkennen, was es darstellen sollte. Mitten in ihre Überlegungen platzte ein »Oh«.

Sie wandte sich dem Sprecher zu. Es war Niederle, der noch halb in der Tür zu einem Nebenraum stand, an den die Bar anschloss, die sich direkt vor ihnen gegenüber dem Eingang befand. Er kaute und hatte in der Hand ein Stück trockenes Weißbrot. Und er kaute weiter, keine verbale Begrüßung, keine entsprechende Geste, nur der Blick ruhig auf sie gerichtet. Er trug wiederum Schwarz, heute allerdings Jeans und ein kurzärmeliges T-Shirt.

Katz schlenderte zu ihm. Seine Beherrschung rang Mayer

Bewunderung ab, denn er wirkte locker und lässig, gar nicht mehr wie ein Opa. Auch noch, als er sich auf einen der Barhocker hinaufzog. Erst sein Streicheln über die Glatze verriet seine Anspannung, aber nur jemandem wie ihr, die diese Geste bereits kannte.

Niederle bewegte sich nicht. Und wenn er einfach stehen blieb während der Unterhaltung, dann war ihr Besuch bei ihm für die Fische. Das war alles so lächerlich. Einen Mann aufgrund seines nicht vorhandenen Muskelkaters überführen zu wollen, da fielen ja die Spatzen mit Lachkrämpfen von den Dächern.

Katz lächelte. »Ein Mineral, bitte.«

»Wir haben noch nicht geöffnet.«

Katz schaute auf seine Armbanduhr. »Es ist nach elf.«

»Heute wird es später. Mein Kellner hat eine Magenverstimmung.« Niederle bewegte sich noch immer nicht.

»Und jetzt muss der Chef einspringen.«

Niederle hob bestätigend die Augenbrauen und lächelte. Jetzt lächelten beide. Groß und aalglatt wie Hutschpferde. *Exklusiv für Sie, meine Damen und Herren: das Blaubart-Duell!*

Blödsinn, es gab kein Kräftemessen, weil es keines geben konnte. Niederle war unschuldig und lediglich verärgert darüber, dass er, der Mann in Trauer, in guter, alter Polizistenmanier als Verdächtiger behandelt wurde. Deswegen ignorierte er jede Art von Gastfreundschaft und Höflichkeit. Er stand auf Manieren, das hatte sich gestern bei der ersten Einvernahme gezeigt. Er konnte Katz nicht leiden, wollte ihm zeigen, dass er sich dem Staatsapparat nicht in vorauseilendem Gehorsam zu unterwerfen gedachte. Das war alles.

Dennoch musste er sich bewegen, sonst gab der gestählte Herr Chefinspektor keine Ruhe.

Mayer schlenderte zur Bar und reckte Niederle die Hand hin. »Guten Morgen, Herr Niederle. Wie geht's heute?«

Die Blicke der Männer wanderten ihren Unterarm hinauf zu ihrem Oberarm, über die Schulter und den Hals auf ihr Gesicht. Sie würde jetzt Millionen dafür geben, wieder ruhig in ihrem Kommissariat West zu sitzen und irgendeinen prügelnden Ehemann zu verhören. Keine Spielchen, kein Stress.

Niederle nahm ihre Hand und beugte leicht den Kopf. »Frau Gruppeninspektor Mayer. Es ist mir eine Freude. Darf ich Ihnen etwas zu trinken anbieten?«

Sie neigte ebenfalls den Kopf. Eigentlich müsste man als Bulle alle Benimmkurse vom *Elmayer* besuchen. Als Bulle in der oberen Liga. In ihrem alten Kommissariat hatte sie das nicht gebraucht. »Einen kleinen Schwarzen, bitte.«

Niederle nickte und wandte sich nach rechts zur Kaffeemaschine.

»Und ein Mineral auch noch. Bitte.«

Niederle verharrte. Sein Lächeln wurde breiter. Er hatte den Trick erkannt. Natürlich. Aber er würde sich nichts anmerken lassen. Er würde das Mineralwasser zu ihr stellen und mit keinem Wimperzucken darauf reagieren, wenn sie es Katz hinschob.

Nun machte er einen Schritt. Und noch einen. Nichts. Kein Stöhnen, kein gequältes Gesicht, kein Zucken, kein Einknicken.

Mayer sah zu Katz und nickte. Kein Muskelkater. Jetzt hatten sie die Bestätigung und waren doch keinen Schritt weiter. Wie erwartet. Beweise, Beweise und nochmals Beweise waren nötig. Aber vielleicht ergaben ja Katz' impertinente Fragen etwas.

Der hob kaum merklich die Hand. Abwarten, signalisierte er. Wie jetzt? Wollte er plötzlich, dass Niederle einen Muskelkater bejammerte? Dann wäre er aus Katz' Sicht doch aus dem Schneider. Männer. Sie waren die unlogischsten Wesen der Erde. Mayer wuchtete sich ebenfalls auf einen Barhocker. Sollte der Herr Chefinspektor doch seine Spielchen abziehen. Sie würde sich auf das Wesentliche konzentrieren: Fakten. Nur das zählte vor Gericht.

»Herr Niederle, können Sie sich vorstellen, dass irgendjemand etwas gegen Ihre Verlobte hatte? Gab es da vielleicht einen Ex? Oder jemanden aus dem beruflichen Umfeld?« Stochern im Nebel war das. Aber Katz hatte es ja nicht für notwendig befunden, sie in die bisherige Aktenlage einzuweihen. Oppitz. Sie musste ihren Kumpel anrufen und ihm ihr Leid klagen. Ein Ziehen machte sich in ihrer Brust breit. Ein echtes Gefühl. Das war überraschend und beängstigend zugleich. Sie hätte nie geglaubt, dass ihr das Kommissariat West und Oppitz so ans Herz gewachsen waren. Sie musste dafür sorgen, dass der Ausflug in die Berggasse ein einmaliger blieb.

Niederle zuckte mit den Schultern. Dann presste er die Lippen zusammen, legte die rechte Hand auf den Mund wie eine theatralische Diva, als müsste er einen Schrei unterdrücken. »Sie war ein so lieber Mensch. Ich …« Er schüttelte den Kopf und verbarg nun seine Augen hinter der Hand.

Ein bissel viel war das alles. Zu viel. Mayer straffte sich. Sie hörte Oppitz: *Geh nicht immer von dir aus. Die meisten Menschen sind ein bissel gefühlsduselig*. Trotzdem. Oder sickerte schon Katz' Fixierung wie Gift in ihr Denken? Einfach wegschieben und weiterfragen.

»Ja, das verstehe ich, Herr Niederle. Aber jeder Mensch hat irgendjemanden, der sauer auf ihn ist. Wir sind alle nicht Mutter Theresa. Und selbst die hat ein paar Leute angekotzt.« Sie gackerte ein Lachen hinterher. Ganz schlecht. Sie gehörte einfach nicht in die Landesliga. Diese Feinheiten in der Gesprächsführung waren definitiv nicht ihr Ding. Klare Ansagen wie *Komm, du Depp, sag schon, dass dir deine Alte auf die Eier gegangen ist* waren eher ihre Abteilung.

Niederle straffte sich und drehte nun den Griff mit dem Kaffee in die Halterung. Dann drückte er die Taste für das Wasser. Es zischte und gurgelte. Sein Blick hastete durch den Raum. »Ich weiß nicht. Ich weiß es wirklich nicht.« Er senkte den Kopf. »Es ist alles so furchtbar. In zwei Monaten«, er sah Mayer direkt an, »wollten wir heiraten!«

Irgendwie kam sie sich wie in einer Soap vor. Niederle fehlte nur die glatte Föhnfrisur des Bösewichts. Hatten die im LKA immer mit solchen Wichsern zu tun? – Und jetzt ging sie schon wie Katz von Niederles Schuld aus, sonst hätte sie nicht *Bösewicht* gedacht. Nicht einmal zwei Stunden hatte sie es geschafft, sich seiner Suggestion zu widersetzen. Das bewies, dass sie die falsche Frau für die Aufgabe war. Den Fall abdienen, ohne allzu viele Schrammen abzubekommen, und nichts wie weg. – Carmen. *Blöde Schlampe.* Eine miese kleine Wohnung war das Letzte, was sie gerade benötigte. *Hysterische Zicke.* Wer nun von ihnen beiden? Sie hatte vielleicht ein bisschen überreagiert. Sie musste Carmen verzeihen, sie zur Versöhnung endlich einmal in die *Hummer-Bar* im Ersten ausführen, so wie sie es wollte, und dann war wieder alles gut. Okay, dieser Trampel hatte sie geoutet, aber Katz würde den Mist wieder regeln, wenn sie diesen Fall abgeschlossen hatten. Guter Plan. Aber wie auch immer, die Devise war vorerst einmal Durchhalten. Und sich daran erinnern, dass ihr Niederle bis vor ein paar Minuten nicht unsympathisch gewesen war. Dass sie ihr offensichtlich missgeleitetes Gefühl abschalten konnte, weil an ihrer Seite ein Partner war, der *Intuition* auf dem Taufschein hatte.

»Gut, Herr Niederle. Aber es war definitiv kein Einbruch.« Etwas blitzte in seinen Augen auf. Etwas. Blitzte. Auf. Was? Ihr fiel beim besten Willen keine Erklärung ein. Und doch hatte sie nun das unbestimmte Gefühl, dass Katz recht hatte. Schon wieder. Scheiße. Sie musste strukturiert bleiben.

Niederle entnahm der stahlglänzenden Kaffeemaschine die kleine Mokkaschale und stellte sie auf eine Untertasse. »Lisa und ich kennen uns noch nicht so lang. Erst ein halbes Jahr. Ich bin zwar …«, bei jedem Stocken presste er die Augen ein wenig mehr zu, ließ er seine Stimme ein wenig mehr brechen, »… immer wieder in sie gedrungen, dass wir nun, da wir doch heiraten, endlich alle Menschen … aber sie hat gemeint, bei der Hochzeit würden wir ohnehin … ich weiß es nicht. Ex … gibt es nur den Helmut. Helmut Weiß. Das ist aber … lang her. Und wir mögen uns. Er hat … drei Kinder und … eine Frau.«

Niederle wischte sich Tränen ab, die gar nicht sichtbar waren. Nein, das unterstellte sie ihm jetzt. Jedenfalls gab er sich einen Ruck und drapierte den Kaffee auf einem kleinen Silbertablett mit allem professionellen Schnickschnack. Und natürlich stellte er ein kleines Glas Leitungswasser dazu. Automatisch. Als er dann aus dem Kühlschrank die Flasche Mineral nahm, verharrte er. Sein Blick flog nahezu unmerklich zu Katz. Doch sie hatten ihn alle drei bemerkt. Dennoch tat Niederle so, als wäre nichts gewesen. Er platzierte das Mineral neben das Tablett mit dem Kaffee, lehnte sich mit der Hüfte gegen die Theke und starrte auf den Plafond.

Gut, die Karten waren ausgespielt. Es war erwiesenermaßen kein Einbruch gewesen, und Niederle gab keinerlei Hinweise auf jemanden, der sich aufgrund von Bekanntschaft mit der Toten Zutritt zur Wohnung hätte verschaffen können. Womit er den Fokus auf sich selber schärfte. Entweder war er wirklich unschuldig oder total gewieft… Nein, so durfte sie nicht denken, das war Katz' Abteilung. Susanna Ilic mussten sie befragen, auch diesen Weiß.

Mayer fragte Niederle nach seinen Kontaktdaten, die er ihr auch anstandslos gab. Der Ex und die Nachbarin – ansonsten wollten ihm auch auf nochmaliges Nachfragen hin keine Namen einfallen. Sie seien sich selbst genug gewesen. *How sweet.*

Mayer nahm das Tablett und hüpfte vom Barhocker. Der ultimative Test musste Katz zuliebe gemacht werden, damit sie endlich zur Routinearbeit wechseln konnten. Kein Mensch hatte so wenig Kontakte wie angeblich dieses Opfer. Es lechzte in ihr nach handfester Recherche. Sie ging zum Nischentisch, der benachbart zur rechten Wand stand, und stellte das Tablett ab. Sie wandte sich zu den Männern, die einander schon wieder musterten. »Ich mag Barhocker nicht. Sind unbequem.«

Katz krallte sich das Mineral und stakste zu ihr, wobei er den Blick bis zum letztmöglichen Zeitpunkt auf Niederle haften ließ. Der gab schließlich w.o. Er nahm sich Leitungswasser und schob sich zum Rand der Theke. Mayer hielt die Luft an. Und sie sah, dass auch Katz nicht mehr atmete. Es war so lächerlich. Ihr neuer Partner musste über suggestive Kräfte verfügen, sonst würde sie nicht mit seinem Blick auf irrelevante Spuren achten.

Niederle machte einen forschen Schritt hinter der Bar hervor … und knickte ein. Er stöhnte auf. »Verdammter Mist.« Er strich über die Schenkel und richtete sich unter

Ächzen auf. Dann musterte er seinen Feind. »Haben Sie auch so einen Muskelkater?«

Mayer sah, wie die Wangen, der Kiefer, die Augenbrauen, die Schultern von Katz der Schwerkraft nachgaben. Er ließ sich auf den Sessel plumpsen.

Mayer setzte sich, nahm eine Packung Zucker nach der anderen und leerte sie in den Kaffee.

»Ungesund.« Katz klopfte mit dem Zeigefinger auf den Tisch.

Sie sah ihn an. Er senkte den Kopf. Gut so.

Es schrammte. Niederle tauchte in ihrem Sichtbereich auf. Er setzte sich rittlings auf einen Sessel, den er vom Nachbartisch herangezogen hatte.

Mayer nippte am Kaffee. Er war exzellent. Sie lächelte Niederle an. »Und das war Ihr erster Marathon?«

Niederle drehte das Glas Wasser in seinen Händen. »Ja. Warum fragen Sie?«

»Na ja, Sie wirken so durchtrainiert.«

»Tennis. Bergsteigen. Mountainbiken. Und so halt.«

Ähnliche Vorlieben wie sie, der Mann wurde ihr wieder ein bisschen mehr sympathisch. Mayer nickte und vermied es, Katz einen triumphierenden Blick zuzuwerfen.

Niederle schlug die Hände vors Gesicht. »Wer? Warum? Ich … kann es noch immer nicht glauben.« Er riss die Hände nach unten und sah sie abwechselnd an. »Kein Einbruch. Sie muss also jemanden hineingelassen haben. Aber sie war eine misstrauische Person. Verstehen Sie? Sie war reich. Sie hat niemandem getraut. Sie hätte nicht irgendeinen Schlurf in ihre Wohnung gelassen.« Jetzt massierte er mit allen zehn Fingern seine Glatze.

Damit waren sie am Punkt. Und sie glaubte all das eben Gesagte diesem Mann. Ja, Elisabeth Zwirn war reich und misstrauisch gewesen. Indizien dafür: Viele Schlösser an der Tür, hässliches Gesicht, eine Unfigur, Freunde weit oben, die ihren Mord gleich einmal zur Chefsache machten, und eine Nachbarin, die das alles bestätigte. So weit, so klar. Aber wen ließ so eine Frau dann in ihre Wohnung? Doch nur den Geliebten oder Freunde. Der Herr Chefinspektor war ein Schwammerl. Sie hätten vor diesem Besuch wirklich zuerst den Bekanntenkreis des Opfers aufsuchen und durchackern müssen. Niederle hatte ein Alibi. Alibi. Kiwigrün.

»Herr Niederle, ich weiß, das ist jetzt eine …«, sie durfte jetzt nicht *dämlich* sagen, das desavouierte die gesamte Abteilung, »… außergewöhnliche Frage, aber nur so privat, wie schafft man einen ganzen Marathon in einer kiwigrünen Dress?« Sie lachte gackernd. Teils ehrlich, teils aufgesetzt. Er sollte sie ruhig für dämlich *halten*.

Katz schleuderte seinen Kopf in ihre Richtung. »Kiwigrün?«

Sie nickte. Und sah Niederle in die Augen, die er sofort mit den Lidern verschloss. »So eine Dress war doch in Ihrer Sporttasche.«

»Sie stellen Fragen.«

»Ich weiß. Aber wissen Sie, auch wenn ich nicht Marathon laufe, so bin ich doch … also ich gehe auf den Berg. Und wenn ich ein bestimmtes Gewand anhabe, dann fällt es mir leichter.« Blödsinn, was sie da von sich gab. Es war scheißegal, was sie anhatte, es hing von der Tagesverfassung ab, ob sie gut war oder nicht. »Und Kiwigrün … na, ich weiß nicht.« Sie lachte wiederum gackernd.

Ein Fuß stupste sie an. Welcher Fuß? Er kam von direkt gegenüber. Katz stieß sie an. Flirten war wohl nicht angesagt, also wollte er ihr was signalisieren. Sie sah ihn an. Er zwinkerte ein paar Mal mit dem rechten Auge. Dieser Tick war echt nervig.

Niederle lachte nun ebenfalls. »Sie haben's genau getroffen. Ich hasse die Farbe. Sie macht mich aggressiv. Ich hab mir gedacht, dass sie mich schneller macht. Hat nicht funktioniert.«

»Wahrscheinlich nur die anderen, die vor Ihnen weggelaufen sind.«

Sie lachten gemeinsam.

Katz nahm nun die Flasche Mineralwasser. Zwischen den Schlucken sprach er. »Sie müssen lang nach so was gesucht haben. Ist selten. Und … sehr auffällig. Sie haben sicher kein Problem, sich auf den Fotos vom Zieleinlauf zu erkennen.«

Niederle fuhr mit dem linken Zeigefinger den Rand des Glases ab. »Ich wollte es Lisa rahmen lassen. Sie war so stolz, dass ich mich überwunden hab.« Nun umklammerte er das Glas.

Die Kaffeemaschine gluckerte. Vor dem Lokal knatterte eine Harley Davidson vorbei. Sie lauschten ihr alle drei nach.

»Sie hätte überhaupt stolz auf Sie sein können.« Katz' Blick blieb an etwas draußen auf der Straße hängen. Es handelte sich um ein buntes Windrad, das an einem Parterrefenster am Haus gegenüber montiert war. Er blickte so versonnen und sanftmütig drein, wie es eben seine Stimme gewesen war.

Niederles Nasenspitze zuckte, als er den Chefinspektor ansah. »Wie meinen Sie das?«

»Nun ja, Sie haben doch«, Katz wandte sich ihm mit einem Lächeln zu, das einem Pfarrer zur Ehre gereicht hätte, »wenn ich mich nicht irre, einem Mann aufgeholfen, der gestürzt ist. Ziemlich am Anfang vom Marathon, da im Prater. In der Stadionallee. So selbstlos ist kaum jemand.«

Mayer merkte, dass ihr die Espressotasse aus der Hand kippte. Entweder war ihr neuer Partner der größte Bluffer aller Zeiten oder der größte Arsch, dann nämlich, wenn er Niederle tatsächlich beim Laufen gesehen und ihr das nicht mitgeteilt hatte.

Niederle strahlte auf, im nächsten Moment verfinsterte sich seine Miene wieder. »Ja, schön blöd, das hat mich mindestens fünf Minuten gekostet.«

Katz starrte ihn an, er schien zu wachsen, sich bedrohlich aufzublähen.

Niederle hob sein Glas hoch und schwenkte es wie ein Pendel, während er seinen Kontrahenten mit großen, sanften Augen anschaute. »Aber es war kein Mann, sondern eine Frau. Können Sie sich nicht erinnern? Sie hat so ein kotziges lila Stirnband getragen.«

Sie starrten einander an. Freundlich lächelnd. Doch Blaubart-Duell.

»Aber witzig, dass Sie das beobachtet haben. So ein Zufall«, süßelte Niederle weiter.

»Ja, extremer Zufall.«

»Bei den vielen Menschen.«

»Liegt wohl daran, dass Sie als Kiwi verkleidet waren.«

»Trotzdem.«

»Und daran, dass Sie der Frau geholfen haben.«

»Wenn ich ihr nicht geholfen hätte, hätt's ein anderer getan.«

»Na ja, bin ich mir nicht so sicher, Sie sind schon ein Guter.«

Sie grinsten. Und wirkten wie Brüder, nicht nur, weil

sie beide kahlgeschoren waren und eine ähnliche Art zu sprechen hatten. Mayer erschienen sie wie Spiegelbilder, trotz des Altersunterschieds. War Katz deshalb so aggressiv gegenüber diesem Mann, weil er kein Duplikat von sich ertrug?

Im nächsten Moment ließ sich Niederle über die Sessellehne sacken. Er presste die Augen zusammen und massierte mit Daumen und Zeigefinger die Nasenwurzel. »Wär mir lieber, wenn ich's nicht wär. Dann wär ich daheim gewesen und Lisa … wäre nicht …«

Er schluchzte auf.

Beim Marathon, ab Kilometer 11,1, 9:38 Uhr:

Der Kiwimann betrachtet die *Staatsoper* rechts neben ihm, die *Ringstraße* geradeaus, den bunten Läuferwurm, der knapp vor ihm nach links abbiegt. Er wirft einen Blick zum Straßenschild auf dem rechten Eckhaus.

Operngasse. *Dramagasse*.

Er imitiert mit der rechten Hand eine Pistole und feuert zwei Mal auf den ersten Stock.

Wenn du alter … Mann nicht so ein rechtschaffener, selbstgerechter Wichtigtuer gewesen wärst … nein, so darf ich erst gar nicht anfangen zu denken.

Er nimmt die Ellbogen knapp an den Körper und fixiert die Leerräume vor sich. Er läuft nun regelmäßig wie eine Maschine.

Konzentrier dich, Mann. Keine blöden Gedanken. Und schon gar keine an etwas, das man sowieso nicht mehr ändern kann. Es war in einer anderen Zeit. Der ordiniert da gar nicht mehr. Mist, jetzt beginnt die lange Gerade.

Er runzelt die Stirn und fixiert die ersten Standln des Naschmarktes, die zweihundert Meter vor ihm sichtbar werden.

Wie blöd kann man eigentlich so eine Marathonstrecke noch anlegen? Okay, jetzt sollen sie alle vor der Glotze sehen, wie schön Wien ist. Zuckerlsüß. Aber das Letzte zum Angeben ist die Secession, dann ist lang nix. Nur die öde Wienzeile. Dann erst wieder Schönbrunn. Und wir rennen wie die Deppen immer geradeaus.

Er mustert die goldene Kuppel der *Secession* rechterhand, deren Blätterwerk in der Sonne glitzert, liest den Schriftzug *Der Zeit ihre Kunst. Der Kunst ihre Freiheit*. Er lacht auf und beherrscht sich im selben Moment. Er lacht nochmals, kann nun nicht mehr an sich halten und muss stehen bleiben, so sehr schüttelt es ihn. Nach ein paar Sekunden richtet er sich wieder auf und starrt auf die vielen Menschen, die sich auf der linken Seite der Rennstrecke, auf dem *Karlsplatz*, tummeln.

Der Zeit ihre Kunst. Der Zeit ihre Kunst. Zu viel uninteressanter Dreck. Und ich beseitige ihn kunstvoll. Ha, ich bin ein Künstler.

Er wirft sich in die Brust und kräuselt den Mund. Mit einer hochgezogenen Augenbraue schaut er einer jungen, flachbrüstigen Frau mit platinblonden Haaren nach, die an ihm vorbeiläuft, mustert auch einen Dickbauch mit schwarzem Haarkranz und einen hageren Mann mit Hakennase. Er trabt wieder los.

Ich darf mich nicht so viel ablenken lassen, sonst geht sich das alles nicht aus. Ich muss jetzt einfach ein paar schnellere Kilometer einlegen. Die Deadline ist elf Uhr vierzig. Und jetzt bin ich … Mist, noch nicht einmal bei Kilometer zwölf. Aber zu schnell geht auch nicht, da geht mir die Luft aus. Und jetzt …

Sein Blick fällt auf das *Theater an der Wien* rechterhand. Er zwingt seine Augen auf den Asphalt vor ihm.

Wie er dich immer angeschaut hat, Mama. Vollkommen kalt. Genervt. Wieso hast du dir das gefallen lassen? Wieso? Ich mein, der hat doch gewusst, was er tut, wie er dich damals nach der Vorstellung eingeladen hat.

Er schüttelt den Kopf, als wolle er Fliegen vertreiben.

Shit, shit, shit, ewig hab ich nicht mehr daran … wieso jetzt auf einmal? Das ist die verdammte Rennerei. Die macht einen weich im Schädel. Du bist schon lang weg. Weg. Weg. Einfach weg. Weil *sie* dann aufgetaucht ist. Gleicher Stand, dieselben Freunde. Und kalt wie eine Hundeschnauze. Es hat sie nicht interessiert, dass er wieder herumgehurt hat. Nicht die Bohne hat sie das interessiert. Hauptsache, es war genug auf ihrem Taschengeldkonto. Blöde Kuh. Stundenlang hab ich ihr Altweiberparfum in den Haaren gehabt, wenn sie ins Internat gekommen ist und mich abgeschleckt hat. Die gute Stiefmami, die sich ja *so* um ihre *lieben, lieben Söhne* kümmert. Den Tommy hat sie nicht ein einziges Mal besucht, die Sau. Und der Alte hat wieder Tänzerinnen gefickt. Dann aber die von der Staatsoper, weil die waren jünger und dünner, der perverse Bock.

Der Kiwimann spuckt aus. Rennt dabei weiter. Verhaspelt sich, gerät außer Atem, spuckt nochmals aus und atmet durch. Er läuft wieder gleichmäßig.

Warum bist du nicht zu einem anderen Arzt gegangen? Warum? Der Alte hat doch nichts zu melden gehabt, verdammt, da ist es doch nur um dich und uns gegangen. Und der hätte uns dann alles erspart. Und du … wärst eine Doyenne geworden.

Montag nach dem Marathon, in der EB01/Landeskriminalamt, Berggasse, 12:02 Uhr:

Katz allein reichte nicht. Es musste auch noch ein *Maria* mitten in seinem Namen stehen. Und zwar groß auf dem Türschild. Der alte Irre genierte sich nicht einmal dafür. *Karl Maria Katz.* Hatte was von einem Rap. Vielleicht doch nicht so uncool wie Karl Katz allein. Definitiv jenseitig war aber das Büro. Mit fünf mal drei Metern, durch eine Aktenwand in zwei Hälften geteilt, ein Abstieg.

»Noch einmal: Es tut mir leid. Ich hab's Ihnen nicht sagen können.« Katz suchte ihren Blick.

Sie verweigerte sich ihm.

Die Aktenwand teilte auch das Fenster. Ein Grund mehr, eine Versetzung in die EB01 zu vermeiden wie der Teufel die Berührung mit Weihwasser. In ihrem Kriminalkommissariat West gab es nicht viel mehr Platz, aber es war heller und nicht so … verstaubt. Als würde alles, die ganze Einrichtung, jeder Akt und sogar der Computer noch aus der Monarchie stammen.

»Kollegin Mayer, erst bei der Erwähnung der kiwigrünen Dress ist mir eingeschossen, dass er es sein könnte. Ich hab während des Laufs wirklich was anderes zu tun gehabt, als die Menschen zu beobachten.«

Sie zuckte mit den Schultern.

Hier also wurden die großen Fälle der österreichischen Kriminalistik gelöst. Auf einem Schreibtisch mit Zuckerlpapierln und Fettflecken, Schrammen und Brandlöchern im Holz. Aber jetzt immerhin rauchfrei.

»Aber dass ich ihn gesehen habe, ändert nichts. Wir haben mithilfe des Chips ja auch Niederles Durchgangszeiten. Alles scheint zu stimmen. Und trotzdem …«

Katz zog die unterste Schublade seines Schreibtisches auf und nahm ein Lederetui heraus. Es war schwarz und aus festem Nappaleder sowie mit einer Klappe versehen, die von einer Schlaufe gehalten wurde. Die Art des Etuis kam Mayer vertraut vor, es sah so aus wie … Katz öffnete es und entnahm ihm einen Zigarillo. Ja, vertraut, wie das Zigarrenetui ihres Vaters.

»Äh …« Sie beugte sich vor, hob den Zeigefinger.

Katz zündete sich den Qualmstengel an, ohne sie eines Blickes zu würdigen. »Das Rauchverbot gilt nur für die Hosenscheißer.« Er ließ den Rauch in der Mundhöhle tanzen und dann in kleinen Wölkchen entweichen, denen er nachschaute.

Sie könnte jetzt auf die Vorbildfunktion eines Polizisten hinweisen, auf die Gefährdung ihrer Gesundheit durch Passivrauchen, aber das war ihr im Grunde alles egal. Die allgemeine Hysterie um die Gesundheit war sowieso nur lächerlich, es mutete wie ständiges Verhandeln mit dem Teufel an. Wenn ich auf alles verzichte, was Spaß macht, dann lebe ich zehn Jahre länger. Und wenn ich mich dabei noch geißle, dann nochmals um fünf Jahre – nicht bedenkend, dass es auch Autounfälle und sonstige Unabwägbarkeiten gab. Diesen Menschen wären sogar zwanzig zusätzliche Jahre zu wünschen, damit sie das nachholten, was sie in den Jahrzehnten Selbstkasteiung versäumt hatten. Nein, es gab nur ein schlagendes Argument gegen das Rauchen …

»Herr Chefinspektor, das wird teuer.«

Katz merkte nun doch auf. »Sie wollen mich ernsthaft verpfeifen?«

»Nein, Sie zahlen mir den zusätzlichen Waschmittelverbrauch, wenn ich jetzt jeden Tag wie geselcht rieche.«

Er grinste und zwinkerte mit seinem rechten Auge. »Ich wasch Ihnen die Sachen sogar persönlich.«

»Wollen wir einmal nicht übertreiben. Die Einladung auf ein paar zusätzliche Jeans und Leiberln sowie ein Zwanziger pro Monat für Waschmittel reichen völlig.«

Er nickte, sie hielt die Hand auf, er zwinkerte nochmals mit dem rechten Auge. »Nur in meiner Begleitung.«

»Wir gehen keine Strapse kaufen, sondern T-Shirts.«

Er beugte sich zu ihr. Der Zigarillo roch nach Laub, nicht unangenehm. »Ich liebe Shoppen.«

»Verarschen können Sie wen anderen. Kein Mann liebt Shoppen. Sie wollen nur gaffen.«

Er lehnte sich wieder zurück und sog an dem Zigarillo. »Abwarten.«

Mayer sah der nun großen Rauchwolke nach. »Und wie verträgt sich ihre Tschickerei eigentlich mit der Rennerei?«

»Alles eine Frage von Timing und Menge. Unser Mörder raucht übrigens auch. Mentholzigaretten.« Die Verachtung der ganzen Welt lag im letzten Wort. »Wir haben einen entsprechenden Stummel in der Wohnung gefunden. Und bei Niederle ist so ein Packerl auf der Theke gelegen.«

»Klar. Was nichts heißt.«

Katz' Bein begann heftig zu wippen. »Wenn man allerdings bedenkt, dass Mentholzigaretten nur wenige Idioten rauchen, dass jemand, der einen Marathon laufen will, sicher nicht vor dem Wettbewerb raucht, und wenn man bedenkt, dass in der Wohnung der Zwirn alles sehr zusammengeräumt gewirkt hat …«

Dann war das sehr eigenartig. Und der Typ ihr gegenüber wurde ihr langsam unheimlich.

»Wir sollten den üblichen Zwirnschen Sauberkeitsgrad mit Ihrer Freundin abklären.« Er nickte ihr zu.

Den Gefallen würde sie ihm jetzt nicht tun, nochmals zu betonen, dass Susanna Ilic nicht auf ihrer Abschussliste stand. Wie konnte er so was überhaupt glauben? Sie war als Nachbarin Zeugin und somit tabu.

Katz nickte ihr nochmals zu, jetzt eindeutig auffordernd. Er nickte so, wie sie es tat, wenn sie Oppitz bat, sich für später etwas zu merken. Und das wollte auch er. Klar, sie war nun die Handlangerin. Na fein, ein weiterer Grund, den Ausflug ins LKA so bald wie möglich hinter sich zu bringen.

Mayer seufzte und kramte aus ihrer Tasche den Notizblock. Es waren lediglich sechs Seiten beschrieben, mit den Notizen von der Erstaufnahme am Vortag. Der Rest des Blocks war jungfräulich. Hätte er auch bleiben sollen. Für was gab es Oppitz?

Ihre Hand krampfte ein wenig, als sie den Befragungsvermerk notierte. Der Sondereinsatz artete zu Arbeit aus. »Gut, und wenn sich herausstellt, dass der Stummel sozusagen frisch war, was wir aber nie beweisen werden können, dann kann er natürlich auch von jemand anderem stammen. Vom echten Mörder zum Beispiel.«

Katz rollte den Zigarillo auf einer Untertasse ab, die er unter dem Stehkalender hervorzog. Sie war dick mit Asche bedeckt. »Das werden wir bald wissen. Herr Niederle hat sicher nichts gegen einen DNS-Vergleich.«

Das war wohl als Aufforderung zu verstehen. Mayer blätterte zur Stelle, wo sie sich Niederles Nummern notiert hatte und entsperrte ihr Handy. Sie verharrte. »Und warum haben wir ihn noch nicht darum gebeten? Vorhin, wie wir bei ihm waren. Sie wissen das von den Resten doch schon seit heute früh, oder?«

Katz zuckte mit den Schultern. »Hat irgendwie nicht gepasst.«

»Hat irgendwie *nicht gepasst.*«

Er lächelte sie an, widmete sich dann wieder seinem Zigarillo.

»Das meinen Sie jetzt aber nicht ernst. Ich meine, wir waren doch nicht auf einen belanglosen Vormittagstratsch bei Niederle.«

Ein Flankerl Asche fiel auf den Schreibtisch. Katz stippte es mit dem feuchten Mittelfinger auf und streifte es am Rand der Untertasse ab. »Er soll uns ruhig für blöd und unbedarft halten. Dann macht er Fehler.«

Gott oder das Schicksal oder der Teufel oder was auch immer hatten anscheinend einen enormen Grant auf sie, sonst wäre ihr das alles erspart geblieben. Mayer stand auf und ging in die andere Hälfte des Zimmers, schaute aus dem Fenster in den dreieckigen, engen Innenhof. Eine Stelle war weiß von Taubenscheiße. Sie ließ ihren Blick nach oben zum Dach wandern, doch es war nichts zu erkennen, was Tauben dazu verleiten könnte, genau an dieser Stelle ihre Notdurft zu verrichten. Es war einfach nur ein verschissener Platz. Sie drehte sich um und lehnte sich mit dem Hintern ans Fensterbrett. Der zweite Schreibtisch war korrekt zusammengeräumt, stand somit im diametralen Gegensatz zur Arbeitsstelle von Katz.

»Ist das der Platz von Ihrem Kollegen, dem …?«

»Kolonovits. Ja.«

»Aha. Wieso ich? Sie haben gar nicht wissen können, ob ich ordentlich und gewissenhaft bin.«

»Darum ist es mir auch nicht gegangen. Sie waren einfach als Erste am Tatort.«

Auch wenn Mayer Katz bei dieser Antwort nicht sehen konnte, so hörte sie doch aus seiner Stimme, dass das eine Ausrede war. Irgendwas wollte er von ihr und er rückte einfach nicht heraus damit.

Sie stieß sich ab und schlenderte auf die Seite ihres neuen Partners zurück. Sie ließ sich in den Schreibtischsessel von Kolonovits fallen, den sie herübergerollt hatten. Irgendwie war ihr diese Besitznahme unangenehm, aber es gab sonst nur den Besucherstuhl im Raum. Sie musste Oppitz anrufen und ihm erklären, dass sich in der Zeit ihrer Abwesenheit niemand auf ihren Sessel setzen sollte. Es gab andere Sitzgelegenheiten. Ihr Platz, der musste frei bleiben.

Mayer legte den rechten Unterschenkel auf ihr linkes Knie. »Wenn es wirklich Niederle war, dann hat er das Ganze genial geplant. Gehen wir einmal davon aus, dass er es war. Dann muss er entweder enorm schnell gewesen sein, damit er sich eine halbe Stunde verdrücken konnte, um den Mord zu begehen, oder er hat jemand anderen für sich laufen lassen.«

Katz grinste und zwinkerte mit dem rechten Auge. Ein wirklich lästiger Tick. »Sehr gut gedacht, Frau Kollegin. Aber wir werden sehen. Videos. Liste der Durchlaufzeiten. Jeder macht Fehler.«

»Glaub ich nicht. Also ich hätte zumindest jedes Detail bedacht. Zeit genug hat er ja gehabt. Und Muskelkater ja oder nein ist auch kein Beweis. Zumindest am Anfang war er dabei. Und ein Sprint in die Böcklin, um einmal geschwind ein bissel zu morden, legt sich auch rein.« Mayer schüttelte den Kopf. »Nein, absurd. Wir müssen rundherum schauen. Alles andere abklopfen.«

Katz nahm vom Fensterbrett den Aktenordner und schob ihn ihr zu. »Damit Ihre Krämerseele eine Ruhe hat …«

Mayer schlug den Ordner auf, blätterte das Formblatt bedenklicher Todesfälle um, denn das kannte sie ja, hatte doch sie selbst es ausgefüllt. Gleich danach sprangen sie die Tatortfotos an. Es war ein Massaker gewesen. Jetzt, wo kein metallener Geruch mehr die Objektivität störte, war es noch deutlicher zu sehen. Keine Abwehrverletzungen. Die Schläge waren nur auf den Kopf geprasselt, der Körper war unversehrt. Das konnte kein Fremder so bewerkstelligt haben, denn die misstrauische Zwirn hätte niemandem so arglos den Rücken zugewandt. Mayer blätterte weiter, doch der Obduktionsbericht war noch nicht fertig.

»Es war tatsächlich ein Hammer. Das wissen wir schon. Acht mal vier Zentimeter. Die Verletzungen sind eindeutig und für einen Blinden mit Krückstock zu erkennen. Meint Wagner.« Katz schmauchte weiter. Sein Gesicht verriet keinerlei Reaktion. Er wirkte wie ein Buddha.

Und jetzt sah Mayer es: Seine Augenbrauen waren das Irritierende an seinem Gesicht, sie waren auf einen zwei Millimeter breiten Strich ausgezupft. Oder rasiert. Vielleicht wirkte Katz nicht nur wie ein buddhistischer Mönch, vielleicht war er es auch? Die rasierten sich doch die Schädel, warum nicht ebenso die Augenbrauen? Und die buddhistische Ruhe würde auch seine Ignoranz gegenüber alltäglichen Notwendigkeiten erklären, gegen Pflichtübungen. *Es ist alles nicht so wichtig.* Zumindest stellte sie sich so buddhistisches Denken vor. Sie musste das recherchieren. Oder auch nicht. Zu viel Aufwand für die paar Tage, während derer sie mit Katz zu tun hatte.

Sie blätterte weiter. Die Vita des Opfers. Tochter von Franz und Grete Zwirn, sehr, sehr vermögend durch Ansichtskarten von Wien. Elisabeth, 1980 geboren im Rudolfinerhaus in Döbling, ebenso nobel die Wohnadressen als Kind und Jugendliche, zuerst Grinzing, dann Innenstadt. Matura 1998 an der Stubenbastei. Klar, erste Sahne. Anschließend sofort Heirat mit einem von Dunkelstein, drei Jahre später die Annullierung der Ehe. Keine einfache Scheidung, sondern Annullierung. Also wahrscheinlich gläubig. Seit damals, 2001, gemeldet auf der Adresse im zweiten Bezirk. Zweitgemeldet in Raabs an der Thaya. Klar, alle Reichen hatten Wochenendhäuser, wenn auch nicht sehr oft im Waldviertel. Zwei Jahre vor der Eheannullierung Unfalltod der Eltern mit einem Sportflugzeug.

Mayer legte nun den linken Unterschenkel über das rechte Knie. »Wie lang braucht's eigentlich, dass die Annullierung einer Ehe durchgeht?«

Katz zuckte mit den Schultern.

»Na ja, Eltern tot, und schon wird der Ehemann entsorgt.«

»Wird uns sicher der Bruder im Detail erzählen können. Er landet in«, Katz sah auf seine Armbanduhr, »zwanzig Minuten, exakt um 12.40 Uhr, in Schwechat.«

Mayer schlug die Seite um. Name des Bruders: Hans-Georg Zwirn. Investmentberater bei der *Fortunatus-Privatbank* in London. »Also den können wir als Mörder ausschließen, selbst wenn er nicht in London sitzen würde.«

»Vielleicht hat er sich verspekuliert? Soll ja heutzutage öfter vorkommen. Und jetzt braucht er das Geld seiner Schwester.« Katz dämpfte den Zigarillo aus, was ihn einige Anstrengung kostete. Die Prozedur vernebelte das Büro endgültig.

»Werden Sie jetzt dem Niederle untreu?«

»Wir haben doch Rössler versprochen«, er malträtierte den Stummel mit seinem Daumennagel, »dass wir uns in alle Richtungen offen halten. Wir sollten die Passagierlisten von gestern überprüfen.«

Mayer lachte auf. »Also ich glaub nicht, dass ein Investmentberater so blöd ist, unter seinem eigenen Namen einmal geschwind nach Wien zu fliegen, um seine Schwester zu töten. Der würde sich wen engagiert haben. Oder mit falscher Identität gereist sein.«

Katz deutete auf ihren Notizblock. »Also sollten wir alle Passagiere in der fraglichen Zeit auf ihre Identitäten überprüfen.« Er streifte den rechten Mokassin ab und massierte sich den Fuß.

»Das ist jetzt aber nicht ernst gemeint, oder?«

»Wieso?« Er riss die Augen auf. »Stinken meine Füß?« Er beugte sich darüber und schnüffelte. Ein Irrer. Sie war definitiv an einen Irren ohne Erziehung geraten.

Sie klappte den Ordner lautstark zu. »Wir sollten einfach einmal nachschauen, wer der Erbe von ihrem Vermögen ist, bevor wir da Hunderte Passagiere belästigen.«

»Na, sicher der Niederle. Aber das muss Hans-Georg ja nicht gewusst haben.« Er wedelte mit der Hand Richtung Ordner und knetete dann weiter die Fußsohle. Unter Stöhnen. Hoffentlich wusch er sich danach die Pfoten.

Mayer suchte die Liste, die die Spurensicherer angefertigt hatten. Ihr Mittelfinger flog über die Spalten. Beim Inhalt des Sekretärs bremste sie sich ein. Und da war es auch schon. Das Testament. Gott sei Dank mit dem lapidaren Zusatz *Begünstigter Hans-Georg Zwirn*.

Sie ließ sich auf die Lehne zurückfallen. »Doch der Bruder. Ich meine, er erbt. Wenn's nicht irgendwo ein neueres gibt.« Sie kontrollierte noch einmal den Eintrag. »Ja, es ist aus dem Jahr, in dem die Ehe annulliert worden ist. Aber das wäre für einen gewieften Banker zu offensichtlich.«

Katz bog den Fußballen durch und stöhnte nun exzessiv. »Kevin Draganović. Er ist frisch von der Ausbildung heraußen. Er soll sich die Listen von den Flügen besorgen.«

Es klopfte. Im nächsten Moment schwang die Tür auf. Ein Mitte 20-Jähriger steckte den Kopf herein, der von einer Entenschnabelfrisur gekrönt war. Darunter leuchteten blaue Augen. Und er hatte ein Doppelkinn, obwohl er ansonsten sehr schlank war.

Er starrte auf Katz' Fuß, um ihn gleich darauf ostentativ zu ignorieren. »Herr Chefinspektor, ich wollte nur auf die Teamsitzung um 13 Uhr aufmerksam machen.«

Katz massierte seelenruhig weiter. »Wird verschoben. Nein, abgesagt. Nein, von Rössler geleitet. Wir haben eine wichtige Zeugeneinvernahme.«

»Sehr wohl.« Der Mann zog die Tür zu.

»Kevin!«

Die Tür knallte wieder auf. Draganović stand stramm.

»Das ist Frau Gruppeninspektorin Daniela Mayer. ZBV. Ihr Befehl ist mein Befehl.«

Kevin nickte, was wie Salutieren wirkte. Mayer erklärte ihm, was er die nächsten Stunden und Tage zu tun hatte. Der Frischling reagierte erstaunlich diszipliniert. Der Seufzer, der ihm entwich, war beinahe nicht hörbar.

Katz sprang nach Kevins Verschwinden auf und in seine Mokassins hinein. »Mit Blaulicht sind wir in einer Viertelstunde draußen. Und die Flüge haben sowieso immer Verspätung.«

Mayer seufzte. »Haben wir jetzt also beschlossen, dass es doch nicht Niederle war?«

»Nein, ganz und gar nicht. Aber wir arbeiten jetzt nach Ihrer Methode. Beziehungsweise nach jener vom guten alten Sherlock Holmes: Alles andere ausschließen, bis das Unmögliche als einzig Mögliches Wahrscheinlichkeit bekommt.«

Beim Marathon, ab Kilometer 12, Linke Wienzeile, 10:00 Uhr:

Der Glatzkopf läuft rückwärts. Sein Gesicht ist verzerrt. Er bleibt stehen und schüttelt sein linkes Bein aus.

»Was soll das? Scheiße verdammte.« Er dehnt sein Bein über die Achillessehne.

Atmet durch. Währenddessen schweift sein Blick über die Zuschauer. Die Absperrungen sind jetzt nicht mehr so dicht bevölkert. Überall Kinder mit ihren Eltern. Er sieht nur mehr die Buben und Mädchen jeden Alters, die auf Hüften, Schultern, Bordsteinen und in Kinderwägen sitzen.

Er läuft weiter. »Du warst ein verdammter Lügner. Nur die Harten akzeptierst du? Ha. Klein-Rosi ist aufgetaucht und dann war da nur mehr gulligulli, bussibussi. Ich habe sie gehasst. Die Kröte. Und dann geliebt. Aber das hast du nicht wissen müssen. Du hast gar nichts mehr wissen müssen.«

Der Glatzkopf läuft nun gleichmäßig und elastisch. »Zweiter Sonntag, vierter Sonntag. Zweites Wochenende, viertes Wochenende. Der Vorzeigepapa, der sich um all seine Lendenauswürfe vorbildlich kümmert. Dann nur mehr jedes vierte Wochenende. Aber das hat ja jeder verstanden. Der Bub war schon groß. So groß. Viel zu groß. Kein Kind mehr. Fast ein Mann.«

Er ringt nach Luft. Konzentriert sich auf seinen Atem. Rein. Zwei Schritte. Raus. Vier Schritte. Immer und immer wieder. Gleichmäßigkeit stellt sich ein. Sein Blick fällt auf einen Mann mit schwarzen kurzen Haaren und einer Brille ohne Rahmen, die mit einem Gummiband am Kopf befestigt ist. Er heftet sich an dessen Fersen. Die Häuser ziehen an ihm vorbei wie graue Schlieren.

Plötzlich zieht er die Augen zusammen. Er wischt sie mit einer groben Bewegung, fährt mit der Hand auch über die Stirn, doch da ist nur ein mattes Schimmern. »Sommerferien zwei Wochen, Winterferien drei Tage. Jedes zweite Jahr Ostern. Rauf auf den Berg, rein in den kalten See. Geländelauf. Mit dem Rad nach Pressburg. Und nichts hast du mich trinken lassen. Du Scheißkerl. Den Weg hab ich nicht mehr gesehen. Aber es wär dir auch wurscht gewesen, wenn ich in die Donau gefallen wäre. Stromschnellentraining hättest du es wahrscheinlich genannt.«

Der Brillenmann dreht sich zu ihm um. Mustert ihn. Der Glatzkopf zwinkert mit dem rechten Auge und senkt den Blick. Der Brillenmann wird etwas schneller, der Glatzkopf übernimmt seinen Rhythmus, läuft nun wieder mit entspannten, runden Bewegungen. Er bemerkt die Anzeigetafel für 13 Kilometer und sieht auf seine Uhr, dann wieder geradeaus. Er lächelt.

»Ja. Endlich. So ist es geil. So könnt ich ewig weiterlaufen. Betriebstemperatur, gute Straße …« Sein Blick schweift über die Menschen um ihn herum. Gleichmäßiges Trotten. Er ahmt mit einem Schnaufen das stampfende Geräusch des Pulks nach, übernimmt mit einem Nicken des Kopfes den Rhythmus. Sein Blick wird verklärt.

Die *Otto-Wagner-Brücke*, auf der die U6 den Wienfluss quert, wird sichtbar. Ihre Streben leuchten in der Sonne. Das Gewirr des dunkelgrün gestrichenen Metalls verliert seine Form. Die Streben scheinen überdimensionale Grashalme zu sein, im nächsten Moment Gitter von ineinander geschachtelten Käfigen. Der Glatzkopf presst die Augen kurz zusammen. Die Brücke ist wieder eine Brücke, doch mittlerweile mächtig wie eine von Riesen geformte Konstruktion inmitten einer Liliputlandschaft. Und über der Straße, über all den Läufern, baumelt ein Mann in einem grauen Anzug. Der Erhängte schwankt hin und her.

Der Glatzkopf schließt die Augen und schüttelt den Kopf. Er sieht erneut zur Brücke, der Erhängte ist weg. Er befeuchtet sich die Lippen und fixiert wieder den Asphalt vor ihm. Die 14-Kilometer-Marke. Er sieht auf seine Uhr und nickt.

Die Brücke taucht über seinen Kopf hinweg. Sein Gesicht ist nun steinern. Er überholt gemächlich und zielstrebig den Brillenmann sowie mehrere andere Läufer. Deren Körper und Gesichter ziehen konturlos an ihm vorbei.

»Siehst. Du. Mich? Schau. Mir. Zu. Ich war dein gelehriger Schüler.«

Montag nach dem Marathon, Flughafen Schwechat, 12:45 Uhr:

Mayer schob ein blaugestreiftes T-Shirt und ein rotes, kurzärmeliges Hemd samt schwitzenden Inhalten zur Seite, umklammerte das metallene Rohr der Absperrung in der Ankunftshalle. Eine Sechsergruppe mit sehr kleinen Koffern, dafür aber umso dunkler gebräunten Gesichtern zwängte sich gleichzeitig durch die Tür zum Gepäcksbereich. Sie strömten in zwei Gruppen zu den metallenen Schwingbalken, die die Ausgänge markierten. Dort wurden sie von weißgesichtigen Menschen in Empfang genommen. Das blaugestreifte T-Shirt war darunter. Die Abholer lachten alle, doch in ihren Augen war Neid zu lesen. Klar, mit so einer Sonnenbräune hatten die anderen einfach einen besseren Start in die eitle Sommerzeit.

Mayer studierte die Anzeigetafel. Das mussten Passagiere des Fluges von Paris 12.30 Uhr sein, also eigentlich von irgendwo in Übersee. Sie schaute auf die Uhr daneben – die Leute waren eine Viertelstunde nach Landung heraußen. Es musste sich alles ausgehen, auch wenn der Londonflug bereits zwei dauerhaft leuchtende grüne Lämpchen aufwies. Aber seine Landung war mit 12.44 Uhr angegeben.

Sie bekam einen Rempler. Ein Mann um die sechzig Jahre, figürlich nahe dem Michelin-Männchen, in grauer Flanellhose – bei dieser Hitze – und grau-weiß, längs gestreiftem Hemd – was ihn trotzdem nicht schlanker machte – drängte sie von der Absperrung weg. Er presste mit seinen dicht behaarten Armen weiße Lilien an seine Brust. Begräbnisblumen. Vielleicht wollte er mit ihrem süßlichen Duft sein herb-schweres Aftershave übertünchen, was wirklich nottat. Mayers Großvater hatte immer so gerochen, wenn er zum Kegeln gegangen war. *Pitralon*, ja, so hatte das stinkende Wasser geheißen. Die Augen des Michelin-Männchens glänzten, sein Mund war feucht. Wartete er auf Hamburg, Stockholm oder Klagenfurt?

Katz stellte sich neben sie, grummelte Unverständliches, ächzte und stemmte einen A4-Karton mit dem handgeschriebenen Vermerk *Hans-Georg Zwirn* hoch. Mit gerunzelter Stirn studierte er die Menschen, die aus der Gepäckshalle strömten.

»Na, hat aber gedauert.«

»Computerkassen. Keiner hat mehr irgendwelche Zettel.«

»Ja, und?«

Er deutete mit dem Kinn nach links. »Der Blumenhändlerin ihre Enkelin ist heute zufällig bei ihr, weil die Eltern übersiedeln. Und die malt eine Zeichnung nach der anderen.« Er hielt die Augen fest auf die Türen gerichtet.

Mayer holte ihr Smart-Phone heraus und googelte *Zwirn, Hans-Georg*. »Da muss irgendein Foto von dem Typen im Netz sein. Das gibt's nicht, dass da nix ist.«

»Banker. Die graue Eminenz im Hintergrund.«

Mayer gab *Fortunatus* ein. Keinerlei Meldungen, dass die Arbeitgeber von Zwirn in irgendwelchen Malaisen steckten. Vielmehr hatte das Geldinstitut wieder einmal als beste Privatbank den *Fuchsbriefe-Test* bestanden. Mayer wechselte erneut zu *Zwirn, Hans-Georg*. Die ersten Einträge kannte sie schon, Elisabeths Bruder kam nur im Zusammenhang mit der Bank vor. Testhalber gab sie die Namen der Partner der Bank ein. Dasselbe Phänomen bei ihnen. Anscheinend war es die Grundvoraussetzung, um als Banker einen Job zu bekommen, nirgends im Netz aufzutauchen. Sie suchte bei Zwirn weiter. Kein Mensch schaffte es heutzutage, keine Spuren zu hinterlassen. Sie kam bis zur Seite neun, auf der nur mehr Einträge waren, in denen entweder Hans oder Georg oder Zwirn vorkamen, als Katz »Jo« knurrte, was sie als »Ja« interpretierte.

Mayer sah auf und direkt in die Augen eines mittelgroßen Mannes mit breiten Hüften, teigiger Gesichtshaut, breiter Nase, leichtem Vorbiss, randloser Brille, struppigen Augenbrauen und zur Seite gekämmten, aschblonden Haaren. Hans-Georg schien der Zwilling seiner Schwester zu sein. Er trug einen grafitgrauen Dreiteiler mit weißem Hemd und silbergrauer Krawatte sowie schwarze Budapester und eine schwarze Aktentasche aus spiegelglattem Nappaleder. Auf dem angewinkelten Arm hing ein Burberry, mit der Innenseite nach außen gefaltet.

Zwirn schaute von Mayer zurück zum Zettel, den Katz gerade so langsam senkte, als wäre er sich nicht sicher, den Bruder der Toten wirklich gefunden zu haben. Wahrscheinlich war er bloß genauso wie sie davon überrascht, dass Banker immer, aber auch wirklich immer dem Klischee entsprachen. Zumindest äußerlich. Vielleicht hatte Zwirn ja ein geheimes Hobby, saß so manchen Sonntag in kurzen Matrosenhosen am Boden und spielte Eisenbahn. Aber das würden sie wohl nie erfahren.

Mitten in diesen Blickwechsel streckte sich ein behaarter rechter Arm mit weißen Lilien. »Juhu! Hier bin ich.«

Mayer suchte eine untersetzte ältere Dame, die nun aufstrahlen würde, aber da war niemand Passender. Vielmehr blieb Hans-Georg Zwirn stehen. Ein Lächeln zwängte sich in sein Gesicht. Sein Brustkorb hob und senkte sich deutlich. Er schien sich einen Ruck zu geben, denn sein Oberkörper kippte leicht nach vorn und er strebte zum Terminalausgang, der ihnen am nächsten lag.

Der Michelin-Mann stieß die anderen Wartenden zur Seite und schlug vor Zwirn die Hacken zusammen. Er senkte den Kopf. »Mein Beileid, Herr Zwirn. Es tut mir … ich kann gar nicht …« Er schaute auf und an Zwirn vorbei. »Ist die gnädige Frau Gemahlin gar nicht …?« Sein Blick huschte zurück, der Unterarm mit den Blumen schwebte wie ein totes Stück Fleisch an seiner Seite.

Mayer und Katz stellten sich synchron hinter den Michelin-Mann. Sie schwiegen.

Zwirn nickte dem Lilienkavalier zu. »Adolf, ich habe Ihnen gesagt, dass Sie sich nicht die Mühe machen müssen, mich abzuholen. Es wartet ein Leihwagen auf mich.« Er wandte sich zu Katz, machte im nächsten Moment aber wieder einen Schritt zurück, um dem alten Mann neuerlich ins Gesicht schauen zu können. »Und ich möchte Ihnen sagen, dass mir Ihre … Aufmerksamkeit etwas unangenehm ist. Sie stehen seit bald zwölf Jahren nicht mehr bei uns im Dienst. Ich bitte Sie, das endlich zu akzeptieren. Erledigen Sie lieber das, worum ich Sie gebeten habe.«

Herr Adolf schaute an Zwirn vorbei auf die anderen Passagiere, die zum Ausgang strebten. Keinerlei Mimik verriet seine Gedanken.

Zwirn nickte Katz zu. »Wo ist der Wagen geparkt?«

Katz zuckte mit den Schultern und sah sich um. Er deutete mit dem Kopf auf einen jungen Mann in ausgewaschenen Jeans, weißem Hemd und blauem Sakko. Er hielt ein Schild in Händen, auf dem das Logo der Firma *Denzel* und der Name *Zwirn* zu erkennen war. »Das wird der da wissen.«

Zwirn bedachte den Chefinspektor mit einem Blick, als

würde er einem Irren gegenüberstehen. Womit er ja der Wahrheit nahe kam. Denselben Blick schenkte er dann aber auch Mayer. Das war zu viel.

Sie streckte ihm die Hand entgegen. »Herr Doktor Zwirn, mein Name ist Gruppeninspektorin Mayer, das ist mein Kollege, Chefinspektor Katz. Wir sind vom Landeskriminalamt.«

Zwirn ignorierte ihre Hand. »Sehr eifrig, die Polizei hierzulande. Ich danke Ihnen für Ihr Bemühen, aber weder brauche ich Ihren Beistand noch Details. Jene, die ich von Ihrem Kollegen erfahren habe, reichen mir völlig. Den Zeitpunkt der Identifizierung hat mir ebenfalls Ihr Kollege mitgeteilt, wobei das ja etwas schwierig werden dürfte.« Sein Blick verlor sich für zwei Sekunden im Nichts. »Nun, wir werden sehen. 15.30 Uhr, wenn ich mich recht entsinne. Bis dahin möchte ich mich noch ein wenig frisch machen. Sie entschuldigen?«

Er wandte sich ab.

Katz packte ihn am Ellbogen. Zwirn betrachtete die Hand auf seinem Arm, Katz ließ los. Der Banker steuerte auf den *Denzel*-Mann zu und verschwand mit ihm in der Menge.

Mayer nahm Katz den Zettel aus der Hand und zerriss ihn. »Sie wollten nur wieder einmal mit Blaulicht fahren, geben Sie's zu. Eigentlich hätten wir uns das denken können. Schnapsidee. Wenn der uns was zu erzählen hat, dann wird er das höchstens im Präsidium machen. Im Beisein von irgendeinem Staranwalt, der sein Schulfreund ist.«

Katz drehte sich zu ihr, wobei sein Blick über Herrn Adolf schweifte. Er zwinkerte Mayer zu und stellte sich zu dem alten Mann. »Schad um die Blumen.«

Herr Adolf blickte auf und seufzte dann die Blumen an.

»Kennen Sie die Frau Zwirn, also die Gattin von Hans-Georg, besser?«

Ein Grunzen als Antwort.

»Können Sie sich vielleicht vorstellen, warum sie nicht mitgekommen ist? Ich mein, das ist doch eine ganz furchtbare Tragödie, was mit ihrer Schwägerin passiert ist …« Der supercoole Herr Chefinspektor schlug jedes Waschweib um Längen im Repertoire an mitfühlenden Tönen. Mayer drehte die Papierschnitzel zu festen Röllchen. Niemals im Leben würde sie so einen süßelnden Ton anschlagen.

Herr Adolf studierte jeden Zentimeter von Katz' Gesicht, dann sah er in die Richtung, in die Hans-Georg Zwirn verschwunden war. Seine Stirn legte sich in Falten. Er wirkte wie ein Schrebergärtner, dem die frisch aufgeblühten Tulpen zertrampelt worden waren. »Ich brauch jetzt einen Kaffee. Einen starken.«

Die Lilien legte er auf die Sporttasche eines Pärchens, das sich neben ihm mit einem intensiven Kuss begrüßte.

Wenn man den Flugzeugparkplatz beim zentralen alten Terminal betrachtete, konnte man glauben, dass die österreichische Fluglinie AUA noch immer groß und stark und mächtig und bedeutend war, nicht bloß eine popelige Tochter der Lufthansa. Denn die rot-weißen Schwanzflossen standen in Reih und Glied nebeneinander, quasi hingegossen für die Betrachter, die durch die großen Scheiben des Panorama-Cafés auf sie hinunterblickten.

Herr Adolf betrachtete, schwieg und rührte noch immer in seinem kleinen Espresso in dem extra großen Häferl, damit darin auch noch der doppelte Weinbrand Platz fand, den er nun tröpfchenweise hineingoss. Das Bild war die pure Hingabe und Vorfreude. Mit einem Schlag bekam Mayer ungeheuren Gusto, ihren frisch gepressten Orangensaft mit einem Campari zu versetzen. Sie musste nachher bei der Rückfahrt in die Innenstadt Carmen eine SMS schicken, damit sie … nichts mehr für sie tat. Irgendwie brachte die Trennung von Carmen nur Unannehmlichkeiten mit sich. Vielleicht sollte sie ihr tatsächlich eine SMS schicken. Mit einer Entschuldigung. Dann müsste sie sich auch nicht mehr … Mayer sah zu Katz.

Der setzte seine Kaffeetasse immer wieder an die Lippen, ohne tatsächlich zu trinken. Wahrscheinlich fehlte ihm zu seinem Cappuccino der Zigarillo. Aber selbst der furchtlose Herr Chefinspektor wagte es hier am Flughafen nicht, das Rauchverbot zu missachten.

Herr Adolf nahm einen Schluck von seinem koffeinisierten Weinbrand. »Wundern tut's mich nicht. Wenn ich so nachdenk. Dass sie nicht mit ist. Die Cordula.«

Mayer sah zu ihrem Partner, doch der zeichnete mittels Löffel mit dem Kaffee Schlieren in den Milchschaum.

Sie lehnte sich mit den Unterarmen auf den Tisch. »Aha.«

»Vielleicht sind's ja auch schon geschieden.«

»Aha.«

»Wundern tät's mich nicht.«

Mayer öffnete den Mund und schloss ihn wieder. Ihre *Ahas* waren nicht wirklich Zunder für den Gesprächsverlauf. »Wieso?« Immerhin, eine Frage.

»Na, weil die Cordula Klasse hat.«

»Aha.« Nicht schon wieder. Aber sie konnte es einfach nicht. Sie müsste jetzt, genau so wie Katz, Empathie und Neugierde heucheln. Es interessierte sie aber einen feuchten Dreck, warum die beiden sich eventuell scheiden lassen wollten. Es war doch immer derselbe Grund. Im Grunde. Und immer dieselbe Leier …

Mayers Herz tat einen Sprung. Sie hatte gerade eben ihre Begabung für den Beruf infrage gestellt. Polizisten mussten von Natur aus neugierig sein. Und sie selbst war es ja auch irgendwann einmal gewesen. Ja, sie konnte sich erinnern. Wann war ihr diese Basis für die Arbeit abhandengekommen?

Katz sprang auf. »Das lenkt ab.« Er deutete mit dem Kopf auf die Rollbahn hinaus und packte seine Tasse. Im Stechschritt, der ihm aufgrund seines Muskelkaters sehr eckig geriet, verschwand er in der Tiefe des Gebäudes.

Herr Adolf sah Mayer an, sie zuckte mit den Schultern. »Nachwehen. Vom Marathon. Die machen ein bissel fahrig und…« Sie zuckte nochmals mit den Schultern und stand auf, um nicht in Versuchung zu geraten, hinter Katz eine respektlose Geste abzulassen. Nicht gegenüber Fremden.

Sie trotteten Katz nach, der direkt nach dem Selbstbedienungsrestaurant links in das Pub abbog. Künstliches Licht, Sportübertragungen und … Rauchwolken. Ihr lieber Herr Kollege enterte den letzten freien Tisch und grinste ihnen entgegen, während er das schwarze Etui herausholte.

Mayer deutete auf die Monitore. »Und das lenkt überhaupt nicht ab.« Doch ihr Sarkasmus verpuffte, denn die beiden Männer verbrüderten sich gerade, indem sich Herr Adolf von Katz einen Zigarillo schnorrte.

Ihr Partner lehnte sich zurück und atmete hörbar aus. »Ja, und wie ist der Zwirn an so ein Klasseweib gekommen?«

»Geld.«

Katz lachte. »Na, wenn sie sich vom Geld hat blenden lassen, dann ist sie doch gar nicht so klasse.«

»Nein, Geldheirat. Wissen S' eh, man bleibt unter sich.«

»So wie die Adeligen.«

Herr Adolf nickte und schmauchte.

»Wenn Sie mir die Frage erlauben … weil der Zwirn hat Sie ja wirklich nicht nett … wie lang haben Sie denn für ihn gearbeitet?«

Erlauben. Wirklich nicht nett. Blödes Herumgeeiere. *Wie lange haben Sie für Zwirn gearbeitet? Warum wollten Sie ihn vom Flughafen abholen? Wieso wussten Sie überhaupt, dass er kommt, wenn Sie nicht mehr für ihn arbeiten?* Mayer trank ihren Orangensaft zur Hälfte aus.

Herr Adolf nahm einen ebenso großen Schluck von seinem Weinbrandkaffee. »Ich hab ja für die Eltern gearbeitet. Und dann halt auch für die Jungen. Von so klein an«, er deutete einen halben Meter an, »hab ich sie kennt. Der Hansi war schon immer so. Renitent. Aber die Sisi«, er zog die Nase auf, »ganz eine liebe. Ich mach ja für sie den Garten im Haus. Und was halt sonst noch anfallt.«

»Im Haus?« Katz lehnte sich vor.

»Ja, die Villa oben im Waldviertel. In Raabs. Gehört der Familie seit ewig.«

»Und jetzt beiden Geschwistern?«

Herr Adolf wedelte mit dem Zigarillo. »Nein, nein. Der Sisi allein. Weil der propere Herr Sohn hat ja auf die Eltern geschissen. Und da haben sie auf ihn geschissen. Mit Verlaub gesagt. Und wie sie damals … also wie sie umgekommen sind, da hat dann die Sisi alles gekriegt. Die Villa, das Zinshaus, wo die Wohnung ist, und noch vier andere Häuser, und das ganze Geld.«

Mayer schlug ihr Notizbuch auf und notierte *Raabs* mit Rufzeichen. Also kein normaler Zweitwohnsitz. Da kannte sicher jemand Elisabeth Zwirn besser. »Wie viel Geld?«

Herr Adolf zuckte mit den Schultern, dann zog er die Augenbrauen zusammen. »So ein liebes Mädel. Und jetzt das. Ich versteh's nicht, ich versteh's einfach nicht. So furchtbar. Wer kann denn das gemacht haben?«

Mayer ließ den Kugelschreiber auf den Tisch hüpfen. »Wer hat Sie eigentlich verständigt?«

»Na der Hansi. Der wollt, dass ich nach Raabs rauffahr und die Papiere hol. Damit er gleich alles regeln kann. Aber ich hab mir gedacht, ich drück vorher ihm und seiner Frau mein Beileid …«

Katz beugte sich noch näher zu Herrn Adolf. »Welche Papiere?«

»Na, Versicherungen, Aktien, Besitzurkunden, Testament, halt alles, was wichtig ist.«

»Wieso Testament? Wir haben eins im Sekretär in der Wiener Wohnung gefunden. Mit ihrem Bruder als Begünstigten.«

»Komisch. Sie hat in Wien viel zu viel Angst vor Einbrechern gehabt. Und oben ist immer die Milli im Haus. Außerdem ist da auch ein ganz ein schwerer Tresor.«

Mayer räusperte sich. »Milli?«

»Emilia Vogel. Sie lebt dort. Ist die Haushälterin.« Herr Adolf nahm einen tiefen Zug an dem Zigarillo. »Hans-Georg als Begünstigter? Komisch. Sie hat mir doch erzählt, dass das jetzt nicht mehr notwendig ist, wo sie den Herrn Niederle heiratet … also heiraten hat wollen. So furchtbar.« Er schüttelte den Kopf.

»Sie wollte ihm alles vererben?« Katz' Stimme hatte einen rauen Klang.

»Na, klar. Große Liebe und so. Dem Hansi hätte sie keinen Cent gegeben. Die haben sich nämlich total zerstritten. Wegen dem Niederle. Der Hansi hat ihn nicht leiden können und wollt der Sisi verbieten, dass sie ihn heiratet. Aber da war sie stur. Na ja, mein Fall ist er ja auch nicht, der Niederle, aber ich muss ja nicht mit ihm … hätte nicht müssen … weil er das Haus oben nicht wirklich …« Er zog wieder die Augenbrauen zusammen. »So furchtbar. Wie geht's ihm denn, dem Niederle? Ich hab gehört, er hätt sie fast gefunden? So furchtbar.«

Der Mann war gut informiert. Mayer überschlug die Beine. »Wer hat Ihnen denn das erzählt?«

»Na, die Frau Ilic, die Nachbarin. Sie hat meine Nummer für Notfälle. Ja, und jetzt hat's mich halt angerufen. Damit ich dem Hansi Bescheid geb. Aber das haben dann ja eh schon Sie gemacht gehabt. Und der hat mich inzwischen auch schon angerufen. Wegen der Papiere …«

»In Raabs.« Mayer unterstrich das Wort.

Durch Herr Adolf ging ein Ruck. »Das Testament geht auf den Hans-Georg?«

Katz nickte.

Herrn Adolfs Schultern fielen nach vorn. »Dann bin ich jetzt arbeitslos. In meinem Alter.« Er sah Mayer mit großen Augen an. »Und gibt's da keine Lücke im Gesetz, dass auch schon der Verlobte … so automatisch ein bissel was …?«

Sie schüttelte den Kopf.

Er sinnierte in seinen Weinbrandkaffee hinein. »Wenn ich könnt, würd ich das Testament fälschen …« Er hob die Handflächen und sah sie abwechselnd an. Stieß einen Lacher aus. »Nur Spaß. Aber in meinem Alter …«

Katz blies Wölkchen aus. »Na warten wir einmal ab, Herr Adolf. Warten wir ab.«

Das war unverantwortlich, einem alten Mann leere Hoffnungen zu machen. Mayer zwang Katz' Blick zu ihr, legte all die Strenge, derer sie mächtig war, in den ihren.

Sein rechtes Auge zwinkerte wieder. »Ein Testament dort, wo es nicht hingehört. Schauen wir einmal. Aber eine Frage hätte ich noch, Herr Adolf, wenn Sie erlauben …«

Er war nicht bloß ein Süßholzraspler, es waren wohl die Jahrzehnte zwischen ihnen, dass sie bei seiner Ausdrucksweise vollkommen ausstieg. *Wenn Sie erlauben …*

Herr Adolf nickte gnädig mit dem Kopf.

»Wir suchen Freunde von Elisabeth Zwirn und sind bis jetzt nicht fündig geworden.«

»Werden Sie auch nicht werden. Sie hat seit der Trennung von dem von Dunkelstein …« Er saugte schnell an seinem Zigarillo. »War keine gute Ehe. Er hat ihr Geld verspielt und sie vor allen Leuten erniedrigt.« Herr Adolf sah auf. »So richtig erniedrigt. Und nach drei Jahren, als er sicher sein konnte, dass niemand mehr von Schwindel reden konnte, hat er die Ehe annullieren lassen. Annullieren! Sie hätten sie nie vollzogen.« Jetzt zupfte Herr Adolf ein Tabakblatt von dem Zigarillo, und zwar mit all seiner Aufmerksamkeit. Gerade, wo es spannend wurde …

»Und? Haben sie sie nie vollzogen?«, tratschte Katz weiter. »Ich kann mir das irgendwie nicht vorstellen, nach drei Jahren. Dann wäre er ja ein richtiger Betrüger und nicht nur ein Abstauber …«

»War er auch!«, fuhr Herr Adolf auf. Er beugte sich zu Katz. »Ein widerlicher Mensch. Manchmal beim Frühstück hat er gesagt: Ich kann nichts essen!« Er ahmte eine affektierte Sprechweise nach. »Mir ist noch immer übel von deiner ungewaschenen … hoffentlich habe ich mir nichts geholt.« Er zupfte wieder an dem Zigarillo. »Und Elisabeth hat geweint. War ihm hörig, wie man so schön sagt. Hätte sich auch nicht getrennt. Aber er ist auf zu neuen Ufern. Na ja …« Er seufzte.

Mayer notierte sich auch *Dunkelstein*. Vielleicht hatte es da eine späte Auseinandersetzung gegeben.

Katz fragte: »Auf zu neuen Ufern?«

Herr Adolf sprudelte los, als hätte er nur auf die Aufforderung gewartet. »Na, die nächste reiche Frau. Alle wussten von seinem schäbigen Verhalten gegenüber Elisabeth, also hat er sich eine Engländerin geschnappt. Hat man so gehört.« Er schlug kurz, für den Anstand, die Augen nieder. »Und die hat ihm wohl nicht erklärt, wie man auf der linken Straßenseite die Klippenstraßen fährt«, grinste er. »Eineinhalb Jahre nach der Sache mit Elisabeth war er Geschichte.«

Mayer strich *Dunkelstein* durch.

Katz fragte: »Und wie war das mit diesem Weiß?«

»Weiß?«

»Ein Ex-Freund, hat uns Niederle erzählt.«

»Ah, der Heli!« Herr Adolf rollte den Zigarillo sorgfältig ab. Und schwieg.

Katz überschlug die Beine und lehnte sich zurück. »Niederle hat gemeint, er und Elisabeth hätten sich gut mit Weiß und seiner Frau verstanden.«

Diese Fragerei war doch völlig unnötig. Sie hatten die Adresse von ihm, konnten ihn selber befragen.

»Kann ich mir nicht vorstellen.« Herr Adolf schürzte die Lippen. »Heli ist ein biederer Mann. Beamter im Außenministerium. Niederle ist sicher nicht seine Kragenweite.«

»Aber er wird doch ein paar andere Freunde von Elisabeth Zwirn kennen.«

»Fragen Sie ihn.« Mayers Rede. »Aber ich glaub nicht. Die haben sich nur alle heiligen Zeiten gesehen. Bei wichtigen Ereignissen. Sie waren die erste Liebe füreinander. In der Schule. So etwas verbindet. Aber sie leben in verschiedenen Welten.«

Katz seufzte, Mayer unwillkürlich auch.

Herr Adolf sah sie abwechselnd an und lachte auf. »Ja, nicht leicht für euch Kieberer. Kann ich mir vorstellen. Aber die Sisi war eine Eigenbrötlerin. Viele Bekannte, sehr viele Bekannte, aber keine Freunde. Seit dem Dunkelstein …« Er dämpfte den Zigarillo aus – sehr ausführlich. »Dabei wollte sie nichts lieber als … Und hat nichts gelernt. Die Festungstore waren offen für Niederle.«

»Sie meinen, er war auch ein …?«

Herr Adolf faltete die Hände vor dem Mund, als wollte er die Wörter daran hindern, den Mund zu verlassen. »Haben Sie sich einmal Elisabeth angeschaut? Und dann Niederle?«

Beim Marathon, ab Kilometer 16,6, beim Schloss Schönbrunn, 10:28 Uhr:

Der Kiwimann wischt sich mit dem rechten Handrücken den Schweiß von der Stirn, bläst dann noch einen Tropfen von der Nase weg. Er fixiert einen Mann neben sich, dessen Brille mit einem Gummiband am Kopf befestigt und dessen Gesicht schmerzverzerrt ist. Er zieht das linke Bein nach.

Der Mann bemerkt den Blick des Kiwimanns, worauf der ihm zuzwinkert und grinst. Die Augenbrauen hochzucken lässt. Der Brillenmann schaut weg, wieder zu ihm hin, weg, hin. Kommt aus dem Rhythmus, stolpert und bleibt abrupt stehen. Er stützt die Hände auf seine Knie und brüllt. Es ist nicht erkennbar, ob vor Schmerzen oder Wut.

Der Kiwimann widmet seine Aufmerksamkeit wieder der Rennstrecke.

Weicheier. Ich weiß nicht, was die alle haben. Also bis jetzt ist die Rennerei ein Klacks. Alles nur eine Frage des Trainings und der Einteilung. Wie es geschrieben steht. Die brauchen doch nur die Handbücher lesen, die Schwammerln.

Er hebt das Kinn.

Und eine Sache des Kopfes. Das ist ihr Problem. Die wollen nicht. Waffe senken, Ziel anvisieren und es in keiner Zehntelsekunde der Bewegung aus den Augen lassen. Jawoll, Herr Papa. Und Schuss. Und Schuss. Und Schuss. Immer genau ins Schwarze. Nicht hysterisch schreien *Ich will treffen*, sondern es ganz einfach tun. Es aus dem Innersten heraus wollen und tun. Nicht die Bewegung macht den Treffer aus, sondern das Ziel im Kopf. Jawoll, Herr Papa.

Ich hab es beherzigt, hab den Rehbock mit dem ersten Schuss erlegt. Ganz, wie du es gesagt hast. Hab dich angelächelt, wollte dein Schulterklopfen. Und was sagst du? Was hast du gesagt, du Wichser? Ein bisschen mehr Gefühl würde dir gut zu Gesichte stehen, mein Sohn. Was jetzt, hab ich mich gefragt, mit Gefühl oder ohne? Und dann hab ich's kapiert. Du warst erstaunt, dass ein Kind genauso stoisch umbringen kann wie du. Das hat dich irritiert. Tja, Herr Papa, der Apfel fällt nicht weit vom Stamm. Aber du hast nicht gern in den Spiegel geschaut, lieber hast du mich ins Internat gesteckt.

Der Kiwimann folgt dem Blick der anderen um ihn herum. Linkerhand strahlt das *Schloss Schönbrunn* in der Vormittagssonne, der Effekt ist verstärkt durch den gelben Anstrich des Gebäudes. Der Kiwimann kneift die Augen zusammen. Er reißt den Kopf herum und biegt nach rechts in die *Schlossallee* ab.

So gelb war dein Kleid, Mama. Schlossgelb. Die Mükken haben dich mit einer Blume verwechselt. Wir haben sie gemeinsam vertrieben, während wir die Pferde beim Rennen beobachtet haben. Gewonnen hast du nichts. Aber mir eine Schokolade spendiert. Schokolade ist etwas für hysterische Frauen. Jawoll, Herr Papa. Und wie wir wieder vor der Freudenau gestanden sind, da bist du vor mir in die Hocke gegangen, hast lang gehustet, wie die ganze Zeit davor, hast meine Hände zwischen deine wunderschönen, dünnen Finger genommen und hast mich geküsst. Dann hast du Tommy zu uns gezogen und deinen Kopf in unsere Schultern vergraben. Und ich hab Angst bekommen. Die Woche darauf ist unser Termin flach gefallen. Du brauchst Schonung, haben sie gesagt. Die Woche darauf wieder. Und die nächste wieder. Dein Telefon war tot. Tommy hat geweint. Ich hab ihm den Mund zugehalten, bis er ganz blau war. Da hat er's dann kapiert, hat nie wieder nach dir geweint. Und wie wir dann an deinem Grab gestanden sind, da habe ich dich gehasst. Weil du damals bei den Pferden nichts gesagt hast.

Der Kiwimann wischt sich über das Gesicht. Er zwinkert mit den Lidern, doch die Augen bleiben feucht.

Es tut mir leid, Mama. Ich hab's nicht besser gewusst. Der Arzt hat mir dann Jahre später gesagt, dass du an gebrochenem Herzen gestorben bist. Dass es das wirklich gibt und nicht nur im Märchen. Es ist aufgebrochen, das Herz, und hat dich verschlungen.

Er biegt hinter einem Duo von extrem sehnigen Männern in die Rechtskurve zur *Äußeren Mariahilferstraße*, überholt die beiden über die Innenlinie.

Immer den Rhythmus beibehalten. Sich nicht zu Sprints verleiten lassen. Eins, zwei, drei, vier. Ein Klacks.

Links taucht das *Technische Museum* auf.

Jetzt haben sie wieder was zum Herzeigen im Fernsehen.

Der Kiwimann schaut sich plötzlich hektisch um. Beim Museum befindet sich eine Wasserstelle, der Boden davor ist ein weißes Meer aus Plastikbechern. Zwei Mädchen und vier Burschen reichen den Läufern das Wasser. Es hat sich ein kleiner Pulk gebildet. Vereinzelte Zuschauer stehen in der Nähe, keine Anfeuerungsrufe, keine Fahnen, keine Fotoapparate, kein Lächeln.

Ist euch fad? Mir nicht.

Der Kiwimann sucht weiter die Umgebung ab, schaut in den Himmel. Und da sieht er einen Hubschrauber. Er lächelt.

Montag nach dem Marathon, KPU/Landeskriminalamt, Berggasse, 14:53 Uhr:

Mayer legte das Handy vor sich auf den Tisch. Carmen war sicher nur am Klo. Gleich würde ihre Antwort-SMS piepsen. Nach bereits siebzehn Minuten Reaktionslosigkeit. So gesehen war es ein langer Stuhlgang, mindestens Dünnschiss.

Und den bekam sie auch gleich. So einen ineffektiven Ermittlungstag hatte sie selten noch erlebt. Lauter Blabla-Gespräche, und der Einzige, der vielleicht etwas Licht in Elisabeth Zwirns Privatleben bringen konnte, war erst in acht Tagen wieder erreichbar. Helmut Weiß weilte mit einer Wirtschaftsdelegation in China. Seine Frau mit ihm, wie seine Sekretärin wusste. Anschließender Kurzurlaub in Shanghai. Manche Leute spielten einfach in einer anderen Liga. Mayer hatte es sich nicht verkneifen können, nach den Kindern zu fragen – Internat. In der Schweiz, wie ihr die Sekretärin ungefragt mitteilen zu müssen gemeint hatte. Bei solchen Mitarbeitern lachte Detektiven das Herz.

Mayer rückte den Drehsessel so weit unter sich, dass sie mit dem Bauch an die Kante des Tisches stieß, sogar wenn sie sich zurücklehnte. Die Füße verhakte sie in zwei der fünf Rollenausleger.

Das Handy wollte und wollte nicht klingeln oder piepsen. Nein, Carmen war unter der Dusche. Oder noch viel besser: Sie hatte sich schlafen gelegt, weil die Heulerei sie so angestrengt hatte. Das Display wurde dunkel. Ruhezustand. Den könnte sie jetzt auch gebrauchen. Trotz der Ineffektivität keine Minute Pause, der Irre an ihrer Seite war ständig am Rattern und Denken.

Katz nahm dieselbe Haltung wie sie ein. Synchron verschränkten sie die Arme und glotzten auf die sechs Monitore vor ihnen. Wollte er sie verarschen oder sich bei ihr anbiedern? Eher Ersteres. Nein, kein altes, hohes Tier schmeichelte sich bei einem jungen, unbedeutenden ein. Anbaggern war eine Variante. Katz war mindestens fünfundzwanzig Jahre älter, könnte ihr Vater sein. Keine Variante. Allerdings gab es viele Männer, die auf junge Frauen … Er wusste, dass er keine Chance hatte. Vielleicht war er aber auch einer jener, die sie umdrehen wollten.

Mayer rieb sich mit den Zeigefingern die Schläfen und atmete aus. Das waren alles blödsinnige Überlegungen, vollkommen sinnlos. Es konnte ihr am Arsch vorbeigehen, warum Katz sich so hingesetzt hatte. Die kleinen Psychospielchen den ganzen Tag hatten sie völlig aus dem Tritt gebracht. Tatsachen, Fragen, Antworten, Beweise, darum ging es.

Und das Display war noch immer dunkel.

Dafür strahlten die Monitore jetzt in Blitzblau. *No signal.* Ja genau, no signal. Sie hatte sich entschuldigt für ihre Überreaktion. Was wollte die Gurke denn sonst noch? Einen Kniefall. Sie war eindeutig kapriziös. Wenn Mayer zu sich selber ehrlich war, dann war Carmen das Abziehbild einer Tusse. Wahrscheinlich schmollte sie jetzt auf der Couch und zog sich irgendwelche Telenovelas rein. Und sie erwartete sicher einen riesigen Strauß Blumen, natürlich langstielige rote Rosen, vielleicht ein kleines Geschenk dazu, ein Diamantarmband, oder was man in solchen Fällen zu schenken hatte. Nicht mit ihr. Abgesehen davon, dass sie sich höchstens einen Modeschmuckring aus Filz leisten konnte und sicher kein diamantenes Etwas, waren doch solche Gesten altbacken. Das zu sein, hatte ihr auch

Carmen manchmal vorgeworfen. Weil sie Clubbings nicht sonderlich mochte, sondern lieber auf Berge rannte. Weil sie sich erst nach zermürbendem Dauerfeuer der Freundinnen von Carmen einen Facebook-Account zugelegt hatte – und den noch dazu unter falschem Namen; keine hatte kapiert, dass sie als Polizistin vorsichtig sein musste. Weil sie nach wie vor Twitter verweigerte. Sie wusste schon im realen Leben nichts zu Tratschrunden beizutragen, wieso sollte sie sich also im virtuellen Raum den Stress … für Carmen war Facebook real. Shit. Mayer aktivierte das Handy und stieg ein. Den ganzen Tag keine Statusmeldungen. Yeah, Glück gehabt. Es ging der Gurke wirklich schlecht. Sie hatte auch noch nicht den Beziehungsstatus geändert, obwohl sie sonst jede Stunde ihren aktuellen emotionalen Zustand in die Welt hinausposaunte. Ja, wirklich Glück gehabt. Sie war diskreter als angenommen. Manche von Carmens Freunden hatten auf Facebook sämtliche Toilettenanlagen vom Donauinselfest über ihre Exen ausgeschüttet.

»Mein Freund, leg los.« Katz klatschte in die Hände. Mayer lugte zu ihm. Er strahlte wie ein Stummfilmjunkie, der jetzt gleich die gesammelten Werke von Chaplin vorgeführt bekam.

Der *Freund*, ein Gruppeninspektor Herbert ›Herbie‹ Forstinger von der AB08, also ein Kollege von der kriminalpolizeilichen Untersuchung, hob die Hand, ohne sie beide anzusehen, und montierte weiter in stoischer Ruhe irgendwelche Kabel an irgendwelche Geräte. Es sei so viel Material, dass sie es auf mehrere Festplatten gespeichert hätten, hatte Forstinger erklärt. Fünf Stunden Läufer, von mindestens zwanzig Kameras festgehalten. Das waren mehr als hundert Stunden Marathon.

Vielleicht sollte sie einen Kredit aufnehmen und Carmen

wenigstens Diamantohrringe schenken. Hauptsache, sie bekam ihr altes Leben zurück. Der Ausflug in die obere Liga der Polizeiarbeit dauerte schon – sie sah auf die Uhr – gute achteinhalb Stunden zu lang. Mayer seufzte.

»Schnelldurchlauf.« Katz verschränkte nun die Hände und kreiste die Daumen. »Das haben wir gleich.«

Mayer knurrte. »Erstens ist es unsinnig. Wenn er sagt, dass er ihn gelaufen ist, wird er es getan haben. Er weiß, dass wir es kontrollieren können. Und der Niederle kommt mir, falls er es gewesen ist, nicht wie ein Idiot vor, der sich geschwind ein Alibi ausdenkt und hofft, dass es schon gut gehen wird. Nicht wie so ein Schwammerl, das gach seine Alte absticht und sich was zusammenspintisiert. Also wenn es der Niederle war, müssen wir nach einem anderen Fehler suchen.«

»Beeindruckend ausführliche Analyse.« Katz grinste.

Fuck off, Alter! Das konnte nichts werden mit ihrer Zusammenarbeit, wenn er sie nicht ernst nahm.

»Und zweitens?«, fragte er nach.

»Kann sich die viereckigen Augen doch so ein Kevin holen.«

»Kevin ackert die Passagierlisten durch.«

»Ja, genau so blödsinnig, aber gut, soll sein. Ich meine irgendein Kevin.«

»Wir haben hier nur einen.«

Mayer ließ den Kopf in den Nacken fallen und stöhnte auf.

»Scherz«, meinte Katz. »Natürlich könnte das ein junger Kollege anschauen, das Material, aber der weiß nicht, auf was er schauen soll.«

Mayer sah zu Forstinger. Kein Anzeichen, dass die technischen Voraussetzungen für den Fernsehmarathon bald geschaffen waren. Sie schob sich weg vom Tisch und stand auf. Bog sich in der Taille durch. »Und auf was achten wir? Wir schauen einem kiwigrün gekleideten Mann beim Laufen zu. Super. Das kann jeder.«

Katz drehte sich zu ihr. »Ich weiß es nicht. Aber ich werde es finden.«

»Sie klingen wie ein Fernsehcop.«

Katz grinste und wandte sich wieder den Monitoren zu. Genau im richtigen Moment, denn der mittlere Bildschirm der unteren Reihe leuchtete auf. Vor der Kulisse der *UNO-City* war aus der Vogelperspektive das Gewusel von Menschen zu sehen. Sie warfen lange Schatten, manche schirmten ihre Augen vor der Morgensonne ab … wenn Platz für Schatten war. So viele Menschen hatte Mayer noch nie auf einen Haufen gesehen. Angeblich waren es heuer an die 36.000 Teilnehmer gewesen.

»Magst gleich zwei auf einmal, Karl? Oder alle sechse?«

Katz hob das Kinn, sah auf seine Armbanduhr und dann zu Mayer. »Nein, Kollegin Mayer wird uns bald verlassen. Und ich muss erst ein Gefühl für das Ganze kriegen, bevor ich mir mehrere gleichzeitig reinzieh. Andererseits – hast vielleicht noch eine andere Perspektive?«

Mayers Herz tat einen Sprung. Sie durfte nach Hause. Das bedeutete zwar, keine Überstunden, also nicht mehr Geld, aber das brauchte sie auch nicht mehr, jetzt, wo sie beschlossen hatte, Carmen zu verzeihen und ihr altes Leben fortzusetzen. Nicht sehr schön, dass man ihr die Dankbarkeit und Erleichterung jetzt wahrscheinlich vom Gesicht ablesen konnte, aber Hauptsache, sie konnte in absehbarer Zeit ihr Privatleben regeln.

Katz tippte auf seine Uhr. »Sie sollten die Zeit nicht übersehen.«

Sie lachte auf. »Wird man bestraft, wenn man nicht rechtzeitig nach Hause geht?«

Sein rechtes Auge zwinkerte. »Die Identifizierung. 15.30 Uhr. Und auch wenn die Sensengasse nicht weit ist, so sollten Sie doch …«

Mayer hielt sich an der Lehne des Drehsessels an, setzte sich langsam, damit man ihr die weichen Knie nicht ansah. »Ich kann gern die Videos … ich mein, Sie sind der Gruppenleiter, da sollten doch Sie bei der Identifizierung … ich pick mir die Startnummer raus von dem Niederle … beziehungsweise, die haben wir ja schon.« Sie gackerte ein Lachen. »Ich such mir die Zeit von der ersten Kontrolle, rechne von seiner Zieleinlaufzeit die ungefähren Durchgangszeiten hoch, such ihn mir, pass die anderen Videos an, verfolg ihn mit Argusaugen …«

»Gulp.« Forstinger imitierte mit aufgerissenen Augen einen Würgeanfall. »Eine Kotzerin. Na du hast einen Griff, Karl.« Forstinger drückte am linken Monitor herum. »Scheißdreck. Immer nur sparen, sparen, sparen. Und sich gleichzeitig aufregen, dass die Gangster immer mehr werden. Bagage.«

»Ich bin keine Kotzerin!« Mayer blitzte den Kollegen an. »Ich will nur nicht …« Sie klappte den Mund zu. Es war ebenso peinlich, einzugestehen, dass sie sich vor der Vernehmung von Hans-Georg Zwirn fürchtete. Sie durfte keinesfalls zugeben, dass ihr die ganze Chose ein paar Nummern zu groß war. Zwirn mit seinem affektierten, antiquierten Gerede würde sie aufmachen wie eine Sardinendose.

Keiner forderte sie zum Weiterreden auf. Und auch wenn sie im ersten Moment darüber froh war, so dämmerte es ihr mit jeder Sekunde Funkstille mehr, dass sie sagen konnte, was sie wollte, dass das Desinteresse an ihrem Gestammel im Grunde ein Urteil war. Wenn sie nicht zur Identifizierung ging, blieb sie für alle Zeiten *die Kotzerin.*

Am linken unteren Monitor flammte nun ebenfalls ein Bild auf. Jetzt waren die Menschen von der Bodenebene aus zu sehen. Eine Kamera, die sich zwischen den Läufern bewegte.

»Aber unsere Gulp-Madame hat natürlich was ganz Richtiges gesagt«, ließ sich Forstinger vernehmen, »wir müssen das Ganze synchronisieren, sonst wird das gar nix.«

»Synchronisieren?« Katz runzelte die Stirn.

»Ja, du technisches Nackapatzl. Wie willst du da«, er deutete auf die Tausenden bunten Punkte der Hubschrauberaufnahme, »irgendwen einfach so finden?«

Das Leuchten auf Katz' Gesicht verschwand. Er starrte auf die beiden Bilder. Sein rechtes Auge zuckte schon wieder. »Gut, Mister Spock, dann machen wir's überhaupt anders.« Er schob ihm einen Zettel mit Niederles Startnummer sowie Beginn- und Endzeit zu und ächzte sich aus dem Sessel hoch. »Ihr sucht ihn mir raus, ihr habt da mehr technische Geduld, und ich helfe unserer lieben Daniela beim Kotzen.«

Forstinger richtete sich in die Senkrechte auf, streckte seinen Schmerbauch nach vorn, warf seinen Rossschwanz in Weiß nach hinten und sah Katz nur an.

Der grinste. Sie musterten einander. Das übliche hierarchische Kräftemessen, und doch war es Mayer zutiefst peinlich. Sie sollte das nicht mitbekommen, sie gehörte da nicht dazu.

Sie starrte auf den Monitor links. Eine Frau mit lilafarbenem Stirnband gab ein Interview und lächelte dabei zuversichtlich in die Kamera. Die schwenkte danach auf eine Reihe unzähliger Lkws, wo Läufer Jacken und Rucksäcke abgaben. Sie zoomte auf den Truck, der mit *10.000 – 10.500* beschildert war. Ein Glatzkopf kam Mayer bekannt vor. »Was haben Sie denn eigentlich für eine Startnummer gehabt, Herr Chefinspektor?«

Keine Antwort.

»War's vielleicht 10.439?«

Jetzt drehte sich Katz zu ihr um, betrachtete ebenfalls den Monitor. Mit einer schnellen Bewegung ließ er sich auf den Sessel fallen, worauf er schrie. »Scheiß Muskelkater.« Er deutete auf sein Abbild am Monitor. »Aber jetzt wissen Sie, dass meine Teilnahme kein Schmäh war.«

Er musterte sich. Er runzelte die Stirn, schien plötzlich mit seinen Gedanken ganz woanders zu sein.

Forstinger stellte sich zu ihnen und zog die Nase auf. »Der wievielte war das denn eigentlich, Karl?«

»Der fünfte.«

»Hast deinen Vater jetzt überholt? Was sagt er denn dazu?«

Katz brummte nur. Sie sahen alle, wie er von einem Mann mit basedowschen, blauen Augen angesprochen wurde, der sich nach der Antwort beinahe geduckt wegdrehte.

»Na, da haben S' wohl ein bissel Testosteron in die Luft geblasen.«

Die beiden Männer musterten sie wortlos nach diesem Kommentar. Eben, sie hatte hier nichts zu vermelden. Sie musste heim. Zu Carmen. Ins Kriminalkommissariat West. Zu Oppitz. Den hatte sie auch noch nicht angerufen. Ihr Blick saugte sich wieder am Monitor fest. Und da war …

»Spulen Sie zurück. Zurück. Ein paar Sekunden.« Sie tippte auf den Bildschirm.

Forstinger gehorchte ihrem Befehl ohne Widerrede.

»Da. Stopp.«

Forstinger drückte auf Standbild. Und dann sahen sie es alle drei: Katz und Niederle musterten einander.

»Sie haben ihn nicht erst gesehen, als er der Frau aufgeholfen hat, Sie haben ihn schon …«

»Nichts habe ich. Da war ich geistig woanders.« Katz schlug mit den Daumen abwechselnd auf die Sessellehne. »Aber der Niederle …«

»Der mustert Sie. Sie hätten ihm zumindest bekannt vorkommen müssen. Er hat sich aber nichts anmerken lassen.«

»Die Kiwi da?« Forstinger deutete nun seinerseits auf den zweiten Glatzkopf, der passend zum kiwigrünen T-Shirt ein dunkelgrünes Stirnband trug.

Sie nickten beide. Er ließ das Video in Slow Motion weiterlaufen. Kurz war die Startnummer 10.441 zu sehen. Damit war nun jeder Irrtum ausgeschlossen.

»Passt. Jetzt wird's ein bissel leichter, wenn ma ihn schon einmal im Visier haben.« Forstinger schnappte sich den Zettel mit Niederles Daten. »Wieso gibt's da keine Durchlaufzeiten? Der Chip kontrolliert doch alles.«

»Ja, die Liste ist noch nicht da. Musst Druck bei den Organisatoren machen, Herbie.«

Ein Bildschirm nach dem anderen flammte auf. Tausende bunte Punkte und rennende Menschen wurden sichtbar. Überraschend viele grüne Tupfen – von Kiwi bis Tanne – waren darunter.

Mayer stand auf und schob den Sessel unter den Tisch. »Ich glaub noch immer nicht, dass das was bringt. Kein Mörder betreibt so viel Aufwand mit seinem Alibi. Ich mein, der muss den ganzen Marathon gelaufen sein, selbst wenn er dazwischen einmal geschwind mit dem Hammer zugeschlagen hat. Das sagt doch angeblich der Chip. Er war im Ziel.«

Katz ächzte sich ebenfalls in die Höhe. »Nein, er hat einen Teil der Strecke jemand anderen für sich laufen lassen.«

»Hoffen wir, dass der langes, wallendes Haar hat und wir ihn gleich erkennen.« Mayer zwinkerte mit dem rechten Auge, wie es Katz immer tat.

Der lächelte säuerlich.

Beim Marathon, ab Kilometer 18, äußere Mariahilferstraße, 10:28 Uhr:

Graue Zinshäuser reihen sich an graue Zinshäuser. An grauen Gehsteigen neben grauer Straße gelegen. Vereinzelte kleine Geschäfte kauern sich in die Häuser, einige davon mit blinden Fenstern. Sie verschwinden förmlich zwischen den unzähligen Kebab-Restaurants und Wettbüros. Dazwischen blitzt designtes Schanigartenmobiliar auf, als würde sich das Mittelbürgertum die Straße zurückerobern wollen. Punktuell leisten bunte Auslagenscheiben von Weltkonzernen Schützenhilfe.

Der Glatzkopf hält das Gesicht in die Sonne, schaut wieder auf die Kulisse rund um ihn herum. Das Licht scheint verschluckt zu sein. Linkerhand gleichen fünf Stufen den Niveauunterschied zwischen Straße und Parterre des Zinshauses aus. Darauf sitzen wie in einer Arena ein paar Zuschauer mit Bierflaschen in der Hand. Alle der Marke *Gösser*. Teilweise haben sich ihre T-Shirts über die Bäuche hochgeschoben. Sie rauchen und wedeln mit den Händen. Es wirkt nicht wie Anfeuern, sondern wie ein sich über die Wahnsinnigen lustig machen.

Der Glatzkopf spuckt aus. »Ja, Vater, jetzt sind wir bei deinen Spezis. Weil es hat ja niemand wissen dürfen, dass du saufst. Bist immer in die Vorstadt. Und dann hast Kaugummi gekaut. So lächerlich. Den Alk hat man dir zehn Kilometer gegen den Wind angemerkt. Der Ursi muss jedes Mal zum Speiben gewesen sein, wenn du dich zu ihr ins Bett gelegt hast. Am Schluss hat sie mir fast schon leidgetan.«

Er lacht auf.

»Weißt du eigentlich, dass sich die Mama und die Ursi in

den letzten zwei Jahren vor deinem Tod einmal im Monat auf einen Kaffee getroffen haben? Sicher weißt du das nicht. Du hast ja überhaupt nichts mehr mitgekriegt. Sie haben sich irgendwann einmal zufällig beim Einkaufen getroffen, im Gerngross. Und da hat grad das Gfrett mit der Rosi angefangen. Ecstasy. Du warst ihr ja keine Hilfe, der Ursi. Und da hat sie sich gedacht, dass ich vielleicht ein Aug auf sie haben könnt. So als Halbbruder, einziges Geschwister. Hab ich dann auch gehabt. Wir haben's in den Griff gekriegt. Aber das hat dich ja alles nicht mehr interessiert. Du hast ja nur mehr weiße Mäuse gesehen. Weiße Mäuse.« Er schreit es.

»Weiße Mäuse? Wo?«

Der Glatzkopf wendet sich zur Sprecherin links neben ihm. Trotz Sport-BHs und engem T-Shirt ist ein riesiger Busen erkennbar. Er sieht nur mehr die Brüste, die bei jedem Schritt fünf Zentimeter rauf und runter hüpfen. Sein rechtes Auge zuckt.

Die Frau schaut sich um. »Ich hab mich schon ewig gewundert, warum man weiße Mäuse sagt. Die haben doch immer eine schwarze Lederkluft an, die Bullen.«

»Wegen der weißen Motorräder. Früher waren sie weiß. Jetzt sind sie meistens silber.«

Sie formt ein lautloses *Aha* und lächelt den Glatzkopf an.

»Ich hab aber nicht die Bullen gemeint, ich hab was anderes gemeint.« Er wirft ihr einen schnellen Blick zu. »Hab ich wirklich so laut geredet?«

»Die ganze Zeit.«

Er schaut sie an, runzelt die Stirn.

Sie lacht. »Ich hab nichts verstanden. Keine Sorge. Aber ...« Sie muss Luft holen, macht mit der Hand eine unbestimmte Bewegung, um anzudeuten, dass sie gerade außer Atem ist.

Der Glatzkopf schaut wieder auf die Strecke.

»Aber ich wunder mich schon die ganze Zeit, dass Sie das schaffen. Laufen *und* Reden.« Sie lacht, es klingt mehr wie Pfeifen.

»Training.«

Er nickt ihr zu und fixiert einen kleinen, drahtigen Mann in weißer Laufdress ungefähr drei Meter vor ihm. Sein Kiefer malmt, er befeuchtet die Lippen.

Linkerhand wird der *Westbahnhof* erkennbar. Die Sonne bringt die Alufassade der Spange, die die Neubauten rund um die denkmalgeschützte Kassenhalle aus den Fünfzigerjahren zusammenhält, zum Glühen. Sie scheint in den *Europa-Platz*, der vor lauter Fahrbahnen und Schienen fast nicht als solcher erkennbar ist, hineinzuwachsen. Die Menge überquert den sechsspurigen Gürtel. Die Strecke verengt sich wieder, und plötzlich wirkt alles freundlicher. Die Häuser sind großteils frisch gestrichen. Die Geschäfte protzen mit großen Auslagen, die Grünfläche am Ende der Straßenverengung weist sattes Gras auf.

»Training. Ja, nichts als Training. Wenn dir niemand zuhört …«

Montag nach dem Marathon, Department für Gerichtsmedizin, Sensengasse, 15:32 Uhr:

Der Mann flatterte wie ein Kranich den Gang hinunter. Eine riesige Nase, die weißen Haare nach hinten weisend, als würde er ständig im Fahrtwind stehen, die Schößel seines Arztkittels die Bewegung des Haares imitierend.

Er deutete auf Mayer, Katz und dann auf den Mann neben ihnen. »Kollege Wagner, hab ich schon einmal erwähnt, dass dieser Zustand ein anderer werden muss?«

Der Mann neben ihnen, klein, mit schwarzem Haarkranz und Seehundschnauzer, deutete mit dem Finger zurück. »Haben Sie, Herr Professor, haben Sie.« Er räusperte sich und drehte die Augen Richtung Katz. »Aber ich finde, wir sollten das vielleicht später …«

»Sie wollen es einfach nicht einsehen!« Der Kranich schnappte nach Luft und ruderte mit den Armen. »Wie soll so das Institut überleben?«

»Ich bin die falsche Adresse, Herr Professor.« Wagner zwirbelte seinen Schnauzer. »Sie sind der Institutsleiter. Sie müssen mit dem Ministerium verhandeln.«

»Pah.«

»Und Sie kennen meinen Vorschlag: wenn Sie und Ihre verehrten Kollegen von Ihrem Stammtisch in den Streik treten und keinerlei Operationen mehr an Politikern durchführen …«

Der Kranich machte eine wegwerfende Handbewegung und verschwand um die Ecke.

Katz fasste Wagner um die Schulter. »Die alte Geldleier, Wagner?«

Wagner seufzte. »Das Ministerium will den offiziellen

Betrag, den eine Obduktion nun einmal kostet, nicht zahlen. Und von den Verurteilten holen sie es sich auch nicht. Aber wir sollen wirtschaftlich agieren. Wie jetzt?«

»Aber immerhin seid's nicht mehr auf Untermiete.« Beide lachten.

Mayer etwas verhalten mit. Als jahrelang gestritten worden war, wer den Umbau des gerichtsmedizinischen Instituts finanzieren sollte, mussten die Obduktionen in regulären Krankenhäusern durchgeführt werden. Neben dem alltäglichen Betrieb.

Wagner stoppte vor der Tür zum Seziersaal. »Ja, das wenigstens nimmer. Den Patienten zu verheimlichen, dass sie jetzt auf demselben Computertomografen liegen wie grad zuvor eine Leich, die vielleicht auch noch gesaftlt hat, ist langsam zum geheimdienstlichen Großprojekt ausgeartet.«

Sie traten ein. Alles blinkte und blitzte. Mayer war das erste Mal im nunmehrigen Department der Gerichtsmedizin Wien. Und sie musste sagen: Der Umbau hatte sich ausgezahlt.

Wagner ging zum ersten Tisch. »Und jetzt nerven's wieder. Eine Schand ist das, für so eine Stadt wie Wien.« Er wirbelte zu ihnen herum. »Weltweite Spitze waren wir einmal in der Gerichtsmedizin, weltweite Spitze. Die Amis sind zu uns gekommen und haben gelernt. Die Amis! Und jetzt lassen's uns verkommen, nur weil niemand Geld in die Hand nehmen will. Ich seh mich schon den ganzen Schmafu hier von der Uni anmieten und privat Obduktionen durchführen. Wir können vor lauter Sparmaßnahmen doch net einfach den Betrieb einstellen.«

»Könnt ihr schon«, warf Katz ein. »Dann haben wir auch nichts mehr zu tun, und sie sparen bei der Polizei ebenfalls was ein. Müssma unbedingt Morde aufklären?«

Wagner lachte auf und deutete auf eine Art Mumie. Wagner und seine Gehilfen hatten den Kopf von Elisabeth Zwirn fest einbandagiert. Trotzdem waren Dellen in der Schädeldecke erkennbar. »Den Kopf haben wir fertig. Die innere Beschau machen wir erst morgen. Uns sind da ein paar Tote vom Marathon dazwischengekommen. Versicherungsgeschichten. Aber der Fall da war ja eh ziemlich eindeutig.«

»Seit wann haben Mordfälle keine Priorität mehr?« Katz' rechtes Auge zwinkerte. Dieses Mal offensichtlich aus Ärger.

»Seit die Versicherungen vielleicht einen Kostenanteil von der Sensengasse übernehmen. Sagen Sie zumindest. Glauben tu ich's nicht.« Er lachte. *»Ihr treuer Freund im Leben und im Tod.* Na, ich weiß nicht, ob das neue Kunden bringt.«

Als vor der Tür ein lautes »Sie nicht« hörbar wurde, schnappte er ein Tuch und breitete es mit einem schnellen Schwung über die Leiche. Der Bass von Hans-Georg Zwirn polterte Unverständliches. Dann Gerangel. Die Tür wurde aufgestoßen. In Begleitung jeweils eines Department-Angestellten quetschten sich gleichzeitig Zwirn und Niederle in den Raum. Angesichts von Mayer, Katz und Wagner blieben sie stehen, die Arme an die Seiten gelegt, wie zwei Schulbuben nach einer Rauferei.

In Niederle löste sich zuerst die Starre. Er straffte seinen Nacken und machte drei Schritte auf sie zu. Er fixierte Mayer. »Ich denke nicht, dass es Lisa recht wäre, wenn dieser Mann sie in diesem Zustand sieht.«

Zwirn war in der nächsten Sekunde neben ihm und reckte das Kinn. Er musste zu Niederle aufsehen. »Was bilden Sie sich ein, Sie … Erbschleicher?«

Niederles Oberlippe krümmte sich leicht. Er sah wieder zu Mayer. »Lisa war mit diesem Mann hier vollkommen zerstritten. Sie würde schreien und ihn verjagen, wenn sie könnte.«

Zwirn atmete tief durch und wandte sich dann ganz ruhig ebenfalls zu ihnen, allerdings nur mit dem Körper, mit dem Blick fixierte er den Herrn Chefinspektor. »Meine Schwester war wegen dieses Mannes etwas verwirrt. Nun gut, hormonelle Aussetzer kennen wir alle.«

Das konnte sich Mayer beim besten Willen nicht vorstellen. Hans-Georg Zwirn war sicherlich im Dreiteiler geboren worden und hatte seinen Hosenschlitz noch nie zu etwas anderem als zum Wasserlassen geöffnet.

»Doch ich habe ihr mehrmals eindringlich gesagt, dass dieser Herr da ein Tunichtgut ist. Ein Erbschleicher.«

Derselbe Verdacht, den Herr Adolf geäußert hatte.

»Ich hab selber genug Geld.« Niederle schnaufte.

Die beiden standen nebeneinander mit dem Blick zu ihnen wie angeklagte Buddys vor Gericht. Schulter an Schulter. Ihre gegenseitigen Beschuldigungen und die Beteuerungen ihrer Besorgnis um Elisabeth Zwirn wirkten seltsam hohl.

»Die Frage ist nur, woher«, keifte Zwirn.

Niederle drehte sich provokant langsam zu Zwirn und sah auf ihn herab wie auf ein begriffsstutziges Kind. »Arbeit?«

»Wenn Sie Frauen betören als Arbeit bezeichnen, dann stimmt das wohl.«

»Was meinen Sie damit?«

Zwirn rückte seine Krawatte zurecht und verschränkte die Hände am Rücken. Er wippte leicht nach vor und zurück. Ein Lächeln schien sich in sein Gesicht zu setzen. »Ich hab mir Ihre Firmen angeschaut, Herr Niederle. Keine konnte je so viel abwerfen, dass es für Sie möglich war, die jeweils nächste zu kaufen. Doch plötzlich hatten Sie immer Geld. Und ein Mal war das seltsamerweise nach dem Tod einer Ihrer Freundinnen. Opfer, möchte ich schon fast sagen. Margot Eberle. Ja, ja, ich habe meine Hausaufgaben gemacht.«

Niederle brachte sein Gesicht ganz nahe an das von Zwirn. »Was sagen Sie da? Wie können Sie es wagen, Sie gefühlloser … an der Bahre von …« Er rang nach Luft. »Die Wunde, die Margots Tod in mir hinterlassen hat, ist noch immer nicht ganz verheilt. Und jetzt mit Lisa ist sie wieder aufgebrochen. Streuen Sie nicht noch Salz hinein. Es ist ganz und gar nicht leicht, schon wieder einen geliebten …«

Er wandte sich ab, presste die Augen zusammen, sowie Daumen und Mittelfinger auf die Nasenwurzel.

Zwirn richtete erneut seine Krawatte. »Schauspieler.«

Niederle wirbelte herum. »Missgünstiges Egoistenschwein. Dir geht es doch auch nur ums Geld. Da hat es dir nicht gepasst, dass Lisa wieder glücklich war. Dass wir heiraten wollten. Kinder. Dein Anteil am Kuchen wäre Null gewesen. Du raffgieriges Stück … Ah!« Er verzog den Mund und bedeckte wieder die Augen.

Zwirn fixierte Katz. »Ich nehme an, nachdem Sie diesen Mann noch nicht verhaftet haben, hat er ein wasserdichtes Alibi. Ich bitte Sie inständig, es genauestens zu überprüfen. Der Mann ist ein Erbschleicher.«

Niederle donnerte, ohne hinzusehen, Zwirn die Faust auf die Nase. Der schrie auf und ging in die Knie. Zwischen seinen Händen strömte Blut hervor.

»Punktlandung«, kommentierte Wagner und nickte den

Department-Angestellten zu, die wie griechische Skulpturen an der Tür verharrt hatten. Die beiden zogen Zwirn unter den Armen hoch und bugsierten ihn Richtung Tür. Einer schnappte sich eine Packung Kleenex und reichte sie Zwirn. Der säuberte sich notdürftig, riss eine Ecke Papier ab und stopfte sie sich ins Nasenloch.

Niederle hatte unterdessen die Handflächen gehoben und einen sehr demütigen Blick aufgesetzt. »Es tut mir leid. Es tut mir leid. Die Nerven. Es ist alles einfach …« Er klemmte wieder die Nasenwurzel zwischen die Finger.

Sollten sie ihn jetzt wegen Tätlichkeit verhaften? Mayer lugte zu Katz. Der hatte die Arme verschränkt und sah unglaublich entspannt aus. Er bemerkte ihren Blick und grinste sie an.

Kurz vor der Tür riss Zwirn sich los und rannte zu Niederle. Der musterte ihn zwischen den Fingern hindurch. Zwirn wandte sich wieder ab, drehte sich im nächsten Moment blitzschnell mit erhobenem Bein zurück, in bester Karatemanier, und traf das linke Ohr von Niederle. Der bog sich mit einem Aufschrei nach hinten, worauf Zwirn ihm in die Eier trat. Jetzt ging Niederle in die Knie.

Zwirn straffte seinen Anzug und tupfte sich nun das Gesicht mit einem großen Stofftaschentuch, weiß mit grauem Rand, ab. Also nicht Zugführer im Matrosenanzug, sondern Karatekid.

Mayer sah zu Katz, zu Wagner, dessen Hand vor dem Schnauzer schwebte, die beiden zu ihr, zu den Department-Angestellten, die zu den verletzten Männern. Unwillkürlich grinsten sie alle fünf und wandten sich von den Streithähnen ab.

Katz räusperte sich. »Herr Zwirn, ich weiß nicht, warum Sie diese Anschuldigungen aussprechen. Sie sind ja der

Begünstigte im Testament. Und selbst ohne Erbschaftsregelung hätten Sie vor der Hochzeit alles bekommen. Als einziger Verwandter. Herr Niederle hat gar keinen Grund gehabt, Ihre Schwester vor der Verehelichung zu töten.«

Welches Spiel spielte der Herr Chefinspektor denn jetzt wieder? Wiege dein Opfer in Sicherheit? Nein, wahrscheinlich hatte ihm die Aggression von Zwirn zu denken gegeben

Der schüttelte den Kopf. »Wer sollte es sonst gewesen sein, wenn nicht er?«

»Ihre Animositäten in allen Ehren, aber …«

Niederle ächzte sich in die Höhe. »Vielleicht hast du ja einen Handlanger geschickt, du Arsch, weil nach der Hochzeit, da hättest du keine Chance mehr gehabt.«

Katz lehnte sich an den Kühlschrank, worauf es schepperte. Sie wandten sich ihm alle zu. Sein rechtes Auge zwinkerte. »Herr Niederle, Sie haben selbst gesagt, dass Elisabeth Zwirn eine zutiefst misstrauische Person war. Sie hätte niemand Fremden in die Wohnung gelassen.«

Niederle sah ihn lang an, ging dann zur Bahre. Katz nickte Wagner zu, der zog das Tuch von der Leiche weg.

Er sog ruckartig Luft ein und ballte die Hände zu Fäusten. Dann nickte er. »Wenn dieser Unbekannte sich als Abgesandter von Herrn Zwirn hätte ausweisen können, schon. Sie hat ihren Bruder immer noch geliebt. Mir unverständlich, aber Tatsache. Sie hat ihm immer vertraut, trotz des Streits.«

Zwirn trat ebenfalls an die Bahre. Er schluckte. »Und aus welchem Grund hätte ich einen Boten schicken sollen?«

»Keine Ahnung. Versöhnung vor der Hochzeit? Und er war der Vermittler?«

»So ein Blödsinn. Ich schick doch niemanden, der sich

an meiner Stelle mit ihr versöhnt. Da wäre ich schon selber gegangen.« Zwirns Hand zuckte, doch er griff die Leiche nicht an.

Mayer musterte die Tote. Es war ein Rätsel, wie die beiden sicher sein konnten, dass es sich um die Person handelte, die sie gekannt hatten. Außer den geschlossenen Lidern der Augen und dem ebenfalls geschlossenen Mund war nichts zu erkennen.

Als hätte Wagner ihre Gedanken erraten, schob er das Leichentuch an der Hüfte zur Seite. Es wurde eine sichelförmige Narbe sichtbar.

Jetzt nickte Zwirn. »Die hat sie sich bei einem Fahrradunfall mit acht Jahren zugezogen.« Er drehte sich mit dem Rücken zur Leiche und fixierte Niederle. »Hat sie denn von so jemandem erzählt?«

Der hob den Blick erst nach ein paar Sekunden. »Nein. Was mich auch nicht wundert. Ich hätte ihr gesagt, dass es Ihnen doch nur ums Geld geht.«

»Entschuldigen Sie, Herr Verlobter«, näselte Zwirn, »aber diese Unterstellung ist ungustiös. Meine Frau und ich nagen wahrlich nicht am Hungertuch.« Er verschränkte die Hände am Rücken und straffte den Körper.

»Erstens sucht Geld immer Geld. Und zweitens – wer sagt denn, dass Sie sich in den letzten Jahren nicht verspekuliert haben?«

»Wer behauptet so etwas?«

»Niemand, Krähen hacken einander nicht die Augen aus. Aber wer weiß?« Niederle grinste.

Zwirn ließ die Finger hinter seinem Rücken spielen, wippte nach vor und zurück. Mayer war versucht, mit sich selber zu wetten, wann er wieder zuschlagen würde. In zwei Sekunden? Drei? Doch er nickte ihnen allen nur kurz zu. Gemessenen Schrittes marschierte er aus dem Leichenraum. Seine Schritte hallten im Gang.

Niederle schien ihnen zu lauschen, denn er hatte den Kopf schief gelegt. Als sie nicht mehr zu hören waren, nickte auch er ihnen zu und ging. Die beiden Department-Angestellten folgten ihm auf dem Fuß wie Leibwächter.

Sie drei standen da und schauten. Auf die geschlossene Tür. Wagner zwirbelte seinen Schnauzer. Schließlich faltete er das Leichentuch akkurat zusammen.

Mayer ließ die letzten fünf Minuten noch einmal vor ihrem geistigen Auge ablaufen. Sie hatte das Gefühl, Zuschauerin bei einem gut geprobten Theaterstück gewesen zu sein. *Gefühl.* Schon wieder. Jedenfalls hatte sie sich umsonst Sorgen bezüglich ihrer Verhörtechnik gemacht, sie hatte und hätte sie nicht gebraucht. Die beiden Herren schienen sich als Aushilfspolizisten zu sehen.

Katz ließ die Finger auf dem Metall der Kühlbox tanzen. »Wenn man solche … Zeugen hat, dann braucht man nichts mehr selber machen. Spekulationsgeschäfte. Margot Eberle.« Er zwinkerte mit dem rechten Auge. Dieses Mal aus Vergnügen, wie es schien.

Chefinspektor Karl Maria Katz setzte sich auf den Randstein vor dem Institutsgebäude, fingerte aus seiner Jeanstasche ein flaches Silberetui und entnahm ihm eine Zigarette, die er sich auch sogleich anzündete. »Jetzt läuft es langsam an.«

Ein Jogger Mitte Dreißig trabte bei ihnen vorbei. Er fixierte Katz und deutete auf das Gebäude. »Jetzt haben S' wenigstens nicht weit, wenn S' krepieren.«

»Ich versuch wenigstens nicht, meinem Tod davonzurennen!«

Der Jogger zeigte ihm den Mittelfinger. Und Mayer

fragte sich einmal mehr, wie viele Schrauben bei ihrem temporären Partner tatsächlich locker waren. Immerhin war er ja auch vor Kurzem gerannt. Zweiundvierzig Kilometer und ein paar zerquetschte. Bei dem Mann passte einfach nichts zusammen.

Sie betrachtete ihre hellen Jeans und stellte sich demonstrativ vor Katz auf die Straße. »Bissel weniger Sucht könnte Ihnen wirklich nicht schaden. Zumindest bis zu einem Café hätten Sie es aushalten können.«

Katz ignorierte ihren Einwand nicht einmal, er sah in den Himmel und dort wahrscheinlich irgendeine seiner krausen Ideen.

Mayer nahm aus ihrer Handtasche einen Zahnstocher und knabberte an ihm. Es reichte. Ein rauchender Irrer, der völlig konzeptlos einen anderen Irren jagte, der eine Frau mit dem Hammer erschlagen hatte. Und das an ihrem freien Tag. Sie könnte jetzt mit Carmen auf der Terrasse … gar nichts machen. Mayer fingerte ihr Handy heraus. Keinerlei Nachricht, kein versäumter Anruf. Jetzt musste sie sich entscheiden: Mit aller Freundlichkeit Dienstschluss machen und ihre Beziehung retten, dadurch nicht mehr auf die Überstunden bei der EB01 angewiesen sein, oder bei Katz dienern, ab nun täglich zwölf Stunden arbeiten und sich selber bald eine geile Wohnung leisten können. Die sie dann nicht brauchen würde, weil sie ohnehin nur das Schlafzimmer kennen würde. Oder die Couch.

Sie stellte sich aufrecht vor Katz hin. »Herr Katz …«

»Ich weiß, Sie haben recht gehabt. Zwirn ist nicht außer Acht zu lassen. Wir werden für morgen diese Milli mitsamt den Papieren vom Waldviertel herunter lotsen, die Videos durchgehen, die Passagiere. Und wir werden uns …« Er versank im Gedanken.

»Äh, ja, ich möchte nur anmerken, dass es mittlerweile sechzehn Uhr ist, und eigentlich ist das heute ja …«

Er setzte sich mit einem Ruck aufrecht hin. »Ein verlorener Tag. Sie haben schon wieder recht. Nichts haben wir bislang herausgefunden.« Er nickte zu ihrem Handy. »Margot Eberle.«

»Nicht jeder Mensch ist im Netz. Und irgendeine Matratze vom Niederle schon gar nicht.«

Er legte den Kopf schief und deutete mit dem Zeigefinger auf sie. »Sie haben den ganzen Tag kaum was gegessen. Kommen Sie.« Er dämpfte die Zigarette aus.

»Ich will mit Ihnen aber nichts essen. Ich will überhaupt nicht essen. Ich will …«

»Sind Sie auf Diät?«

Mayer stampfte auf und drehte sich weg. Blitzte ihn dann an. »Verdammt noch mal, hören Sie mir endlich zu. Ich …«

Katz stützte die Ellbogen auf die Knie und legte den Kopf in die Hände. Er schien ihr tatsächlich zuhören zu wollen. Sie sah Carmens halb gesenkten Lider vor sich. *Du immer mit deinen Verbrechaarn.* Jedes Mal knarzte sie die Schlusssilbe. Meist nützte sie die Zeit, in der Mayer von ihrem Job erzählte, um sich die gespaltenen Haarspitzen abzuschneiden. *Dany, ich bin eine Frau, ich bin multi.* Die Vervollständigung *taskingfähig* ließ sie sicherheitshalber immer aus. So nervig, das alles. Eigentlich.

»Ich …«

Katz nickte ihr zu.

Aber sie waren jetzt schon so lang zusammen. Allein die Vorstellung: wieder auf die Walz gehen, eine Frau aufreißen, sie bezirzen, die Kindheitsgeschichten anhören, sich wieder alles neu ausreden müssen, die Streitereien und Hahnenkämpfe, bis jeder Handgriff geklärt war …

»Was ist mit Ihnen? Sind Sie noch immer sauer wegen der Erpressung heute Morgen? Das war die Tat eines Verzweifelten.« Er lächelte sie an und zwinkerte mit dem rechten Auge. »Ich wollte Sie nur einfach im Team haben.«

»Warum?«

Er zuckte mit den Schultern.

»Warum?«

»Ich glaube, dass wir uns gut ergänzen. Wie Rössler schon gesagt hat.«

Nein, Carmen war selber schuld. Mayer hatte ihr hunderttausendmal eingebläut, dass ein Outing für sie als Polizistin nicht tragbar war. Diese Frau verstand sie nicht. Und wenn sie schon das nicht tat, so hätte sie wenigstens Rücksicht nehmen können. Sie war eine verzogene, unterbelichtete Göre, die mit einer tollen Larve blendete.

»Okay. Und ich wollte nur sagen, dass heute schon ein langer Tag ist. Und wir es im Büro gemütlicher hätten.«

Katz schaute sie lang an. Stand auf und streckte ihr die Hand entgegen. »Karl.«

Sie betrachtete die Hand. Sie nahm sie. »Daniela. Freut mich, lieber Maria.« Sie feixte.

Katz ließ den Kopf fallen. Sehr theatralisch. Dann warf er sich in eine weltmännische Pose. »Call me Katz. CI Katz.« Er stolzierte zum Auto.

Wohl besser COP. Crazy old policeman.

Beim Marathon, ab Kilometer 20, innere Mariahilfer Straße, 10:47 Uhr:

Zehn Meter vor dem Kiwimann taucht linkerhand eine Verpflegungsstelle auf. Manche Läufer schnappen sich im Vorbeitraben eine Banane, manche bleiben stehen und nützen die Essenspause, um ihre Beinmuskeln zu lockern.

Ich benötige nichts. Ich brauch es nicht. Nein.

Er biegt ab zum Essensstand.

Na ja, eine Banane kann ja nicht schaden. Geht doch ein bissel auf die Substanz. Ist halt eine ungewohnte Bewegung. Ich könnte zwar sicher auch ohne, aber ich brauch meine Kraft noch.

Er grinst. Verschlingt eine Banane. Nimmt einen Energydrink und stürzt ihn in einem Zug hinunter. Er reckt die Brust, rülpst und schaut die *Mariahilfer Straße* hinunter. Jetzt stehen am Straßenrand wieder viele Menschen. Ein ungeheurer Jubel begleitet die Läufer. Der Kiwimann spannt sich an, will schon weiterlaufen, als er eine Fernsehkamera entdeckt, die die Verpflegungsstelle ins Visier nimmt. Er nimmt sich noch ein kleines Stück Banane – direkt vor der Kamera, die er geflissentlich ignoriert. Er setzt sich wieder in Bewegung, rutscht auf einer Bananenschale aus, greift in der Luft nach Halt. Er fängt sich wieder, schaut das Ding an und kickt es Richtung Straßenrand.

So eine verdammte Kacke! Glück gehabt. Ist auf meiner Seite.

Die *Stiftskirche* strahlt vor ihm auf. Er verzieht die Mundwinkel nach unten.

Elende Kerzelschlucker. Mischen sich in alles und jedes

ein. Spielen sich als Moralapostel auf und ficken selber, was das Zeug hält. Grapschen herum. Und ihr alle …

Er blitzt die Zuschauer an. Die Gesichter verzerren sich zu Masken. Die Menschen werden zu bunten Flecken. Zu grauen Flecken.

… schaut zu. Schaut weg. Hört nicht hin. Hauptsache, der Schein bleibt gewahrt. Die Geldmaschine druckt. Stupide seid ihr alle. Keine eigene Meinung. Mediokrer Auswurf. Die Frauen nichts als Huren, die sich ein schönes Leben erficken, und ihre Männer, die impotenten Zuhälter. Wichser.

Er wischt sich mit dem Unterarm über die Augen, doch die bleiben nass. Sein Blick fällt auf ein Innenausstattungsgeschäft rechterhand. Er fixiert eine silberne Bodenvase mit weißen Lilien aus Holz.

Ständig hat sie das Haus umgebaut, die Frau Stiefmama. Weißt du das eigentlich, Mama? Ständig waren die Möbel woanders. Wenn ich in den Ferien nach Hause gekommen bin, hab ich mich einfach nicht mehr ausgekannt. Zwei Mal hat sie auch mein Zimmer verlegt. Sie hat einfach meine Sachen genommen und sie woanders hin verfrachtet. Stell dir das bitte vor. Sie hat mit ihren stinkenden Fingern in meinen Sachen gewühlt. Nichts war vor ihr sicher. Meine Ritterburg hat sie in eine Kiste gepackt und stattdessen blödsinnige Blumen auf den Hocker gestellt.

»Aber so sieht es doch viel hübscher aus, Schätzchen.« Der Kiwimann erschrickt, realisiert, dass er laut mit hoher Stimme gerufen hat. Er sieht sich um, aber keiner der anderen Läufer beachtet ihn. Ein Mann neben ihm mit rotem Vollbart und Glatze hat tiefe Ringe unter den Augen. Sein Blick ist fiebrig nach vorn gerichtet.

Du hast nicht mehr weit. Bald hast du deine Ruhe. Die Halbzeit. Dort vorn.

Der Kiwimann lächelt beinahe zärtlich. Er betrachtet das *Kunsthistorische Museum*, das linkerhand am Übergang *Mariahilfer Straße/Babenbergerstraße* auftaucht.

Der Zeit ihre Kunst. Ha. Ich war schon immer ein Künstler, tief in mir drin. Und damals ist es mir klar geworden. Sie war eine schöne Leich'. Die weißen Lilien haben vergessen gemacht, dass sie ein hässliches Miststück war. Ein gewieftes Miststück. Sie hat für den Herrn Papa ja nicht einmal mehr die Beine breitmachen müssen, sie hat ihm später nur mehr einen geblasen. Die Perfektion der Hure. Blasen, Monatsgehalt.

Eine Zeit lang sagt er bei jedem zweiten Schritt abwechselnd *blasen* und *zahlen*. Blasen. Schritt. Schritt. Zahlen. Schritt. Schritt.

Er erreicht die *Ringstraße*. Der Menschenwurm biegt unter dem Gejohle der Zuschauer nach links ab. Der Kiwimann schaut nach rechts. Hinter den vielen Köpfen ist die *Staatsoper* zu erahnen, und mit ihr die *Operngasse*. Er zwinkert mit den Augen.

Du hättest nicht auf sie hören sollen, Mama. Es war damals schon legal. Es war dein Körper. Deine alleinige Entscheidung, verdammt noch einmal. Wir wären nicht geboren worden, dieser Fleischhacker hätte Tommy nicht kaputtgemacht, wir hätten nicht bei diesem Mann leben müssen und seiner Konkubine, du hättest nicht sterben müssen … du hättest nicht sterben müssen. Sie hätte nicht sterben müssen. Viele hätten nicht sterben müssen. Niemand hätte sterben müssen. Niemand.

Sein Gesicht verzerrt sich vor Wut. Der Kiwimann fällt in eine Art seitlichen Kreuzschritt, wodurch er die Zuschauer besser im Visier hat. »Fuck you!« Er reißt die Unterarme hoch und zeigt den Menschen die gestreckten Mittelfinger. »Fuck you! Fuck you all!«

Eine Fernsehkamera schwenkt auf ihn.

Montag nach dem Marathon, in Oppitz' Wohnung, 20:11 Uhr:

Oppitz hielt den Spaghettitopf über Mayers Teller und schaufelte die Nudeln mit einer Gabel heraus.

»Hansi, die hat einfach das Schloss ausgetauscht, das musst du dir einmal einbauen!« Mayer schüttelte den Kopf. »So viel Aktivität hätte ich der Carmen nie im Leben zugetraut. He, die liegt doch sonst nur auf der Couch oder auf der Sonnenliege herum.«

Oppitz nickte und ließ den Rest der Nudeln auf seinen Teller gleiten. Dann stellte er den Topf am Herd ab und kontrollierte noch einmal, ob die Gashähne auch wirklich abgedreht waren. Er nahm eine kleine Kasserolle mit Stiel und platzierte sie am Tisch auf einem Brett. Dann setzte er sich Mayer gegenüber und strich mit der Rechten über sein Platzset. Es war aus schwarzem Plastik und spiegelte wie neu.

Er sah Mayer an und schnippte dann vor ihren Augen. »Gorgonzolasoße. Was anderes hab ich nicht daheim gehabt.«

Mayer lächelte ihn an. »Hansi … auch mit Butter wären sie leiwand.« Sie legte ihre Hand auf die seine. »Du bist … ich mein …«

»Passt schon. Iss. Du hast sicher wieder den ganzen Tag nichts gegessen.« Er gab ihr und nahm sich selbst von der Soße, schaufelte dann schweigend die Nudeln in sich hinein. Seine Portion war ungefähr dreimal so groß wie jene von Mayer.

Sie ließ den Blick über ihren Partner wandern. Weniger ein Shar-pei, als ein Teddybär. Innen und außen. Groß, massig, haarig, stark, gemütlich in den Bewegungen, auf seine Ruhe bedacht wie sie selbst auf die ihre, aber ein Raubtier, wenn ihm etwas gegen den Strich ging. Ein Arschloch als Täter, ein noch größeres Arschloch als Vorgesetzter, die hatten nichts zu lachen. Außerdem ein ausgeprägter Familiensinn. Für Susi und die Zwillinge würde er allein gegen die ganze amerikanische Armee kämpfen. Und jetzt auch für sie. Sie hatte Hilfe gesucht und war nun eingemeindet. – Nun ja, doch ein Shar-pei.

Er sah sie an. »Was ist?«

Mayer lächelte nur und schüttelte den Kopf.

»Iss. Kalt schmeckt das nicht so.«

»Wieso? Ich mag Gorgonzola auch so.« Und sie hatte ihn lang nicht gegessen, weil Carmen fette Käse wegen ihrer Figur aus dem Haushalt verdammt hatte. *Du willst doch nicht, dass ich verführt werde?* Ein anzügliches Kichern hintennach. Blöde Kuh. »Ich mein, die hat gegen die Regel verstoßen und ist auf mich … auf mich!!!! … grantig, weil ich ihr sag, dass das so nicht geht.«

»Du hast mit ihr Schluss gemacht, Ella.« Er wischte sich mit dem Handrücken den Mund ab und trank einen Schluck Bier. Direkt aus der Flasche. Budweiser schmeckte angeblich aus dem Glas nicht wirklich. Auf den Haaren auf seinem Handrücken klebten Soßefäden. Das war im Dienst nie der Fall, da verwendete Oppitz immer eine Serviette. Ob Susi das egal war?

»Wo ist deine Frau noch einmal?«

»Bei der Taufpatin von den Zwillingen draußen in Mistelbach. Die ist Krankenschwester und hat gerade frei. Kommt erst morgen wieder, die Susi.« Er schaufelte weiter.

»Morgen bin ich eh nicht mehr da. Weil morgen bring ich sie um, die blöde Kuh. Bei ihrem Pedikürtermin. Lässt mich einfach ohne irgendwelche Sachen vor der Tür stehen und ist nicht erreichbar.«

Oppitz brummte. »Aber weißt eh, Haarnetz, Handschuh' …«

»Ganzkörperkondom.« Mayer rollte Nudeln auf. »Der Katz ist ganz okay.«

Oppitz brummte.

»Hat mich heimgehen lassen, wie er realisiert hat, dass heut eigentlich mein freier Tag ist.«

Oppitz brummte.

»Keine Sorge. Ich komm zurück.« Sie kaute und schluckte. »Ich werd mir halt irgendeine Garçonnière suchen, die kostet nicht so viel.«

»Blöd wirst sein.«

»Was meinst?«

Oppitz schleckte den Löffel ausführlich ab. »Schau, dass sie dich behalten.«

Mayer ließ das Besteck sinken. »Ich versteh dich nicht.«

»Na, jetzt hast den Fuß in der Tür.« Er rollte einen sieben Zentimeter langen und mindestens vier Zentimeter dicken Kegel Nudeln auf. Stopfte ihn in den Mund und mampfte. Sah sie an. Runzelte die Stirn.

»Hansi, ich will nicht Karriere machen. Genauso wenig wie du. Ich mein, was …?« Sie machte eine unbestimmte Bewegung mit der Hand.

»Ich hab Kinder.« Er nahm wieder einen großen Schluck vom Bier. Sah auf ihr Glas mit Rotwein. »Schmeckt er dir net? Tut mir leid. Ich kenn mich da net so aus.«

Mayer legte das Besteck ab. »Ich bin also eine frustrierte Lesbe, weil ich keine Kinder hab. Und ich soll froh sein, wenn ich wenigstens Karriere machen kann, oder was?«

Oppitz rollte und mampfte wieder. »Ella, net so. Du kannst machen, was du willst. Und frustriert bist nur … ich seh doch, wie du im West eingehst wie ein Primerl. Dir schlaft ja schon das Gesicht ein, wennst bloß reingehst.«

»Ja, aber das liegt an unserer Arbeit an sich. Ist ja immer dasselbe. Nur im West muss ich dafür nicht sechzig Stunden pro Woche hackeln. Ich weiß nicht, was du plötzlich hast.«

Oppitz zeigte mit der Gabel auf sie. »Dann mach was anderes.«

»Sicherheitsfirma, oder was? Sicher nicht. Dahin wechseln ist armselig.«

»Ich hab ja auch gesagt, was *anderes.*«

»Ich kann nichts anderes machen. Ich hab nichts anderes gelernt.«

»Jetzt tu nicht so, als tätst schon mit einem Fuß im Grab stehen. Umlernen. Weiterbilden.« Er drehte nun die Nudeln mit ziemlichem Schwung auf. »Noch nie was davon gehört?«

»Ich will gar nichts anderes machen.«

Oppitz lehnte sich zurück und verschränkte die Arme über seinem Bauch. »Aha.«

Mayer konnte sich nicht beherrschen, sie tat es ihm gleich. Ihr lieber Kollege und Freund und Untergebener … »Das ist es, du willst meinen Posten!«

»Blödsinn. Das mit der Carmen scheint dir ins Hirn zu steigen.«

Mayer betrachtete die Wand hinter Oppitz, die frisch in Hellgelb gestrichen war. An einer kleinen Stelle war die Farbe dumpfer, eine Auslassung beim zweiten oder dritten Anstrich. Manchmal sah man bei gewissen Lichtverhältnissen nicht so gut.

»Nein, Hansi. Ich will einfach nur meine Ruh.«

Er schaute sie nur an.

»Echt. Und es …«, sie nahm einen Schluck Rotwein, »ist mir ja peinlich, aber dir kann ich's sagen …«

Er nickte.

»Das überfordert mich dort. Ich kann das nicht, diese extrem psychologischen Spielchen mit den Verdächtigen. Dieses Herumeiern. Der Katz ist ärger als jede Esoteriktusse. Alles ist immer nur Intuition. Intuition. Ich hab dir eh geschildert, was heute war. Nein, das ist mir alles zu viel.«

»Und das sagt die, die auf jeden Berg raufrennt. Du wirst ja erst munter, wenn dich was herausfordert.«

»Das ist was anderes.«

Oppitz seufzte und widmete sich wieder seinen Spaghetti. »Na ja, dann lass es halt bleiben und strampel dem Katz hintennach. Wird halt dauern, dass du zurückkommst, wennst dich nur auf seine Intuition verlasst.« Er rollte, kaute und schluckte. Bissen um Bissen.

Mayer trank das Glas leer. Aus dem Wohnzimmer dudelte Radio Wien herüber. *I'll put my old blue jeans on.* Ja, das wollte sie. Wieder mit Oppitz gemütlich ihren überschaubaren Bereich abklappern und in Ordnung halten, zwar nicht auf einem glänzenden Motorrad, aber das Dienstauto tat es auch.

Oppitz steckte den letzten Bissen in den Mund und wischte mit dem Zeigefinger die Soße vom Teller, schleckte ihn ab. Er grinste sie an. »Also ich find den Fall ja spannend. Zwei, die ein starkes Motiv für den Mord und jeweils ein wasserdichtes Alibi haben …«

»Das werden wir erst sehen beim Bruder.«

»Der wird es haben. Ich an seiner Stelle hätt jemanden geschickt.«

»Ich auch.« Mayer schob den noch vollen Teller von sich. »War super, Hansi, aber … später vielleicht.« Sie schenkte sich Wein ein. »Das Interessanteste war ja für mich diese Geschichte mit der anderen Frau vom Niederle.«

Oppitz schob den Teller hin und her, vermied Blickkontakt mit ihr. Er wirkte auf einmal sehr schuldig.

»Was ist, Hansi?«

Er dehnte den Nacken und zog Luft durch die Zähne. »Ich muss dir auch was sagen.«

»Du kennst diese Margot Eberle?«

Er schüttelte den Kopf. »Ich muss dir was zeigen.«

Die Aktenordner schillerten in allen Farben von Gelb bis Violett. Sie waren in der Reihenfolge des Regenbogens aufgestellt, und der Bogen wiederholte sich viele Male auf den Regalen, die komplett die Wände ausfüllten.

Mayer schloss hinter sich die Eisentür. Es war kühl, üblich für einen Kellerraum. Oppitz drehte einen Heizstrahler auf. Geradeaus befand sich ein Schreibtisch mit Rollläden und abblätternder Furnier, er schien aus einem Amt ausrangiert worden zu sein. Auf ihm befanden sich ein Computer und ein Drucker sowie eine Schere, eine Heft- und eine Lochmaschine. Leuchtstifte und ein Kugelschreiber. Rechts war eine Türöffnung. Sie lugte in den Nebenraum. Im Prinzip bot sich ihr dasselbe Bild noch einmal, nur waren die Regale noch nicht voll, und der Schreibtisch fehlte.

Mayer ging zurück zu Oppitz, der mit gesenktem Kopf den Schreibtisch streichelte. »Und wo bewahrst du die Skier und die Rodel und die Koffer und all das, was man sonst noch an Ramsch hat, auf?«

»Am Dachboden. Die anderen Hausparteien sagen

nichts, weil ich ein Bulle bin.« Jetzt ritzte er mit dem Daumennagel eine Scharte ins Holz. »Ist ja verboten, am Dachboden was raufzustellen.«

»Wenn du mich noch einmal wegen einer Zeitung anmekkerst …«

»Das ist Strafrecht.«

Mayer zeigte ihm den Mittelfinger, ging zum Schreibtisch und setzte sich auf die Platte. Sie ließ den Blick kreisen. Nichts als Aktenordner. In einem zweifachen Kellerabteil in einem Gemeindebau. Mit einer Eisentür und diversen Vorrichtungen abgesichert.

Sie merkte, wie ihre Finger auf der Tischplatte tanzten. »Du, Oppitz, was ist das? Sag mir jetzt aber nicht, dass du eigentlich ein …«

»Todesfälle.«

»Wie bitte?«

»Alle«, er räusperte sich, »Todesfälle unnatürlichen Ursprungs der letzten – na, ungefähr fünfzehn Jahre.«

Mayer drehte sich zu ihm. Er sah sie endlich an. Sie sah ihn an. »Was? Auch die Unfälle?«

Er nickte mit einem kurzen Ruck.

Und sie hatte geglaubt, ihren Partner zu kennen. »Bist du in Behandlung?«

Er zog ein Schnoferl. »Die Susi stört es nicht. Hat sie Zeit für ihr Ikebana.«

»Hans, es gibt offizielle Archive. Du bist ja so was wie ein Messi. Ich mein, das hier …« Ihr Arm fuhr durch den Raum und blieb irgendwo zwischen Türkis und Marineblau hängen.

Oppitz kam hinter dem Schreibtisch hervor und stellte sich vor sie hin. »Nicht so was.« Und dann erklärte er ihr, dass er von jedem Fall alle Details in den PC eingegeben hätte: Ort, beteiligte Personen, am Rand beteiligte Personen, Ermittler, Datum, et cetera, et cetera. »Damit kannst Querverbindungen schaffen, das glaubst nicht.«

»Hans, wir arbeiten bei der Polizei. Wir können das im Dienst tun!«

»Unfälle, die vielleicht gar keine waren, über den Dienstweg kriegen? Blödsinn.« Er sah sich mit strahlendem Gesicht um.

Mayer überfiel unglaubliche Traurigkeit. Sie war nur mehr von Irren umgeben. »Hans, das ist krank. Was willst damit bezwecken?«

Er zuckte ein paar Mal mit den Schultern. »Damit uns keiner entkommt.«

»Du glaubst, dass du damit einen Serienkiller fasst, oder was? Hast zu viele amerikanische Filme gesehen?«

Er wandte sich zu ihr um, mit nach vorn geschobenem Kinn. »Hab ich mich je über dich lustig gemacht? Hab ich gesagt, dass du nur Angst vorm Versagen hast, weilst wahrscheinlich einmal in deiner Kindheit lächerlich gemacht worden bist? Oder so was?«

»Was soll der Quatsch jetzt? Wenn ich Angst vorm Versagen hätte, tät ich dann Berge hinaufrennen, wie du so schön sagst? Lass das mit der Küchenpsychologie, ja?«

Oppitz wandte sich mit verschränkten Armen ab und betrachtete demonstrativ seine Schätze. Mayer atmete tief durch. Was war schon dabei? Andere bauten über drei Zimmer hinweg Modelleisenbahnen auf. Oder sammelten Dutzende Vorgartenzwerge. Pfeifen. Bierdeckel. Sie lächelte. »Na ja, jedem Tierchen sein Pläsierchen.«

Oppitz musterte sie mit zusammengezogenen Augenbrauen.

»'tschuldige. War nur irgendwie ein Schock. Aber passt

eh.« Oppitz nickte. »Und warum zeigst du mir das ausgerechnet heute?«

Mit unglaublicher Behändigkeit wuselte der Bär hinter den Schreibtisch und warf den PC an. »Margot Ebert war das, oder?«

»Eberle.«

Oppitz tippte herum und deutete nebenbei auf eine Miniaturtreppe, die dazu diente, von den obersten Regalen Ordner herunterholen zu können. Mayer nahm sie sich als Hocker und platzierte sich neben Oppitz. »Aber warum hebst du das ganze Papier auf, wennst eh alles im Computer hast?«

»Die Kisten können sich infizieren. So, schauma amal. Eberle. Na, bitte. Eberle Ernst, ein Fall aus Tirol. Selbstmord am Wohnzimmerluster vor drei Jahren. Frau namens Johanna, zwei Kinder, damals noch Babys, also uninteressant, keine Schwester, keine Schwägerin, keine Mutter, die Margot heißt. Also derzeit keine Verbindung zu … und da haben wir sie schon. Eberle Margot. Betrunken vom Balkon gestürzt. Vor sechs Jahren.«

Mayer beugte sich zum Monitor. »Echt? Du hast da eine Margot Eberle?«

Oppitz scrollte. »Ich würde sogar sagen, *unsere* Margot Eberle. Ihr Freund hieß …«

»Andreas Niederle. Das gibt's doch nicht.« Sie lehnte sich zurück – und verlor das Gleichgewicht. Oppitz schnappte ihren Arm und holte sie auf den Hocker zurück. »Ja, aber betrunken vom Balkon gestürzt, das kann schon einmal passieren. Wieso hebst du dir so was auf?«

»Weil man nachhelfen kann bei so was. Man kann jemanden aufhängen, jemanden angeblich an Herzinfarkt sterben lassen, indem man ihm Oleandersaft einträufelt, man kann jemanden vor ein Auto schubsen, unter Drogen dazu bringen, auf Geländer zu steigen …«

»Du bist ein Freak, Hansi.«

Er zuckte mit den Schultern und studierte Eberles Eintrag.

»Ich mein, sei mir nicht bös, aber es gibt Gerichtsmediziner, die Unregelmäßigkeiten für gewöhnlich herausfinden.«

»Du weißt, dass das sanitär-polizeiliche Gesetz in den Bundesländern recht schleißig ist. Und seit Kurzem auch in Wien. Wenn da ein uninteressierter oder unfähiger Arzt, der dann vielleicht auch noch der Freund der Familie ist, den Totenschein ausstellt …«

Mayer nickte und starrte auf den Bildschirm. Betrunken vom Balkon gestürzt. »War sie reich?«

Oppitz ging zielstrebig zum Regal und holte einen Ordner heraus, den er ihr reichte.

Während des Marathons, Zinshaus in der Böcklinstraße, 12:29 Uhr:

Er sah auf den Kadaver am Boden. Das Blut sickerte aus dem Kopf. An mehreren Stellen. Um den Teppich war es schade, immerhin handelte es sich um einen achtzig Jahre alten Kelim. Stets hatte ihn erstaunt, dass eine Frau mit so einem durchschnittlichen Geschmack, dass eine Frau, die sogar noch auf ihrem Busen Nippes abstellen würde, wenn sie könnte, immer wieder ein Auge für erlesene Dinge hatte. Nein, hatte sie nicht gehabt. Geld und Wert waren die Lösungswörter. Ein Kelim war eine Wertanlage.

Er nahm aus der Tasche zwei Plastiksackerl, streifte sie über die Laufschuhe, während er gleichzeitig aus dem Bereich der Blutlache stieg, band sie mit Fahrradklemmen fest und rannte über den Flur ins Bad. Er legte den Hammer ins Waschbecken. Dann holte er eine hauchdünne Plastikfolie, ein dünnes Handtuch und einen Waschlappen aus der Tasche. Er breitete die Folie rund um das Waschbecken aus und stellte sich darauf.

Die Schlampe hatte ihn definitiv zu viel Zeit gekostet. Hoffentlich hielt sich Tommy an die Anweisungen. Aber er verhielt sich manchmal wie ein Kind, das er im Grunde ja auch war – immer neugierig und in Gedanken schon beim nächsten interessanten Menschen oder Vogel oder Haus oder Schmetterling. Er war auch ängstlich wie ein Kind. Wenn sein Bruder nicht auftauchte zur angegebenen Zeit, dann konnte es schon passieren, dass er nach Hause lief. Weil er sich nur dort wohl und sicher fühlte. Dann war alles umsonst. Der Mann schüttelte den Kopf.

Nein, Tommy würde seinen Befehlen gehorchen. Wie er es schon sein Leben lang tat.

Der Mann zog mit schnellen Bewegungen das mintgrüne Seidenhemd über den Kopf, die Plastiksackerl, die Laufschuhe, dann die beinahe durchsichtige, graue Baumwollhose aus. Rollte Hemd und Hose ganz klein zusammen und stopfte die beiden Kleidungsstücke in die Tasche. Er sah auf die Armbanduhr.

Zwölf Uhr zweiunddreißig.

Er rubbelte unter kaltem Wasser den Hammer ab, trocknete ihn und verstaute ihn in der Tasche. Er nahm den Waschlappen und wusch sich mit mittlerweile hektischen Bewegungen das Gesicht ab, die Unterarme, die Haare. Er musterte sich im Spiegel und entdeckte seitlich am Hals einen Blutfleck. Er wischte daraufhin den ganzen Hals und auch den Nacken ab. Ein letzter kontrollierender Blick. Er nickte und rubbelte unter dem Wasser den Lappen aus. Dann trocknete er sich selbst und anschließend das Waschbecken sowie den Spiegel mit dem Handtuch. Er musterte jede noch so versteckte Stelle, den Boden rund um die Folie. Schließlich packte er Waschlappen und Handtuch ein. Er zog die Laufschuhe an, umwickelte sie wieder mit den Plastiksackerln.

Zwölf Uhr sechsunddreißig.

Der Mann ging zurück ins Wohnzimmer. Die Blutlache rund um den Kopf der dämlichen Kuh hatte inzwischen die Form eines Heiligenscheins. Er lachte. Irgendwie war das passend. Sie hatte ihm nun endgültig das Auskommen für den Rest seines Lebens gesichert. Ein Engel.

Er wandte sich zum Sekretär, zupfte aus einem Seitenfach der Tasche Gummihandschuhe, nahm die unterschriebene Erklärung und packte sie in eben jenes Seitenfach, akribisch darauf bedacht, dass sie nicht mit den beschmutzten Stoffen oder der Folie in Berührung kamen. Sein Blick fiel auf einen weiteren Packen Papiere. Das vorherige Testament. Am meisten freute er sich auf das dämliche Gesicht von diesem Schnösel. Was hatte der ihn anagitiert! Er war in all den Jahren, bei all den Frauen der mit Abstand nervigste Verwandte überhaupt gewesen. Aber zu vertrauensselig. Zu viel Koks. Die zwei Nächte mit ihm in den Londoner Bars waren sehr aufschlussreich gewesen. Wenn auch sonst todlangweilig. Gott sei Dank musste er ihn jetzt nur noch beim Begräbnis sehen. Er war das exakte männliche Pendant zu seiner Schwester. Der Zuhälter seiner Frau. Eine Gelddruckmaschine. Und seine Widerlichkeit, Hässlichkeit war in seiner Fratze gespiegelt.

Der Mann schüttelte sich und schob die Papiere so auf die Schreibplatte des Sekretärs, dass nicht mehr erkennbar war, ob da noch etwas anderes gelegen hatte oder nicht.

Zwölf Uhr neununddreißig.

Er ging zur Leiche und warf ihr eine Kusshand zu. Dabei grinste er mit herabgezogenen Mundwinkeln.

Es klopfte.

Es schleuderte ihn herum. Das musste eine Sinnestäuschung gewesen sein. Die blöde Kuh hatte keine Freunde gehabt, die spontan vorbeischauten. Der Bruder war in London, die Nachbarin weg.

Es klopfte und klingelte.

Es konnte nur Zufallsbesuch sein. Wahrscheinlich ein Zeuge Jehovas. Die kamen immer am Sonntag zu Mittag. Aber die gingen auch wieder, wenn sich niemand rührte. Der Mann tapste zur Anrichte und holte aus der linken Schublade eine Packung Mentholzigaretten heraus. Er starrte sie an, sah sich um und warf sie mit einer heftigen Bewegung wieder zurück. Nach ein paar Sekunden in Gedanken grinste und murmelte er: »Ich bin ja hier daheim.« Er nahm sie wieder heraus, zündete sich eine an und starrte in Richtung Flur und Eingangstür. Und zur Wanduhr.

Zwölf Uhr vierzig.

»Lisbeth?«

Was machte die Nachbarin hier? *Verpiss dich. Oder ich bring dich um.* Er nahm einen tiefen Lungenzug.

Dienstag nach dem Marathon, EB01/Landeskriminalamt, Berggasse, 08:07 Uhr:

Mayer schwang die Tür zu Katz' Büro auf. »Ich möchte Überstunden angeben.« Damit klatschte sie den Ordner aus Oppitz' Geheimarchiv auf seinen Schreibtisch.

»Aha.«

Das ist mein Text, war Mayer versucht zu sagen. Stattdessen blätterte sie die Seiten bis zu einer mit gelbem Post-it markierten Stelle auf und deutete auf den Namen *Margot Eberle*. »Frag nicht, was oder von wem das ist. Es ist legal. Und es hilft. Hab im Netz nachgeschaut, da ist nichts. Und den Totenschein hätten wir auch nicht so schnell gekriegt. Und von ganz früher ist nicht alles im Netz.«

»Ich sag ja gar nichts.« Katz grinste sie an.

»Okay.« Mayer atmete durch. Natürlich fand der Herr Chefinspektor nichts an unorthodoxen Methoden, er war ja selber schräg.

Katz murmelte den Text ab. »Betrunken vom Balkon. Schau di an.« Er blätterte um. »Reiche Witwe eines Bauunternehmers. Niederle ihr Verlobter. Alleinerbe. Chachacha.«

Mayer nahm ihm den Ordner aus der Hand, blätterte zur nächsten markierten Stelle und hielt sie ihm vor die Nase.

»Barbara Rabitsch. Juwelierin. Vor achtzehn Jahren. Autounfall nach Faschingsfeier. Nicht viel getrunken, sagt die Freundin. Sekundenschlaf vermutet. Erschwernis: Nebelsuppe im Grazer Becken. Verlobter: Andreas Niederle. Dieser Unglücksrabe.« Katz lachte durch die Nase.

Er blätterte zu den weiteren Post-Its und las die Namen

und Schicksale durch. Tamara Ehrlich, Schriftstellerin, schrieb unter Pseudonym höchst erfolgreich Liebesromane, Absturz in den Tiroler Bergen, guter Freund: Andreas Niederle. Edelgard Stein, reiche Kanzlei-Partnerin, Raubüberfall im Stadtpark in Wien, unglücklicher Verlobter, der zu diesem Zeitpunkt in Ungarn weilte. Das Foto zeigte Niederle, aber mit dem Namen André Grand. Susanne Bichler, Besitzerin eines Nobelrestaurants, Herzinfarkt beim Schwimmen in der Alten Donau. Foto von Freund namens André Grand.

Katz tippte auf das letzte Foto. »Wie seid ihr denn auf die beiden gekommen, da verwendet er ja einen anderen Namen.«

»Er hat auf derselben Adresse gewohnt. Große Sperlgasse gleich beim Karmelitermarkt.«

»Diese Quelle ist ein organisiertes Genie. Sofort bei der Polizei eingemeinden.«

Mayer kniff die Lippen zusammen.

Katz sah sie an. »Verstehe, ist schon Vereinsmitglied. Dein Ex-Partner?«

Mayer wandte sich schwungvoll ab und fläzte sich auf den Sessel gegenüber. Nur nicht auf das *Ex* eingehen. Oppitz hatte sie gebeten, nicht allzu viel über das Archiv auszuplaudern. Er war sich dessen bewusst, dass er manchen Menschen etwas seltsam vorkommen könnte. Ablenken war die Devise.

Also sprudelte sie los: »Hab mir gedacht, dass wir ihn vielleicht als Heiratsschwindler oder Betrüger drankriegen. Ihm damit ein bissel die Eier quetschen können. Aber Fehlanzeige. Er ist auch unter André Grand im Netz. Als Maler. Einfach ein Pseudonym. Ganz offen. Hat sogar eine Homepage als Maler. Und da steht auch sein richtiger Name in der Bio.«

Katz lehnte sich zurück und verschränkte die Hände hinter dem Kopf. »Also langsam wird mir dieser Herr fast schon sympathisch. Ziemlich intelligent.«

»Ich würde eher sagen, Glück gehabt.«

»Nein, nein.« Er lächelte versonnen. »Zuerst einmal, alle Todesfälle so zu gestalten, dass sie auf jeden Fall als Unfall durchgehen. Das braucht viel Phantasie.«

Mayer verschränkte die Hände hinter dem Kopf – und wurde sich im selben Augenblick bewusst, dass sie die gleiche Haltung wie ihr Intermezzo-Partner einnahm. Das war zu viel des Gleichklangs. Sie lehnte sich mit den Unterarmen auf den Tisch. »Na ja, zwei von den Todesfällen waren nicht in Wien. Und wir wissen ja, wie lasch das sanitär-polizeiliche Gesetz manchmal in den Bundesländern gehandhabt wird. Er konnte sich halbwegs sicher sein.«

Jetzt lehnte sich Katz ebenfalls mit beiden Unterarmen auf die Tischplatte. »Richtig. Aber wie er dann wieder in Wien zugeschlagen hat, ist da plötzlich ein anderer Name. Nur für den Fall, dass irgendjemand doch misstrauisch wird. Oder so eine ominöse Liste wie dein Ex-Partner führt.« Er zuckte mit dem rechten Auge und grinste. »Ich werde schauen, ob ich nicht irgendwie eine Planstelle für deinen Oppitz freischaufeln kann.«

»Oppitz will überhaupt nicht …«, brauste Mayer auf. Mist, und schon hatte sie sich verraten. »Ich mein, wieso bist du so sicher, dass der Ordner von Oppitz ist? Und abgesehen von all dem, Hans will überhaupt nirgendwo anders hin. Er ist glücklich im West.«

»So wie du. Das Dream-Team, das alle Fälle löst und dabei eine ruhige Kugel schiebt.«

Mayer fühlte sich ertappt. Definitiv. »Wieso kommst du drauf? Was soll das jetzt überhaupt?« Diese ständige besserwisserische Überheblichkeit ging ihr so was von auf den Geist. »Ja, woher willst du das denn wissen?«, blaffte sie ihn an.

»Was? Dass ihr ein Dream-Team seid oder dass ihr eine ruhige Kugel schiebt?« Er grinste. Er grinste!

»Weißt du was?« Sie holte Luft und wurde vom Piepsen ihres Handys am Weiterreden gehindert. Worüber sie im nächsten Moment furchtbar dankbar war, sonst hätte Katz ein paar von ihren tiefen Sprüchen aus dem Westbahnhofmilieu kennengelernt und die vielleicht nicht so witzig gefunden.

Mayer öffnete die SMS. *Wann holst du dein Glumpert?* Glumpert. Carmens Ausdrucksweise war selten so proletoid gewesen. Eigentlich nie. Tussi-Sing-Sang, ja, aber nicht harsch und direkt. Fast männlich war es, dieses *Glumpert*. Es war unverständlich, dass die Gurke dermaßen stinksauer war, nachdem sie selbst einen Fehler begangen hatte und damit rechnen musste, dass Mayer Konsequenzen zog. Eine andere Frau. Ja, das war es.

Mayer drückte die SMS weg und sah Katz geradeheraus an. »Also?«

Er zuckte kaum merklich aber doch unter ihrem eisigen Ton zusammen. Gut so.

»Liebe Kollegin Mayer, ich habe mich natürlich erkundigt, mit wem ich zusammenarbeiten will. Und das sagt man eben über Oppitz und dich.«

»Wie schön.« Sie zog den Ordner auf ihre Seite und klappte ihn zu. »Ich finde, wir sollten uns die Akten von diesen Fällen kommen lassen.«

»Sollten wir.« Er strich sich über die Glatze und musterte sie unverwandt.

»Noch was?«

»Viel, liebe Mayer, viel.« Er studierte das Fenster. Aufgrund der aufziehenden Wolken war der Innenhof noch düsterer als sonst. »Hast du eine warme Jacke mit?«

»So besorgt um mich? Das wird sicher kein Spätwintereinbruch.«

Katz stand auf und schob sein silbernes Zigarettenetui in seine Jeanstasche. »Holen wir uns Polizeijacken. Im Waldviertel ist jeder Regen bis Juli Spätwintereinbruch.«

»*Waldviertel*?«

»Die liebe Milli liegt nach einem Nervenzusammenbruch im Bett.«

Mayer rührte sich noch immer nicht. »Na, dann können wir doch den örtlichen Kommandanten hinschicken.«

Katz blieb an der Tür stehen und seufzte theatralisch auf. »Es stimmt also das Gerücht. Kein Schritt zu viel!«

»Ressourcenschonung.« Als Mayer es aussprach, wurde es ihr bewusst: Die Fahrt brachte eine Zulage. Geld! Sie sprang auf.

»Endlich. Mit deiner Einstellung müsstest du eigentlich fett wie Buddha sein.«

Beim Marathon, bei Kilometer 21, Universitätsring, 10:42 Uhr:

Der Glatzkopf fixiert die Fersen des kleinen drahtigen Mannes in weißer Laufdress. Er hat seinen Rhythmus übernommen, klebt an ihm wie ein Kaugummi.

Die bunte Menge am Straßenrand schliert an ihm vorbei. »Hopp auf, hopp auf. Ja, schreit nur. Ist gut so.« Die hellgrünen Bäume des *Rathausparks* vermischen sich vor seinem Auge mit den Gestalten in allen Farben zu einem leuchtenden Bild, dessen Streifen in Regenbogenfarben gen Himmel streben.

Rechts kommt die Wasserstelle vor dem *Burgtheater* in seinen Blickwinkel. Er schaut unwillkürlich hin, dann auf den Tempomacher vor ihm. Er läuft in einem scharfen Bogen zur Wasserstelle, schnappt sich eine Flasche und gießt sich das Wasser während des Laufens über den Kopf. Trotzdem hat sich der Mann in weißer Laufdress schnell von ihm abgesetzt.

Der Glatzkopf kontrolliert seine Uhr. »Ich muss nur auf 4,40 bleiben. Dann passt alles.«

Linkerhand taucht die *Universität* auf, davor sind mobile WCs aufgestellt. Ein Ruck geht durch den Glatzkopf, kaum merklich und unwillig schüttelt er den Kopf. Er sieht den bunten Rathauspark vor sich, verzieht das Gesicht.

Im nächsten Moment ist er am *Schottentor*. Links ragt majestätisch die *Votivkirche* auf. Die Würstelstände bei den Straßenbahnhaltestellen sind belagert, rechts bei McDonald's stehen ebenfalls viele, viele Menschen und scheinen alle einen Hamburger in der Hand zu haben. Die Semmeln mit den Fleischlaberln werden immer größer, wachsen förmlich zu dem Glatzkopf hin, bis er das Gefühl hat, sie schnappen wie Monster mit großen, fettigen Zähnen nach ihm.

Er wendet sich abrupt ab und blickt direkt auf die Sanitätsstelle bei der *Schottengasse*. Ein junges Mädchen liegt auf einer Tragbahre. Ein Sanitäter hält ihr eine Sauerstoffmaske aufs Gesicht. Das Mädchen trägt einen Rossschwanz mit einer blauen Strähne.

»Rosi.«

Der Blick des Glatzkopfs haftet an dem Mädchen. Er wird unwillkürlich langsamer, bis er mit dem Rücken zur Laufrichtung stehen bleibt.

»Genau so ist sie gelegen. Genau so. Und ich war bei ihr, nicht du. Dabei war sie doch dein Herzibinki. Dein Puppi. Ins Spital bist du dann schon gekommen, genau zum richtigen Zeitpunkt. Wie immer. Da bist du ein Trüffelschwein gewesen. Du hast immer gewusst, wann du mit betretener und Verzeihung heischender Miene auftauchen musst, dass dein Hühnerstall nicht dauerhaft auf dich böse ist. Sogar Mutter hast du bis zum Schluss eingeseift.«

Der Glatzkopf spuckt aus und rennt weiter.

Dienstag nach dem Marathon, Raabs/Thaya, Hauptstraße, 09:56 Uhr:

Katz parkte sich vor einem einstöckigen gelben Haus ein. Gut, es schien aus der zweiten Hälfte des 19. Jahrhunderts zu stammen, aber wirklich herrschaftlich wirkte das kleine Gebäude nicht. Mayer gestand sich ein, dass sie einen überdimensionalen Jugendstilkasten erwartet hatte, mit einem Garten, der so groß wie ein Park war. Oder auch eine moderne Villa mit viel Glas und Terrassen an allen Ecken und Enden, wie es sich eben für reiche Leute gehörte.

Es öffnete ihnen auch nicht eine feiste Frau mit drallem Busen, der man die jahrelange Arbeit am Bauernhof ansah und die sich jetzt mit wesentlich weniger Aufwand wesentlich besseres Geld als Hausmeisterin verdiente. Emilia Vogel war zierlich, hatte ein fein geschnittenes Gesicht mit noch immer strahlend blauen Augen und kurz geschnittene weiße, dichte Haare. Bekleidet war sie mit einem schwarzen, engen Rock und einem lindgrünen Twinset – aus Kaschmir, wie Mayer beim Vorbeistreifen feststellte. Natürlich fehlte die obligate Perlenkette nicht. Emilia Vogel würde perfekt in ein Werbesujet von Bridge spielenden Ladies in einem noblen Kurort passen.

Vogel lud sie mit einer kleinen Handbewegung zum Weiterkommen ein. »Ich danke Ihnen sehr, dass Sie sich die Mühe gemacht haben, mich zu besuchen. Ich bin etwas indisponiert, seit ich von Elisabeths Tod erfahren habe. Wissen Sie, mein Kreislauf. Er ist sehr labil. Ja, es ist im Alter einiges nicht besonders angenehm.« Sie lächelte.

Sie trabten durch einen langen Gang mit vielen Türen. Dann eine breite Treppe in ein Untergeschoß, das aber kein Keller, sondern wiederum ein Gang mit vielen Türen war. Eine stand offen, und sie erkannte einen großen schwarzen Flügel sowie den Beginn einer Ledercouch im altenglischen Stil. Während Emilia Vogel von der Hilfsbereitschaft der Nachbarin erzählte, die einen Kuchen und ein paar Brötchen gemacht hätte, ihr auch beim Zubereiten von Tee und Kaffee zur Hand gegangen wäre, fragte sich Mayer, ob sie wie die berühmte Alice in eine Parallelwelt gestolpert war, ohne es zu merken. Das Haus musste mindestens viermal so groß sein, wie es von außen aussah.

Sie gelangten schließlich in einen Raum, der irgendwo zwischen Wohnzimmer, Ruheraum eines Wellnesstempels und Unterschlupf bei plötzlichen Regengüssen angesiedelt war. Denn es gab eine normale, sehr gemütliche Sitzecke aus weinrotem Webstoff in Jacquardmuster, zwei Liegen ähnlich wie Chaiselongues, den dazu passenden Geruch von Chlor – es musste also in der Nähe ein Pool oder zumindest eine Sauna sein – und eine Sitzecke aus Korbmöbeln sowie einen sensationellen Blick in einen Garten, der so groß wie ein Park war.

Alles da, nur von der Straße aus nicht erkennbar.

Mayer ließ Katz smalltalken und betrat den Garten. Eine riesige Linde spendete Schatten, um ihren Stamm war eine Sitzbank montiert. Unweit befand sich ein Salettl, wie es sich gehörte aus weiß gestrichenem, kunstvoll geschmiedetem Metall. Rosen an allen Ecken und Enden, Beete mit allerlei Blumen, hohes Gras, dann wieder akkurat geschnittener Rasen, Sträucher. Am südlichen Ende eine Blockhütte mit Grillplatz. Mayer drehte sich zum Haus um und erkannte nun dessen Geheimnis. Es war in den Hang gebaut und hatte auf der Gartenseite sogar drei Stockwerke. Elisabeth Zwirn war schön blöd gewesen, in dieser kleinen Wohnung in Wien und nicht hier zu leben.

Wie auf Stichwort sagte Vogel: »Ja, Elisabeth war früher sehr viel hier in Raabs. Das ganze Haus hier trägt ihre Handschrift. Sie hat es nach dem Tod ihrer Eltern komplett renoviert und so richtig wohnlich gemacht. Dafür hatte sie wirklich eine Hand.«

Warum nicht in der Wiener Wohnung? Wer hatte die denn eingerichtet, mit diesem durchschnittlichen IKEA-Geschmack und den Nippes?

Wieder schien Emilia Vogel ihre Gedanken gehört zu haben, denn sie erklärte: »Ja, in dieser Wohnung in Wien war sie nie wirklich glücklich. Ursprünglich war sie dort nur aus irgendwelchen finanziellen Gründen hauptgemeldet, hatte sie nur für gelegentliche Übernachtungen nach dem Theater oder für Gäste aus dem Ausland eingerichtet.«

Und die Nippes? Die konnten keiner Frau mit Geschmack gehören.

»Doch nachdem sie Herrn Niederle kennengelernt hatte«, fuhr Vogel fort, »verlegte sie ihren Lebensmittelpunkt nach Wien. Bedauerlicherweise. Die Wohnung im Zweiten sollte aber nur ein Provisorium sein. Sie hatten vor, nach der Hochzeit ein Loft in einem Haus in Döbling zu übernehmen. Dort hat Elisabeth Mieter, die aus beruflichen Gründen ins Ausland übersiedeln.«

»Uns ist die Wohnung sehr … persönlich vorgekommen«, schnurrte nun Katz. Er hatte auf seinen Teller drei belegte Brötchen geschaufelt und begutachtete gerade den perfekten Gugelhupf. Mein Gott, sie waren hier nicht auf einem gemütlichen Tratsch mit Freunden, sondern auf

Recherche. In diesem Aufenthaltsraum befand sich offensichtlich kein Tresor mit Testament.

Vogel lachte auf. »Ach, Sie meinen diese schrecklichen Nippes! Ja, Elisabeths kleine Schwäche. Sie hat sie mitgenommen, um sich in der Böcklinstraße irgendwie heimisch zu fühlen. Hier sind diese … Gegenstände nicht so aufgefallen.« Vogel fiel das Lachen aus dem Gesicht. »Jetzt haben sie für niemanden mehr Bedeutung. Schrecklich.«

»Wird nicht Herr Niederle welche aufheben?«, fragte Katz.

Vogel bedachte ihn nur mit einem Blick und goss ihm Tee nach.

»Sie waren nicht glücklich über diese Verbindung?«, setzte er nach.

»Ich habe … hatte keinen besonderen Zugang zu Herrn Niederle.«

»Sie reden bereits in der Vergangenheit von ihm?«

Vogel hob die Augenbrauen. »Nun, ich denke, Herr Niederle wird keinen gesteigerten Wert auf meine Dienste legen. Ich nehme an, er wird dieses Haus vermieten. Er hat sich hier in Raabs nie besonders wohl gefühlt.«

Mayer setzte sich zu ihnen. »Aha?« Zu wenig. Wie immer zu wenig.

Nein, doch nicht, Vogel sah sie an. »Ich denke, Sie sollten wissen, dass sich meiner Meinung nach Herr Niederle überhaupt nicht besonders für Elisabeth und ihr Leben vor seinem Auftauchen interessiert hat.«

»Wie meinen Sie das?« Wow, eine ganze Frage, sie machte Fortschritte.

Vogel rührte lang in ihrem Tee. »Ich meine, dass Herr Niederle Elisabeth nicht geliebt hat.«

Ja, er ist ein Heiratsschwindler und Ritter Blaubart – und in dem Moment, als sie das dachte, wurde Mayer klar, wie frech der Name des Lokals von Niederle war. Der Mann war sich seiner Sache komplett sicher.

»Er wollte sie heiraten«, ließ nun Katz vernehmen.

»Wegen des Geldes.« Mit einer entschlossenen Bewegung steckte Emilia Vogel ein kleines Stück Gugelhupf in den Mund.

»Er hat selber Geld«, replizierte Katz.

»Manche Leute bekommen nie genug.«

»Und außerdem erbt Hans-Georg Zwirn. Wir haben ein entsprechendes Testament gefunden.«

»Das ist ein Irrtum. Das muss das alte sein. Ich weiß von Elisabeth selbst, dass sie alles Herrn Niederle vererbt hat.«

Hatte der gute Herr Adolf doch recht gehabt.

»Ich wollte sie davon abhalten. Ja, ich musste meine Bedenken sogar in Anwesenheit von Herrn Niederle äußern, weil ich mit ihr allein kein Gespräch mehr führen konnte.« Sie sah zu Mayer und Katz, als wolle sie Absolution für diesen Affront. »Ich wies darauf hin, dass die Hochzeit ohnehin alles regeln würde, denn die beiden zogen keinerlei Gütertrennung in Betracht.« Vogel beugte sich zum Tisch, also zu ihnen. »Und ich muss Ihnen gestehen, ich hatte die leise Hoffnung, dass Elisabeth noch vor der Hochzeit … nun, sagen wir, wieder ihrer Sinne mächtig würde.« Sie lehnte sich wieder zurück. »Das lässt sich ja nun nicht mehr überprüfen. Sie jedenfalls meinte, die Zeit bis zur Hochzeit sei noch zu lang. Wenn ihr etwas zustieße, würde Herr Niederle ein armer Hund sein, wie sie sich ausdrückte.«

Emilia Vogel schloss die Augen und atmete durch. Im nächsten Moment schien sie sich wieder gefasst zu haben.

»Also ließ sie das Testament zugunsten von Herrn Niederle ändern.«

Mayer stand auf. »Ja, deswegen sind wir da. Um uns das Testament anzuschauen.« Endlich ging was weiter, gejausnet hatten sie genug. In Wien warteten wahrscheinlich schon die Akten von den anderen Frauen auf sie. Und die synchronisierten Videos. Und hoffentlich die Passagierlisten.

Katz warf ihr einen vernichtenden Blick zu – wegen der restlichen Brötchen, die er noch essen wollte oder wegen der unterbrochenen Plauderei? Ja, sie wusste inzwischen, dass er offensichtlich immer viel Hoffnung in scheinbar harmlose Gespräche setzte. Aber dass Niederle die Zwirn nicht geliebt hatte, wussten sie mittlerweile.

Vogel tupfte sich den Mund mit einer der bestickten Stoffservietten ab und stand auf. »Oh ja, natürlich. Entschuldigen Sie, wenn ich Sie allzu lang aufgehalten habe.«

Vogel lamentierte über ihre Verwirrtheit, unter der sie seit dem Tod von Elisabeth Zwirn litt, und führte sie zugleich ein Stockwerk höher in einen altdeutsch eingerichteten Arbeitsraum. Die Fenster waren ohne Vorhänge und ließen so viel Licht in den Raum, auf dem Fußboden und an den Wänden befanden sich offensichtlich alte Teppiche, alle in hellen, freundlichen Farben. Es wirkte anheimelnd.

Emilia Vogel ging schnurstracks zu einem Teppich auf einer Vorhangstange, dessen Motiv zierliche Vögel mit langen Schwanzfedern war. Sie schob ihn zur Seite und versank in Gedanken.

Tu weiter! Bitte!

Sie bedachte sie mit einem kaum merkbaren Lächeln: »Wissen Sie, ich könnte mir vorstellen, dass Herr Niederle nicht sehr lang mit seiner Erbschaft glücklich sein wird.«

»Warum denn?«, fragte Katz pflichtschuldigst nach.

»Nun, weil ich mir nicht vorstellen kann, dass Hans-Georg untätig bleibt. Er wird seine Staranwaltsfreunde anrufen und das Testament anfechten.« Vogels Lächeln wurde eine Spur breiter. Klar, in weiterer Folge wäre damit auch ihr Job gesichert.

Sie öffnete den hinter dem Vorhang liegenden Tresor zielsicher mit einer bestimmten Zahlenkombination.

Der Tresor war leer.

Emilia Vogel starrte in sein Inneres, dann zu Mayer und Katz, dann wieder in den ausgeräumten Safe. Sie schnappte lautlos aber panisch wie ein Fisch am Trockenen nach Luft.

Die nächste Viertelstunde wiederholte sie mindestens drei Millionen Mal, dass jemand eingebrochen haben musste, dass sie nichts gehört und gesehen hatte, dass sie froh sei, überhaupt noch am Leben zu sein, dass es nur Niederle gewesen sein konnte, dass er es nicht gewesen sein konnte, dass es Zufall gewesen war, weil irgendein Dieb sich Gold und Diamanten erhofft hätte, dass dieser Dieb aber doch nicht so ein für ihn wertloses Papier mitgenommen haben würde – dass sie verwirrt sei. Und sich schuldig fühle. Denn immerhin sei ja sie für das Haus verantwortlich. Und für den Tresor.

Währenddessen telefonierte Mayer mit dem Bezirkspolizeikommando Horn zwecks Tatortsicherung, obwohl die meisten Spuren mit ziemlicher Sicherheit ohnehin schon verwischt waren. Das Haus wirkte sehr poliert. Aber am Tresor konnten noch Fingerabdrücke sein – wenn denn der Dieb so blöd gewesen war und keine Handschuhe getragen hatte. Aber vielleicht fand sich ja auch ein Haar oder sonst etwas, dessen DNS man verwenden konnte.

Als die niederösterreichischen Kollegen, die erstaunlich schnell zur Stelle waren, die Arbeit aufnahmen, parkten sie Emilia Vogel mit einer ordentlichen Portion Passedan-Tropfen, die sie schon seit dem Tod der Zwirn einnahm, auf einer der beiden Chaiselongues im Gartenzimmer und ließen sich von der Nachbarin mit selbst zubereiteter Zitronenlimonade verwöhnen. Dazu stellten sie die Korbmöbel auf den mit Schieferplatten belegten Platz vor dem Aufenthaltsraum. Die jungen Grashalme verströmten ihren frisch-bitteren Duft, die Mittagssonne schickte ihre Strahlen durch das Geäst der Linde.

Es war traumhaft.

Mayer beobachtete eine Amsel, die über den Rasen zu dem riesigen Baum hüpfte, und fragte sich wieder einmal, warum die Leute sich stressten. Man brauchte Geld zum Leben, okay, aber meistens gierten die Hamsterradstrampler um sie herum nach viel mehr, als sie eigentlich bräuchten.

Und jetzt war sie mittendrin, unter diesen Allem-nach-Hechlern, weil Carmen, diese blöde Kuh, keine Kritik vertrug.

Nein, weil sie selbst sich nicht mehr mit einem Loch als Wohnung begnügen wollte. Sie war um keinen Deut besser als die Irren um sie herum. Eine Garçonnière reichte doch wirklich völlig zum Wohnen. Aber sie hatte sich an eine Terrasse gewöhnt und wollte sie jetzt wieder haben. So ein Quatsch. Wie kam sie aus dieser Nummer nur wieder heraus? Es krampfte sich in ihr einfach alles ein, wenn sie daran dachte, wieder in einem finsteren Loch hausen zu müssen. Nun gut, bis sie diese Frage geklärt hatte, musste sie das Spiel mitspielen und Geld verdienen. Und das konnte sie nur, wenn sie sich beim Fall anstrengte, dementsprechend

Überstunden machte – und nicht vielleicht wegen Faulheit ausgeschlossen wurde.

Mayer holte einen Zahnstocher aus ihrer Tasche und kaute. »Unlogisch, das Ganze.«

Katz brummte zur Bestätigung und gab sich weiterhin mit geschlossenen Augen den Sonnenstrahlen hin.

»Gewöhnlicher Dieb: möglich, aber unwahrscheinlich. Zuviel Zufall.«

Erneutes Brummen und sonst keinerlei Lebenszeichen bei ihrem Gegenüber.

»Niederle oder Zwirn?«

Fragendes Brummen. Immerhin. Mayer beschlich der beängstigende Verdacht, dass Katz genauso ein faules Stück war wie sie und sich deswegen erpressbare Leute holte, damit er sie für sich springen lassen konnte. Nicht mit ihr. Der Gruppenleiter hatte den Takt vorzugeben. Sie lehnte sich zurück und saugte an ihrem Strohhalm.

Die Kirchturmglocke schlug Mittag, und Katz knarzte sich in eine geschäftliche Haltung. Wo war eigentlich die hysterische Hektik der letzten beiden Tage geblieben?

»Es muss Zwirn gewesen sein, denn Niederle hat nichts davon. Warum soll er sie ohne Testament zu seinen Gunsten umbringen? Und noch sinnloser ist es, wenn er sie nicht umgebracht hat.« Er stöhnte und ließ sich wieder in den Sessel zurückfallen.

»So schlimm, dass Zwirn anscheinend auch mitmischt?«

Katz schüttelte den Kopf.

»Was dann?«

»Müde. Marathon. Zuerst ist man wie auf Speed und dann will man nur schlafen.«

»Und das tust du dir jedes Jahr an?«

»Sicher nicht.« Er lachte auf, was dem Herrn Chefinspektor einen beinahe sympathischen Zug verlieh, sah er doch offensichtlich selber ein, dass Marathon laufen eine sinnentleerte Schinderei war.

»Nein, dazu bin ich nicht gut genug«, grummelte er.

Hatte sie da jetzt so etwas wie Frustration herausgehört? Er wirkte plötzlich wie ein armer, kleiner Bub, der es nicht schaffte, der Superheld zu sein. Oder seinem Papi zu gefallen. Forstinger hatte da doch etwas angedeutet. Diese blöden Wettbewerbe, sie nahmen erwachsenen Menschen jegliche Würde.

Mit einem Ruck stand Katz auf. »Da muss es doch ein Duplikat geben.« Er begab sich ins Halbdunkel des Hauses. Mayer hörte ihn Emilia Vogel nach den Daten des Notars fragen, denselben anrufen, sein Anliegen offensichtlich gegenüber einer Sekretärin vorbringen und dann nur mehr *Aha* sagen. Seine Schritte verhallten auf der Treppe ins obere Stockwerk.

Eineinhalb Limonadengläser später kam er zurück, setzte sich auf die Kante des Korbsessels und fixierte Mayer. »Der Notar ist auf Urlaub.«

»Mist.«

»Was aber egal ist. Denn in die Kanzlei drüben in Waidhofen ist letzte Woche am Mittwoch eingebrochen worden. Papiere wurden gestohlen, kein Geld. Keine verwertbaren Spuren.«

»Das Testament.«

Katz nickte. »Jetzt wissen wir wenigstens, welchen Tatzeitpunkt wir für die Villa hier annehmen können.«

Beim Marathon, nach Kilometer 22, Liechtensteinstraße, 10:57 Uhr:

Jetzt reicht es langsam. War das vorhin Kilometer 22 oder 23? Shit. Das geht mehr in die Beine, als ich dachte.

Der Kiwimann presst die Lippen zusammen, reißt den Mund aber gleich wieder auf und hechelt.

Jetzt wird es echt öd. So wenige rennen den ganzen Marathon? Die Gehsteige leer. Wo seid ihr denn alle, ihr Kreischer? Wir hier rennen die volle Distanz, uns müsst ihr zujubeln, nicht den Schwachmatikern, die jetzt schon fertig sind. Den Halb-Rennern. Das gehört da echt anders organisiert. Da muss man Leute dazu vergattern, Spalier zu stehen und anzufeuern. Überall nur Dilettantismus.

Sein Blick fällt auf das *Studio Molière* linkerhand.

Du warst kein einziges Mal bei *Was ihr wollt*. Kein einziges Mal. Jawoll, Herr Papa, viel Arbeit, jawoll. Dabei haben alle gesagt, dass ich so super war als *Malvolio*. Aber dein stinkendes Blasengerl hast du hergeschickt, genug Aufwand für eine Schulaufführung. Noch vor der Vorstellung hat sie mich abgeleckt, ich hab den ganzen Abend nach ihr gerochen. Mama wäre gekommen, wenn sie nicht tot gewesen wäre. Sie hätte gewusst, wie wichtig mir das war. Es hat mir Spaß gemacht, das Maskieren, das jemand anderer sein.

Der Kiwimann kickt eine Plastikflasche aus seiner Spur, kommt dadurch ins Stolpern, bleibt stehen und keucht vornüber gebeugt.

Ist ja nur Theater, jawoll, Herr Papa. Du Wichser! Hast mich angeschaut, als wäre ich eine Schwuchtel. Aber als ich den Rehbock erledigt habe, hast du Gefühl von mir verlangt.

Der Kiwimann läuft weiter. Rechterhand wird das *Palais Liechtenstein* mit seinem Park sichtbar. Er sieht einen Mann im Frack durch das monumentale Eingangstor schreiten, eine Frau in langem Kleid am Arm. Im Hof vor dem Palais brennen Fackeln. Menschen, alle in Abendrobe, schreiten aneinander vorbei und grüßen einander mit leichtem Nicken.

Du hast wahrscheinlich geglaubt, dass ich das Schauspielerische von Mama geerbt habe. Irrtum, Herr Papa, Irrtum. Du hast es mir perfekt vorgemacht. Wie oft habe ich dich in der Nacht über deine Freunde herziehen hören. Und die Stunden davor hast du den Charmeur gegeben. Du hast auf verständnisvollen Wohltäter gemacht und sie dann bis aufs Hemd ausgezogen. *Wenn jemand sein Eigentum nicht zu verteidigen weiß, dann ist er es nicht wert.* Jawoll, Herr Papa. Siehst du mich? Ich habe deine Lektion gelernt.

Der Kiwimann zwingt seinen Blick in Laufrichtung, seinen Atem in eine Regelmäßigkeit. Dadurch werden seine Bewegungen beinahe zackig. Er gewinnt an Geschwindigkeit, überholt ein paar Läufer.

Plötzlich verzieht er das Gesicht, bleibt abrupt stehen.

Seitenstechen. So ein Scheiß. Das habe ich ja ewig schon nicht mehr gehabt. Ich hätte doch mehr trainieren sollen. Ist was anderes als Bergsteigen oder Mountainbiken.

Er holt tief Luft und richtet sich auf. Es zieht ihn wieder zusammen.

Ich hab doch eh einmal zwanzig Kilometer gemacht. War kein Problem. Und alle haben gesagt: Trainiere nie einen gesamten Marathon, sondern nur um die 25 Kilometer, mach dich nicht vorher fertig. Und ich hab eh immerhin zwanzig gemacht. Ich muss ja nicht den ganzen Weg rennen. Also was soll der Scheiß jetzt? Verdammt! Funktionier, du Wichser. Du bist kein Schwächling. Du musst es schaffen! Du musst! Du musst in der Zeit bleiben, du musst rechtzeitig bei Tommy sein. Du musst zu der blöden Kuh. Du musst stark sein.

Langsam trabt er wieder los.

Scheiß Plan. Das nächste Mal mach ich es mir wieder einfacher. Jawoll, Herr Papa. Nicht immer muss man sich Genialität beweisen, indem man was total Kompliziertes macht. Das nächste Mal liegt das Geniale wieder im Einfachen.

Der Kiwimann biegt rechts um die Ecke in die *Alserbachstraße* ein. Sein Blick fällt auf die etwas vernachlässigt wirkenden Auslagen linkerhand. Er sieht sich um, entdeckt lediglich eine mollige Frau mit einer kleinen Digitalkamera, die den Mann vor ihm fotografiert. Sein Gesicht ist voller alter Aknenarben.

Bin schöner, Puppe. Ist aber eh egal. Deine Fotos interessieren keine Sau. Wo ist das scheiß Fernsehen?

Er läuft nun in einem regelmäßigen Rhythmus, sein Blick ist starr geradeaus gerichtet. Links taucht der *Franz-Josefs-Bahnhof* auf, vor dem sich wieder einige Leute versammelt haben. Er lauscht, hört das Geräusch eines Motorrades. Kurz blickt er zurück und erkennt hinter dem Fahrer einen Kameramann. Die Bewegungen des Kiwimannes werden straffer, in ihrer Durchtrainiertheit fast erotisch. Unauffällig begibt er sich auf die Spur des Motorrades, sodass dieses ausweichen muss, um ihn zu überholen. Der Kameramann steht auf und dreht sich um, während er den Kiwimann fest im Visier behält. Als er sich wieder in Fahrtrichtung wendet, grinst der Kiwimann.

Die Markierung Kilometer 24 taucht auf. Sie wird immer

größer, der Kiwimann läuft durch sie wie durch einen Triumphbogen durch.

Nur noch sechs Kilometer. Und dann zeige ich es euch, ihr Wichser.

Dienstag nach dem Marathon, Landesgericht, Landesgerichtsstraße, 14:18 Uhr:

Rössler lockerte sich die Krawatte, gehalten in zartem Rosa mit grauen Punkten, exakt passend zum hellgrauen Hemd unter dem dunkelgrauen Anzug. »Ich verstehe.«

Mayer und Katz nickten. Sie saßen brav wie Schüler dem Staatsanwalt gegenüber. Dieser betätigte mit dem rechten Mittelfinger das Scrolling-Rad der Mouse, als würde er seine Fingerkuppe massieren wollen. Er starrte sie beide an, nein, mehr durch sie hindurch.

Dann sprach er mit unbewegter Miene. Nur sein Mund bewegte sich wie bei einer Bauchrednerpuppe. »Ich muss Ihnen recht geben. Es ist unlogisch, dass Andreas Niederle hinter den Diebstählen steckt. Er hat nichts davon. Das heißt …« Er nickte und nickte und nickte.

Katz dehnte seinen Nacken, entsprechend beiläufig war sein Ton. »Dass nur Hans-Georg Zwirn dafür verantwortlich sein kann.«

Mayer schien, als würde Rössler zusammenzucken. »Ja, Zwirn. Aber das scheint mir doch ein wenig … gewagt. Also diese Überlegung. Immerhin handelt es sich bei Herrn Zwirn um … na ja, also um …«

»Ein ehrenwertes Mitglied unserer Gesellschaft?« Katz grinste ihn an.

»Du sagst es.« An Rössler war der Zynismus vollkommen abgeperlt, kein belustigtes Aufleuchten in seinen Augen, keine Bewegung der Gesichtsmuskeln, die als Lächeln interpretiert werden konnten.

Mayer überschlug die Beine in die andere Richtung. Der holde Herr Staatsanwalt dachte doch nicht tatsächlich in diesen Zwei-Klassen-Kategorien – tat er doch. Wie war das gewesen? Die Saunafreundin der Schwägerin des Innenministers. Was war wohl Hans-Georg Zwirn? Der Apartmentnachbar von Frau Finanzminister auf Anguilla oder Mauritius?

Sie schwiegen alle drei. Das Rollgeräusch der Mouse schien plötzlich den ganzen Raum einzunehmen.

Katz lehnte sich nach vorn auf die Tischplatte. »Wir müssen seine Konten einsehen.«

»Ohne hinreichenden Tatverdacht kann ich die Genehmigung nicht geben.« Rössler blieb stocksteif sitzen.

»Wir haben schon bei weniger die Konten durchwühlt.«

»Schlimm genug.«

»Jetzt mach bitte nicht plötzlich auf Datenschützer, Herr Staatsanwalt.«

»Bring mir Indizien, Karl.«

»Wie soll ich die bringen, wenn ich seine Vermögenssituation nicht durchleuchten darf?«

»Spuren?«

»Also wirklich, Rössler, kein Dieb, der nicht ein Volltrottel ist, hinterlässt heutzutage Fingerabdrücke. Schon gar nicht, wenn's kein normaler Einbruch ist. Und wahrscheinlich ist er sogar ein Sonderbeauftragter, ohne Speiskartn, also sicher nicht in unserer Kartei. «

»Möchtest du selbst der Willkür der Exekutive ausgeliefert sein?«

Katz lehnte sich wieder zurück. »Rössler, was hast eingeworfen?«

»Pass auf, was du sagst.«

Mayer konzentrierte sich ganz fest und sah dann endlich Oppitz' knautschige Stirn mit den gutmütigen Augen darunter vor sich. Sie konnte wieder durchatmen. Ihr lieber Ex-Partner mutierte zur Meditationshilfe. Das alles war ein Witz.

Katz verschränkte die Hände, streckte dann die Arme und den Rücken durch. Schließlich knotzte er sich seitlich in den Sessel und begutachtete höchst interessiert durch das Fenster die Feuermauer auf der anderen Seite des Innenhofs. »Rössler, man könnt fast glauben, dass du da irgendwas mit dem Zwirn rennen hast. Oder mit einem guten Freund von ihm.«

Mayer hielt die Luft an. Auch wenn sie selbst diesen Verdacht hegte – ihn so direkt auszusprechen, war mutig.

»Pass auf, was du sagst«, wiederholte der Staatsanwalt mit leicht erhobener Stimme.

Katz blitzte ihn an. »Wieso spreizt du dich dann so?«

Jetzt lehnte sich Rössler zu ihm und zischte: »Weil du derartig kopfgeil bist, dass es schon nicht mehr schön ist. Zuerst nur dein G'fühl beim Niederle, jetzt das Partout beim Zwirn. Ich will keine Maschn deinetwegen drehen müssen. Verstehst mich?«

»Kopfgeil? Blödsinn. Ich will keine Verhaftung auf Teufel komm raus. Aber manchmal weiß man's eben. Und außerdem«, Katz setzte sich wieder frontal zu Rössler, »wegen mir hast du noch nie etwas hinbiegen müssen. Und ich verlang auch jetzt ka Maschn von dir, sondern logisches und konsequentes Vorgehen. Hast mi?«

»Indizien.«

»Genehmigung.«

Sie schickten die beiden Worte hin und her wie das rechthaberische *Meins* zweier Buben in der Sandkiste.

Mayer wandte sich demonstrativ ab. Wippte mit dem Bein. Räusperte sich. Die beiden spielten mit den Worten weiterhin Pingpong. Schließlich stand sie auf und klatschte in die Hände. »Herr Staatsanwalt, Herr Chefinspektor, wenn ich Sie nur kurz unterbrechen dürfte. Ich möchte mich verabschieden. Es warten Passagierlisten und Videos auf mich.«

Die Männer glotzten sie an, als müssten sie sich erst mühsam erinnern, warum da überraschenderweise noch jemand im Raum war.

Rössler fasste sich als Erster wieder und sprang mit ausgestreckter Hand auf. »Frau Kollegin Mayer! Wie immer konstruktiv. Das lobe ich mir.«

Sie schüttelte seine Hand und lächelte. Verrückte durfte man niemals auf ihre Verrücktheit ansprechen. Diese Körperlichkeit dürfte auch Katz aus seinem Wahn herausholen, denn er stand ebenfalls auf. Ohne Verabschiedung verließ er im Sprint das Büro.

Für sein Alter war er schnell. Sehr schnell. Als sie das Büro verlassen hatte, hatte es keine Spur mehr von ihm gegeben. Sie hatte das ganze Landesgericht nach ihm durchsucht – Toiletten, Innenhöfe, Gänge, Aufzug – und Katz kauerte da längst in der Hocke auf dem Gehsteig vor dem Gebäude. Viel zu nah an den vorbeibrausenden Autos. Sein Kopf hing zwischen den Knien.

Mayer näherte sich ihm langsam. Es war schlimmer, als sie gemutmaßt hatte. Aber vielleicht gab es für die Betreuung eines Irren eine Zulage? Eine Art Babysitter-Gehalt. Nein, so ging es nicht weiter.

»Was sollte das jetzt?«, brüllte sie ihm in den Nacken.

Katz stand auf und wankte. Sie packte ihn am Ellenbogen. Er schüttelte sie ab. Gut, dann sollte er eben vor ein Auto fallen.

Sie ging zurück zum Eingang in das Landesgerichtsgebäude. Ihr Dienstauto war da drinnen noch geparkt. Nichts wie ab in die Berggasse. Normale Ermittlungsarbeit mit halbwegs normalen Leuten. Der Herr Chefinspektor würde sich schon irgendwann wieder einklinken.

Plötzlich war er neben ihr. »Tut mir leid. Aber bis jetzt hab ich geglaubt, dass Rössler in Ordnung ist.« Er kickte einen imaginären Kieselstein weg. »Verdammt! Schon wieder ein korruptes Arschloch.«

»Das muss nicht sein.« Mayer registrierte, dass sich ihr Widerspruch halbherzig anhörte. Kein Wunder.

»Ist jetzt auch egal.« Er stellte sich vor sie hin. »Er kann schützen, wen er will – wir sind besser.«

Na, immerhin, das klang wieder ganz vernünftig. »Yes.«

»Mir will nur nicht in den Kopf, dass ich mich bei Niederle so geirrt habe.«

Ein Lastwagen donnerte vorbei, also brüllte Mayer: »Muss ja nicht sein.«

Katz nickte vehement. »Doch. Wer immer das Testament gestohlen hat, hat gewusst, dass Elisabeth Zwirn nicht mehr lang lebt. Alles andere ergibt keinen Sinn. Denn das Testament zu stehlen, solang sie noch lebt und die Chance hat, es erneut aufsetzen zu lassen, ist blödsinnig. Also muss Zwirn der Mörder sein.«

»Aha.«

»Denn warum soll Niederle dafür sorgen, dass jemand anderer den Rebbach macht, wenn er seine Holde umlegt?«

»Ja.«

Sie sinnierten einander an.

Katz strahlte auf. »Um den Verdacht von sich abzulenken.«

»Das Geld kriegt trotzdem nicht er. Warum bringt er sie dann um?«

»Sie ist ihm auf die Nerven gegangen?« Katz' rechtes Auge blinzelte.

»Das erste Mal nach all den Jahren ein anderes Tatmuster? Ich weiß nicht.«

Er hielt Mayer die Eingangstür auf. »Wir wissen noch gar nicht, ob er sie wirklich alle umgebracht hat.«

Mayer sah ihn nur an.

»Okay, spricht alles dafür, weil sich Todesfälle nicht so häufen können. Aber bewiesen ist noch gar nichts. Vielleicht ist er nur ein vom Schicksal Verfolgter.« Katz zog den Kopf ein und machte ein Gesicht, als hätte er in eine Zitrone gebissen. Anscheinend seine Art zu feixen.

Mayer sah auf die Armbanduhr. »Die Sitzung mit Forstinger ist erst in eineinhalb Stunden. Fragen wir ihn doch.«

Beim Marathon, bei Kilometer 25, Obere Donaustraße, 11:00 Uhr:

Der Glatzkopf ist knallrot im Gesicht. Die Laufdress klebt ihm am Körper, an seinen Schläfen rinnt Schweiß hinunter.

»Ich. Schaff. Es.« Er wiederholt die Worte ständig, und zwar bei jedem zweiten Schritt.

Eine Tröte quäkt. Er zuckt zusammen und schaut in Richtung des Geräusches. Es kommt von einem Zinshaus linkerhand. Im zweiten Stock haben sich fünf junge Menschen auf einem Balkon versammelt, der nicht größer als eineinhalb mal einen Meter ist. Neben dem Burschen mit der Tröte stehen zwei Mädchen, die mit jenen typischen Plastikstangen laut klatschen. Ein anderer Bursch hat eine Rassel in der Hand, die er nun betätigt.

»Ostern war schon. Die Glocken sind wieder da.«

Ein drittes Mädchen filmt abwechselnd die Läufer und ihre Freunde. Jetzt hält sie die Kamera auf sich selbst gerichtet und schneidet eine Grimasse. Dann sagt sie etwas. Alle anderen lachen.

Der Glatzkopf streckt ihnen den Mittelfinger entgegen. »Ich bin nicht euer Affe!«

Er kracht in einen Läufer. Der steht vornüber gebeugt da und kotzt. Mitten auf die Straße. Durch den Rempler des Glatzkopfes stolpert er in die herausgewürgte Lacke. Er läuft Gefahr, das Gleichgewicht zu verlieren und in sein Erbrochenes zu fallen.

Der Glatzkopf packt ihn am Ellenbogen und zieht ihn in die Aufrechte. Der Mann dankt und setzt zum Weiterlaufen an.

»Vergiss es. Hör auf.«

»Ich kann nicht.« Der Mann reißt sich los. Seine Augen glänzen fiebrig.

»Der echte Scheiß kommt erst. Du schaffst das nicht. Hör auf.«

»Nein. Muss.« Der Mann reißt sich vom Glatzkopf los und torkelt weiter.

Der Glatzkopf sieht ihm nach und schüttelt den Kopf. Dann fällt sein Blick auf die Versorgungsstation, die sich ein paar Meter weiter befindet. Er läuft hin und packt eine Banane, die er in Nullkommanichts verdrückt. Dann schüttet er sich Wasser über den Kopf und rennt weiter. Bei jedem Schritt zertrampelt er mehrere Plastikbecher. Das rechte Knie knickt ein. Nach einem Zwischenschritt ist er wieder im Rhythmus.

Die *U-Bahnstation Schottenring* taucht auf. Unwillkürlich blickt er nach rechts Richtung Innenstadt. Sein Blick tastet die *Rossauer Kaserne* ab, den *Ringturm*. Er sieht auf die glitzernde Wasseroberfläche des *Donaukanals*. Auf Höhe der U-Bahn-Station verlangsamt sich sein Schritt.

»Ich bin so ein Trottel. Du Arsch liegst längst unter der Erde. Bist Kompost. Und ich will dir was beweisen. Sinnlos. Und selbst wenn du noch leben tätst – es wäre so sinnlos.«

Der Glatzkopf wird wieder schneller. Er schaut nach unten auf die Straße, scheint in seinen nicht vorhandenen Bart zu murmeln.

»Du tätst nur sagen: Was? So lang hast braucht? Also ich wär das mindestens zehn Minuten schneller g'rennt. Was heißt, zehn Minuten! Eine halbe Stunde!«

Er spuckt aus.

»Nein, du wärst natürlich mit den Profis mitgerannt.

Hättest den Negern gezeigt, wo der Bartl den Most herholt. Natürlich! Nein, das hättest auch nicht gemacht. Hast ja gesagt damals, dass alles den Bach runtergeht, seit da die hinichen Ausländer mitrennen. War unter deiner Würde. Ha, dass ich net lach. Die Heurigenleber wär dir in tausend Fettfetzen explodiert. Und ich, ich lass mich da von dir reintheatern. Muss dir da beweisen, dass ich gut bin. Gut genug für dich. Ich Trottel.«

Der Glatzkopf hat nun einen sehr zügigen, regelmäßigen Rhythmus. Er scheint nichts mehr um sich herum wahrzunehmen.

»Ich sag dir was, Vater: Ich scheiß auf dich.« Sein rechtes Auge zuckt.

Dienstag nach dem Marathon, Badeschiff Wien, Donaukanal, 15:06 Uhr:

Es roch verführerisch nach gegrilltem Fisch. Das Lokal auf dem Festland beim Badeschiff war komplett besetzt, obwohl der Regen die Temperatur merklich abgekühlt hatte und die Nachmittagssonne, die sich schon wieder durchgesetzt hatte, das rechte Donaukanalufer noch nicht erreichte. Der kühle Schatten war den Menschen aber offensichtlich egal, sie tranken Bier und Cocktails, aßen Salate und eben Fisch. Ein paar Laptops waren in Verwendung, aber die Leute wirkten nicht so, als würden sie ernsthaft arbeiten, eher danach, als googelten sie sich durch die Möglichkeiten ihrer Abendgestaltung, denn sie lächelten und swingten zum Großteil mit der Lounge-Musik mit.

Mit einem Mal war Mayer, als wäre die Frau in der hintersten Ecke Carmen. Sie kniff die Augen zusammen, veränderte den Blickwinkel – es war nicht Carmen. Aber sie würde hierher passen, in diese eigene Mischung von Schicki-Mickis und coolen Studenten. Wahrscheinlich war sie hier auch oft gewesen. Sie hatte nie genaue Angaben gemacht, wenn sie wieder einmal getrennte Wege in ihrer Freizeit gegangen waren. *Bin in der Stadt*, hieß es dann, während Mayer es sich lieber in den Parks ihres Rayons gemütlich machte. Ja, das charakterisierte ihre Beziehung und wohl auch deren Scheitern: Innenstadt versus Vorstadt. Die beiden Lebenskonzepte zogen einander zwar immer wieder aufgrund ihrer Unterschiedlichkeit an, aber sie passten nicht auf Dauer zusammen, vor allem, wenn mit Vorstadt nicht die Nobelbezirke Döbling oder Hietzing gemeint waren, sondern die Underdog-Gegenden von Fünfhaus, Ottakring und Hernals. Aber dort verstand Mayer die Sprache, weil sie direkt war. Was gäbe sie jetzt dafür, im sonnendurchfluteten Gastgarten des *Schutzhauses Zur Zukunft* auf der *Schmelz* zu sitzen und mit Leuten aus der Umgebung ein paar Bier zu trinken.

Aber Herr von und zu Niederle musste ja seinen Körper im Pool des Badeschiffs stählen. Nun ja, dass er sich ausgerechnet diese angesagte Location ausgesucht hatte, war im Grunde nicht verwunderlich, lag das Schiff doch unweit seiner Wohnung in der Nähe des Schwedenplatzes.

Sie trabte hinter Katz auf das Schiff, durch es hindurch zum Pool, der wohl aufgrund des Temperatursturzes überdacht war. Sie lugten durch die Scheibe in den Schwimmbereich. Niederle zog als Einziger seine Längen – wobei dieser Ausdruck aufgrund der geringen Größe des Pools etwas übertrieben war.

Niederle erkannte sie, winkte ihnen zu und zeigte keinerlei Ansatz, sein Training zu unterbrechen. So eine Unverfrorenheit! Ihm einfach die Achter anlegen und ihn halb nackt, wie er war, und vor allem nass, wie er war, damit er ja schön fror, zur Vernehmung schleppen.

Katz zog sich die Turnschuhe aus. Legte sorgfältig die Socken darüber.

»Meinst du das ernst?«

Ohne eine Antwort zu geben, schlüpfte der liebe Herr Chefinspektor in den Schwimmbereich. Wahrscheinlich wieder so ein Spielchen, das sie nicht verstand. Marke: Den Verdächtigen mit Unterwürfigkeit in Sicherheit wiegen. Mayer zog sich ebenfalls Schuhe und Socken aus.

Sie hatten kaum Platz zum Stehen, und so schob sich Katz die Jeans bis über die Knie und setzte sich an den Beckenrand. Mayer blieb an der Wand kleben. Dieses freundschaftliche Getue war doch knapp am Verlust der Würde.

Niederle zog weiter seine Längen. Das Klatschen seiner Kraulbewegungen und der Chlorgeruch schläferten Mayer ein. Kein Wunder, war die Nacht auf Oppitz' Couch alles andere als erholsam gewesen. Nicht nur wegen der Härte derselben, sondern auch, weil Mayer ständig die toten Frauen vor sich gesehen hatte – abwechselnd mit einer kreischenden Carmen. Sie musste sich noch ein günstiges Hotelzimmer für heute Nacht suchen.

»Was führt Sie zu mir?«

Niederles Stimme erschreckte sie so sehr, dass sie ins Wanken geriet. Katz stemmte ihr seinen Arm entgegen. Sie klammerte sich daran und vollzog eine halbe Drehung, bis sie wieder festen Boden unter den Füßen hatte.

»Sie sollten sich vielleicht ausziehen vor dem Schwimmen, sehr geehrte Frau Gruppeninspektorin.« Er zog mit den Armen Halbkreise durch das Wasser, bei jeder Rückwärtsbewegung strich er mit dem Handrücken über die Oberfläche. Es wirkte wie eine Einladung.

»Und Sie sollten keine große Lippe riskieren.«

»Was meint Ihre Kollegin damit?«, wandte sich Niederle nun an Katz.

Der zwinkerte mit dem rechten Auge und meinte: »Blaubart.«

»Was ist mit meinem Lokal?« Er stoppte seine Bewegungen. »Als ich vorhin weggegangen bin, war alles noch …«

»Halten Sie den Mund.« Mayer ließ ihn nicht aus den Augen, während sie all die Namen aufzählte, die sie letzte Nacht recherchiert hatten. Plus der Todesarten und dem jeweiligen Status, den Niederle eingenommen hatte.

Mit jedem Wort von ihr senkte sich Niederles Kopf ein wenig mehr. Es war nicht klar, ob er damit Schuldbewusstsein oder immense Trauer vermitteln wollte.

»Was sagen Sie dazu?«, schloss sie ihren Vortrag.

Niederle begann wieder mit seinen Halbkreisbewegungen, wobei er nun seinen Armen zusah. »Dass Sie endlich wissen, wie schlecht es mir geht.«

»Ja, das muss furchtbar sein, wenn man so viele Menschen verliert, die man liebt«, süßelte Katz.

Niederle sah ihn an und runzelte die Stirn. Klar, er war von ihm einen anderen Ton gewöhnt. »Ja, Sie sagen es.«

Jetzt strampelte Katz mit langsamen Bewegungen im Wasser. »Wissen Sie, meine Kollegin ist eine wahnsinnig misstrauische Person. Sie sagt, das kann nicht sein. Niemand verliert so viele Menschen.«

»Wir verlieren alle so viele Menschen und noch viel mehr. Wenn wir lang genug leben.«

»Aber nicht lauter Verlobte und Freundinnen.«

»Das ist mein spezielles Schicksal, ja.«

»Verarschen können wir uns selber!«, polterte nun Mayer.

Niederle musterte ihr Gesicht. »Haben Sie heute schlecht geschlafen, sehr geehrte Frau Gruppeninspektorin? Sie haben Ringe unter den Augen.«

»Wir lassen uns gerade die Unterlagen kommen«, giftete sie nun weiter.

Der Typ nickte nur bedächtig. »Es würde mich interessieren, wie sie auf alle diese schrecklichen Ereignisse gekommen sind?«

»Polizeiarbeit.«

Er nickte wieder. »Wundert mich. Denn es handelte sich ja jedes Mal um einen unglücklichen Umstand. Na ja, der

Überfall, der war schon …« Er presste die Lippen zusammen und tat mit aufgerissenen Augen so, als müsste er Tränen unterdrücken.

Mayer hängte die Daumen in die Gürtelschleifen. »Herr Niederle, wir glauben, dass Sie all diese Frauen umgebracht haben, um sich zu bereichern.«

»Damit sind Sie die Ersten.«

»Nein, sind wir nicht. Herr Zwirn hat uns doch auf die Idee gebracht.« Katz lächelte liebenswürdig.

Niederle watete nun zur Ausstiegsleiter, wobei er das Wasser wegschlug. »Eben. Zwirn. Den kann man ja nicht ernst nehmen. Der war immer eifersüchtig auf mich. Und er braucht Geld.«

»Woher wollen Sie das wissen?«

»Na, wenn er das Testament hat verschwinden lassen?«

»Woher wollen Sie das wissen?«, wiederholte Katz nun schärfer.

Lieber Herr Chefinspektor, weil ihn die liebe …

»Frau Vogel hat mich angerufen.«

»Klar. Aber Herr Zwirn hat am Tatort keine Visitenkarte hinterlassen.«

»Wer, wenn nicht er?« Niederle schien nun ehrlich erstaunt.

»Zum Beispiel Sie, um den Verdacht von sich abzulenken.«

Niederle hob sich mit Schwung aus dem Wasser und spritzte sie beide somit an. »Mir geht das langsam entschieden auf die Nerven, dass Sie ernsthaft glauben, ich hätte Lisa etwas antun können. Und selbst wenn, ist es unlogisch, weil wenn kein Testament, kein Geld.«

»Sie werden es sich auf andere Art geholt haben.« Katz schaute seinen schlenkernden Beinen im Wasser zu.

Niederle hockte sich zu Katz, bedachte ihn mit einem langsamen Augenaufschlag. »Damit Sie endlich Ruhe geben und bevor Sie etwas falsch interpretieren oder mir vorwerfen, ich hätte es verheimlicht … zweieinhalb Wochen vor ihrem … dieser schrecklichen Sache hat mir Elisabeth sehr viel Geld zur Verfügung gestellt. Per Schenkungsvertrag. Das musste jetzt sein, wir konnten nicht bis zur Hochzeit warten, nach der sowieso alles mir gehört hätte. Keine Gütertrennung, falls Sie fragen. Und weil Sie so neugierig sind: Ich brauche das Geld für ein Geschäft. Als Eigenkapital für einen großen Kredit. Ich möchte ins Catering-Geschäft einsteigen, und zwar im VIP-Bereich weltweit. Also ein sehr großes Ding. Ich wollte gestern nach Liechtenstein und alles klarmachen. Aber dann …«

»Liechtenstein. Kredit«, warf Mayer zweifelnd ein.

Niederle ignorierte sie. »Und weil die Polizei immer alles anzweifelt, faxe ich Ihnen den Vertrag. Sie können auch gern mit meinem Finanzmanager reden. Ich schreibe Ihnen die Kontaktdaten dazu.«

Mayer hielt ihm den Notizblock hin. Niederle schüttelte die Hände ab. Dennoch saugte sich das Papier voll. Blöde Angewohnheit, sich Daten von Zeugen aufschreiben zu lassen, nur weil man so für den Fall des Falles eine Schriftprobe hatte.

Sie schwiegen sich an. Die Filteranlage des Pools gurgelte, als würde sie sich angesichts von Niederles Geschichte ankotzen.

»Wie viel Geld?«, fragte Katz.

»Siebenhunderttausend.«

»Sie begnügen sich mit so wenig, Herr Niederle? Dabei hätten Sie alles erben können. War der Tod von Frau Zwirn nicht etwas vorschnell?«

Niederle sprang auf. »Sie ignoranter … Ich bin den Marathon gelaufen, falls Sie das schon wieder vergessen haben.«

»Werden wir sehen. Wir schauen gerade alle Fernsehaufnahmen durch.«

»Viel Spaß dabei.« Er riss die Tür auf. »Eine Frechheit, mit welchen sinnlosen Aktionen die Polizei Steuergelder verschwendet. Und jetzt lassen Sie mich in Ruhe. Ich bin in Trauer, falls Sie das auch vergessen haben. Und es ist schlimm genug, dass ich mich mit diesem pseudobritischen Vollidioten wegen dem Begräbnis herumstreiten muss.«

»Warum das denn?«

»Na, er will mich davon ausschließen!«

Katz grinste ihn von unten an. »Sie tun mir wirklich leid, Herr Niederle.«

»Das kann ich Ihnen auch. Schauen Sie jetzt Ihre Videos an, und dann entschuldigen Sie sich bei mir.«

Beim Marathon, bei Kilometer 26,5 oder 9, Obere Donaustraße, 11:19 Uhr:

Der Kiwimann hat die Lippen zusammengepresst und die Augen zusammengekniffen. Sein Lauf wirkt eckig, als gäbe es in der Hüfte irgendeinen Widerstand.

Nicht mehr weit. Nicht mehr weit. Nicht mehr weit. Nicht mehr weit.

Eine Läuferin in einer hautengen, gelben Laufdress überholt ihn. Sie ist sehr schlank und sehnig. Ihr brauner Rossschwanz wippt wie bei einem fröhlich durch die Wiese hüpfenden Kind. Für drei Schritte gibt der Kiwimann Gas, dann fällt er wieder in seinen vorigen Rhythmus zurück.

Er sieht linkerhand die freie Wasserentnahmestelle und trabt zu ihr hin. Eine Flasche gießt er sich über den Kopf, eine zweite. Die dritte trinkt er in gierigen Zügen. Dabei schaut er auf die *Urania*, die am gegenüberliegenden Ufer mit ihrer Kuppel als prägnanter Schattenriss thront, weil hinter ihr die mittlerweile hochstehende Sonne leuchtet.

So eine saublöde Idee. Ist die Alte überhaupt nicht wert. Ein einfacher Schwimmunfall hätt's auch getan.

Er schleudert die Wasserflasche von sich und läuft wieder los. Gerade noch rechtzeitig sieht er die Fernsehkamera auf dem Motorrad zwei Meter weiter, um so nah wie möglich an ihr vorbeizulaufen.

Keine Disziplinlosigkeit, jawoll, Herr Papa.

Er nickt im Rhythmus des Songs ›I don't feel like dancing‹ von den *Scissor Sisters*. Hinter der Urania auf der anderen Seite des Wienflusses wird die *Strandbar Herr-*

mann sichtbar. Die Liegestühle sind zu zwei Drittel besetzt. Lounge-Musik wummert herüber und übertönt sogar den Dancefloor-Hit.

Ihr werdet es alle zu nichts bringen, jawoll. Disziplin ist gefragt. Beim Denken. Beim Tun. Cocktails machen die Birne weich. Wisst ihr das nicht? Alkohol tötet die Zellen ab. Deswegen seid ihr so viele, ihr Idioten. Zu unserem Glück. Trinkt! Trinkt! Wir fahren mit euch Schlitten. Aber wahrscheinlich wollt ihr es ja gar nicht anders, sonst würdet ihr euch nicht benebeln. Ihr wollt ja gar nichts mitbekommen oder denken, deswegen sauft ihr. Und je mehr ihr sauft, umso weniger bekommt ihr mit. Wunderbar.

Die Hüfte des Kiwimannes macht eine eckige Bewegung. Er presst die Augen und den Mund zusammen. Atmet durch. Läuft dabei aber weiter.

Ich darf nicht schlappmachen. Noch drei Kilometer. Tommy wartet schon. Sicher wartet er schon. Er tut immer, was ich sage. Er ist ein Braver, jawoll, Herr Papa. Du hast ihn nie verstanden. Hast dich geniert für ihn. Weißt du eigentlich, wie sehr er darunter gelitten hat? Er ist dein Sohn, genauso wie ich. Du hast ihn getätschelt wie einen Hund. Hast mich gefragt, wie es ihm geht. Neben ihm. Du Wichser. Er ist nicht taub! Er denkt nur anders als wir. Aber du hast nie versucht, seine Sprache zu lernen. Hast uns dann noch einen Bankert vorgesetzt.

Der Kiwimann lacht auf.

Ja, auf diesen Goldengel hättest du halt besser aufpassen müssen. Pools haben eben keine Zäune. Dann wusstest du wieder, was du an uns hast. Und du hast kapiert, welche Schlampe du an Mutters Stelle ins Haus geholt hast. Sie hat nicht geweint. Diese verfickte Kuh hat nicht eine Träne wegen dem Bankert vergossen. Sie hat dir einfach brav weiter einen runtergeholt, damit du ihr weiter das Geld in den Arsch schiebst.

Kilometer 27 wird sichtbar.

Nicht mehr weit. Nicht mehr weit. Nicht mehr weit. Nicht mehr weit.

Er atmet nun hörbar bei jedem zweiten Schritt.

Tommy, gleich bin ich da.

Dienstag nach dem Marathon, KPU/Landeskriminalamt, Berggasse, 16:32 Uhr:

Gruppeninspektor Herbie Forstinger knabberte an seinem weißen Rossschwanz, während er anscheinend alle Monitore gleichzeitig im Blick hatte. »Hallo! Faszinierend. Ich sag euch, faszinierend.«

»Was, Spocki?« Katz tätschelte ihm die Schulter.

»Wie sich Leute für einen völlig unnatürlichen Schaß komplett ruinieren.«

Mayer grinste in sich hinein, hatte sie sich doch dasselbe bei ihrem Wachtdienst in der Friedensgasse gedacht.

Doch Katz schien nicht amüsiert. Er stützte sich mit der einen Hand auf die Lehne von Forstingers Bürosessel und stupste ihn mit der anderen bei jedem Wort in den Schmerbauch. »Für dich, Herbie-Schatz, ist jede Bewegung unnatürlich.«

»Karli-Butzi, ich red nicht von Alkis wie mir, sondern davon, dass alles über 30 Kilometer ungesund ist. Hab ein bissel nachgelesen. Du ruinierst dich. Und ich red net nur von den Gelenken.«

Katz klappte den Mund auf, sagte aber nichts, sondern wandte sich ab, um sein Sakko über die Lehne des am weitesten entfernt stehenden Sessels zu hängen. Nein, zu drapieren. Und dabei wirkte er nicht aggressiv, sondern traurig, was so gar nicht passte.

Also fragte Mayer an seiner statt nach. »Von was denn dann? Karl ist ja kein untrainierter Hobbyläufer. Dass es die schmeißt, ist klar.«

Forstinger sprach in Katz' Rücken. »Bei Extrembelastung steigt irgend so ein komisches Enzym. Die Muskeln sind eigentlich kaputt. Man sollte wochenlang danach keine volle Leistung fahren, bis sie sich wieder repariert haben.«

»Ich renn eh nicht, und …«

»Die Herzkranzgefäße verkalken. Lass dich untersuchen, ob du nicht auch einen stillen Herzinfarkt gehabt hast.«

Katz kam zum Schreibtisch mit den Monitoren zurück. »Passt schon, Herbie. Was hast?«

Der wandte sich nun an Mayer. »Und schau, dass du mit ihm nicht in die Nähe von einem Rotzigen kommst. Das Immunsystem ist nachher nämlich auch im Arsch.«

Katz nahm Forstinger die Fernbedienung aus der Hand, der riss sie zurück. »Nix da. Das is mei Show.« Er wedelte mit einer Liste. »Mit der war es jetzt einfach. Da steht die Zeit von jeder Durchgangskontrolle. Hab alles synchronisiert.« Er deutete auf die verschiedenen Monitore. »Aber ich hab für euch auch einmal das, wo man ihn sieht, zusammengeschnitten.« Er startete das Video auf dem Monitor links oben.

Sie sahen Niederle von Katz und den Kleidungs-Lkws weggehen. Im Starterfeld ganz vorn, während Katz ganz hinten sichtbar wird. Auf der Reichsbrücke in weiter Entfernung, als ein Mädchen in geblümtem Minirock ihm die weggeworfene Jacke reichen will. Auf der Lasallestraße winkte er direkt in die Kamera. Als die Menge der Läufer geteilt über den Praterstern geführt wurde, hatte er die Spur, die näher zu den Kameras war. Er duellierte sich mit einer Frau mit lilafarbenem Stirnband, ließ sich zurückfallen.

Katz beugte sich vor. »Ja, das ist die, der er dann später geholfen hat. Die rennt viel zu schnell. Aber der Niederle … geh, gib mir einmal die Liste.«

Forstinger schob sie ihm hinüber. Er studierte sie.

Mayer beugte sich näher zu den Monitoren. »Sag, Karl, wo bist du da eigentlich? Ja, ja, ich weiß schon, viele Menschen. Aber ihr habt doch dasselbe Starterfeld gehabt, oder nicht?«

»Schttvpnt.«

»Was?«

Katz' Nase zuckte. »Ich habe den Start verpennt, wenn du es ganz genau wissen willst. Ich bin da mindestens drei Minuten hinter dem Niederle.«

»Und bis ... wo war das, wo du ihn mit der Lilanen gesehen hast?«

»Stadionallee.«

»Kilometer?«

»Fünf.«

»Wow. Und bis dahin hast du ihn echt eingeholt?«

»Offensichtlich.« Er deutete auf den dritten Monitor in der zweiten Reihe, wo er gerade durchs Bild rannte. »Der Fettsack da auf der Schüttelstraße, der hat sich gerade nach vorn geboxt, wie ich vorbei bin.« Jetzt hatte er seinen Platz erobert und bog mit seinem Wanst das Absperrungsband durch. Niederle starrte ihn beim Vorbeilaufen kurz an.

Mayer verfolgte ihn weiter auf dem Video. Die Ringstraße nahm er locker, beim Theater an der Wien stolperte er leicht, die Wienzeile lief er wieder ziemlich flüssig, auch den Abschnitt Schönbrunn und äußere Mariahilfer Straße.

»Er wirkt trainiert. Verdammt trainiert. Ich mach auch Sport. Viel Sport. Aber ich würd mir bei einem Marathon nur die ersten zehn, fünfzehn Kilometer zutraun. Ist doch was anderes. Vom ganzen Bewegungsablauf.«

Katz brummte, studierte die Liste weiter.

Apropos Sport machen: dringend notwendig. Einmal

die Donauinsel rauf und runter. Mit Anfahrtsweg gute 50 Kilometer. Aber ihr Rad und überhaupt ihr ganzes Zeugs waren bei Carmen. Sie musste bei ihr vorbeischauen, ob sie wollte oder nicht. Andererseits hackelte sie sicher wieder bis in die Nacht. Wenn das so weiterging, war sie innerhalb von zwei Wochen nicht nur fett, sondern auch depressiv. Sie seufzte.

Mayer sah nun Niederle bei der Stiftskirche auf der inneren Mariahilfer Straße. Er aß direkt vor der Kamera eine Banane. Redete irgendwas. Jetzt auf der Babenbergerstraße schien er bei jedem zweiten Schritt zu fluchen. Wieder die Ringstraße, nun Richtung Heldenplatz. Niederle hüpfte seitwärts und streckte den Zuschauern beide Mittelfinger entgegen, dabei schrie er etwas. Die Kamera nahm ihn voll ins Visier.

»Was sagt er da?« Nachdem von Katz nichts kam, sah sie Forstinger an.

Der zuckte mit den Schultern und spulte ein wenig zurück. »Ich würd sagen, ›fuck you‹.«

Sie sahen sich die Stelle noch einmal an. Es war eindeutig ›fuck you‹.

»Ein Irrer«, meinte Mayer.

»Definitiv«, meinte nun auch Katz. »Kein Marathonläufer, der normal tickt, hat genug Luft, dass er unnötig redet. Oder herumtänzelt.«

Forstinger drückte auf Pause und kreiselte die Fernbedienung so lang auf der Tischplatte, bis sie beide ihn ansahen. Er schwieg weiter.

Katz schlug ihm mit der gebogenen Liste auf den Handrücken. »Was?«

»Na ja …«, Forstinger grinste, »dann bist du a net normal.«

»Aha?«, fragte Mayer.

Katz blitzte sie an und stupste Forstinger wieder mit der Liste.

»Hab dich auch rausgesucht, Karl«, feixte dieser, »hab mir dacht, wenn schon, denn schon. Nette Erinnerung.«

»Hat dich kein Mensch drum gebeten.«

Forstinger lachte. »Sei net so angerührt. Is eh ohne Ton.«

»Er redet?«, mischte sich nun Mayer wieder ein.

»Ständig.«

»Aha. Und was?«, wandte sie sich an ihren lieben Chefinspektor.

Seine Nasenspitze zuckte. »Hab mir nur gut zugeredet.«

»Die ganzen drei Stunden?«

»Das geht dich einen Scheißdreck an, Herbie.«

Der hob die Handflächen. »Ist ja schon gut.« Er schwang sich mit dem Sessel wieder Richtung Monitor und startete erneut.

Mayer sah ihren Intermezzo-Partner vor sich, wie er in der Böcklinstraße das Stiegenhaus hinaufgetänzelt war. Seine Augenbrauen, an die sie sich zwar schon gewöhnt hatte, die dennoch nicht … Nein, er war wirklich definitiv nicht normal. Da hatte Forstinger schon recht. Was hatte ihr Chef da geredet? Sie müsste an das Video kommen, eine Lippenleserin engagieren und … was dachte sie da? War doch vollkommen egal, was er beim Marathon gequatscht hatte. Aber schon interessant.

Sie verfolgten die Strecke mit Niederle weiter. Burgtheater, Liechtensteinstraße, Alserbachstraße. Beim Franz-Josefs-Bahnhof war er durch eine vorbeifahrende Motorradkamera wieder ganz groß im Bild. Dieses Mal winkte er nicht hinein, trotzdem wirkte seine Präsenz fast absichtlich.

Forstinger räusperte sich. »Was mir übrigens aufgefallen ist, weil ich dich als Vergleich gehabt hab, Karl: Du bist bei Weitem net so oft und vor allem net so gut im Bild wie der da.«

Das Gleiche, was sich Mayer gerade gedacht hatte. Auffällig absichtlich.

Katz nickte mit erhobenen Augenbrauen, als hätte er nur eine Bestätigung seiner These und nichts Besonderes erfahren. »Lass schnell rennen, bis …« Er schaute auf die Liste mit Niederles Durchgangszeiten. »Ungefähr zwei Stunden achtunddreißig.«

Nun flitzte Niederle über die Obere Donaustraße und die Schüttelstraße, wobei ganz genau erkennbar war, dass er sich zunehmend schwer tat. Gerade im Fast-Forward war sein nunmehr eckiger Laufstil gut zu erkennen. Schließlich kämpfte er sich sichtlich durch die Rustenschacher Allee. Forstinger ließ das Video wieder in Normaltempo laufen.

Kurz vor der Stadionallee bog Niederle plötzlich in den Wald ab und ward nicht mehr gesehen. Eine andere Kamera fing nun die Stadionallee ein, mit Blick zur Hauptallee, nicht wie vorhin zum Donaukanal. Vor zwei Stunden war der ganze Tross in die andere Richtung getrabt.

Plötzlich tauchte die kiwigrüne Dress von Niederle wieder auf. Sie sahen ihn nur von hinten. Seine Bewegungen wirkten ruhiger und runder. Auch irgendwie behäbiger. Er erreichte die Hauptallee und die Schleife rund um Kilometer 31. Gemütlich trabte Niederle durch die Haarnadelkurve. Rund um ihn blieben immer wieder Läufer stehen und keuchten oder schleppten sich mit eckigen Gehbewegungen weiter. Manche waren schon in der Stadionallee ins Schleudern geraten, manche schafften es durch die Schleife zurück auf die Hauptallee und wankten dann, aber es war augenscheinlich, dass hier, im Bereich dieser zwei, drei Kilometer, ein Massenphänomen stattfand, an dem Niederle nicht teilhatte. Viele der Läufer hatten sich für diesen Abschnitt offensichtlich mit Freunden verabredet, die nun mit ihnen ein paar Meter liefen, ihnen zuwinkten, spezielle Säfte reichten, sie anbrüllten, was man ganz genau an den Körperhaltungen erkennen konnte. Niederle schien von all dem vollkommen unbeeindruckt. Ja, als er wieder mit dem Gesicht zu ihnen lief, konnte man eindeutig ein Lächeln erkennen.

»Was ist da los?«, fragte Mayer.

»Wenn der Mann mit dem Hammer kommt.«

»Aha. Das.«

Das Elend setzte sich auf der Hauptallee bis zur Brücke der Südost-Tangente fort, da schrie Katz plötzlich »Stopp!«. Er deutete auf die Uhr.

»Und?«, fragte Mayer.

»Seit zwei Kilometern hat unser Mann eine Kilometerzeit von rund sechseinhalb Minuten. Vorher waren es fünf zwanzig im Durchschnitt. Kurz vor dem Wald sogar fünf zehn.«

»Na ja, er spürt halt auch die Belastung.«

»Ein normaler Läufer wird kontinuierlich langsamer, immer so um fünf bis zehn Sekunden pro Kilometer. War bei mir sicher so, oder Herbie?«

Der zuckte mit den Schultern. »Soll ma nachschauen?«

»Nein, ist so. Glaubt es mir. Außer er bricht genau in dem Bereich, also da, wo die Verbrennung von …«

»Kohlehydraten auf Fett umstellt«, ergänzte Mayer. Sie grinste ihn an.

»Richtig. Also da brechen viele ein, und dann schleppen sie sich, gehen vielleicht, rennen aber sicher nicht plötzlich stete sechseinhalb Minuten pro Kilometer. Schon gar nicht so locker und lässig. Denen sieht man bei jedem Schritt den Schmerz an.«

Sie starrten alle drei den eingefrorenen Niederle an.

Forstinger ließ ihn zurück- und dann in Normaltempo wieder bis zur abgebrochenen Stelle weiterlaufen. »Stimmt. Der wirkt frisch.«

»Ja, und wie geht das?« Katz sprang auf und stöhnte im nächsten Augenblick. Er schlug sich auf die Oberschenkel.

»Muskelkater noch nicht vorbei?«, fragte Mayer.

»Ich sag ja, dabei ruiniert man sich nur«, nickte Forstinger. »Deine Muskeln sind jetzt völlig hinüber. Die müssen erst wieder heilen.« In seiner Stimme lag heiliger Ernst.

Katz straffte sich. »Ich frage nochmals: Und wie geht das?« Er sah sie abwechselnd an. »Indem ein anderer für ihn läuft, während er Elisabeth Zwirn umbringt.«

Forstinger zoomte das Standbild heran. »Aber der schaut doch aus wie dieser Niederle. Aber ganz genauso.«

Der Chefinspektor nickte mit einem kleinen Lächeln auf seinen Lippen und bat mit ausgestreckter Hand um die Fortsetzung des Vortrags. Während Niederle die Prater Hauptallee zum Lusthaus und wieder retour lief, erneut die Stadionallee zur Schüttelstraße absolvierte, drückte Katz auf seinem Handy herum. »Ich hier. Wie weit bist du? Gut. In einer halben Stunde im Stüberl.« Er legte auf. Ohne die Bestätigung abzuwarten.

Mayer seufzte bei dem Wort *Stüberl* auf, denn es war das Synonym für das Gasthaus *Zum braunen Bären*, dem Lokal ein Haus weiter, wo sich in Ermangelung einer Kantine üblicherweise die Krimineser des Landeskriminalamtes trafen. Es handelte sich bei Katz' Verabredung also mit Sicherheit um ein berufliches Gespräch, bei dem sie anwesend sein musste. Radtour ade. Und das *Stüberl* war der Raucherbereich. Sie musste bald den Kleidungseinkauf von Katz einfordern. Mayer sah auf die Uhr. Schon nach sechs. Sie hatte kein Hotel, keine frische Sachen zum Anziehen. Fieberhaft scannte sie in Gedanken die Gegend nach einem Bekleidungsgeschäft durch. Es fielen ihr nur Supermärkte ein, die ja oft Socken und Strümpfe anboten. Vielleicht auch eine frische Unterhose? Das musste reichen. Oder sie bezirzte Carmen mitten in der Nacht mit einer guten Flasche Rotwein, die konnte sie sogar noch später an einer Tankstelle oder in einem Lokal erstehen. Die Zicke wollte ja, dass Mayer ihr *Glumpert* holte. Sie seufzte noch einmal auf und konzentrierte sich wieder auf den Bildschirm.

Kurz nach der Rotundenbrücke ließ Katz Forstinger wieder das Band stoppen. »Meine Dame, mein Herr, ich darf Sie hier auf die Zeitnehmung aufmerksam machen.«

Sie zeigte drei Stunden neunundfünfzig.

»Und?«, fragte Mayer.

»Wir sind jetzt bei Kilometer achtunddreißig. Bei Kilometer siebenunddreißig …« Er wedelte mit der Hand. Forstinger spulte zurück. »Waren wir bei drei Stunden vierzwanzig. Ich fasse zusammen: rund fünfundzwanzig Minuten für einen Kilometer.«

Sie schwiegen. Mayer hatte das Gefühl, dass das Rattern des Ventilators der Geräte genauso unrund wie jenes in ihrem Hirn war.

Forstinger klopfte sich auf seinen Bauch. »Faszinierend.«

»Bitte fahren Sie fort, Mister Spock«, meinte Katz mit einer weit ausholenden Geste.

Niederle lief nun sehr zügig. Als er aber wieder einmal in die Kamera lachte, was er die paar Kilometer vorher nicht getan hatte, wirkte die Mundbewegung angestrengt. Seine Augen lagen tief in den Höhlen, sein Gesicht war zur Gänze knallrot.

»Wie ausgewechselt«, ließ sich Forstinger vernehmen.

»Du sagst es, Herbie, du sagst es.«

»Ja, aber wo …?« Forstinger spulte zurück bis zur Hauptallee, ließ alles nochmals im Schnelldurchlauf ablaufen.

Wieder bellte Katz »Stopp!«, dieses Mal kurz nach dem Wechsel der Strecke von der Stadionallee auf die Schüttelstraße. Niederle verschwand in der Menge und war dann erst wieder bei Kilometer 38 zu sehen. Und in diesem Bereich lag auch die Friedensgasse, in der sie mit Oppitz Dienst geschoben hatte …

Sie räusperte sich. »Ich hab das bis jetzt noch nicht erwähnt, weil gestern … wir haben ja dann über eure Begegnung … und da habe ich es einfach vergessen.« Sie schluckte.

»Ja?«

Detailgenau beschrieb sie, wie sie den Radfahrer in der kiwigrünen Dress am Ende der Friedensgasse gesehen hatte. Fahrtrichtung Innenstadt, also zu Kilometer 38. Dann schwieg sie. Mit gesenktem Kopf, wie ihr auffiel. Nein, sie musste sich nicht schuldig fühlen! Niederle hatte von Anfang an ein Alibi gehabt. Und dann hatten sie auf den Videos gesehen, dass wahnsinnig viele Menschen bei diesem Marathon Grün getragen hatten.

Genau das sagte nun Katz. Mayer fühlte sich keinen Deut besser, obwohl er sie beinahe väterlich anlächelte. »Es ist deine Aufgabe, nur Fakten bei den Überlegungen zuzulassen, und dir nicht irgendwas zusammenzureimen. Dafür bin ich zuständig.«

Ein Bier! Ein Himmelreich für ein Bier!

»Wann war das?«, fragte Katz.

»Hm, vielleicht zwei, drei Minuten vor dem Funkspruch.«

»Wir werden ein Zeitdiagramm erstellen.«

Damit deutete er Forstinger, fortzufahren. Niederle grinste beim Zieleinlauf so sehr in die Kamera, als wollte er sie verarschen.

Beim Marathon, Kilometer 29,5, Rustenschacher Allee, 11:20 Uhr:

»Im Prater blühn wieder die Bäume.«

Der Glatzkopf knurrt das Lied im Takt seines Laufs. Er klingt wie Nick Cave, der sich in einem Rap versucht. Sein Gesicht ist verzerrt, sein Blick glasig.

»Im Prater blühn wieder die Bäume.«

Ein hagerer Mann in dunkelblauem Outfit läuft von hinten an ihn heran, aber er überholt ihn nicht, sondern bleibt kurz auf derselben Höhe wie der Glatzkopf. »Spar dir die Luft. Oder sing richtig.« Damit gibt er wieder Gas und läuft ihm davon.

»Leck mich!«

Beim Brüllen ist dem Glatzkopf Speichel aus dem Mund geronnen. Er wischt ihn mit einer groben Bewegung des Handrückens ab.

»Wichser. Aber renn nur. Wirst schon zusammenbrechen.«

Er schaut dem Dunkelblauen nach, der keinerlei Ermüdungserscheinungen zeigt, ganz im Gegensatz zu den anderen Läufern ringsum.

»Was machst du da? Wenn du so schnell bist, was machst du da bei uns hinten, ha?«

Er brüllt noch einmal »Ha?«. Jetzt klingt es mehr wie »He«. Der Glatzkopf wird schneller, immer den Blick starr auf den Dunkelblauen gerichtet. Der scheint wie ein junges, verspieltes Kätzchen zu hüpfen und zu tänzeln. Rund um den Mann steigen plötzlich Seifenblasen auf. Sie glitzern in allen Farben, während sie gen Himmel steigen. Und der Läufer scheint in einem einzelnen Sonnenstrahl gefangen. Lachen erfüllt die Luft.

»He, verarschen kann ich mich selber. Wart nur, du …«

Er lässt sich zurückfallen in seinen alten Trott und verzieht das Gesicht. Gleichzeitig humpelt er ein wenig.

»Ich Idiot!«

Er schaut in die Höhe, seine Augenbrauen sind zusammengezogen, ebenso seine Augen. Es wirkt, als würde er gleich zu weinen beginnen.

»Oder hast du mir den geschickt? Das würde zu dir passen, du Arschloch. Damit ich mich übernehm und aufgeben muss. Weil du mir nichts gönnst. Eine kleine Fata Morgana für deinen kleinen Sprössling, damit du der Champ bleibst.«

Der Glatzkopf keucht. Er schaut wieder starr geradeaus. Die Silhouetten der Bäume des Praters verwischen zu einer grau-braun-grünen Wand, die bunten Kleidungsstücke der Läufer ringsum zu einem Mosaik. Keinerlei Regung ist in seinem Gesicht mehr zu erkennen. Er läuft nun wie eine Maschine. Der Schweiß rinnt nur so an seinem Körper hinab. Alle paar Meter knickt sein rechtes Bein kurz ein.

»Ich schaff das. Ich bin gut. Ich schaffe das. Hörst du? Ich. Nicht du. Und nicht deinetwegen, sondern meinetwegen. Und dann nie wieder.«

Er läuft und läuft. Biegt nach links in die Stadionallee ab.

»Und weißt du, warum, Vater? Weil ich die Schnauze voll hab, dir nachzurennen.«

Der Glatzkopf stutzt, wiederholt das letzte Wort und lacht laut auf. Ein Hustenanfall ist die Folge. Er bleibt stehen und röchelt vornüber gebeugt nach Luft. Mit pfeifendem Atem richtet er sich auf und schaut sich um. Er sieht die Bäume mit ihrem zarten Grün, die angestrengten Gesichter der anderen, die Schaulustigen am Straßenrand, ein Kind, das in der Wiese neben der Rennstrecke einen Handstand macht. Er lächelt. Dabei wirkt er wehmütig. Mit steifen Bewegungen lässt er sich wieder in Trab fallen.

Dienstag nach dem Marathon, »Stüberl«/»Zum braunen Bär«, Berggasse, 19:07 Uhr:

Kevin palaverte auf Kroatisch in sein Handy, nein, er keifte derart konzentriert, dass er gar nicht merkte, als sie am Tisch Aufstellung nahmen. Er hatte nicht nur einen ruhigen Ecktisch ausgesucht, sondern sich ebendort auch in die tiefste Ecke gequetscht. Es schien, als wollte er mit der hölzernen Wandtäfelung verwachsen. Seine Stimme klang gepresst. Er versuchte also zu vermeiden, dass irgendjemand verstand, was er redete. Wenn es nur auf die Lautstärke ankäme, hätte er verloren, denn sein giftiger Ton war so durchdringend, dass die Kollegen an den anderen Tischen immer wieder zu ihm hinsahen. Dennoch konnte er sich der Geheimhaltung sicher sein, kaum jemand der anderen verstand die Sprachen von Ex-Jugoslawien.

Mayer schon.

In ihren angestammten Rayons hatte sie sich nur das erste halbe Jahr für dämlich verkaufen lassen und dann zwei Kurse auf der Volkshochschule belegt: Serbisch, was sie auch Kroatisch und einiges mehr verstehen ließ, und Türkisch. Nach eineinhalb Jahren hatte sie plumpe Anmachen und vermeintlich heimlich zugerufene Warnungen verstanden. Nach zwei Jahren brauchte sie für das Lamento eines Mannes, der seine Ehefrau verprügelt hatte, keinen Dolmetscher mehr. Respekt schlug ihr entgegen. Und bei so manchem Tratsch während eines Einkaufs am *Brunnenmarkt* hatte sie einen Zund bekommen und so Straftaten sogar vereiteln können.

Sie klopfte auf den Tisch wie an eine Tür und fragte

auf Serbisch: »Kevine, da li da joj kažem da ti stvarno još moraš da radiš?«

Er sah sie mit offenem Mund an, nickte und reichte ihr das Handy.

»Hallo …« Sie sah Kevin an.

»Jana.«

»Jano, ovde grupna inspektorka Mayer. Kevin me je zamolio da Vam potvrdim da on mora da radi. On to zaista mora. I u slučaju da mi ne verujete, pošto sam žensko, daću Vam sad još našeg šefa.« Sie reichte Katz das Handy. »Sagen Sie Hallo, und dass Kevin noch mit uns arbeiten muss.«

Der liebe Herr Chefinspektor glotzte sie an. Er nahm das Telefon und tat wie geheißen. Mayer reichte es dann Kevin zurück. Er fragte seine Freundin, ob sie ihm nun glaube. Dann nickte und grinste er. Küsschen flogen durch die Leitung. Er trennte die Verbindung.

Katz fläzte sich Kevin gegenüber auf die Bank und legte die Beine auf dieselbe. Mayer blieb nichts anderes übrig, als sich neben den jungen Kollegen zu setzen, was aber ohnehin besser war, denn so konnte sie vielleicht am Laptop mitlesen, den er vor sich stehen hatte.

Katz nickte ihm zu. »Eifersüchtig? Das müsst ihr klären. Die Dienste werden nicht regelmäßiger.«

Der Jungspund zog den Kopf ein und Farbe auf. Eifrig klappte er den Computer auf.

»Oder haben wir uns daneben benommen?« Jetzt grinste der Ältere jovial.

Kevin versuchte, keine Regung zu zeigen, aber seine Mundwinkel zuckten. Eifrig bearbeitete er die Tastatur. Plötzlich hielt er inne. »Danke.«

Er sagte es, ohne Mayer anzusehen. Sie nickte huldvoll.

»Woher können Sie …?« Jetzt sah er sie doch an. Und gemeinsam mit ihm Katz sowie die Kollegen vom Nebentisch, ein Hagerer mit Kraushaaren um die Fünfzig und ein Untersetzter mit langen Koteletten, der wie aus den Siebzigern übrig geblieben wirkte, obwohl er selbst um die Dreißig, also in ihrem Alter, war. Mayer fühlte sich wie am Präsentierteller. Durch Katz konnten die anderen sie einordnen, sie kannte niemanden. Das musste sie bald ändern.

»Volkshochschule.«

»Es gab einmal eifrige Zeiten?«, feixte Katz.

Anstatt einer Antwort bestellte Mayer ein Weizenbier, Dienst hin oder her. Zeugeneinvernahmen standen nicht mehr am Programm. Ihr Chef genehmigte sich einen gespritzten Apfelsaft, Kevin blieb bei seinem Cola.

Katz zündete sich einen Zigarillo an und paffte geruhsam. Mayer schob ihm den schwarzen Plastikaschenbecher hin.

»Morgen gehen wir einkaufen«, sagte er zwischen zwei Zügen.

Kevin sah verständnislos zwischen ihnen beiden hin und her, dann wieder auf seinen Laptop. Anscheinend wartete er auf ein Startsignal, aber Mayer konnte ihm nicht helfen, denn sie wusste ja nicht, was Katz ihm aufgetragen hatte.

Doch der schwieg. Bis die Getränke kamen. Bis sie alle einen Schluck genommen hatten. Dann lehnte er sich gemütlich an die Holztäfelung und überschlug die Beine, die noch immer auf der Bank lagen. Kevin runzelte die Stirn. Er war wohl ein ganz ein Ordentlicher, das suggerierten auch die Bügelfalten seines dunkelblauen Poloshirts.

»Also, was haben wir?«, ließ sich Katz endlich herab.

Kevin ratterte los. Die Passagierüberprüfung hatte noch nichts ergeben. Was auch kein Wunder war. Im Idealfall wäre Zwirn unter seinem Namen am Tag des Mordes geflogen, dann wären bloß zwei Maschinen am Vormittag für den Hinflug und sieben Maschinen am Nachmittag für den Rückflug infrage gekommen. Das hätten sie natürlich als Erstes überprüft, ebenso natürlich war das ohne Treffer geblieben. Nun konnte Zwirn aber unter falschem Namen und zumindest am Vortag sowie auch über eine andere Destination angereist sein. Vortag und andere Destination wären allein weitere rund 320 Möglichkeiten. Das gleiche gelte natürlich für den Rückflug, insbesondere, wenn Zwirn jemanden für den Job abgeheuert hatte. Eine Potenzierung ins Unendliche.

Katz stöhnte auf und winkte mit dem Zigarillo wie mit einer weißen Fahne. »Aber ich hab dir doch auch das andere Datum gegeben, das von dem Einbruch in Raabs.«

Der liebe Chef hatte an Mayer vorbeigearbeitet. Was denn jetzt? Waren sie nun Partner oder nicht?

Kevin nickte eilfertig. »Da sitzt jetzt Brugger dran. Er hat auch Verbindung mit London aufgenommen, vorerst einmal inoffiziell über Freunde von der IPA, um das Umfeld von Zwirn zu checken. Mitarbeiter, Freunde und so. Ich hab mich inzwischen um Niederle gekümmert.«

Der Kotelettenmann schaukelte mit dem Sessel in ihre Richtung. »Charlie, du Hund, also echt, sitzt da wie eine Gluckn auf deiner neuen Kollegin. Willst sie uns net vorstellen?« Dabei grinste er Mayer an.

Katz deutete mit dem Zigarillo auf sie. »Gruppeninspektorin Daniela Mayer vom West, ZBV«, und jetzt auf den Mann, »Gruppeninspektor Daniel ›Didi‹ Fellner, Einbruch.«

Das *Didi* hatte er wie ein Marktschreier lang gezogen. Und während der Kotelettenmann aufstand, um Mayer einen etwas verunglückten Handkuss zu verabreichen, erklärte Katz: »Didi ist der Frontman in der Polizeiband.«

»Policemania. Hardrock«, präzisierte Didi. »Ich könnt noch gut an feschn Hasn neben mir brauchen.«

»Zum Popschiwackeln«, erklärte nun Katz, »weil um die Mitte ist er a bissel steif.«

»Immer, und net nur ein bissel.« Didi zwinkerte Mayer zu.

»Klingt super.« Mayer hörte, dass ihre Stimme nicht besonders begeistert klang. Wobei es weniger am Gedanken, Musik zu machen, lag, sondern mehr an der allgemeinen Anmache, die nun zu erwarten war, nachdem Didi den Startschuss gegeben hatte. Denn aus den Augenwinkeln sah sie, dass auch die anderen Kollegen zu ihrem Tisch hersahen und offensichtlich das Geschehen kommentierten. Manch einer grinste sie dabei noch anzüglicher an als Didi.

Und jetzt erst wurde Mayer bewusst, dass ihr *Super* sicher falsch angekommen war. »Ich mein, ich wollt schon immer einmal in einer Band singen.« Das stimmte sogar. Aber in einer Polizeirockband? Gemeinsam mit Didi? Vielleicht gar in einem superkurzen, superengen Ledermini?

Er strahlte sie an. »Leiwand! Morgen um achte im Neunten.« Er lachte dröhnend über sein sicher unbeabsichtigtes Wortspiel. »Da ums Eck. Schick dir a Mail mit der Adress.«

»Aber …«

»Nix aber. Dani und Didi. Wir könnten uns *Dida* nennen.« Er sprach das Kunstwort in einer Art von Englisch aus.

Ansatzlos grölte Katz »Dieda, dieda, dieda, dieda, die da, dieda, dieda, dieda, dieda, ist es die da?« Dabei machte er mit den Unterarmen waagrechte Bewegungen wie ein Rapper.

Sein Blick verfing sich in jenem von Didi, der ihn mit offenem Mund anglotzte. »Die Fantastischen Vier. Noch nie was davon gehört, Alter?« Beim letzten Wort äffte Katz den Straßenjargon nach.

»Wunder mich mehr, dass du die auf dem Radar hast. Aber stimmt, die gibt's schon so lang, dass auch Papas und Mamas sie kennen. Und net nur unsereins.« Dabei grinste er Mayer an.

»Du brauchst net so reinbraten, Didi«, lachte Katz auf. »Unsere liebe Dani ist fest vergeben.«

Gut, dass ihr Chef die neuen Umstände noch nicht mitbekommen hatte. »Ja, und ich kann ja auch die ganzen Lieder nicht. Soll ich mir nicht vorher die Noten anschauen?«

Didi sah zwischen ihnen hin und her. »Nix da. Zugsagt ist zugsagt. Und a gute Band braucht a gutes Fahrgestell.« Dabei ließ er seinen Blick auf Mayers Brust fallen. Da gab es aber nicht viel zu sehen. Nun ja, vielleicht war er ja ein Liebhaber von Mausfäustchen.

»Dir ist also wurscht, wie ich sing?«

»Das wirst du schon können, sonst hättest ja nicht zugesagt.« Er wandte sich wieder den Kollegen an seinem Tisch zu und brummte über die Schulter: »Und sonst bring ich's dir bei.« Damit setzte er sich und trank sein Krügel Bier zur Hälfte aus.

Katz zwinkerte mit seinem rechten Auge Mayer zu, beugte sich sogar über den Tisch, damit nur sie und Kevin ihn verstanden. »Er wird vergessen, dir die Mail zu schreiben, dann irgendwas faseln von sich noch einmal überlegt haben, und das war's dann. Als alter Rock 'n' Roller kann er einfach nicht damit, dass er seine Hüpfdohle nicht flachlegen darf.«

»Aha.«

»Sind nicht alle so. Didi ist … Didi.«

»Aha.« Natürlich waren alle so. Es gab noch immer zu wenige Frauen bei der Polizei, vor allem in den höheren Diensträngen. Die Auswahl an potenziellen One-Night-Stands war also denkbar gering, jeder Rock war ein Lichtpunkt für die Motten, und sie als zierliche Blondine der Klassiker zum Erobern. Nur waren nicht alle so plump wie Didi.

Mayer schaute Kevin an. »Niederle.«

Der schreckte auf. »Ja, also die DNS-Probe ist noch nicht ausgewertet. Die Kollegen hoffen, dass sie morgen das Ergebnis haben.«

»Ich hab Kevin wegen einer Vergleichsprobe zu den Zigarettenstummeln in der Wohnung zu ihm geschickt«, erklärte Katz zu Mayer.

Nein, so ging es nicht weiter. Der Alte arbeitete ständig an ihr vorbei. Selbst wenn der Abteilungswechsel eine Ausnahme blieb, musste sich sein Verhalten ändern. Sie war mit Oppitz und den anderen nie derart respektlos umgegangen. Aber konnte sie einfach so ein klärendes Gespräch einfordern? Zum Beispiel nach dieser Besprechung bei einem Bier?

»Andreas Niederle«, fuhr Kevin fort, während er am Laptop herumscrollte, »ist Jahrgang 1972, geboren in Wien Drei. Jauresgasse.«

Das war mitten im Botschaftsviertel. »Ist der Vater Diplomat?«

»Nein, Industrieller. Mikrotechnologie.«

»Niederle? Da kenn ich aber keinen«, mischte sich nun Katz ein.

»Eh nicht«, Kevin kratzte an seinem Doppelkinn. »Dazu

komme ich jetzt. Denn der Niederle, also Andreas Niederle, ist ein Chamäleon, was die Namen betrifft. Da gibt's nicht nur sein Pseudonym André Grand, sondern auch einen anderen Geburtsnamen.«

Mit einem »Was?« setzte sich Katz nun aufrecht auf die Bank hin.

»Ja, er hat mit seiner Volljährigkeit eine Namensänderung beantragt, und zwar auf den Mädchennamen seiner Mutter. Eben Niederle. Und jetzt wird's echt tricky. Also laut Geburtenregister hieß diese Mutter Carola Niederle. Und von Brugger habe ich erfahren, dass sie als Schauspielerin aufgetreten ist bis zu ihrer Hochzeit. Und zwar als Lola Baas. Der hat sie noch live am Theater gesehen. Das war in den Sechzigern. Also Neunzehnsechzigern.«

Er sah sie beide an. Ein ungläubiges Lächeln umspielte seinen Mund.

»Ja, manchmal ist es schon gut, Dinosaurier kurz vor der Pensionierung im Team zu haben«, meinte Katz. Dabei zwinkerte sein Auge.

»Du fällst ja selber schon fast in diese Kategorie«, purzelte es aus Mayer heraus, ehe sie es sich versah.

»Es können nicht alle Menschen jung und unerfahren sein.«

»Und nicht alle alt und selbstherrlich.«

»Chachacha, das ist wieder die alte Mayer, die ich kenne. Du bist mir eh schon viel zu streichelweich geworden.« Er vollzog ein paar Sambabewegungen mit den Schultern. »Aber warum selbstherrlich?«

Sie und ihr loses Mundwerk. Sie sollte sich wirklich nur auf *Ahas* beschränken. »Weil es … gewirkt hat … als wären nur die älteren Kollegen …«

Ihr piepsendes Handy enthob sie der weiteren Stammelei. Eine SMS von Carmen. *Wann?* Sonst nichts. Diese Bitch! Mayer spürte, wie ihre Wangen heiß wurden. Jetzt dachten sicher alle, dass ihr etwas peinlich war, dabei könnte sie nur vor Wut zerspringen.

»Entschuldigung«, hauchte sie zu ihren beiden Kollegen und tippte dann: *Heute 22 Uhr.* Kurz schwebte ihr Daumen über den Tasten, er wollte unbedingt noch *Du mieser Trampel* dazuschreiben, aber schließlich schaffte sie es unter massiver Anstrengung, auf Senden zu drücken. Sie versah in aller Ruhe das Handy mit der Sicherheitssperre und hoffte, dass ihr Gesicht inzwischen wieder Normalfarbe angenommen hatte.

Nach einem großen Schluck Bier lächelte sie in die Runde und sagte: »Also, Lola Baas.«

Kevin schreckte wieder auf. Er schien die ganze Zeit in Gedanken versunken. Mayer hatte das Gefühl, dass er aber nicht an seine eifersüchtige Freundin dachte, sondern alles um sich herum äußerst genau beobachtete. Er wurde sicher einmal ein guter Ermittler, vielleicht sogar ein Verhörspezialist. Er schien ständig in den Gesichtern der anderen zu lesen und sich seinen Reim darauf zu machen. Dabei ertappen lassen durfte er sich halt nicht immer.

»Ja, Lola Baas. Ein gefeierter Star, laut Brugger. Und die hat dann den Industriellen Gottfried Eichberger geheiratet.«

Katz pfiff beeindruckt. Aha. Man musste im Landeskriminalamt also definitiv auch Ahnung von Wirtschaft und Society haben. Mit ihrem Grätzelinsiderwissen würde sie keine großen Sprünge machen.

»Brugger hat gesagt, dass Eichberger für seine vielen«, jetzt las Kevin im Computer nach, »Liaisonen bekannt war. Ein Schwerenöter war er, sagt Brugger.« Dabei grinste

Kevin. *Liaisonen* und *Schwerenöter* hatte er besonders betont.

»Haben wir ein bissel den Wortschatz aufpoliert, lieber Draganović?«, grinste ihn nun Katz an.

»Genau das meine ich«, brauste Mayer auf. »Was ist an dem Wort *Schwerenöter* so geil, dass man es kennen muss?«

»Spür ich da den leichten Komplex einer Mindergebildeten?«

Das war doch …! »Nein, den Grant einer Nachgeborenen, die drauf scheißt, was früher angeblich alles so gut war. Jetzt ist jetzt.«

Katz betrachtete seinen Zigarillo und dann sie. »Also das Wort Nachgeborene zeigt mir einerseits: doch Bildung. Ich entschuldige mich. Andererseits: sehr wohl einen gewissen Komplex. Klingt der Ausdruck doch nach nicht mehr wichtig, so wie Nachgeburt. Habe ich aber Verständnis. Die Fünfziger und Sechziger waren schon gute Jahrgänge. Unsere Genialität muss man erst einmal erreichen.«

Mayer blieb die Luft weg und damit das Vermögen, auch nur irgendwas Schlagfertiges zu antworten. Mit einem Mal sah sie in Katz' Augen etwas aufblitzen – den berühmten Schalk. Er hatte nur eine sehr spezielle Art von Humor. Sicher. Wahrscheinlich. Aber trotzdem …

Katz zwinkerte ihr zu: »War nur ein kurzer sprachwissenschaftlicher Exkurs. Und eine kleine Sentimentalität. – Also, Kevin, wir waren bei Gottfried Eichberger, dem Schwerenöter mit den vielen Liaisonen.«

»Äh, ja. Also, unter diesem Namen, also Eichberger, ist dann die Geburt von zwei Söhnen registriert. Andreas und Thomas. Zwillinge.«

Mayer sog Luft ein und sah Katz an. Der ließ die Schultern fallen und streichelte sich seine Glatze mit einem entrückten Lächeln, als hätte er gerade den Ansatz der Relativitätstheorie verstanden. Und sie musste es sich eingestehen, ob sie wollte oder nicht: Der Alte war mit seiner Intuition und mit seinen schrägen Überlegungen wirklich gut. Niederle hatte seinen Zwillingsbruder für sich laufen lassen. Ja, so musste es gewesen sein.

Sie rückte nahe an Kevin heran und lugte auf das Display. »Adresse?«

»Dieselbe wie Andreas Niederle.«

Beim Marathon, kurz vor Kilometer 30, Stadionallee, 11:39 Uhr:

Der Kiwimann stolpert über seine eigenen Füße, kommt dadurch einem anderen Läufer in die Quere, der ihn einfach von sich stößt und an ihm vorbeirennt.

»Wichser!« Wirklich ein Wahnsinn, wie egoistisch die Leute heutzutage sind, gell, Herr Vater?

Er lacht auf, verzieht aber sofort wieder das Gesicht vor Schmerz.

Das war ein beschissener Plan. Wie soll ich das schaffen? Wie? Ich kann nicht mehr. Keinen Schritt kann ich mehr. Wie soll ich jetzt noch mit dem Rad fahren? Wie soll ich…?

Seine Hüfte knickt ein.

Nie wieder sage ich etwas gegen Marathonläufer. Nie wieder. Wobei, gesund kann das nicht sein. Widerlich, diese Schinderei. Und was habe ich davon? Eine Scheiß-Plakette. Wenn ich einen Berg raufrenn, seh ich wenigstens die Welt und sonst nichts. Keinen Menschen. Wenn ich Tennis spiel, gewinne ich. Auch wenn ich nicht Wimbledon-Champion bin. Aber bei so einem blöden Marathon? Irgendein Wüstenheini sprintet allen davon, und der Rest hat eh keine Chance. Ich Vollidiot. So eine saublöde Idee. *Besiege dich selbst.* So ein Schwachsinn. Ich bin ja nicht mein Feind.

Seine Hüfte knickt erneut ein. Dadurch löst sich sein starrer, nach innen gekehrter Blick und fällt auf die Marke von Kilometer 30. Er läuft über sie hinweg, dreht sich nach ihr um, bleibt stehen und schaut zu den Bäumen auf seiner linken Seite. Ein riesiges Strahlen breitet sich auf seinem Gesicht aus. Er reckt die rechte Faust in die Luft.

»Yeah!«

»Bissel früh, oder?«, ruft ihm ein vorbeitrabender Läufer zu.

Der Kiwimann grinst ihm nach.

Nein, du Ahnungsloser. Nein. Ich … habe es noch nicht geschafft.

Seine Schultern sacken nach vorn, er atmet heftig.

Ich darf da nicht rumstehen, Tommy wartet. Nur Etappensieg. Nur Etappensieg. Jawoll, Herr Vater, nie das Ziel aus den Augen verlieren.

Er greift sich in die Seite und presst die Lippen aufeinander. Macht einen Schritt. Noch einen. Es wirkt, als würde er durch Melasse waten.

Nicht schlappmachen jetzt, komm, reiß dich zusammen. Die Schinderei darf nicht umsonst gewesen sein. Du darfst nicht warten. Sonst geht sich das alles nicht mehr aus.

Plötzlich hellt sich sein Gesicht auf.

Du widerliche Schlampe. Nur noch ein paar Minuten. Hoffentlich genießt du sie.

Er strafft sich und trabt elastisch los, zuerst auf der Laufstrecke, dann in einem sanften Bogen nach links in die Wiese zu den Bäumen. Im Gegensatz zum Beginn des Marathons, als er hier Kilometer 5 absolviert hat und viele Läufer den Auwald als Toilette benutzt haben, herrscht nun gähnende Leere zwischen den Bäumen. Lediglich ein Läufer beendet gerade das Urinieren. Der Kiwimann wird langsamer, schaut sich um. Die Zuschauer sind alle auf das Laufgeschehen konzentriert, niemand beobachtet ihn.

Mit einem Sprint verschwindet er zwischen Büschen und Bäumen im Grün. Nach ein paar Metern wird eine Gestalt sichtbar, die die gleiche graue Laufhose wie er trägt. Sein Oberkörper ist nackt, in der Hand hält er ein kiwigrünes

T-Shirt. Dieser andere Mann futtert einen Schokoriegel in sich hinein. Vor ihm am Boden liegt eine Flasche mit breitem Trinkloch. Sie scheint leer zu sein.

Wie ein Baby. Du legst ihm eine Schokolade hin und er frisst sie. Mein Gott, ich hätte mir auch etwas vorbereiten sollen. Egal. Ich schaff das schon. Ihn muss ich bei Laune halten. Ha, wie beim Ostereiersuchen. Ein Kind.

Der Kiwimann lächelt und winkt dem anderen Mann zu. Der lacht ihm entgegen und steckt das letzte Stück des Riegels in den Mund. Im nächsten Moment scheint er das Interesse an der Süßigkeit verloren zu haben, der angekaute Bissen fällt ihm aus dem Mund. Er strafft sich wie ein Soldat beim Appell, springt achtlos über den offensichtlich von ihm produzierten Müll zu einem Fahrrad, das zwei Meter entfernt im Gras liegt, stellt es auf und präsentiert es, wie auch das grüne T-Shirt, dem Kiwimann. Neben dem Rad stehen Laufschuhe, die ident mit jenen des Kiwimannes sind.

»Brav, Tommy. Gut so.«

Der Kiwimann tätschelt dem anderen die Wange, zieht sich sein T-Shirt aus und reicht es ihm, nimmt von jenem das Shirt ohne Startnummer entgegen und zieht es sich an. Eilig strampelt er sich aus seinen Laufschuhen hinaus und in die anderen hinein. Während der Mann namens Tommy in das Shirt und die Schuhe des Kiwimannes schlüpft, mustert der ihn. Zieht die Augenbrauen zusammen.

»Wo ist dein Stirnband?«

Der Mann namens Tommy reißt die Augen auf, die auch sogleich feucht werden.

»Ist schon gut. Alles in Ordnung, Tommy.«

Der Kiwimann nimmt sein eigenes Stirnband und stülpt es dem Mann namens Tommy so über, dass man die Delle auf dessen rechter Schläfe nicht sieht. Er nickt.

»Jacke aus und los!«

Tommy gehorcht und rennt los. Zurück zur Stadionallee. Seine Bewegungen sind rund und entspannt.

Der Kiwimann buddelt aus dem Gestrüpp die Umhängetasche aus Kamel-Leder heraus, entnimmt ihr ein mintgrünes Seidenhemd und eine graue Baumwollhose, zieht die Kleidungsstücke rasch über die Laufdress an, sprüht sich mit Deodorant ein, kontrolliert den Inhalt der Tasche und lächelt, hängt sie sich um, klemmt die Trainingsjacke von dem Mann namens Tommy am Gepäckträger fest, schwingt sich aufs Rad und fährt durch den Wald davon.

Dienstag nach dem Marathon, Franz-Josefs-Kai, 20:48 Uhr:

»Wie bitte? Sie klingeln zu nachtschlafender Zeit an meiner Tür, weil Sie meinen Bruder sprechen wollen? Sind Sie noch ganz dicht?«

Andreas Niederle sprühte Speichel und versperrte mit seinem Körper den Türspalt. Die Knöchel seiner Hände, die die Kante der Tür sowie den Türrahmen umklammerten, leuchteten weiß.

Katz wischte sich ab. »Gehen Sie immer in Jeans und Sakko schlafen?«

»Das geht Sie einen feuchten Dreck an, wie ich mich ins Bett lege.« Er runzelte die Stirn. »Und wieso wissen Sie überhaupt, dass mein Bruder … dass Tommy mein Bruder …?« Sein Mund wurde viereckig vor Verachtung. »Sie spionieren mir nach. Sie glauben noch immer, dass ich irgendetwas mit Elisabeths Tod zu tun habe.«

»Bei allen Ermittlungen werden sämtliche Backgrounds gecheckt, Herr Niederle«, warf nun Mayer ein.

»Sparen Sie sich den Tranquilizer-Scheiß für jemand anderen auf, Frau Gruppeninspektorin.«

Katz rückte ein paar Zentimeter näher zu Niederle. »Also?«

»Sie können meinen Bruder nicht sprechen.«

»Ist er nicht da?«

Niederle zögerte kurz, bevor er den Kopf schüttelte. Es war nur eine Mikrosekunde, dennoch verräterisch.

Katz schloss die Augen und rieb sich die Glatze. »Er ist nicht minderjährig. Sie können das nicht für ihn entscheiden.«

»Aber es ist meine Wohnung. Und ich will nicht, dass Sie sie jetzt betreten. Dazu haben Sie kein Recht.«

Mayer drehte sich weg. Sicherheitshalber. Sonst würde sie diesem Typen eine Kopfnuss verpassen. Die gescheiten Sprüche, allesamt vom Fernsehen abgeschaut, standen ihr bis oben.

»Wenn wir schon bei Drehbuch-Dialogen sind, lieber Herr Niederle«, hörte sie Katz säuseln, »dann frage ich Sie jetzt, ob Sie etwas zu verheimlichen haben, weil Sie sich so vehement dagegen sträuben, dass wir Ihren Bruder sprechen.«

Mayer lugte über die Schulter. Niederle hatte den Kopf gesenkt, seine Halsschlagader pulsierte. Als er sie beide wieder anschaute, schienen seine Augen vor unterdrückten Tränen zu glitzern.

Er ließ die Türkante los und beugte sich zu ihnen. »Wissen Sie, mein Bruder, also der ist nicht so wie wir. Bei seiner Geburt ist etwas schiefgegangen. Er ist wie ein kleines Kind, wissen Sie. Hat schnell vor etwas Angst, vor allem vor Fremden. Er vertraut nur mir. Und er redet auch nicht, also ich meine, so, wie wir es machen. Worte ja, kurze Sätze vielleicht, aber kein Gespräch wie bei uns. Was wollen Sie denn von ihm?«

Katz beugte sich zu ihm. »Das würden wir ihm gern selber sagen.«

Niederle riss nun die Augen auf und wirkte dadurch wie eine Mutter, die Angst um ihr Baby hatte. »Er wird Sie nicht verstehen. Er wird sich verstecken.«

»Er ist ein erwachsener Mann«, polterte nun Katz. »Aber wie Sie wollen, dann richten Sie ihm bitte aus, dass er morgen früh bei uns im LKA auftauchen soll. Allein.« Damit wandte er sich zum Stiegenabgang.

Mayer folgte ihm. Sie hatten die ersten zwölf Stufen bis zum Zwischenabsatz absolviert, als Niederle sie zurückrief und herein bat. Er führte sie in ein unfassbar geiles Wohnzimmer mit einem Atelierfenster, das die eine Längsseite des Raumes komplett einnahm und von dem aus man einen grandiosen Blick auf die Innenstadt und den Stephansdom hatte. Davor stand ein riesiger Tisch aus unlackiertem Holz mit zwölf Sesseln, die alle aus verschiedenen Epochen stammten beziehungsweise in verschiedenen Stilen gehalten waren. Er hieß sie zu warten und verschwand wieder im Vorraum. Seinen vielen Schritten nach zu schließen, ging er ans andere Ende der Wohnung.

»Ich werd auch ein Blaubart. Ist lukrativ«, flüsterte Mayer und fuhr mit dem Fuß über die Bretter des Schiffbodens.

Doch Katz hörte ihr nicht zu, vielmehr lauschte er in die Richtung, in der Niederle verschwunden war.

»Sollen wir ihm nachgehen, damit sie sich nicht absprechen können?«, fragte Mayer ihn und dann sich selber, warum sie noch immer flüsterte.

Der Alte schüttelte den Kopf. »Egal, ob der Bruder wirklich schwachsinnig oder das Ganze nur ein riesiges Märchen ist, haben sich die beiden schon abgesprochen und wir müssen ihn sowieso knacken.«

Hoffentlich dauert das eine Weile, war Mayer versucht zu sagen. Denn so konnte sie noch in dieser Wohnung bleiben. Wie sie es schon im *Blaubart* geahnt hatte, war Niederles Geschmack eindeutig der ihre, von den von Lack befreiten Flügeltüren bis zur offenen Küche aus Holz und Gusseisen mit dem amerikanischen Kühlschrank in Knallgelb. Ihr Blick fiel auf die einen halben Meter große Uhr mit weißem Zifferblatt und römischen Zahlen. Es war zehn nach neun.

Carmen. Nur noch eine Dreiviertelstunde. Hoffentlich war das mit dem Bruder doch schnell abzuhandeln.

Wieder Schritte. Und dann kam Niederle in doppelter Ausführung herein. Man wusste ja, dass Zwillinge dazu neigten, mithilfe gleichen Stylings ihr identisches Aussehen noch zu verstärken, dennoch war es faszinierend, einmal in natura so eine doppelte Ausgabe vor sich stehen zu haben. Sie hatten sogar die gleiche durchtrainierte Figur. Einzig der Blick unterschied sie. Andreas musterte sie wach und konzentriert, Thomas erstaunt wie ein Kind.

Mayer ertappte sich, wie sie wie bei einem Suchbild Zentimeter für Zentimeter bei beiden abscannte und verglich. Und da entdeckte sie auch tatsächlich einen Unterschied: Thomas hatte an der rechten Schläfe eine mindestens drei Zentimeter große und einen Zentimeter tiefe Delle. *Zange* fiel Mayer im Zusammenhang mit *Geburt* und *schiefgegangen* spontan ein. Vielleicht hatte Thomas mit diesem mörderischen Instrument aus dem Bauch seiner Mutter geholt werden müssen.

Niederle schob Thomas in ihre Richtung. »Das sind die beiden netten Polizisten, Tommy. Sag Guten Tag.«

Tommy tat wie geheißen, und zwar jeweils mit einer kleinen Verbeugung wie ein Musterschüler. Danach beäugte er sie, als wären sie seltene Käfer.

Plötzlich knurrte Mayers Magen. Gleichzeitig stieg ihr Schweinsbratenduft in die Nase. Sie trat zwei Schritte zur Seite und lugte um die Ecke der Küchentheke. Ja, der Herd war in Betrieb und der Braten braun. Das fiel unter Folter. Vielleicht war es doch besser, Thomas ins Büro zu bestellen, denn wie sollten sie Niederle loswerden?

Katz verschränkte die Arme in dessen Richtung und runzelte die Stirn.

Niederle nahm Tommy am Arm. »Die liebe Dame und der liebe Herr wollen mit dir reden. Ich lass dich jetzt mit ihnen allein.«

Tommy riss die Augen und den Mund auf.

»Alles in Ordnung, Tommy. Ich bin in deinem Zimmer. Ich hör dich, wenn du rufst. Du redest einfach mit ihnen, wie wir es gerade besprochen haben.«

Tommy nickte und schaute Niederle nach, auch noch, als er nur mehr zu hören war. Dann drehte er sich langsam um, mit eingezogenem Kopf und zusammengekniffenen Augen.

Katz ging zum Tisch, setzte sich auf einen vergoldeten Thonetsessel und lud mit einer Handbewegung Tommy ein, zu ihm zu kommen. Der drehte sich jedoch lediglich zu ihm hin. Mayer ging an seine andere Seite und setzte sich auf einen roh behauenen Baumstamm. Jetzt waren sie ein gleichschenkeliges Dreieck.

Katz überschlug die Beine und lehnte sich zurück. »Herr Eichberger, Sie unternehmen sicher viel mit Ihrem Bruder, so gut, wie Sie sich verstehen, nicht wahr?«

Tommy schaute ihn nur an.

»Gehen Sie auch laufen miteinander?«

Wieder keine Reaktion.

Mayer beugte sich zu ihm vor. »Tommy? Sie und Andreas. Viel gemeinsam.«

Tommy nickte und strahlte.

»Heute? Was heute?«

»Kugeln.« Jetzt lachte er übers ganze Gesicht.

»Kugeln?«

Er nickte eifrig. »Kugeln. Kuuugeeeln!«

Als sie beide immer noch ein blödes Gesicht machten, wurde er ganz hektisch. Er stellte sich in Positur, ging leicht in die Knie, fuhr den rechten Arm aus. Er warf offensichtlich etwas. Immer wieder.

»Ah! Boccia!« Mayer sprang auf und imitierte ebenfalls die Bewegung beim Boccia-Spiel.

Tommy gluckste vor Lachen und trat mit ihr in den Wettstreit.

»Okay, okay«, unterbrach sie Katz. »Gestern?«

Tommy kaute auf seiner Unterlippe, dann streckte er die Arme aus und sauste durch den Raum, wobei er Motorengeräusche von sich gab.

»Fliegen?«, fragte Mayer.

Tommy hörte sie in seinem Spiel offensichtlich nicht, er flog und flog und flog.

Katz rieb sich mit beiden Händen die Glatze und zog dann Mayer am Arm zu sich. »Nein, das wird nichts«, flüsterte er. »Da brauchen wir einen Psychologen. Oder was weiß ich.«

»Wenn das echt ist, wird der auch nichts nützen.«

»Probieren müssen wir es.«

Plötzlich fing Tommy zu laufen an. Er durchmaß das Wohnzimmer vier Mal in rasender Geschwindigkeit. Das Laufen ging in Tanzen über. Er performte offensichtlich einen Tango, wobei seine Bewegungen sehr elegant wirkten. Abrupt ließ er seine imaginäre Tanzpartnerin fallen und warf einen Ball in einen Basketballkorb. Anschließend dribbelte er den Ball zu Mayer und wieder weg, zu Katz und wieder weg. Er fing ihn auf und sah sie mit nach außen gerollter Unterlippe an. »Hupfball.« Er sagte es noch einmal und stampfte dabei auf.

Katz sprang auf und rannte ins Vorzimmer. »Herr Niederle, Ihr Bruder will Basketball spielen. Kommen Sie!«

Dann stützte er den Ellenbogen auf den anderen Arm auf und rieb sich die Stelle an seiner Schläfe. Dabei schien sein Blick Tommy zu durchbohren.

Niederle kam in den Raum und nahm seinen Bruder in die Arme, der inzwischen nicht nur aufstampfte, sondern auch weinte. »Gleich, Tommy, wir spielen sofort, wenn die zwei lieben Polizisten gegangen sind.«

Tommy musterte ihn, strahlte auf und begann wieder zu dribbeln.

Niederle wandte sich zu Katz. »Und? Konnte er Ihre Fragen beantworten?«

Mayer war sich sicher, dass da Sarkasmus mitschwang oder Häme. Und seine Augen zogen sich nicht vor Ärger, sondern wegen unterdrückten Lachens zusammen.

»Sie wissen doch, dass er das nicht konnte«, sagte Katz leise.

»Ich hab's Ihnen doch gesagt. Er kommuniziert anders als wir.«

Der Alte stellte sich ganz knapp vor Niederle hin. »Wir werden ihn zu uns bestellen. Eine Psychologin wird mit ihm reden.«

»Wenn Sie möchten. Ich frage mich nur, was Sie so dringend von ihm wissen wollen?«

Wenn Niederle wirklich der Mörder und das Ganze so abgelaufen war, wie sie es sich am Nachmittag ausgemalt hatten, dann war er ein Meister an Beherrschung und Verstellung. Die Unschuld quoll förmlich zwischen seinen Worten hervor.

Katz grinste. »Ich weiß, wie Sie es gemacht haben, und ich werde es Ihnen beweisen.«

Niederle grinste zurück. »Erstens sind wir da nicht bei Columbo, und zweitens überlege ich mir rechtliche Schritte.

Da gibt es sicher irgendwas mit einseitigen Ermittlungen und Vorverurteilung.«

»Tun Sie das. Ich weiß, dass ich recht habe.«

»Mit was denn jetzt genau?«

»Sie haben Ihren Bruder für sich laufen lassen, während Sie Elisabeth Zwirn umgebracht haben.«

Niederle hob die Augenbrauen. »Geniale Idee.«

»Jeder macht einmal Fehler.«

»Darüber haben wir schon einmal geplaudert.«

Tommy stampfte auf und schrie: »Hupfball!«

Niederle ging zu ihm, übernahm den imaginären Ball und dribbelte. »Sie sehen, ich bin jetzt beschäftigt. Wenn ich Sie bitten dürfte?«

Beim Marathon, Kilometer 31, Meiereistraße, 11:28 Uhr:

Der Glatzkopf stolpert. Gleichzeitig strecken sich seine Beine. Sie sind steif. Er stakst weiter. Seine Augen liegen tief in den Höhlen, die Ringe darunter scheinen komplett die Backenknochen zu bedecken. Die Wangen sind eingefallen.

Die Rennstrecke ist nun sehr schmal und weist nach etwa 250 Metern einen Umkehrpunkt auf. Rechts neben ihm laufen die Menschen wieder Richtung Hauptallee.

Sein Blick tastet die Menschen am linken Rand der Strecke ab. Sie halten den anderen Läufern Getränkeflaschen hin, Kekse, Bananen. Sie recken Schilder über die Absperrung, manchmal den Läufern direkt vors Gesicht. *Hans dampft in allen Gassen. Hipp, hipp, Henni! Du schaffst es, Anna. Queen of Vienna.* Ein Bub von ungefähr zwölf Jahren bläst in eine Trillerpfeife, seine Backen sind rot. Die weißen Klatschhände der Sponsoringfirma tanzen wie Schaumkronen auf dem Meer von Köpfen. Die Gesichter sind verzerrt. Überall brüllende Münder.

Der Glatzkopf stakst und stakst, schaut und schaut. »Scheiße. Scheiße. Scheiße.«

Er sieht sich am rechten Rand um. Die Gestalten der anderen Läufer, jene der Zuschauer, der Samariter, Polizisten, das Absperrband – alles ist verschwommen.

»Alex!« Er brüllt den Namen wie ein waidwundes Tier. Keucht dann sofort. Greift sich in die Seite. Seine Augen quellen hervor. Er hat den panischen Gesichtsausdruck eines Menschen, der weiß, dass er im nächsten Moment hingerichtet wird.

Jetzt humpelt er. Tränen rinnen ihm über die Wangen.

»Alex.«

Er flüstert es immer wieder.

Jetzt hat er schon fast den Umkehrpunkt erreicht. Neben ihm quietschen die Bremsen eines Fahrrades. »'tschuldigung, 'tschuldigung. Ich muss – weg da!« Ein Mann mit dunkelbraunem kurzem Rossschwanz wirft das Fahrrad auf den Boden und drängelt sich durch die Menge. Die Taschen seiner olivgrünen, knielangen Hose aus Drillichstoff sind ausgebeult.

Der Glatzkopf schaut zu der Stimme. Ein ganz kleines Lächeln stiehlt sich kurz in sein Gesicht, im nächsten Moment ist aber wieder nur die Erschöpfung zu erkennen. Während er weiterhumpelt, nimmt er von dem Mann eine Getränkeflasche entgegen und macht gierige Züge. Es würgt ihn, er spuckt die dicke Flüssigkeit wieder aus. Der Mann reicht ihm eine Wasserflasche. Der Glatzkopf schüttelt den Kopf und stützt sich auf den Knien auf.

»Ich kann nicht. Nicht mehr.«

»Eh nicht. Nie an der Stelle.«

»Alex, ich …«

»Heulsuse. Reiß dich zusammen, verdammt noch mal!«

»Ich … zu alt … zu viel.«

»Charles! Sei kein Wichser. Du bist kein Weichei. Du bist ein Bock. Los, zeig's ihnen.«

Der Glatzkopf schüttelt den Kopf und schaut dann den Mann namens Alex an. Seine Augen scheinen noch tiefer in die Höhlen gerutscht zu sein als zuvor. Tränen glitzern.

Der Mann namens Alex klatscht in die Hände. »Verdammt, Charles, willst du, dass die ganze Schinderei für den Hugo war? Es sind nur mehr zehn Kilometer. Zehn nur mehr!« Er streckt alle zehn Finger in die Höhe.

»Elf.«

Der Mann namens Alex grinst den Glatzkopf an. »Du Besserwisser. Wenn du rechnen kannst, dann kannst du auch rennen. Los!« Er reicht dem Glatzkopf nochmals die Flasche mit dem dickflüssigen Getränk, nickt, scheint zu einem Entschluss gekommen zu sein. »Du humpelst jetzt da die Runde zu Ende. Und auf der Hauptallee treffen wir uns.«

Der Glatzkopf runzelt die Stirn.

»Da bin ich aber dann mit dem Rad, da musst du dann rennen, sonst bin ich weg. Alles klar? Wenn ich dich abhänge, zahlst du mir die Karte fürs Derby. Und die für Jerôme dazu.«

Der Glatzkopf verzieht die Mundwinkel ein klein wenig. Ansatzweise wirkt es wie ein Lächeln.

»Nein, für die ganze Partie! Das sind …« Sein Mund bewegt sich zählend.

»Zweihundert Euro.«

»Na, bitte, du kannst rechnen. Du hast ein Hirn. Schalt es ein. Alles eine Sache des Hirns. Du kannst es, weil du es willst.«

»Will ich? Ich scheiß auf Vater.«

Der Mann namens Alex schaut ihn an. Das scheint eine wichtige Mitteilung gewesen zu sein. »Gut so. Aber *du* willst. *Du*.«

Der Glatzkopf nickt, fixiert den Asphalt, humpelt noch immer.

»Denk an die Party! Ich will eine Party feiern.« Der Mann namens Alex klingt nun wie ein quengelndes Kind.

Jetzt lächelt der Glatzkopf und gibt ihm die Flasche zurück. Er fällt in einen ungelenken Trab.

Der Mann namens Alex strahlt und rennt die Strecke zu seinem Fahrrad zurück.

Dienstag nach dem Marathon, Carmens Wohnung, 22:11 Uhr:

Die rotblonden Locken waren beinahe rostbraun, so fettig waren sie, das konnte auch der strenge Knoten in Carmens Nacken nicht kaschieren. Und der blaue Kajal wirkte auf den rotumränderten Augen lila.

Mayer verspürte Befriedigung – und keinerlei Scham deswegen.

»Wer ist der da?«, nickte sie mit dem Kinn zu Katz. »Stehst jetzt auf Schwänze? Gehst jetzt auf Nummer sicher?«

Ihr breiter Diaz-Mund mit dem einst bezaubernden Lächeln war nun ein vor Speichel glänzendes, schmallippiges Viereck. Mayer schien, dass in den letzten zwei Tagen sogar der stolze Busen seine Festigkeit eingebüßt hatte. Er hing unter dem ausgewaschenen XL-T-Shirt mit dem Katzenkopf, das Carmen sonst nur während ihrer Periode trug, bis kurz vor den Nabel herunter. Auf den Jeans leuchtete ein graubrauner Fleck, und der Nagellack auf den Zehen war abgeblättert. Sowie auch auf den Fingern. Sie hatte Carmen erst einmal so verwahrlost gesehen: als ihre Katze Mimi gestorben war.

Triumph.

»Das ist mein neuer Chef, Karl Maria Katz.«

»Chef? Haben sie dich downgesized, weil du eine Lesbe bist?« Das Lachen machte ihr Gesicht zur Fratze.

»Liebe Frau …«, mischte Katz sich nun ein.

»Carmen. Engels.« Sie zwinkerte ihm zu. Es wirkte wie die Anmache einer Nutte.

»Engels. Nein, eher upgesized. Ich habe Dani ins LKA geholt.«

»LKA?«, fragte Carmen nun ehrlich verwirrt.

Mayer wurde heiß. Diese blöde Schlampe war so lang mit ihr zusammen gewesen und kannte die berufsinternen Abkürzungen noch immer nicht. Sie hatte sich einfach nie für sie interessiert. Mein Gott, viel zu spät war sie aufgewacht. Bequemes Leben machte einfach stumpf. Sie hatte nicht merken wollen, was für ein Trampel Carmen war.

Sie schob sie von der Eingangstür weg in den Vorraum. »Komm, nerv nicht.«

»Na hallo! Madame ist ja ganz schön forsch!«

Mayer stürmte ins Schlafzimmer. Der Kleiderschrank war leer. Ihre Lade in der Kommode ebenfalls. Die Kuh hatte inzwischen ganze Arbeit geleistet. Sie hörte Katz beruhigend auf Carmen einreden. Dieser Süßholzraspler! Sie stürmte ins Wohnzimmer. Da standen sie. Zwei Koffer. Sie stieß sie mit dem Fuß um und öffnete sie, durchwühlte sie. Es schien alles da zu sein. Jetzt fragte er diese Missgeburt, ob ihr denn so ohne Hausschuhe nicht kalt sei. Nein! Teufelinnen leben von ihrer inneren Hitze, wissen Sie das nicht, Herr Chefinspektor? Die Lampe dort am Beistelltisch gehörte ihr. Das war ihr erster Beitrag zu Carmens Wohnung gewesen. Sie liebte diese Lampe, eine dunkelgrüne, gebogene Stehlampe aus den Fünfzigerjahren. Den Ohrensessel mit dem Fußschemel hatte sie gekauft, ein Designerstück aus Holzklötzen mit dunkelgrüner Rohseide bezogen. Der Zeitungsständer. Die Illy-Maschine in der Küche, die Bodenvase aus weißem Porzellan, das Bild aus getrockneten Rosen, das Fotoalbum … Mayer sank in sich zusammen. Sie spürte die Tränen hinter ihren Augäpfeln und schlug den Kofferdeckel zu. Darauf ein. Nie wieder würde sie mit jemandem zusammenziehen. Das brachte nur Probleme mit sich. Erinnerungen, die unteilbar waren.

Sie verschloss die Koffer, klemmte sich die Stehlampe unter den Arm und schritt zum Eingang. Carmen öffnete den Mund, als sie die Lampe sah.

»Sag nichts.«

Mayer zwängte sich an ihr vorbei zur Tür, wobei sie mit einem Koffer über Carmens Zehen fuhr. Diese schrie auf, sie entschuldigte sich nicht. Als sie im Hausflur stand und Katz nicht an ihrer Seite war, keifte sie: »Was ist?«

Sie hörte ihn noch »Es hat mich gefreut, Sie kennenzulernen« säuseln, während sie auf den Lift wartete. Er nahm ihr die Koffer ab, sie umklammerte die Lampe. Schweigend fuhren sie hinunter, schweigend gingen sie zu Katz' Wagen, schweigend saßen sie und starrten in die Nacht hinaus. Die Venus war zu sehen, als einziger Stern, trotz des Lichtsmogs.

»Wohin?«

Sie zuckte mit den Schultern.

Katz zündete sich eine Zigarette an. Sie ließ ihr Seitenfenster hinunter. Er tat dasselbe auf seiner Seite und bot ihr eine an. Sie nahm sie. Als der Rauch ihren Hals oder ihre Lunge erreichte, so genau konnte sie das nicht mehr unterscheiden, übermannte sie ein Hustenkrampf. Sie warf die Zigarette aus dem Fenster. Ein Mofa kam entlang und fuhr genau über die Glut.

Katz beugte sich über sie und entnahm dem Handschuhfach ein kleines Päckchen in weißem glänzendem Geschenkpapier mit dunkelroter Masche. Er reichte es ihr. Sie sah ihn fragend an.

»Wollte ich dir nach einer Woche als Einstandsgeschenk geben.«

Sie öffnete es. Es war eine Packung Zahnstocher. Sie fiel in einen Weinkrampf.

»Die falsche Sorte?«

Gegen ihren Willen musste sie lachen. Sie nahm einen Zahnstocher heraus und knickte ihn in kleine Teile, während sie noch ein paar Mal aufschluchzte.

»Manchmal ist alles richtig im Arsch«, sagte Katz zur Windschutzscheibe. »Ich hasse es, wenn ich verliere.«

»Ich auch.« Sie warf den zerstörten Zahnstocher aus dem Fenster.

»Also beschließen wir, es ist keine Niederlage, sondern nur eine Erfahrung, um es in Zukunft besser zu machen.«

Sie nahm einen weiteren Zahnstocher und lutschte an ihm.

»Und was macht man, um die Perspektive zu wechseln?«

»Weiß nicht. Saufen?«

»Nein«, lachte Katz auf. Er hüpfte aus dem Auto und telefonierte. Dabei schnippte er die Zigarette in hohem Bogen auf die Mitte der Fahrbahn. Sechsunddreißig Euro Strafe standen seit Neuestem darauf. Aber es war kein Magistratsbeamter in der Nähe, der das Delikt ahnden könnte. Eigentlich sollten alle Menschen ab nun Stummel nur so von sich werfen, egal, ob sie rauchten oder nicht. Alles wurde reglementiert. Scheiß Kontrollwahn. Mit nichts und nirgendwo hatte man mehr seine Ruhe.

Katz enterte wieder den Wagen und startete den Motor. »Auf zu deinem Nachtquartier.«

Mayer fragte nicht. Es war ihr egal. Der Stadtplan in ihrem Kopf schaltete sich aus. Sie ließ das Licht der Straßenlaternen über sich hinweg gleiten und horchte in den Lärm der nächtlichen Stadt. Lachen, Gequietsche, Motorenbrummen, Musik. Der Fahrtwind kühlte ihr Gesicht und trieb ihr die Gerüche von Pizzaschnitten und Rasierwasser in die Nase. Als sie den Gürtel entlangfuhren, dominierten Abgase, manchmal übertönt vom herben Duft der frischgrünen Bäume. Sie lehnte sich aus dem Fenster und sah zu, wie die Streifen der Fahrbahnmarkierung an ihnen vorbeizischten. Als sie wieder in Nebengassen einbogen und daher langsamer fuhren, versuchte sie, punktgenau auf so einen Streifen zu spucken. Es gelang ihr kurz vor dem Moment, als der Wagen stehen blieb.

Katz parkte sich ein, und Mayer erkannte, dass sie sich in der Krongasse im fünften Bezirk befanden. Er nahm ihre Koffer und lotste sie zu einem dreistöckigen Barockhaus, läutete. Nach einem »Ich bin's« in die Gegensprechanlage trug er dynamisch wie ein 20-Jähriger die Koffer in den ersten Stock. Mayer schleppte nur sich selbst und die Lampe, benötigte aber doppelt so viel Zeit. Ihr fielen die Augen zu. Ja, schlafen, nichts mehr von all dem mitbekommen. Keine Carmen mehr, kein Niederle, keine Strafen für Zigarettenstummel, nichts.

Der Anblick des Mannes an der Eingangstür machte sie schlagartig hellwach. Er trug einen schulterlangen, dunkelbraunen Pagenkopf, einen Mini-Frotteemantel in Hellgelb und Pantöffelchen aus schwarzem Samt mit gestickten goldenen Krönchen.

»Ja, was bringst du mir denn da, Charles?« Er sprach den Namen französisch aus.

»Wie gesagt, Alex, das Küken da braucht ein bissel Nestwärme.«

Der Händedruck von Alex war fest und trocken, seine Stimme benebelnd warm, als er sie quer durch die Wohnung in ein Kabinett führte. Er plauderte und entschuldigte sich – »Konnte mir nach dem Duschen noch nichts Gescheites anziehen, die Body Lotion muss erst einziehen« – und plauderte und erzählte von irgendwelchen Freunden, die er überall auf der Welt hatte, was sein Beruf, Webdesigner, mit sich brachte. Ja, er habe schon als Kind international sein wollen – »Habe immer Schifffahrt gespielt und in irgendwelchen Phantasiesprachen geredet« –, und jetzt mit dem weltweiten Netz funktioniere das ja hervorragend. Und wegen dieser Freunde hätte er in seinen Wohnungen immer ein Gästezimmer. So bald sei aber kein Besuch angesagt, Danielle – ihr Name wurde also auch französisiert – könne fürs Erste bleiben und Ruhe finden.

Mayer summte der Kopf. So viele Worte von nur einem Menschen in bloß drei Minuten hatte sie das letzte Mal ertragen müssen, als die Sandkistenfreundin von Carmen zu Besuch gewesen war. Aber die war auch Immobilienmaklerin, da fiel so was unter Berufskrankheit. Alex hatte keine Entschuldigung.

Erschöpft ließ sie sich auf das Bett fallen, ein Messinggestell mit Bettzeug in kleinteiligem lindgrünem Blümchenmuster. Dazu passten auch die Stores, und die Gardinen waren natürlich rüschenbesetzt. Sie schob sie zur Seite und sah nicht viel. Es war ja Nacht. Doch die Silhouette eines mächtigen Baumes erkannte sie. Wohl der Innenhof.

Wer war bitte dieser Alex? Oder besser diese? Die Sprachdiarrhöe und die Pantöffelchen, nein, das ganze affektierte Gehabe ließ in Mayer einen Verdacht aufkeimen … im Grunde war es eine Frechheit, dass der Alte sie ausgerechnet bei diesem Alex einquartierte. Glaubte er vielleicht … Es klopfte.

Katz steckte den Kopf herein. »Alex hat dir im Bad schon freigeräumt und Handtücher hingelegt. Brauchst du akut sonst noch was?«

Mayer schüttelte den Kopf.

»Fein«, lachte er sie an. »Grün oder weiß?«

»Was?«

»Der Tee.«

»Na ja, weißt, ich hätte jetzt lieber ein Bier oder so. Ich kann ja in ein Lokal …«

»Nein, nein, du kriegst schon deine Dröhnung, aber anders. Ich brauch dich morgen fit. Aber man sollte nicht mischen. Deshalb der Tee.«

»Weiß.« Hatte sie noch nie getrunken. Vielleicht war das ja was. Und als er nickte, setzte sie geschwind nach: »Du, Karl?«

»Ja?«

»Weißt, also, super … und danke, dass du für mich was gecheckt hast. So auf die Schnelle. Passt alles. Auch das mit dem Tee.« Sie zwang sich zu einem Lächeln.

»Aber?«

Sie öffnete den Mund und schloss ihn wieder. »Nichts.« Sie konnte und durfte ihn nicht anblaffen. Sie hatte auf seine Vermittlung hin wenigstens ein Dach über dem Kopf. Und morgen würde sie sich ein Hotel suchen.

Katz runzelte seine dünn gezupften Augenbrauen und schloss die Tür. Die Augenbrauen. Das war es! Er war selber eine Tunte. Mein Gott. Deswegen also hatte er sie zu sich ins Landeskriminalamt geholt. Er benötigte seelische Verstärkung. Die Homos unter sich. Nein, dann hätte er sich ihr schon längst zu erkennen gegeben. Musste auch nicht sein. Manchen fielen Outings besonders schwer.

Mayer schaute auf ihre zwei Koffer und lachte auf. Da saß sie nun in einem Gästezimmer im englischen Landhausstil in der Wohnung einer Tunte, weil ihre Beziehung zu Ende war, nachdem ihre selten dämliche Ex sie vor einem

Kollegen geoutet hatte, der noch dazu auf sie einen Stand hatte und deswegen in seiner männlichen Ehre gekränkt war, und weil ihr durchgeknallter Chef ebenfalls schwul war, was er aber nicht zugab, weil er noch feiger als sie selbst war.

Die Tränen kamen wieder. Sie wollte einfach die Uhr zurückstellen, so wie bei der Umstellung zur Sommerzeit, allerdings um drei Tage und nicht um eine Stunde. Sie wollte einfach wieder ihr ruhiges Leben – die Verbrecher, die mangels Intelligenz äußerst einfache Spiele spielten, und mit denen sie umgehen konnte, Oppitz, der ihr Freund war und sie schweigend verstand, Carmen, die großteils nicht störte, manchmal sogar angenehm war. Was hatte sie nur falsch gemacht?

Aber zumindest konnte sie einmal die Kleidung wechseln, nach zwei Tagen schien es ihr die Luft zum Atmen zu nehmen, auch wenn sie noch keinen nennenswerten Geruch entwickelt hatte. Sie absolvierte eine Dusche in einem Badezimmer voller Röschen und warf sich in ihren Lieblingsjogger. Das wenigstens war praktisch an einem Schlaftrunk mit zwei Schwulen: Sie erwarteten sicher nicht, sie als sexy gestylte Frau zu sehen.

Als sie ins Wohnzimmer schlurfte, lümmelte Alex in einer weiten beigen Leinenhose und mit kakaobraunem T-Shirt auf der Couch. Die Haare hatte er zu einem kurzen Rossschwanz zusammengebunden. Wenn sie hetero wäre, würde sie ihn zum Anbeißen finden. Jetzt erst erkannte sie anhand der Falten um die Augen und den Mund, dass er im gleichen Alter wie Katz sein musste, also auch so um die Fünfzig. Irgendwie hatte sie erwartet, dass sich Katz mit jungen und wechselnden Freunden umgab. Das sah mehr nach dauerhafter Beziehung aus. Denn der Alte lag quer über einen Sofasessel, die Füße baumelten an der Lehne herab. Er schien sich hier sehr zu Hause zu fühlen.

Mayer nahm den anderen Sofasessel. Der Bezug dieser Garnitur, Streifen in mattem und schillerndem Dunkelgrün, war eine Wohltat nach all den Blumen. Zugleich auffallend gediegen, wie auch der Rest der dunkelbraunen Möbel. Little Great Britain in Margarethen. Nachdem Alex ihr eine Teeschale aus hauchdünnem elfenbeinfarbenem Porzellan hingeschoben hatte, sprang er auf und kam kurz danach mit einem länglichen Ding zurück, das unten ein mit Wasser gefüllter Glasbehälter war und oben … einen Schlauch mit Mundstück aufwies.

Mayer setzte sich aufrecht hin. »Aha?«

Katz hob die Hand. »Keine Sorge. Ohne Tabak.«

»Gras?«

Er nickte.

»Ich hab das nicht so vertragen. Damals.«

»Wahrscheinlich, weil du einen Joint geraucht hast, oder?«

Jetzt nickte sie.

»Einfach probieren. Und sicher kein dicker Schädel morgen.«

Sie hörte Oppitz brüllen: *Bist du wahnsinnig? Das ist so was von illegal.* Der kleine Big Brother mit seinem Archiv sollte ganz schnell den Mund halten. Und außerdem – sie war ja unter ihresgleichen. Eine Krähe hackte der anderen nicht die Augen aus. Mayer musste grinsen. Das ganze Leben bestand aus Seilschaften. Man musste nur dafür sorgen, dass man zu ein paar davon gehörte.

Während sie an dem geschmackvollen Tee nippte und sich den herben Dampf um die Nase ziehen ließ, sah sie Alex zu, wie er den Aufsatz der Wasserpfeife mit Gras füllte. Dann legte er eine fein perforierte Alufolie darauf und zündete ein Stück Kohle an, das er mit einer Zange hielt. Sie starrten alle drei wortlos auf die dünne rote Linie, die wie ein Buschfeuer über die Oberfläche sauste und zischte, als würde sie davor warnen, ihre Kraft zu unterschätzen. Schließlich wies die Kohle eine weiße Schicht auf. Alex legte sie auf die Alufolie. Er saugte ein paar Mal am Schlauch, bis ordentlich Rauch aufstieg, und nahm dann genüsslich einen tiefen Zug. Das Wasser blubberte.

Mit seligem Lächeln reichte er ihr den Schlauch: »Ich habe kein extra Hygienemundstück. Problem?«

Mayer schüttelte den Kopf und saugte am Schlauch. Sie stellte fest, dass nichts kratzte oder sie zum Husten brachte. Und unmittelbar nach dem Inhalieren entspannte sie sich. Sicher nur eine Einbildung, aber eine angenehme. Ein Bonus war eindeutig das Blubbern des Wassers. Mit jeder Blase, die aufstieg, schien ein sanfter Knubbel ihren Nacken zu massieren. Sie nahm einen zweiten Zug und reichte die Flasche an Katz weiter, der wieder an Alex und der an sie. Ohne Unterbrechung kreisten Flasche und Schlauch, aber auch ohne Hektik. Bald stieg sie von Tee auf Leitungswasser um, weil sie unendlichen Durst bekam. Alex legte Frank Sinatra und Dean Martin auf, was sie nicht im Mindesten störte, obwohl sie diese alten Herren ansonsten für abgelutscht hielt.

Alles war wunderbar.

Auf dem grünen Sessel fühlte sie sich wie in einer Schaukel aus Dschungelpflanzen. Sie sangen alle drei *Fly me to the Moon*, Katz meinte, sie hätte tatsächlich eine sehr gute Stimme, und Didi würde Augen machen. Nein, Ohren. Mayer kicherte. Sie stellte sich vor, der Gehörgang würde sich wie ein erstaunter Mund öffnen. Das beschrieb sie den beiden. Sie lachten alle drei, bis ihnen die Tränen herunter liefen. Kaum beruhigten sie sich, zeigte Alex ihnen sein rechtes Ohr und piepste »Wow, also so eine tolle Stimme«. Sie krümmten sich erneut vor lauter Lachen in die Sofalandschaft.

Der Plafond war unglaublich weit oben.

Die beiden Gestalten ihr gegenüber wuchsen auf sie zu. Ja, jetzt war Zeit für eine intime Frage. »Wie lang kennt ihr euch schon?«

Alex sah seinen Freund an. »Dreißig Jahre werden es jetzt schon sein, oder?«

Katz nickte.

»Was? Ihr seid seit dreißig Jahren zusammen? Wie hält man das so lang aus?«

»Lebensfreundschaft?« Alex zog fragend die Augenbrauen hoch.

Mayer saugte wieder am Schlauch. Es war nicht peinlich, wenn sie jetzt nachfragte. Nein, war es nicht. Die Menschen sollten überhaupt viel ehrlicher miteinander sein. Brüder und Schwestern, nehmt euch an den Händen und redet miteinander! »Freundschaft. Ohne Sex? Das geht?«

»Ja, nur so.« Alex' Augen glühten sie an.

Wieso verwirrte ihn ihre Frage so? »Offene Beziehung, oder was?«

Katz brüllte »Ha!«, sprang auf und setzte sich auf den Schoß von Alex, strich ihm über die Haare und lispelte: »Chéri, sie will wissen, wie oft wir nach dreißig Jahren noch Sex haben.«

Alex musterte ihn, dann hellte sich sein Gesicht auf. Er grinste. »Also ich mindestens einmal in der Woche. Und du?«

Katz kuschelte sich an seinen Brustkorb und zog eine

Schnute wie ein Girlie. »Kann ich doch vor einer Kollegin nicht gestehen.«

»Geh, sei nicht so, lass sie ein bisschen mitleben.«

Mayer wedelte mit den Händen. »Nein, passt schon. Muss nicht.«

Alex beugte sich, mit Katz wie einem Kind im Arm, zu ihr. »Ich sag nur: Sei auf der Hut. Unser Don Juan wird dir jede potenzielle Freundin vor der Nase wegschnappen.«

»Freundin.«

Alex nickte groß. Dann lachten die beiden Männer.

»Du bist nicht schwul?«

Katz schüttelte den Kopf und ließ sich von Alex' Schoß auf das Sofa fallen. Er zupfte seinen Freund am Ohr und schickte ihm Luftküsschen. Jetzt musste auch Mayer wieder lachen. Es war alles gut. Er hatte sie nicht ausgesucht, weil er sich mit ihr als Lesbe verbünden wollte. Es war alles wirklich und überhaupt gut. Und wegschnappen würde er ihr auch niemanden, dafür war er viel zu alt. Und sie machte um Hetero-Schnallen sowieso einen riesigen Bogen. Auch wenn sie noch so nette Lipizzaner-Stuten wie die Ilic waren – die sie morgen endlich ein weiteres Mal befragen mussten.

»Du spitzt also auf die nette kleine Nachbarin, deswegen redest du immer von ihr!«

Katz stoppte sein Getue von einer Sekunde auf die andere, starrte sie an. Sprang auf und tigerte durch das Wohnzimmer, während er in einer Endlosschleife »Ich hasse ihn« brüllte. Dabei betrieb er eine Art Headbanging.

»Den Niederle. Unseren Mörder«, erklärte Mayer Alex. Sie präsentierte mit großer Geste die herumrennende Gestalt. »Er hat seinen Lehrmeister gefunden.«

»Obi-wan Kenobi«, meinte Alex.

»Andi van Niederle«, kicherte Mayer.

Obi van Niederle, Andi-wan Kenobi – Mayer bekam vor lauter Lachen Seitenstechen.

Katz lief zur Stereoanlage und tippte auf dem MP3-Player herum. Er drehte die Lautstärke voll auf. Im nächsten Augenblick drückte unbeschreiblicher Lärm Mayer in den Sitz. Es blies sie im wahrsten Sinn des Wortes weg. Erst nach einer Schrecksekunde erkannte sie den Lärm als Gitarren. Sie kannte die Nummer, wusste aber nicht, von wem sie war. Irgend so eine Band aus dem vorigen Jahrhundert. Während Katz auf einem Bein durch das Zimmer hüpfte und Luftgitarre spielte und Alex den Kopf mit geschlossenen Augen in den Nacken legte, schlich sich Mayer zur Anlage und studierte das Display des MP3-Players. Zuerst leuchtete *Deep Purple* auf, dann *Smoke on the Water*. Sie hatte es ja gewusst, dass sie die Nummer kannte. Siebziger-Stuff. Altherren-Musik. Aber lässig. Nicht wirklich was zum Tanzen, aber groovy. Katz sang jede Zeile mit, er schrie in derselben Tonlage wie der Sänger. Bei einer Zeile mit ›Rolling‹ und ›Stone‹ tauchte er aus seinem Auftritt auf. Erneut suchte er am Player herum. Mit dem Drücken der Starttaste würgte er die Nummer brutal ab. Nun erklangen Bassgitarren. Das Ganze war mehr soulig.

Alex krümmte sich. »Nicht schon wieder die Stones!«

Stones? So kannte sie Mayer nicht. Katz ignorierte das theatralische Winden seines Freundes und tanzte zur Nummer. Auch Mayer juckte es in den Beinen. Nicht einmal die Stimme klang nach Mick Jagger, so wie sie sie kannte. Doch dann – der Refrain, ein Schrei. »Out!« Katz grölte es mit. »Out of control«. Jetzt klang Jagger nach Jagger.

Ein Radfahrer. Eine kiwigrüne Laufdress. Zum zwanzigsten Mal *Satisfaction* von den Stones.

Sie drehte den Laustärkeregler auf null. Die Männer durchbohrten sie mit ihren Blicken, sie fixierte Katz. »Merkt man sich als Läufer, wo welche Musik gespielt wird?«

Der Alte stieß ein »Ja« aus und dabei die Faust in die Luft, nahm Mayer in den Arm und drehte sie im Kreis.

Während des Marathons, Zinshaus in der Böcklinstraße, 12:41 Uhr:

Der Mann sah auf diese grottenhässliche Wanduhr. Ein Sonnenstrahl verfing sich im kupfernen Rahmen und blendete ihn. Er schaute auf seine Armbanduhr. Vier Minuten vor Dreiviertel. Und diese verfickte Nachbarin klopfte noch immer. Er zermalmte die Zigarette im Aschenbecher.

»Ist dir was passiert, Lisbeth? Soll ich reinkommen?«

Das fehlte gerade noch – wobei... Der Mann grinste. Er schloss leise hinter sich die Wohnzimmertür, schlich weiter in die Küche und entnahm dem Holzblock ein Messer mit zwei Zentimeter breiter Klinge. Mit festen Schritten ging er zur Eingangstür, versteckte das Messer hinter seinem Rücken und öffnete.

»Oh, Sie.« Die Nachbarin verschränkte die Arme.

»Ja.«

»Ich hab geglaubt, Sie laufen den Marathon.«

»Habe ich nicht geschafft.«

»Tut mir leid.«

Sie starrten einander an.

Die Nachbarin versuchte, an ihm vorbei in die Wohnung zu lugen. »Ich hab was poltern gehört. Lisbeth?«

Der Mann machte die Tür frei. »Kommen Sie doch herein. Lisa wird sich freuen.«

Die Nachbarin blieb an der Türschwelle stehen. »Wieso?«

Er drehte sich um und rief: »Lisa! Frau Ilic ist da! Sie wird dich sicher gut verarzten.«

»Verarzten? Was ist denn ...?« Sie machte einen Schritt in die Wohnung. »Und wieso haben Sie nicht ...?« Zweiter Schritt. Sie blickte Richtung Wohnzimmer. »Lisbeth schließt nie die Wohnzimmertür.« Sie wandte sich wieder zu dem Mann. Weil sie zugleich Distanz zu halten versuchte, kam sie dadurch noch mehr in den Raum.

Der Mann schloss die Eingangstür, ohne sie aus dem Blickfeld zu lassen. »Sie braucht Ruhe. Sie hat sich den Kopf angeschlagen. Aber vielleicht wissen ja Sie, was man da tun kann.«

Die Nachbarin ging nun mit schnellen Schritten zur Wohnzimmertür. »Lisbeth?«

»Nicht so laut, ihren Kopf hat es wirklich schlimm erwischt.« Er lächelte und beeilte sich, hinter sie zu kommen.

Sie öffnete die Tür und prallte angesichts des Blutbades zurück. Gleichzeitig setzte ihr der Mann von hinten das Messer an die Kehle. Sie japste, er hielt ihr mit der anderen Hand den Mund zu. Sie biss, er drückte das Messer gegen ihre Haut. Die Zähne verschwanden. Er schob sie in den Raum. Er sah nicht wohin und drängte sie so in die Blutlache, sie rutschte mit den Flip-Flops, hing nun beinahe in seinen Armen. Er musste sie wieder hochziehen, sonst war der Ansatzwinkel für den Halsschnitt ein schlechter. Und während er an ihr herumzog, von ihr beim Finden einer bequemen Stellung unterstützt wurde, wurde ihm bewusst, dass er auf etwas gewartet hatte, was nicht eintrat – ein unterdrückter Schrei oder dass sie würgte, strampelte. Aber nichts dergleichen. Nur ein einziger Biss.

Er beugte sich zu ihrem Ohr. »Was Sie hier sehen, bereitet mir keine besondere Mühe. Ich würde es auch jederzeit bei Ihnen machen. Werde ich aber nicht. Nur wenn Sie mich verraten.« Sie spannte sich an. »Aber wenn Sie hoffen, dass mich aufgrund Ihrer Aussage vorher die Polizei einsperrt, bedenken Sie, dass ich das Gefängnis auch irgendwann wieder einmal verlasse. Spätestens in fünfundzwanzig Jahren. Und ich merke mir illoyale Menschen. Verstehen Sie mich?«

Die Nachbarin nickte, hustete. Schloss die Augen. Noch immer kein Winseln oder Würgen, nur volle Konzentration. Vielleicht konnte er es sich wirklich ersparen … Er musste es versuchen, denn ihre Leiche zu entsorgen kostete definitiv zu viel Zeit.

Der Mann nickte ebenfalls. »Aber damit Sie nicht glauben, ich sei ein Unmensch, mache ich Ihnen ein Geschenk. Wenn Sie all das gegenüber der Polizei verschweigen, behalten Sie nicht nur Ihr Leben, sondern ich lasse Ihnen auch hunderttausend Euro zukommen. Als Wiedergutmachung für Ihren Schrecken. Wäre das für Sie in Ordnung?«

Die Nachbarin öffnete die Augen und nickte wieder.

»Gut. Ich wiederhole mich jetzt nicht, weil ich es eilig habe. Aber Sie sind ja eine halbwegs intelligente Frau, Ihnen muss man nicht alles zweimal sagen. Ich sause jetzt auf die Laufstrecke zurück, und Sie alarmieren nach etwa zehn Minuten die Polizei, weil Sie ein Poltern gehört haben und sich Sorgen machen. Genauso, wie es war. Sie erzählen, dass ich am Marathon teilnehme, Hobbyläufer bin und wahrscheinlich vier Stunden brauche. Und dass Elisabeth und ich uns geliebt haben. Das war es auch schon. Ich werde Sie dann anrufen, wenn ich das Geld für Sie habe.«

Die Nachbarin nickte und lugte zur Leiche. Jetzt würgte es sie. Der Mann nahm langsam die Hand von ihrem Mund. Die Frau schrie noch immer nicht, sondern atmete tief ein und schob das Messer von ihrer Gurgel weg. »Wird die Polizei nicht misstrauisch, wenn Sie mich anrufen? Die überwachen doch sicher Ihr Handy.«

»Werden sie nicht. Weil ich ein wasserdichtes Alibi habe. Und außerdem ist es doch nur logisch, dass ich nach geraumer Zeit von Ihnen den Schlüssel hole, um meine Sachen aus der Wohnung zu räumen.«

Die Nachbarin drehte sich zu ihm um. Sie sah ihn lang an. Er wurde nervös und schalt sich selber einen Idioten. *Er* hatte das Messer. Den Plan. Die Macht. Er hob die Waffe.

Sie schüttelte den Kopf. »Gehen Sie.«

Der Mann musterte nochmals ihr Gesicht, das so keinerlei Regung zeigte, und lächelte dann. »Ich habe Sie für eine Tussi gehalten.«

»So kann man sich täuschen.«

»Kein Ohnmachtsanfall im Nachhinein? Kein Anruf?«

»Sie waren mehr als deutlich.« Die Nachbarin verschränkte die Arme. »Eines noch: Bringen Sie mir eine Küchenrolle. Mein Schuh ist voller Blut.«

Mittwoch nach dem Marathon, Alex' Wohnung, 7:13 Uhr:

Mayer öffnete die Augen – und schloss sie gleich wieder. Jemand strahlte sie mit einem Suchscheinwerfer an.

Und ihr war kalt.

Mayer tatschte nach der Decke, aber das Ding schien auf den Boden gefallen zu sein. Sie hatte vor lauter Kälte schon Nackenschmerzen, und auch die Wange … Sie bewegte das Kinn zur Brust und wurde in ihrem Verdacht bestätigt. Die Wange klebte an Glas fest. Schlagartig war sie wach. Sie riss die Augen auf. Der Sonnenstrahl drang wieder direkt in ihr Hirn und erzeugte Übelkeit sowie stechenden Schmerz. Mit dem Abklingen von beidem wurde langsam ihr Blick scharf.

Vor ihrer Nase lag ein Handy. Katz' Smartphone. Seine Hülle. Und es lag deswegen vor ihrer Nase, weil sie mit dem Körper am Boden kauerte und ihr Gesicht sowie die Unterarme auf den Couchtisch gebettet hatte.

Ihr gegenüber auf der Couch befand sich Katz, mit dem linken Bein auf der Lehne, mit dem rechten Bein auf dem Fußboden, als wolle er sichergehen, den Kontakt nicht zu verlieren. Direkt vor ihr auf dem Tisch, hinter dem Handy, stapelten sich Plattenhüllen, rechts davon Zigarettenpackungen und Stummel in einem Aschenbecher. Noch weiter rechts stand die Wasserpfeife. Rund um sie waren in exakt gleichem Abstand drei Schnapsgläser gruppiert.

Ihr wurde erneut schlecht. Jetzt so richtig.

»Na, auch schon unter den Lebenden, Danielle, ma chérie?«, flötete eine Stimme in ihrem Rücken.

»Mhm«, brummte Mayer.

Und mit Alex' superfröhlich gestellter Frage tauchte der ganze Abend wieder glasklar vor ihrem inneren Auge auf. Die ganze Nacht, um genau zu sein. Glasklar zumindest bis zu dem Zeitpunkt, als sie die Idee mit Niederle gehabt hatte. Sie wusste, wie sie in die Wohnung, aber nicht, wie sie neben den Sofasessel gekommen war.

Mayer stemmte sich vom Couchtisch ab und versuchte, ihre Beine unter den Körper zu ziehen, damit sie aufstehen konnte. Zuerst waren sie gefühllos, dann voller beißender Ameisen. Sie hatte sich sämtliche Venen abgepresst. Sehr leiwand. Keine Blutversorgung mehr. Eine einzige Exzessnacht, und sie war eine Kandidatin für den Rollstuhl. Shit. Ein gepflegter Bierrausch hätte es auch getan.

Alex kam um die Couch herum und reichte ihr die Hand zum Aufstehen. Auch wenn es superpeinlich war, sich von einem alten Herrn helfen zu lassen, nahm Mayer sie dankbar an – um anschließend sofort auf den Sofasessel zu plumpsen. Die Beinmuskeln kämpften noch immer mit den Ameisen. »Fuck.«

»Nein, das haben wir nicht getan.«

Das hielt der widerlich agil wirkende Typ wohl auch noch für witzig. Und er verbreitete einen penetranten Geruch nach Zitrone, was für ein Duschgel an sich nicht schlecht, aber im Moment definitiv zu viel war. »Luft.«

Alex trippelte mit seinen schwarzen Samtpantöffelchen zum Fenster und öffnete es. Dann entwickelte er sein Frotteemäntelchen und präsentierte sich dem Draußen, so wie die Natur ihn geschaffen hatte. Vogelgezwitscher drang herein. Diskutierten sie, wer den Wurm zwischen den Beinen des komischen Tieres bekommen sollte?

»Wie spät?«, brummte Mayer.

Alex drehte sich um und schlug den Mantel nicht zu.

Urpeinlich, auch wenn gerade zwischen ihnen beiden null Erotisches entstehen konnte. »Gleich halb acht.«

»Shit.« Der Kopf wollte, dass sie sich schnell bewegte, aber der Körper zeigte dem Kopf den gestreckten Mittelfinger.

Alex tänzelte aus dem Raum und sang dabei *Good Morning Sunshine*, wie sie seit dieser Nacht und jetzt wieder wusste, eine *der* Nummern aus dem Musical *Hair*. Natürlich Siebziger-Stuff. Nicht schlecht. Gut zum Mitgrölen, wenn man am Fensterbrett saß und mit einem Joint und einem Schnaps in den Händen in den Sonnenaufgang schaute. Also genaugenommen auf die Dachfirste der Häuser, die sich langsam rotgolden färbten, während der Himmel von Nacht- auf Kobaltblau wechselte. Ja, das hatte sie getan. Den vierten Tag kein Sport, aber dafür eine Wasserpfeife und ein Joint. Und ein Schnaps. Und schuld daran war nur die Leiche da ihr gegenüber.

Katz blinzelte nicht. Katz zuckte weder mit den Ohren noch mit dem Mund. Sein Brustkorb lag still da. War er in echt tot?

»Karl? – Karl!«

Sie beugte sich vor. Mittlerweile hatten sich zwar die Ameisen vertschüsst, aber der Kopfschmerz hatte beschlossen, dass ab nun der ganze Körper sein Revier war. Sie streckte den Arm aus, erreichte Katz aber nicht. Sehr sehr konzentriert stand sie auf, torkelte um den Tisch herum und rüttelte ihn an der Schulter. »He, Chefinspektor! Chefinspektor Karl Maria Katz!«

Jetzt grunzte er. Doch lebendig. Alex kam mit einem Tablett zurück, natürlich über und über voll mit Blumen-Deko. Eine Mayer unbekannte Sorte. Darauf lockten drei hauchdünne Wassergläser und drei Espressotassen – in zartrosa, aber ohne Blumen. Thanks.

Alex hielt Katz eine Tasse unter die Nase. Der Klassiker funktionierte tatsächlich. Der Alte schlug die Augen auf. Und jetzt konnte man erkennen, wie verquollen sie waren. Sein komplettes Gesicht strotzte vor Runzeln. Er war definitiv alt. Fiel sonst nur nicht so auf – wenn er ausgeschlafen war.

Er griff nach der Tasse, aber Alex entzog sie ihm. »Nein, Honey, zuerst die Medizin.« Er hielt ihm eines der Gläser hin.

Katz grummelte, was sich wie ein echt wütender Protest anhörte, trank dann aber brav aus.

Alex drückte ihm die Tasse in die Hand und stellte vor Mayers Platz das Tablett ab. »Du auch. In der Reihenfolge. Und inzwischen mache ich uns eine gute Bloody Mary.« Damit tänzelte er wieder Richtung Küche. Widerlich fit war der Typ. Überhaupt für sein Alter.

Mayer reichte Katz sein Handy, der es mit sehr sehr konzentrierten Bewegungen aktivierte, und begutachtete den Tisch. Nirgends auch nur die Spur ihres eigenen Smart-Phones. Sie hob die Platten auf, auch die Zigarettenpakkungen, obwohl es darunter nach menschlichem Ermessen sicher nicht versteckt sein konnte. Aber wer wusste das schon so genau?

»Bei der Anlage«, krächzte Katz. »Du hast uns fotografiert.«

Mayer schnappte es sich, und während sie die bittere Flüssigkeit aus dem Glas zu sich nahm, verlinkte sie sich wieder mit der Welt. Ein Anruf. Und eine Mail. Beides von Kevin, der mitteilte, dass ein Freund von Hans-Georg Zwirn in der fraglichen Zeit von London nach Wien geflogen war. Ein gewisser Roger Landock.

»Shit.«

Sie sagten es gleichzeitig und sahen einander an.

Jetzt versuchte Katz, seinen Körper in eine normale Haltung zu zwingen, was er nur unter Ächzen zustande brachte. »Verdammte Scheiße, ich hab ja gesagt, wir dürfen auf keinen Fall mischen.«

»Und warum hast du dann damit angefangen?«

»Ich? Du wolltest deine Carmen aus deinem Hirn wegschwemmen.«

»Quatsch. Du wolltest feiern. Wegen Niederle.«

»Sicher nicht. Wegen so was feiere ich nicht.«

»Und ich brauch keinen Alk wegen so einer blöden Kuh.« Alk. Böses Wort. Überhaupt zu viele Worte. Messer im Kopf.

»Kinderchen, nicht streiten!« Alex balancierte nun drei überdimensionale, bauchige Gläser mit rotem Saft ins Zimmer. »Ich kann euch nur sagen, dass ihr euch ziemlich einig ward, den Schnaps aufzumachen.«

Mayer deutete auf die drei Gläser bei der Wasserpfeife. »Und du? Wahrscheinlich du. Angefangen!« Sie hörte sich zu. Es war echt und tatsächlich und überhaupt urpeinlich, dass sie nicht einmal wusste, in welcher Reihenfolge was genau passiert war. Sie erinnerte sich nur an einzelne Szenen. Dass Katz und sie einen Sirtaki getanzt hatten, nachdem sie die Idee mit der Musik auf der Laufstrecke gehabt hatte, mit der sie Niederle überführen wollten. Dass Alex sie in den Armen gewiegt, und sie geschluchzt hatte. Ultimativ megapeinlich. Dass Alex den Schrankkoffer in der Ecke geöffnet hatte, der sich als Regal entpuppte. Hunderte LPs, so richtig alte Schallplatten. Messi the Jazzie vom *Schutzhaus* oben wäre im siebenten Himmel. Er legte jeden Donnerstag in der *Camera* im 7. Bezirk auf. Brauchte immer neues Plattenmaterial. Und dieses hier war extrem gut. Wie erstaunt sie gewesen war, die Originalversion von *Tu vuo fa l'americano* von *Renato Carosone* zu hören, sie kannte nur die Dance-Floor-Variante von Yolanda Be Cool. Ach ja, und der Schnaps, der auch den letzten Geschmack an Carmen wegbrennen sollte. Die Venus, die im Sonnenaufgang verlosch … Sie hatten sicher nicht mehr als zwei Stunden gepennt, wenn man Totenstarre als Schlaf bezeichnen konnte.

»Ich hab ihn nicht getrunken, Schätzchen, dafür du, weil du ihn nicht verkommen lassen wolltest. Um den Rest der Flasche habt ihr euch dann gemeinsam fürsorglich gekümmert.« Alex deutete auf die Espressotasse. »Runter damit. Nach der Bloody Mary gibt es noch einen.«

»Büro. Müssen. Ins. Büro.« Mayer drehte sich im Kreis, weil ihr partout nicht einfallen wollte, was sie nun als Erstes zu erledigen hatte. Duschen. Das war immer eine gute Idee. Nur jetzt schaukelte die Wohnung. Da irgendwo war das Bad. Oder da links?

Es reckte sie. Sie ging in die Knie, sah aus dem Augenwinkel, dass Katz ihr mit teilnahmslosem Blick dabei zuschaute.

Sie kroch auf allen Vieren zu ihm. »Nicht beide. Krankmelden. Wie du?«

Katz hustete als Antwort.

»Ihr zwei Helden«, ließ sich nun Alex wieder vernehmen, »also wirklich. Saufen und nichts vertragen. Dann sollte man es bleiben lassen.«

»Leck. Mich«, presste Katz zwischen zwei Hustern hervor.

Während Alex einen Computertisch mit riesigem Laptop zum Couchtisch rollte, plapperte er: »Also, ihr Schnapsdrosseln, ihr lasst euch jetzt irgendwas einfallen, warum ihr

Außendienst habt, weil so seid ihr für die gesamte Menschheit eine optische und olfaktorische Zumutung. Das gehört einmal geregelt. Und während ihr dann einmal was frühstückt, linkt ihr euch auf meinem Helge in den Polizeicomputer. Damit ihr beide was seht. Handy ist ja mühsam. Ihr habt doch einen externen Zugang? Die werden euch die Sachen schicken können, n'est-ce pas?«

Mayer brauchte ein paar Sekunden, um *Helge* als den Laptop zu identifizieren. Bitte, wie *old fashioned*, seinem Lappi einen Namen zu geben.

Katz sprang auf – stand für kurze Zeit so schief wie der berühmte Turm in Pisa, schaffte es dann aber doch, sich in eine korrekte Senkrechte zu ziehen. »Mayer.« Es folgte eine lange Pause, die er mit dem Falten und Entfalten der Stirn zubrachte. Schließlich atmete er tief ein. »Sag dem Draganović, dass wir den Zwirn in eineinhalb Stunden im Vernehmungsraum haben wollen. Wir sind vorher«, er schluckte konzentriert und presste die Augen zusammen. »Wir sind vorher mit Niederle beschäftigt.« Er stakste Richtung Badezimmer.

»Aber!« In Ermangelung eines Ansprechpartners schaute Mayer Alex an. »Niederle geht sich. Nicht aus. Vorher.«

Ihr Quartiergeber lächelte sie an wie eine Oma ihr süßes, unbedarftes Enkerl. »Ich denke, er meint, du sollst das als Ausrede verwenden. Komm, trink das.« Damit drückte er ihr die Bloody Mary in die Hand.

Mayer nahm einen Schluck. In der nächsten Viertelsekunde war er wieder im Mund und mit ihm noch viel mehr Flüssigkeit. Sie presste die Lippen zusammen, beide Hände auf den Mund und rannte Richtung Bad, wo sich auch das Klo befand. Und Katz. Sie rannte in die Küche. Geschirrstapel im einzigen Abwaschbecken. Warum manche Leute nie sofort den Spüler einräumten! Ordnung war das halbe … Zurück ins Wohnzimmer. Das offene Fenster. Sie beugte sich weit hinaus, um die Hausmauer nicht zu beschmutzen, und ließ alles heraus.

Im Innenhof sprang eine gescheckte Katze in weitem Bogen und mit lautem Gekreische zur Seite.

Beim Marathon, kurz vor Kilometer 32, Praterhauptallee, 11:33 Uhr:

Der Glatzkopf bewegt die Arme bei jedem Schritt ruckartig nach vorn. Es wirkt, als würde er in die Luft boxen, sie verprügeln. Seine Lippen wölben sich nach außen, Speichel rinnt aus dem linken Mundwinkel. Die Augen quellen aus den tiefen Augenhöhlen hervor. Der Blick geht geradeaus, scheint nichts aufzunehmen.

Neben dem Absperrungsband stehen Zuschauer und feuern ihn an. Ihr Ruf »Hopp auf« wird in seinen Ohren zum regelmäßigen Trommeln. Vor ihm taucht ein Boot auf. Es hat die schlanke Form eines Skull-Achters, in dem sich allerdings keine Besatzung außer dem Steuermann befindet. Er gibt den Takt der Trommeln vor. Sein Gesicht ist dem Glatzkopf zugewandt, das Boot müsste also auf ihn zukommen, es zieht aber von ihm weg, ihn hinter sich her. Rund um das Boot verwandelt sich der Asphalt der Hauptallee in Wasser. Auf der Schulter des Steuermannes sitzt plötzlich der Mann namens Alex. Er hat die Hände auf die Knie aufgestützt und ist vornüber gebeugt. Sein Gesicht strahlt, und ständig ruft er »Ja! So!«

Da schiebt sich eine dunkle Wand über das Boot, verschluckt zuerst den Steuermann mitsamt dem Mann namens Alex, dann einen Rollsitz nach dem anderen.

Der Glatzkopf blinzelt. Die schwarze Wand verwandelt sich in den Schatten, den die Brücke wirft, über die die Südost-Tangente geführt wird. Sein Blick irrt umher, er stolpert leicht. Ein Strahl blendet ihn. Es ist die Sonne, die sich im Rückspiegel eines Mofas fängt, das am Betonpfeiler der Brücke abgestellt ist. Das Mofa ist eine Vespa und knallrot. Der Mann namens Alex radelt an ihm vorbei. Sein Blick saust ständig zwischen der Strecke vor ihm und dem Glatzkopf hin und her.

Der Glatzkopf sieht, wie sich der Mund des Mannes namens Alex bewegt. Er runzelt die Stirn, der Mund wird groß. Jetzt hört er die Worte. »Ja! Gut so!«

Der Glatzkopf nickt ihm mit großen Augen zu. Er erreicht den Bereich der Brücke, kurz darauf den Schatten. Es riecht nach Moder und Benzin. Er hustet. Schaut wieder zu dem Mann namens Alex.

Er winkt mit seinem rechten Arm, als würde er ihn zu sich rufen. »Weiter!«

Der Glatzkopf starrt wieder geradeaus. In weiter Ferne ist das *Lusthaus* erkennbar. Er sitzt auf der Terrasse des Restaurants, das in dem Pavillon untergebracht ist.

Neben ihm der Mann namens Alex. Der schlürft seinen Aperol-Spritz. »Charles, das hier ist der Knackpunkt.«

»Da erzählst du mir was Neues.«

»Spar dir deinen Zynismus. Dann kannst du den Scheiß gleich allein durchziehen.«

Der Glatzkopf knurrt.

»Okay«, nippt der Mann namens Alex an seinem Spritz. »Dann stopf jetzt deine Tagliatelle hinein und sei still. Horch auf deinen lieben Alex. Wenn du da drumherum rennst, bist du quasi auf der Ziellinie. Nur mehr neun Kilometer! Mon Dieu, ein Scherzerl im Vergleich zu dem, was du dann schon geschafft hast. Nur mehr zwei Kilometer auf der dämlichen Hauptallee, dann ist die Fadesse vorbei …«

»Der Donaukanal.«

»Ja eh, aber da ist wieder Remmidemmi. Da sitzen die Leute mit ihren Stereoanlagen und heizen dir so richtig ein.«

Der Glatzkopf wiegt den Kopf.

»Nein, keine Zweifel. Zieleinlauf. Denk daran. Versprich mir das. Ich kann leider nicht weiter mit dir. Ich hol dich nie wieder ein, bei dem Tempo, das du vorlegst, und bei dem Umweg, den ich machen müsste.«

»Trainieren, sag ich nur«, grinst der Glatzkopf.

»Du kannst mich auch«, grinst der Mann namens Alex zurück.

Das *Lusthaus* kommt immer näher. Der Glatzkopf schaut nach links zu dem Mann auf dem Fahrrad. Der hebt die Hand und streckt einmal vier und einmal fünf Finger. Fährt auf einen Vierjährigen auf einem Roller zu, absolviert ein waghalsiges Ausweichmanöver, tritt wieder kräftig in die Pedale und lacht zu ihm her.

Der Glatzkopf zieht den Mund breit. Man könnte es als Lachen interpretieren. Er richtet seinen Blick wieder nach vorn. Die Umgebung zerfließt in Schlieren, scheint an ihm vorbeizufliegen. Die Markierung von Kilometer 33. Der Bogen um das Lusthaus. Auf dessen Rückseite steht hinter der Absperrung ein Pferd. Ein Mann in Reitkleidung hält es am Halfter. Wieder zurück auf der Hauptallee. Der Glatzkopf schaut nun suchend nach rechts zur Absperrung. Und da steht auch der Mann namens Alex und winkt ihm mit über dem Kopf erhobenen Armen zu. Dabei hüpft er.

Der Glatzkopf blickt in seine Laufrichtung. Er scheint durch einen Tunnel aus bunten Flecken zu sausen. Wieder das Betonkonstrukt der Brücke. Jetzt registriert er, dass dort eine Verpflegungsstelle aufgebaut ist. Er wird langsamer, bleibt direkt bei den Bananen stehen. Er atmet heftig, zwingt sich zu ruhigen Zügen. Mit ganz langsamen Bewegungen schiebt er das Obst in seinen Mund.

Dann trabt er wieder los. Nach 50 Metern fällt er in

einen gleichmäßigen Schritt. Er scheint nichts mehr um ihn herum zu registrieren. Er läuft und läuft.

Mittwoch nach dem Marathon, EB01/Landeskriminalamt, 9:08 Uhr:

Als sie das Büro betraten, sprang Kevin aus Kolonovits' respektive Mayers Sessel auf – und klappte den Mund zu. Senkte den Blick. Begutachtete seine Handinnenflächen, als wäre dort die Lösung des Falls zu finden. Jetzt fehlte nur noch, dass er rot wurde. Mein Gott, da war doch nichts Tragisches dabei, in einem leeren Büro einen wenn auch fremden so doch verwaisten Stuhl einzunehmen.

Katz schien Kevins Verlegenheit überhaupt nicht aufzufallen. Ohne ihn eines Blickes zu würdigen, schwang er sich hinter seinen Schreibtisch und durchwühlte die unterste Lade. Zum Vorschein kamen eine Plastikflasche Wasser, ein Plastikbecher und eine Packung Aspirin-C-Brause. Während er sich die sprudelnde Medizin zubereitete, musterte Kevin ihn mit gesenktem Kopf mit seinem Ermittlerblick, wie Mayer bei sich dieses durchdringende, nachdenkliche Schauen nannte. Als er zu ihr schwenkte und gewahr wurde, dass er selbst durch sie beobachtet wurde, zog er nun wirklich Farbe auf.

Es war gar nicht wegen des Sessels gewesen, nein, man sah ihnen wohl ihren Exzess an, trotz kalter Dusche und Frühstücks. Der Chef mit der neuen Mitarbeiterin, die ganze Nacht, verschlafen – das Gerücht konnte seinen Lauf nehmen. Shit. Der Stempel von Hochvögeln war schlimmer als jener von Lesbe.

»Na, Draganović«, krächzte Katz, »auch sprachbehindert heute?« Er sah ihn grinsend an. »Mayer musste Liebesfrust mit Schnaps wegbrennen. Und du? Hat sich die liebe Freundin doch nicht beruhigen lassen?« Er trank das

Glas mit dem Aspirin in einem Zug aus. »Eins sage ich euch – heute könnt ihr zwei allein weitermachen. Ich kann zwar saufen wie ein Junger, aber ich brauch dann dreimal so lang Erholung. Also bin ich jetzt bis zum Wochenende für nichts mehr zu gebrauchen.« Er runzelte die Stirn in Richtung Kevin.

Der deutete das Zusammenschlagen von Hacken an. »Jawohl, Herr Chefinspektor.«

»Was genau?«

Mein Gott, lass ihn in Ruhe, KaEm! Es war eh schon peinlich genug, dass er das mit dem Liebeskummer … genial. Er war genial, der Herr Chefinspektor. Alles lag am Tisch, also kein Gerücht. Und sie hatte den Ruf einer standfesten Trinkerin. Das war nie schlecht.

Katz kramte in der obersten Schublade. Hoffentlich zündete er sich jetzt nicht einen stinkenden Zigarillo an, dann konnte sie gleich lauschen, wie viel Zeit ihr Erbrochenes bis zum Boden des Innenhofs benötigte. Nein, er stopfte sich einen Kaugummi in den Mund.

Mayer streckte ihm die Hand entgegen. Dass der Alk weiter über die Poren seinen Weg ins Freie suchte, konnte sie nicht verhindern, aber zumindest Mundgeruch.

Katz lehnte sich mit den Unterarmen auf den Schreibtisch und nickte Kevin zu. »Ist schon okay. Also?«

Kevin reichte ihm Faxausdrucke. Mayer lugte Katz über die Schulter. Kontoauszug mit einer Einzahlung von 700.000 Euro und Vertrag bezüglich der Schenkung über diesen Betrag, der aussagte, dass auch bei Ableben der schenkenden Person kein rechtmäßiger Erbe das Geld zurückfordern durfte.

Katz tippte auf den hohen Geldbetrag. »Mich beschleicht da so eine Ahnung.«

»Aha?«

Keine Erläuterung. Katz legte die Papiere zur Seite: »Und, Draganović? Was gibt's zu unserem Besuch?«

Kevin tippte auf seinem Laptop herum. Brugger habe über die IPA, also die International Police Association, einen alten Freund in London aktiviert, der hätte seinerseits einen Freund angerufen, der wiederum einen Kollegen …

Katz wedelte mit der Hand, klopfte auf seine nicht vorhandene Armbanduhr. Und wie auf Stichwort klingelte das Telefon. Katz hob ab und lauschte. »Okay, schicken Sie ihn herauf.«

»Aber wir wissen doch noch gar nicht …«, warf Mayer ein.

Katz rieb sich die Glatze. »Ich kann dir sagen, wie es war: Zwirn hat beim Crash 2008 alles verloren, irgendwelche windigen Geschäfte weiter betrieben, dabei einen Gaunerkollegen kennengelernt, also mehr einen aus dem handwerklichen Bereich wie Einbruch und Diebstahl. Und weil er gedacht hat, er steht eh nicht mehr im Brennpunkt der Beobachtung, oder weil dieser Mann zu blöd und zu eitel ist, ist der mit echtem Namen nach Wien geflogen.«

Er sah Kevin an, der nickte. Mit großen Augen, als würde er eines Wunders ansichtig. »Fast. Aber das sind alles nur inoffizielle Infos, wir müssen noch einen internationalen …«

»Ja, kommt Zeit, kommt Zusammenarbeit. Wir haben einfach einen Informanten.«

»Aber die Details sind doch wichtig«, warf Mayer ein, nachdem sie sich ihrerseits von Katz' beeindruckender Kombinationsfähigkeit erholt hatte. Ihre Hände schwitzten, wie immer knapp vor einer entscheidenden Phase der Ermittlungen.

»Die weiß doch Kevin!« Er nickte ihm lächelnd zu. »Endlich ein bisschen Praxis sammeln ist angesagt, lieber Draganović.«

Kevin schnappte nach Luft und wurde weiß.

Mayer übel. Wie verantwortungslos … der Zwirn konnte doch noch ein paar Minuten … und außerdem war er sicher besser im offiziellen Vernehmungszimmer zu knacken, nicht hier im …

Es klopfte.

Katz brüllte »Herein«. Langsam öffnete sich die Tür. Es erschien ein gebeugtes, formloses Etwas, das lediglich aufgrund eines fleckig gewachsenen Zweitagebartes als Mann identifizierbar war. Wenn Mayer Zwirn nicht schon kennengelernt und jetzt aufgrund des Telefonates gewusst hätte, dass er es sein musste, sie hätte den Schlurf nach seinem Begehr gefragt. Der grafitgraue Dreiteiler war zerknittert, die Budapester grau von Staub, eine Strähne hatte sich aus dem sonst fettigen, aschblonden Haar befreit und stand nun windschief in der Gegend herum, das Gesicht war nicht mehr farblos, sondern tatsächlich grau und schuppig, und die struppigen Brauen ragten in die Augen, deren Lider ebenfalls hingen. Mit Zwirns Eintreten breitete sich der Geruch nach Ungewaschenem und Alkohol im Büro aus. Mayer selbst musste also schon auf dem Weg der Besserung sein, wenn sie das roch.

Katz sprang auf – woher nur nahm der plötzlich diese Energie? Das Aspirin? – und schüttelte dem Etwas die Hand. »Freut mich, Herr Zwirn, dass Sie es so schnell einrichten konnten. Freut mich wirklich sehr. Ich weiß, dass ein Mann wie Sie sicher vieles zu erledigen hat, ich meine, neben der schweren Aufgabe, alles rund um das Ableben Ihrer Schwester zu organisieren.«

Das Etwas richtete sich ein paar Zentimeter auf und wurde andeutungsweise wieder Hans-Georg Zwirn. »Wenn ich irgendwie helfen kann, dass der Mord …« Den Rest des Satzes schien er mit Nicken mitteilen zu wollen.

Katz führte ihn zum Besuchersessel an der Stirnseite der beiden Schreibtische und drückte ihn hinein. Er selbst nahm in seinem angestammten Stuhl Platz, Kevin deutete er, sich auf Mayers Platz niederzulassen. Sie war verärgert – doch dann erkannte sie Katz' Absicht. Die beiden Männer nahmen Zwirn in die Zange, zugleich war das gleichschenkelige Dreieck, das sie mit ihm bildeten, eine Art Schutz. Es symbolisierte Ausgeglichenheit der Kräfte. Da fehlte nur noch der nervende Störfaktor – sie.

Mayer positionierte sich hinter Zwirn, was ihn den Nacken dehnen ließ. Er sah sich aber nicht um. Sie nickte Katz zu.

Der strahlte wie eine Mischung zwischen Krankenschwester und personifizierter Morgenröte. »Lieber Herr Zwirn, entschuldigen Sie, wenn ich frage, aber Sie wirken sehr ramponiert. Brauchen Sie Hilfe? Manchmal kann der Tod eines Angehörigen einen Menschen sehr …«

»Das geht Sie einen feuchten Dreck an.« Zwirn fixierte die Tischplatte. »Was wollen Sie von mir wissen?« Mit einem Ruck richtete er sich auf. »Haben Sie die Spur verfolgt? Ist diese Eberle auch von ihm umgebracht worden? Haben Sie die Beweise?«

»Wir verfolgen alle Spuren, aber so schnell schießen die Preußen nicht, Herr Zwirn.«

»Er wird davonkommen, nur weil Sie so lahmarschig sind!«

Mayer sah auf Zwirns linker Seite Speichel wegspritzen. Katz zuckte kaum merklich mit den Lidern.

Sie setzte sich auf die Tischkante rechts von Zwirn, nahm ihm so den Blick auf Kevin. »Davon profitieren Sie auch, Herr Zwirn, oder nicht?«

»Wie meinen Sie das?«

»London. Finanzcrash. Halblegale Geschäfte.«

Sein Vorbiss knabberte an der Unterlippe. »Ich verstehe Sie nicht.«

Mayer klopfte neben sich auf die Schreibtischplatte. Kevin leierte Zahlen und Fakten herunter, die Zwirn als Banker ziemlich schlecht aussehen ließen.

»Woher wissen Sie das? Sie können doch nicht so einfach meine Konten …!«

»Informanten«, säuselte nun Katz. »Homo homini lupus. Sie wissen ja, Herr Zwirn, die bösen Neider.«

»Kommen Sie mir nicht so. Ich lebe in London. Wie wollen Sie da so schnell …?« Er verstummte. Wahrscheinlich war ihm bewusst geworden, dass er seine missliche Lage bereits zugegeben hatte.

Katz zuckte mit den Schultern und lächelte sein Buddhalächeln. »Ein offizieller Antrag auf Einsicht in Ihre Konten wird gerade gestellt.«

Zwirn äffte ihn in den Bewegungen nach. »Und? Was bringt Ihnen das? Aus meinen Verlusten rückzuschließen, dass ich es jetzt notwendig hätte, – wie haben Sie gesagt? – halblegale Geschäfte zu machen, ist typische Polizeiphantasie.«

Mayer klemmte die nassen Handflächen unter die Achseln, sonst bekam Zwirn vielleicht noch mit, wie aufgeregt sie war. »Roger Landock.«

Sein Kopf fuhr zu ihr herum.

»Warum war er in Wien, Herr Zwirn?«

»Keine Ahnung. Ich kenne ihn nicht.«

Katz drehte sich mitsamt dem Sessel zu Zwirn und rollte nah zu ihm. »Jetzt lügen Sie aber. Ich hoffe nur, Sie spielen nicht, denn Pokerface haben Sie keines. Sie schließen die Augen eine Spur zu lang, wenn Sie lügen.«

Zwirn lachte auf. »Den Trick haben Sie aus einer Fernsehserie. Habe ich auch gesehen. Funktioniert aber nicht. Denn ich kenne keine Gauner.«

»Woher wollen Sie wissen, dass der Herr ein Gauner ist?«

»Das weiß ich nicht, ich kenne ihn ja nicht. Ich nehme es nur an, warum sonst würden Sie mich nach ihm fragen?«

»Eine Falle? Um zu sehen, wie Sie sich verplaudern?«

»Das würde zu Ihnen passen.«

Mayer klopfte auf den Tisch. »Tag der Ankunft?«, fragte sie Kevin, ohne dabei Zwirn aus den Augen zu lassen.

»Letzten Mittwoch um zehn Uhr fünfundfünzig. Gelandet pünktlich. British Airways.«

»Wissen Sie, was da war, Herr Zwirn, letzten Mittwoch?«

Ein wenig zu spät schüttelte er den Kopf.

»Da wurde das neue Testament zugunsten von Herrn Niederle aus der Kanzlei des Notars in Waidhofen gestohlen. Und wahrscheinlich zwischen Mittwoch und Sonntag kam auch die Kopie in der Raabser Villa abhanden. Was bedeutet, dass Sie nun Alleinerbe sind.« *Falls die Zeugenaussagen von Emilia Vogel und dem Notar vor Gericht nicht gelten, was ziemlich unwahrscheinlich ist,* setzte sie im Gedanken hinzu. Aber er sollte sich einmal so richtig gut fühlen.

Zwirn schob den Vorbiss hinter die Lippe zurück, aber dieser rutschte wieder heraus. Er sah wie ein ängstlicher

Hase aus. Als er die Mundwinkel nach oben zu einem Lächeln zog, erkannte sogar Mayer, dass das nicht echt war, denn die Augen blieben starr. Bei der vorhin von Katz angesprochenen Lüge hatte sie die Unwahrheit nur gespürt, jetzt sah sie sie.

»Das ist natürlich erfreulich«, meinte Zwirn. »Niederle soll gar nichts von Elisabeth erhalten dürfen, nicht einmal ein Foto.«

»Und Sie sind ihre finanziellen Sorgen los.«

Das kleine Etwas richtete sich auf, so weit das ging. »Ich habe keine. Meine Frau ist vermögend.«

Katz verschränkte die Hände im Nacken und streckte sich. »Das behaupten Sie. Aber vielleicht haben Sie ihr Vermögen auch verjubelt? Vielleicht will sie keinen unfähigen Spekulanten und sich scheiden lassen? Immerhin ist sie ja gar nicht mit Ihnen mitgekommen, in so einer schlimmen Situation. Die Schwägerin, das einzige noch lebende Familienmitglied ihres Mannes, wird ermordet, und sie lässt ihren Liebsten allein.«

»Sie können in andere Menschen und Beziehungen nicht hineinschauen«, giftete nun Zwirn. Sein Gesicht bekam fast seine alte Farbe zurück.

Mayer stellte sich hinter Kevin und lugte auf das Display. »Back to the facts. Rückkehr nach London?«

»Sonntag mit dem Flug um fünfzehnnullfünf. Gestartet um vierzehn Uhr sechsundfünfzig. Ebenfalls British Airways«, referierte Kevin.

»Was war am Sonntag, Herr Zwirn?«, fragte Mayer, ohne ihn anzusehen. Viel mehr tat sie mit deutendem Finger so, als hätte sie noch ein paar andere tolle Details im PC von Kevin entdeckt und wäre diese Frage nur mehr nebensächlich.

Jetzt rubbelte der Vorbiss in irrsinniger Geschwindigkeit über die Unterlippe. »Das wissen Sie ganz genau. Aber was hat das eine mit dem anderen zu tun?«

»Testament. Diebstahl. Vermögen, aber nur durch Todesfall. Also Mord.«

Zwirns Augen glänzten, als er sich halb in ihre Richtung erhob. »Sie sind irre. Ich habe nichts mit dem Tod meiner Schwester zu tun.«

»Setzen.«

Er gehorchte, schüttelte dabei immer wieder den Kopf.

Katz stützte nun die Ellenbogen auf den Tisch und seinen Kopf auf die Handrücken. Er wirkte dadurch sehr jovial. »Schauen Sie, Herr Zwirn, Sie haben recht, das alles ist Informantenmaterial. Noch nichts ist abgesichert genug für die Staatsanwaltschaft.«

Mayer glaubte, ihren Ohren nicht trauen zu können. Wofür der ganze Aufwand und die Herumeierei, wenn sie jetzt zugaben, dass sie eigentlich nichts in der Hand hatten?

»Aber das ist nur eine Frage der Zeit«, erklärte der Alte. »Wir werden die Beweise bekommen, dass Sie illegale Finanzgeschäfte betreiben und dass Sie Landock dabei für die handwerkliche Drecksarbeit einsetzen, wenn es einmal notwendig ist. Sie wurden laut Informanten in einigen Pubs miteinander gesehen. Und der Herr ist der britischen Polizei hinlänglich bekannt.«

Jetzt presste Zwirn die Lippen aufeinander, was wegen des Vorbisses höchst amüsant aussah. Mayer unterdrückte das aufsteigende Lachen.

»Und wie wird das dann aussehen, lieber Herr Zwirn?«, fragte nun Katz. »Ein enger Geschäftspartner von Ihnen mit einschlägigen Kenntnissen befindet sich genau zu zwei Tatzeitpunkten in Wien. Und zwar zu den Zeitpunkten von zwei Taten, die Ihnen zum Vorteil gereichen.«

Zwirn starrte auf die Wand oberhalb von Katz. Da war tatsächlich ein kleiner Fleck, wahrscheinlich eine zerdrückte Gelse.

»Klarerweise wird Ihr Verteidiger sagen, dass Sie nicht dafür verantwortlich sind, was Herr Landock sonst noch so treibt.«

Bei dem Wort *Verteidiger* zuckte Zwirn zusammen. Genial von dem alten Fuchs, es einfach so als Tatsache einfließen zu lassen.

»Damit hat er natürlich recht. Aber ich denke nicht, ehrlich gesagt, dass Sie Landock genug für den Mord gezahlt haben, dass er die Schuld allein auf sich nimmt. Er wird Sie als Auftraggeber verraten.«

Mayer senkte den Kopf, um *sich* nicht zu verraten. Katz bluffte und bluffte. Sie hatten keinerlei fremde Spuren, weder Fingerprints noch DNS, in Elisabeth Zwirns Wohnung gefunden. Landock würde gar nichts zugeben, notfalls behaupten, er wollte einen Wien-Urlaub machen und sich den Marathon anschauen. Der war ja nicht blöd. Und außerdem … ja, genau. Das hatten sie bislang in ihrer Euphorie, irgendeine Spur gefunden zu haben, noch gar nicht bedacht: Einbrecher und Diebe wechselten selten das Genre. Es war höchst unwahrscheinlich, dass Landock ein Profikiller war. Sie schaute aus den Augenwinkeln zu Zwirn. Der war wieder farblos wie bei seinem Eintritt. Sein rechter kleiner Finger zitterte.

»Denken Sie darüber nach, Herr Zwirn«, fuhr Katz fort. »Und denken Sie auch an Folgendes: Falls Sie nichts mit dem Mord zu tun haben, stehlen Sie uns mit Ihrem Schweigen Zeit, den wahren Täter dingfest zu machen. Denn verdächtig sind Sie in jedem Fall. Für den Diebstahl des Testaments. Das andere wäre nur eine logische Konsequenz. Und wissen Sie, warum?«

Zwirn schüttelte den Kopf.

»Es gibt nur zwei Menschen, die ein Interesse daran haben, das Testament zugunsten von Herrn Niederle verschwinden zu lassen. Sie aus genannten Gründen. Und Herr Niederle selbst, um den Verdacht auf Sie zu lenken. Aber warum sollte er dann seine Verlobte umbringen, wenn er finanziell nichts davon hat? Sie haben ihn ja selbst im Verdacht, ein Abstauber zu sein.«

Zwirn sank so sehr in sich zusammen, dass er wie eine Kugel mit Beinen wirkte. »Ich weiß es nicht.«

Hatte er doch, der Niederle. Durch die Schenkung. Aber warum sollte er dann zusätzlich das Testament verschwinden lassen? Nur um Zwirn zu belasten? Und warum war dann Roger Landock in Wien gewesen? Das war kein Zufall. Mayer ging zum Fenster. Ein von der gegenüberliegenden Scheibe widergespiegelter Sonnenstrahl zauberte einen hellen Streifen aufs Brett. In ihrem Hirn blieb es allerdings dunkel.

Katz stand auf. »Sie halten sich bitte zu unserer Verfügung.«

Mayer drehte sich um. Richtig, da war nur nicht kein Geräusch, Zwirn verharrte tatsächlich noch immer in seiner eingeringelten Position. Er müsste doch jetzt aufspringen, froh, sich nicht verplappert zu haben. »Er war's.«

Katz verschränkte die Arme. »Ihr Hass auf ihn reicht nicht als Tatverdacht.«

Zwirn atmete tief durch, sah sie der Reihe nach an. »Ich war das nicht mit dem Testament. Wirklich nicht.«

Mayer sah ganz genau hin. Das war kein Schließen der Augen. Was hatte der Alte da vorhin gesehen? Jetzt würde sie anhand der Mimik schwören, dass Zwirn die Wahrheit sagte.

»Ihre Bekräftigung reicht uns auch nicht«, meinte Katz.

Jetzt schloss Zwirn die Augen eine Spur zu lange.

»Ich kenne Roger Landock«, sagte er mit stetem Nicken. »Und wir … arbeiten auch zusammen.« Es schüttelte ihn. »Ist eh besser, wenn das alles aufhört.«

Mayer trat zu ihm. »Aha?«

Er sah sie an. »Ja, aber Niederle kennt ihn auch. Wir haben zwei Nächte in London durchgesoffen. Elisabeth hat ihn uns vorgestellt. Habe mich bemüht, ihn zu mögen. Und in der zweiten Nacht ist zufällig Landock zu uns gestoßen.«

Beim Marathon, Rustenschacher Allee, Kilometer 37, 12:59 Uhr:

Der Kiwimann tritt in die Pedale des Fahrrades, links von ihm befinden sich große Häuser, rechts die Bäume des Praters. Er stöhnt bei jedem Tritt auf. Sein Gesicht ist verzerrt. Im Sekundentakt greift er hinter sich auf den Gepäcksträger, in dem der Sack mit den Kleidungsstücken eingeklemmt ist.

Ich bin so ein Vollidiot. So ein verfickter Vollidiot. Größenwahnsinnig, Das habe ich von dir, Herr Papa. Jawoll. Nicht normal, nein, besser als die anderen sein.

Das Rad rumpelt über einen Kanaldeckel. Es hebt den Kiwimann aus dem Sitz. Als er mit dem Hintern wieder auf dem Sattel landet, krümmt er sich zusammen.

Ich kann nicht mehr. Ich kann ganz einfach nicht mehr. Tommy muss ihn fertig laufen. Tommy. Sei da, Tommy. Shit, erst die Friedensgasse.

Er wirft einen Blick in die Gasse linkerhand von ihm. In der Nähe der Absperrung zur Schüttelstraße, auf der sich Läufer in seine Fahrtrichtung bewegen, sitzt an der Ostseite eine zierliche Frau mit kurzen blonden Haaren auf dem Mäuerchen einer Einzäunung. Unweit von ihr sind bei der Absperrung ein Streifenwagen und ein stämmiger Mann, der die Läufer beobachtet, erkennbar.

Scheiß Bullen. Sind die überall? Ich kann das Zeug nicht Tommy geben. Ich muss das irgendwo entsorgen. Irgendwo. Verdammte Scheiße, verdammte. Daran habe ich nicht gedacht. Dass da überall Bullen sein werden.

Der Kiwimann reißt den Kopf herum, nach rechts, wieder nach links, hinter sich. Nirgends eine Mülltonne.

Sie werden da alles absuchen. Wie weit? Wie groß wird der Umkreis sein? Nein, sie werden nicht suchen. Sie wissen ja nicht, dass ich zusätzlich ein Gewand angehabt habe. Nein, das wissen sie nicht.

Er grinst. Das Lachen verwandelt sich in einen Schrei. Er bleibt stehen, streckt ganz langsam den Rücken durch. Man sieht ihm an, dass jeder Zentimeter Bewegung Schmerzen verursacht. Behutsam stellt er den linken Fuß wieder aufs Pedal. Mit höchst konzentriertem Blick tritt er nach unten, presst dabei die Lippen aufeinander.

Nur die Harten kommen durch, jawoll, Herr Papa. Jawoll, jawoll, jawoll.

Bei jedem Tritt in die Pedale nickt er.

Links. Rechts. Links. Rechts. Alles nur eine Frage des Willens. Da vorn, da kommt ja schon das Haus, wo letzte Woche die Mistkübel draußen gestanden sind. Morgen kommt die Kolonia. Also müssen sie draußen stehen. Müssen sie.

Der Kiwimann erreicht eine Villa. Sein Blick sucht das Gebiet um das Haus ab. Keine Müllcontainer. Er drischt mit der Hand auf die Lenkstange. Flucht offensichtlich. Schaut auf die Armbanduhr und hetzt weiter.

Verdammte Scheiße. Ich hätte sie umbringen sollen. Das Gequatsche hat mich nur Zeit gekostet. Und die zweite Leiche wäre auch schon wurscht gewesen. Hätte noch mehr nach Einbruch und überrascht werden ausgeschaut. Ich bin viel zu weich, jawoll, Herr Papa. Viel zu weich. Ich werde nie so sein wie du. Viel zu weich. Und jetzt muss ich ihr auch noch was zahlen. Zum Scheißen ist das alles. Aber der Plan. Der Plan war so. Sie hätte gar nicht da sein dürfen. Nicht da.

Er strampelt weiter. Die Bewegungen sind eckig, jede

Anstrengung wird von einem Verzerren des Gesichts begleitet.

Ich. Muss. Weiter. Ich. Darf. Nicht. Aufgeben. Sonst. Ist. Alles. Umsonst. Gewesen. Tommy. Wird. Warten. Nicht. Weiterlaufen. Nicht. Programmiert.

Rechts von ihm steht ein Mann in der Wiese und spielt mit seinem etwa zweijährigen Sohn *Flieger*, indem er ihn an einem Bein und an einer Hand hält und um sich herumkreiselt. Der Kleine jauchzt, der Vater lacht über das ganze Gesicht.

Die Mimik des Kiwimannes friert ein. Von einer Sekunde auf die andere ist das Gesicht glatt wie jenes einer Skulptur. Von der Anstrengung zeugen lediglich die tief liegenden Augen und die eingefallenen Wangen. Er blickt starr vor sich hin, scheint sich nur auf die Bewegungen zu konzentrieren. Sie sind nicht mehr eckig, aber nun ungleichmäßig. Jeder Tritt in die Pedale erfolgt wie ein Peitschenschlag. Die nachfolgende Aufwärtsbewegung wirkt umso kraftloser.

In der Ferne quert eine große Straße. Kurz vor der Kreuzung steht der Mann namens Tommy und schaut ins Leere. Völlig regungslos steht er da. Als der Kiwimann näher kommt, erkennt er auf den Wangen des Mannes, der wie er aussieht, Spuren von Tränen. Der Mann namens Tommy reagiert erst, als der Kiwimann ihn an der Schulter rüttelt. Er verzieht den Mund wie ein Kind kurz vor dem Weinkrampf.

»Ist gut, Tommy. Du kannst gleich heim.«

Die beiden Männer tauschen die Laufschuhe und das T-Shirt. Der Kiwimann drückt dem anderen das Rad in die Hand und trabt mit steifen Beinen los. Nach ein paar Metern stoppt er, rennt zurück zu dem Mann namens

Tommy, der ihm nachsieht, und reißt ihm das grüne Stirnband vom Kopf.

Mittwoch nach dem Marathon, Meierei im Volksgarten, 13:08 Uhr:

Mayer stoppte am Eingangstor und ließ ihren Blick über den Gastgarten schweifen, in dessen Mitte wie der Bienenstock in einer Wiese der Pavillon thronte. Nahezu alle Tische waren besetzt, die meisten von Touristen, gut erkennbar an den Fotoausrüstungen und Stadtplänen. Und vielleicht auch an den entspannten Gesichtsausdrücken. Sie hatten keine Eile. Links im Schatten des Gebäudes, nahe der undurchsichtigen Hecke aus verschiedenen Sträuchern, saß die Innenministerin, ihre Chefin sozusagen. Ihr gegenüber offensichtlich ein Journalist, denn der Mann mit den kurzen, blonden Kraushaaren fingerte an einem Aufnahmegerät herum. Mayer war es immer schon schleierhaft gewesen, warum sich Politiker so gern an diesem öffentlichen Ort interviewen ließen. Jeder konnte zuhören, wie sie sich verplapperten. Die Alternativen waren immer eines der großen Kaffeehäuser wie Landtmann oder Schwarzenberg oder eben die Meierei. Vielleicht wollten sie sich volkstümlich geben. *Schaut her, ich gehe ganz normal einen Kaffee trinken, ich weiß also, wie viel das kostet. Und ich lausche euren Gesprächen, habe also mein Ohr am Volk.* Und das Volk, genau genommen die zukünftigen Wähler, hatte das Ohr an ihnen, denn zwei Meter von dem Tisch mit der Innenministerin entfernt stand ein etwa fünfjähriger Bub in hellblauer kurzer Hose und weißem Hemd und beobachtete die Szene mit Argusaugen.

Katz drängte sich an ihr vorbei und betrat den Gastgarten.

Mayer setzte ihm nach und packte ihn am Ärmel seiner

Lederjacke. »Zu viele Zuhörer. Ich hab's gesagt. Schleppen wir ihn rüber.«

Der Alte schüttelte den Kopf. »Wenn er an einen entspannten Tratsch glaubt, ist er nicht so aufmerksam wie bei uns im Büro. Verredet er sich eher.«

»Landock. Die englische Prepaid-Nummer auf Niederles Anrufliste. Er kann sich nicht herausreden.«

Katz schüttelte erneut den Kopf, von einem sanften Lächeln begleitet. Mayer fühlte sich zum unwissenden Kind degradiert. Und schon ließ ihr lieber Chef sie auch wie ein solches stehen und steuerte die rechte hintere Ecke an. Dort saß, mit ausgestreckten Beinen und einer Sonnenbrille auf der Glatze, Niederle. Er stocherte mit einem langen Löffel in seinem Eiskaffee und beobachtete drei Tauben, die immer wieder den Nebentisch anflogen und Brösel aus dem Körbchen mit Gebäck stahlen. Das etwa dreijährige Kind an diesem Tisch, gekleidet in Weiß und Rosa, patschte jauchzend in die Hände, seine Eltern, gekleidet in Weiß und Hellgrau, versuchten, die Tauben mit *husch, husch* und wedelnden Händen zu vertreiben. Die Szene wirkte durch das Schattenspiel der mächtigen Kastanie wie ein Gemälde – und zwar wie von Monet, dessen Bilder Mayer in Paris lieben gelernt hatte, zuerst als Posters im Souvenirshop und dann im Original.

Niederle bemerkte sie erst, als Katz den Sessel ihm gegenüber über den Kies zu sich zog.

»Oh, Mayer und Katz! So schnell.«

Er sprang auf und rückte Mayer einen Sessel zurecht. Das war ihr noch nie passiert. Einmal hatte bei einem Geburtstagsabendessen eine Heterofreundin der Runde erzählt, dass der Anwalt, den sie gedatet hatte, das volle Programm mit Sesselrücken, Mantelhelfen und Feuergeben abgezogen hatte. Eine Männer-Frauen-Diskussion war die Folge gewesen, im Zuge derer Mayer als hoffnungslos rückständig bezeichnet worden war, weil sie nichts gegen Aufmerksamkeit hatte. Wahrscheinlich lag das an ihrem üblichen Umgang, der mehr von derben Sprüchen und Missachtung geprägt war. Sehnsucht nach Ausgleich. Jedenfalls konnte sie sich jetzt ganz gut vorstellen, dass Niederle bei den Frauen Erfolg hatte – als Mann mit Manieren und Geschmack.

Das änderte aber nichts an der Tatsache, dass er wahrscheinlich ein Blaubart war. Deshalb legte sie ihr Smartphone mitten auf den Tisch. »Herr Niederle, es macht Ihnen doch nichts aus, wenn ich unser Gespräch aufzeichne. Ich tu mir so schwer mit handschriftlichen Notizen.«

»Ich will nicht schuld sein, dass Sie einen Krampf bekommen«, lachte er sie an.

Man konnte fast glauben, dass er wirklich unschuldig war. Und auch trauerte, denn er rührte bedächtig in seinem Eiskaffee und meinte, er sei Lisas Lieblingsgetränk gewesen. Es schimmerte in seinen Augen.

Mayer aktivierte die Aufnahmefunktion. Und während sie bei der Kellnerin mit den rot gefärbten kurzen Haaren und dem dicken dunkelroten Lippenstift zwei Espressi orderten, startete Katz in seiner besten Manier den Smalltalk zwischen zwei Läufern. Was gegen Muskelkater zu tun, welche Mischung bei Kraftdrinks am geeignetsten sei, wie man die Kräfte aufgeteilt und die letzten Kilometer ausgehalten habe, dass jede Unebenheit zu einem potenziellen Stolperstein, jede leichte Steigung zu einem Berg würde.

Die Espressi kamen. Mayer rührte den Zucker hinein und fragte sich, wann der Alte wohl endlich auf den Punkt kam.

Katz zündete sich in aller Seelenruhe einen Zigarillo an. »Und am schlimmsten finde ich die dämlichen Anfeuerungsrufe. Am Anfang ist das ja noch lustig, aber dann von einem fetten Biertippler ein gerülpstes Hopp-Hopp umgehängt zu bekommen, geht mir echt am Arsch.«

»Hab ich gar nicht mitbekommen. War ja alles so laut«, meinte Niederle.

»Ja, laut war es. Diese ständige Musik. Und dann spielen die alle immer dasselbe. Da bei der Schüttelstraße, wo wieder die Häuser beginnen, da war's besonders arg. Kurz nach siebenunddreißig. Da haben welche eine Anlage aus dem Fenster gehängt ...«

Das war Mayers ausgemachtes Stichwort. »Yepp, ich weiß, was du meinst. Ich war ja dort mit dem Oppitz stationiert. Bist du wahnsinnig. Die ganze Zeit in voller Lautstärke. *I will survive*. Die ganze Nacht habe ich davon geträumt. War arg, oder?«, wandte sie sich an Niederle.

Der zuckte mit den Schultern.

»Ist Ihnen das gar nicht aufgefallen?«, hakte sie nach.

»Nein.«

»Nein?«, tat Katz auf ehrlich überrascht. »Ich weiß bei jedem Kilometer, welche Musik war.«

»Ich nicht. Ist alles an mir vorbeigeglitten.«

Mayer lehnte sich zurück und widerstand nur mit Mühe dem Drang, die Augen zu schließen und laut aufzuseufzen. Das war's mit dem feinen Plan, Niederle über die Musik festzunageln. So ein blöder Plan konnte ja nur eingerauchten und am nächsten Morgen noch immer unter dem Einfluss der Droge stehenden Polizisten als sinnvoll erscheinen. Natürlich legte er sich nicht fest, er war ja nicht dumm. Also dann doch so, wie sie es eigentlich gewollt hatte, ehrliche und klare Polizeiarbeit. Sie musste sich nur dazu aufraffen, aber das war so schwer. Die Müdigkeit saß auf ihrem Kopf und ihrer Brust wie ein Krake.

»Aber Sie haben sich ja sicher nicht mit mir getroffen, um gemeinsam den Marathon aufzuarbeiten, oder?«, ließ nun Niederle vernehmen.

Mayer blinzelte durch die Sonnenstrahlen hindurch die beiden Männer an. Katz war in den Anblick seines Zigarillo versunken, Niederle schaute ihm dabei zu. Und sie war sich sicher, dass da ein kleines süffisantes Lächeln um seine Lippen spielte. Der Typ hatte sie am Gängelband. Null Fehler, volle Souveränität. Er schien alles bedacht zu haben. Aber das alles nur wegen 700.000 Euro? Nun gut, es war schon für weniger gemordet worden. Aber er hätte alles haben … In Mayers Kopf wurde es endlich hell, so viele Blitze durchzuckten ihr Gehirn. Das hatte Katz wohl vorhin im Büro gemeint. Als Ehemann und damit Alleinerbe wäre Niederle noch mehr superhauptverdächtig gewesen. Und selbst wenn sie ihm nichts beweisen konnten, säße ihm ewig sein Schwager mit den Einsprüchen im Nacken. Und so lang gäbe es keinen Zugriff auf die Erbschaft. War es so einfach? Es musste so einfach sein. Einfach und wesentlich sicherer als andersherum und daher genial. So eine verkackte Kacke. So ein Arsch. Also dann, nichts wie auf zum nächsten Schlag, der ihn verunsichern und vielleicht doch überführen würde.

Sie setzte sich wieder gerade hin und legte die Unterarme auf den Tisch. Gerade, als sie loslegen wollte, rempelte sie jemand an, der vorbeirannte. Es war der kleine Bub, der vorhin bei der Innenministerin Wache gehalten hatte. Er bremste sich beim Nachbartisch ein und fuchtelte vor der Nase seiner Mutter mit einem Zettel herum. Dabei krähte er immer wieder »Ein Ottogamm! Ein Ottogamm!«

»Ein Autogramm? Ja, von wem hast du das denn?« Die Mutter studierte den Zettel.

»Von der Frau da. Die ist berühmt!«

Die Frau renkte sich den Hals aus.

»Von der Frau Innenministerin wahrscheinlich«, klärte Mayer sie auf. »Er ist vorhin bei ihr gestanden.«

Die Frau nickte ihr dankend zu und meinte zum Buben: »Das musst du dir gut aufheben. Das ist ganz toll viel wert.«

Der Bub strahlte und widmete sich seinem Apfelsaft. Katz bekam einen Lachanfall.

Mayer Wut. Zahnloses Herumgeeiere, das alles. Sie wandte sich an Niederle. »Was sagt Ihnen Roger Landock?«

Niederle verharrte einen Moment mit dem Blick auf dem Buben, bis er sich mit gerunzelter Stirn zu ihr drehte. »Landock?«

Leugne es, dass du ihn kennst. Komm, leugne es! Und dann nageln wir dich fest.

»Wie kommen Sie jetzt auf Roger?«

»Sie geben also zu, dass Sie ihn kennen?«

»Ja natürlich. Ist ein Bekannter von Zwirn. Hab ihn bei einer Sauftour in London kennengelernt.«

»Sie haben kürzlich telefoniert.«

Niederle lachte auf und verdrehte die Augen gegen Himmel. »Sie geben es nicht auf. Sie geben es einfach nicht auf. Sie verdächtigen und verdächtigen mich.« Er blitzte sie an. »Was haben Sie noch alles von mir durchwühlt, ha?«

Sein Blick war dermaßen kalt, dass Mayer kurz ein Schauer durchlief. Sie konnte Niederle förmlich sehen, wie er den Hammer auf Elisabeth Zwirn niederkrachen ließ.

»Sie haben kürzlich telefoniert.«

»Ja, sicher. Er ist nach Wien gekommen, um sich den Marathon anzuschauen. Ich hab ihm damals so davon vorgeschwärmt, dass er ihn unbedingt erleben wollte.«

»Und das sollen wir Ihnen glauben«, mischte sich nun Katz ein.

»Ja. Warum nicht?«

»Weil Landock ein Dieb und Einbrecher ist.«

»Tatsächlich?«

»Tatsächlich.«

»Mir hat er sich als Makler vorgestellt.«

»Er ist ein polizeibekannter Dieb. Und das Testament zu Ihren Gunsten ist gestohlen worden.«

Niederle schleckte in aller Gemütsruhe den langstieligen Löffel ab. »Dann werden Sie deswegen ja jetzt wohl endlich Zwirn verhaften. Immerhin ist Roger sein Freund.«

»Aber die beiden haben nicht miteinander telefoniert.«

Jetzt schlug sich Niederle mit dem Löffel auf die Lippen und ließ den Blick sinnierend durch den Gastgarten schweifen. »Sagen wir, sie haben es nicht mit offiziellen Handys getan. Aber das muss ich Ihnen als Polizisten ja nicht erklären.« Er lächelte.

Ein Königreich für einen gewöhnlichen Taschendieb! Mayer wollte Niederle einfach nur ins Gesicht schlagen. Ihm sein dämliches Grinsen vom Mund prügeln. Je mehr Erklärungen er bot, je stichhaltiger die Entlastungen wurden, umso sicherer wurde sie sich, dass er schuldig war.

Der kleine Bub vom Nachbartisch stellte sich zu ihnen, während seine Mutter dem kleinen Mädchen nachrannte. Der Vater war nirgends zu sehen. Der Bub schaute Niederle mit großen Augen an.

Der beugte sich zu ihm. »Was willst du denn, Kleiner?«

»Bist du auch berühmt?«

Er lachte auf. »Wie kommst du denn darauf?«

»Weil dich die Frau da interfut.«

»Nein, die will sich nur merken, was ich sage.«

In dem Gesicht des Buben stand ein großes Fragezeichen.

Nun beugte sich Katz zu ihm. »Lass dir ruhig von dem Herrn da ein Autogramm geben. Vielleicht ist er ja bald berühmt. Ich bin mir da ganz sicher, weißt du.«

»Cool«, kommentierte der Bub mit großen Augen. Er streckte Niederle den Zettel mit der Unterschrift der Innenministerin hin.

Niederle starrte auf den Zettel. Sein Kiefer trat hervor.

»Jetzt tun Sie ihm schon den Gefallen, Meister Blaubart«, meinte Katz.

Niederle starrte weiterhin. Der Bub streckte den Zettel näher zu ihm. Er unterschrieb. »Und jetzt geh zu deiner Mama. Los!«

Der Kleine sah ihn ob des scharfen Tons verschreckt an und verzog sich.

»Sie gehen mir auf die Nerven.« Niederle holte aus der Brusttasche seines Hemds eine Packung Mentholzigaretten und zündete sich eine an.

»Apropos«, meinte Katz. »Wir haben so einen Stummel in der Wohnung von Elisabeth Zwirn gefunden.«

»Das ist natürlich vollkommen überraschend«, ätzte Niederle.

»Schon. Denn so zusammengeräumt, wie alles war, handelte es sich bei Elisabeth Zwirn sicher um die Art von Frau, die sofort nach jedem Besuch den Aschenbecher ausgeleert hat.«

»Dann wird sie es eben einmal vergessen haben.«

Katz schnellte nach vorn, warf zugleich den Zigarillo in den Aschenbecher. »Sie haben für einen Kilometer, von siebenunddreißig auf achtunddreißig, vierundzwanzig Minuten benötigt.«

Niederle fixierte ihn ohne jegliche Regung. »Mir war schlecht.«

»Sie haben zwischen dreißig und siebenunddreißig gänzlich andere Kilometerzeiten als davor und danach.«

»Schon einmal was vom Mann mit dem Hammer gehört?«

»Sie haben zwischen dreißig und siebenunddreißig Ihren Bruder für sich laufen lassen. Sie hatten Zeit genug, Ihre Verlobte umzubringen. War ja nicht weit von der Rennstrecke.«

»Sie haben eine beeindruckende Phantasie, Herr Chefinspektor. Sie sollten Krimis schreiben.«

»Sie haben sich einen Teil des Vermögens von Elisabeth Zwirn überschreiben lassen. Dann haben Sie Roger Landock beauftragt, das Testament zu stehlen, um sicherheitshalber auch noch Hans-Georg Zwirn zu belasten. Der außerdem mit Sicherheit Ihren Erbanspruch angefochten hätte. Sie also vom Geld erst einmal nichts gehabt hätten. Und während des Marathons dann der Tausch, der Mord. Geben Sie es zu.«

Ja, Katz hatte denselben Rückschluss wie sie gezogen. Mayers Herz pumpte heftig. Es lag alles so klar auf dem Tisch, jetzt musste der Arsch zusammenbrechen.

Niederle lächelte sie an. »Warum sollte ich?«

»Ich werde es Ihnen beweisen«, blaffte Katz.

»Viel Spaß.«

»Morgen haben wir eine Psychologin. Da holen wir noch einmal Ihren Bruder zur Einvernahme. Und mit England haben wir bereits Kontakt aufgenommen. Landock ist der Nächste.«

»Und ich werde jetzt ernsthaft mit meinem Anwalt Kontakt aufnehmen. Ihre Fixierung ist Verschleuderung von Steuergeldern. Anstatt dass Sie endlich checken, ob sich da eine Einbruchsbande herumgetrieben hat oder ob wieder einmal irgendwelche Sektentypen unterwegs waren, wollen Sie unbedingt beweisen, dass ich es war. Das nenne ich fahrlässig.«

Niederle lehnte sich mit verschränkten Armen zurück und sog genüsslich an der Zigarette. Katz lehnte sich ebenfalls zurück. Die beiden kippten schon wieder in ihr Blickeduell.

Mayer klopfte mit dem Löffel auf die Espressotasse, bis die beiden Herren sie ansahen. »Herr Niederle, ich hab Sie gesehen. Als Sie mit dem Fahrrad bei der Friedensgasse vorbeigefahren sind. Zwei Minuten vor dem Notruf. Sie kamen aus der Richtung von Elisabeth Zwirns Wohnung und fuhren Richtung Wittelsbachstraße, Rotundenbrücke. Das ist jener Abschnitt der Strecke, wo die lange Pause zu Ende war.«

Sein Kiefer trat wieder hervor. Jetzt hatten sie ihn.

»Sie haben mich gesehen. Aha. Darf ich fragen, was Sie zu dem Schluss bringt, dass Sie *mich* gesehen haben?«

Der Sessel unter Mayers Hintern sank in den Boden. So viel Kaltschnäuzigkeit besaß nicht einmal der Grätzelboss vom *Yppenplatz*. Sie setzte zu sprechen an und merkte, dass ihr ein Frosch im Hals saß. Jetzt musste sie sich auch noch räuspern. So peinlich. Nichts wie heim ins Kommissariat West.

Sie räusperte sich. »Das kiwigrüne T-Shirt. Die Glatze.«

Sie sahen einander lang an. So lang, wie es dauerte, dass die Familie am Nebentisch gezahlt hatte und unter großem Gekreische der Kinder abdampfte.

Nun musterte Niederle demonstrativ das Haupt von Katz. »Wie viele Männer mit Glatze wohl den Marathon gelaufen sind? Wie viele mit grünen T-Shirts?« Er stand auf und warf einen Zehn-Euro-Schein auf den Tisch. »Ich freue mich schon darauf zuzusehen, wie mein Anwalt Sie zerlegt.«

Er schlenderte davon, mit einer Hand im Hosensack, in der anderen die Zigarette rollend.

Beim Marathon, Kilometer 40, Vordere Zollamtsstraße, 12:17 Uhr:

Der Glatzkopf läuft und läuft. Die mobilen WCs am Straßenrand, das *Hotel Hilton* schräg vor ihm, die Verpflegungsstelle davor, das Geländer auf der Brücke über den *Wienfluss* gegenüber – alles scheint sehr weit weg von ihm zu sein. Es ist, als liefe er durch eine Kulisse, die nichts mit ihm zu tun hat.

Er biegt nach rechts ab auf die Brücke über den Wienfluss. Gleich daneben befindet sich das Gelände des *Stadtparks*. Zartes Grün sitzt auf den Büschen. Die Blätter eines Astes werden immer größer, greifen nach ihm und hüllen ihn schließlich ein.

Hüllen ihn ein wie eine Rettungsdecke. Eine Decke des Roten Kreuzes. Der Glatzkopf sitzt, in sie gehüllt, auf dem Fensterbrett einer Auslage. Hinter der Scheibe sind Fahrräder erkennbar. Neben ihm kauert eine ältere Frau mit hennagefärbten kurzen Haaren. Schwarz gekleidete Männer tragen aus dem Hauseingang auf der anderen Seite des Glatzkopfes eine Bahre heraus. Der Körper darauf ist zur Gänze bedeckt. Der Glatzkopf und die Frau schauen zu, wie die Bahre in einen Leichenwagen geschoben wird.

Die Frau sagt: »Wir müssen Rosi Bescheid geben.«

»Ja, damit sie weiß, was sie angerichtet hat.«

»Wieso?«

Während der Glatzkopf dem Leichenwagen nachschaut, reicht er der Frau einen zusammengeknüllten Zettel. »Sie hat ihn wegen Missbrauchs angezeigt.«

»Red kein Blech.« Die Frau reißt ihm den Zettel aus der Hand, streicht ihn glatt und liest.

»Oh doch. Und das, nachdem er einen Kredit aufgenommen hat, um ihr das Geld in den Arsch zu schieben.« Er zuckt am ganzen Körper, es schüttelt ihn.

Der Glatzkopf schüttelt den Kopf, die Schultern – und stolpert. Sieht wieder den Asphalt zu seinen Füßen. Er schaut auf. Linkerhand befinden sich zwei Kioske mit Blumen.

»Und nicht einmal zum Begräbnis bist du gekommen, du verlogenes Miststück.«

Er biegt nach links auf die *Ringstraße* ab. Endloses Grau. Seine Bewegungen werden noch angestrengter, als sie schon sind. Kieselsteine sind Felsen, Kanalgitter tiefe Bunker, denen es auszuweichen gilt, der Asphalt Melasse, in der er nur mühsam waten kann.

»Komm. Nur. Noch. Drei. Kilometer. Drei.«

Er fixiert die Fersen des Läufers vor ihm. Dessen Schuhe sind neongelb. Sie wirken wie Lichter in einem Tunnel. Und die Straße in diesem Tunnel kippt, wird mit jedem Schritt des Glatzkopfes steiler. Ein scheinbar unüberwindbarer Berg.

Der Glatzkopf läuft und läuft.

Zwei Wochen nach dem Marathon, Montag, Schutzhaus »Zukunft«, 12:47 Uhr:

Der Kellner platzierte vor Mayer das Schnitzel mit Erdäpfelsalat, vor Oppitz ein Gulasch sowie ein Körberl mit Gebäck. Und schon bereute sie es, sich das Schnitzel bestellt zu haben, es wäre doch das Gulasch gewesen. Nein, im Grunde hätte sie auf ihren ersten Gusto hören und das Rahmbeuschel mit Semmelknödel bestellen sollen.

»Was schaust denn so grantig?«, fragte Oppitz und zerbrach mit Hingabe eine bis zu Mayer duftende Kaisersemmel.

Sie stach ein dunkelbraun gebackenes, kleines Stück, das vom Schnitzel abstand, ab und schob es mit der Gabel zur Zitronenspalte, die auf einem Salatblatt am Tellerrand thronte, und von dort wieder zurück. »Ich hab eigentlich gar keinen Appetit.«

»Aber du hast Hunger. Wir haben beide deinen Magen knurren hören. Also iss.«

Selbiges tat Oppitz nun mit Hingabe. Das Gulaschfleisch war so weich, dass er es mit der Gabel zerdrücken konnte. Und fast zärtlich spießte er Stückchen der Semmel auf und ließ sie mittels der Gabel durch den rostbraunen Saft gleiten, bevor er sie in seinen ständig mampfenden Mund versenkte.

Er nickte ihr zu. »Komm. Ist kalt nicht so gut.«

Mayer seufzte und stocherte im Erdäpfelsalat. Nahm eine Scheibe Kartoffel in den Mund. Er war gut. Wie immer. Dann schnitt sie ein Stück vom Fleisch ab, legte das Besteck ab, schnappte sich ein Stück von Oppitz' mittlerweile zweiter Semmel und tauchte es mit einem dahingemurmelten »Darf ich?« in seinen Gulaschsaft. War auch gut.

Sie seufzte erneut. Nahm einen Schluck von ihrem gespritzten Apfelsaft. Sah sich um. Der Gastgarten hatte sich in den letzten Minuten wie durch Zauberhand fast zu einem Drittel gefüllt, und das war viel bei geschätzten 100 Plätzen. Kein Wunder, das Frühlingswetter machte seinem Namen Ehre, man konnte auf den Köpfen der Gäste sämtliche neuen Modelle von Sonnenbrillen studieren.

Mayer lehnte sich zurück und verschränkte die Arme. »Schön, wieder da zu sein.«

»Das verdient die Zukunft net.«

»Was?« Sie blinzelte ihn gegen die Sonne an.

Oppitz legte die Gabel beiseite und wischte sich sorgfältig den Mund mit der Serviette ab – er war ja im Dienst. Dann lehnte er sich auf seine Unterarme und beugte sich zu ihr vor. »Deine falsche Begeisterung.«

»Aha.«

»Ja. Zum Glück haben wir heut die Brüche vom Wochenend zum Aufarbeiten gehabt. Da haben die Kollegen dein Gsicht net so mitbekommen.«

Mayer wurde heiß, in ihren Ohren klingelte es. »Und was stimmt mit meinem Gesicht nicht, ha?« Am liebsten wollte sie den Tisch über seine dämliche, in Falten versinkende Visage kippen.

»Schmeckt's dir net, Frau Kommissar?« Der Kellner bremste sich so abrupt an Mayers Seite ein, dass die vier Krügel Bier, die er in Händen hielt, überschwappten. Ein paar Tropfen landeten auf ihren Jeans.

»Kannst net aufpassen, Chrissi? Also wirklich.« Sie schnappte sich die Serviette und rubbelte – obwohl sie zugeben musste, dass da nicht viel zum Wegwischen war. Trotzdem. Jetzt stank sie sicher wie ein Säufer.

»'tschuldige. Is eh net viel passiert, oder?«

Mayer knurrte, der Kellner eilte mit einem Schulterzucken weiter. Sie warf die Serviette auf den Tisch. Oppitz musterte sie. Sie runzelte die Stirn. »Is was?«

»Der Brandtner-Chrissi kann aber wirklich nichts für deine Malaise, liebe Ella.«

»Für welche Malaise?«

»Dass du wieder dort bist, wo du nicht mehr hingehörst.«

»Spar dir deine Küchenpsychologie.« Mayer widmete sich ihrem Schnitzel und stopfte Bissen auf Bissen hinein. Es schmeckte nach gar nichts. Neuer Koch. Oder was auch immer. »Ich hab nur schlecht geschlafen.« Sie wrang die Zitrone darüber aus, streute ausgiebig Salz darauf. »Der Alex ist ja nett. Aber es ist halt nicht …« Sie nahm einen extra großen Bissen und kaute und kaute.

»Dir geht also die Carmen ab.«

»Sicher nicht.« Schnitt. Bissen. Sie musste essen, ihr Körper benötigte Energiezufuhr nach dem Sportexzess am Wochenende. Die Rax rauf und runter, inklusive Schneestapfen, weil das Hochplateau natürlich noch in winterlicher Pracht gestrahlt hatte. Mit dem Rad von Krems nach Wien und dann noch bis zur Südspitze der Donauinsel und retour. Trotzdem hatte sie sich im Bett gewälzt. »Ich brauch eine Wohnung.«

»Klar.« Oppitz widmete sich nun auch wieder seinem Gulasch. »Ich will es endlich wissen: Hat dir der Katz ein Angebot gemacht oder nicht?«

Wenn man solche Freunde hatte, brauchte man keine Feinde mehr. Sie hatte Oppitz unmissverständlich klar gemacht, dass sie über die letzten zwei Wochen nicht reden wollte. Also schwieg sie.

»Ich hab gehört, dass dieser Kollege vom Katz, der Kolonovits, wegen seinem Herzinfarkt beim Marathon noch auf Rehab ist. Und dass er danach wahrscheinlich auf ein ruhiges Platzerl versetzt wird.«

Mayer fuhr auf. »Und?«

»Er hat dir ein Angebot gemacht.« Oppitz sah sie an wie ein Vater sein Kind, der Verständnis für einen riesigen Fehler heuchelte.

»Und wenn …?«

»… frag ich mich, warum du wieder zu uns ins West zurück bist.« Damit schob er den penibel mit der Semmel saubergewischten Teller zur Seite und nahm seine Verhörposition ein: aufgelegte Unterarme, verschränkte Hände, intensiver Blick, leichtes Lächeln auf der rechten Mundhälfte. »Komm, Ella, red mit mir. Was war?«

»Gar nix.«

»Komm.«

Mayer spürte, wie angesichts Oppitz' mitfühlendem Ton alles Adrenalin oder Testosteron oder was auch immer verpuffte. Sie war nur mehr müde. Und knapp vor einem Tränenausbruch, wie schon die ganzen letzten Tage. Sie schüttete den Erdäpfelsalat aus der Schüssel auf den Teller, schob das Schnitzel in der Marinade hin und her. »Wirklich nichts. Das ist ja das Problem.«

»Er hat also nicht?«

»Darum geht es nicht. Ich gehöre da nicht hin. Ich bin nicht gut genug.«

»Wieso nicht?«

Und dann strömte es aus ihr heraus. Sie erzählte ihm vom misslungenen Gespräch zwischen einer Psychologin und Tommy – Niederles Bruder hatte um keinen Deut Aufschlussreicheres gebrabbelt als gegenüber Katz und Mayer; von der ebenfalls misslungenen Einvernahme von

Roger Landock durch die Kollegen in London – er hatte brav angegeben, sich Wien und den Marathon angesehen zu haben. Das Gegenteil konnte ihm niemand beweisen. Susanna Ilic' Einvernahme hatte auch nichts Neues gebracht. Darüber hinaus keinerlei verdächtige Fingerprints oder DNS-Spuren. Oder neue Telefonverbindungen. Und sämtliche Indizien zu Niederle – der Zigarettenstummel, die Laufzeiten, das geschenkte Geld – hatten einfach null Beweiskraft.

»Und der Arsch hat auch recht gehabt bezüglich meiner Aussage. Ich hab Rössler gegenüber nicht schwören können, dass der Radfahrer, den ich gesehen habe, wirklich Niederle war. Wie auch? Er war weit weg, und ich hab ja nicht gewusst, dass ich grad einen Mörder seh.« Sie warf die Arme in die Luft und rubbelte sich dann den Kopf – wie es Katz gemacht haben würde. Scheiße, der verrückte Kerl ging ihr ab.

»Ja, aber bei so vielen Indizien, da muss der doch zum Knacken sein.«

»Denkste. Zweimal Verhörmarathon von jeweils vierzehn Stunden. Nichts. Der hat sich kein einziges Mal verplaudert.«

»Und die anderen Frauen?« Ein gewisser Stolz schwang bei Oppitz mit.

»Ist Katz mit seinem Team noch dran. Aber schwierig. Kaum Material. Hat ja keiner auch nur den geringsten Verdacht gehabt.«

Oppitz seufzte und deutete dem Kellner, dass er noch einen Almdudler wünschte, indem er seine leere Flasche schwenkte.

»Und jetzt? Zu den Akten?«, wandte er sich wieder an Mayer.

Sie schüttelte den Kopf. »Zurück zum Start. Zeugenbefragungen. Klinkenputzen. Hat irgendwer irgendwas Verdächtiges bemerkt? Das Vielversprechendste war bislang ein Fahrrad, das von einem Hund angepinkelt worden ist. Dessen Halter meint, an der Stelle würde nie ein Fahrrad stehen. Ganz toll. Irrsinnig verwertbar. Und er kann sich auch nicht erinnern, wie es ausgeschaut hat. Die neumodischen Dinger wirken auf ihn alle gleich.«

Als Chrissi den Almdudler brachte, entschuldigte sich Mayer bei ihm. Er zwinkerte ihr mit einem »Passt schon« zu. Oppitz hatte recht, sie durfte ihren Frust nicht an lieben Kumpeln auslassen. Und sollte auch dem Schnitzel die verdiente Aufmerksamkeit angedeihen lassen. Sie steckte wieder einen Bissen in den Mund und merkte nun, dass sie das arme Ding völlig versalzen hatte. Aber da musste man durch.

Oppitz sah ihr zu, fast neidisch, wie Mayer schien. Wahrscheinlich hatte der Bär noch immer Hunger. Sie aber auch.

»Ich kapier immer noch nicht, warum du nicht gut genug sein solltest.«

Sie unterbrach ihr Schaufeln und sah ihn an. »Na, ich hab den Niederle nicht identifizieren können.«

»Und der große Guru Katz hat ihn im Verhör nicht zum Niederlegen bracht.« Er nahm einen großen Schluck direkt aus der Flasche. »Der Typ ist einfach zu clever. Selten genug, aber das passiert schon einmal.«

So hatte sie das noch nicht gesehen. Nach der Blamage in der Meierei, Niederle mit ihrer Zeugenaussage nicht aufgebrochen zu haben, hatte sie sich nur mehr klein und für unfähig gehalten. Ja, der liebe Chefinspektor Karl Maria Katz hatte ausnahmsweise einen Fall nicht aufgeklärt – oder besser: nicht zum Abschluss gebracht. Sie waren im Team gescheitert.

»Also, Ella, warum?«

»Ich …« Sie pickte Panierbrösel vom Tisch auf und verfrachtete sie in den Aschenbecher. »Verstehst, Oppitz, da brauchst anderes Hintergrundwissen. Andere Verhörtechnik.«

»Blödsinn.«

»Aha. Du wirst es ja wissen«, giftete sie.

»Die Menschen bringen aus Rache oder Gier um. Bei uns geht's oft um Bandenrivalität. Glaubst du, dass der Katz da so firm ist wie du?«

Mayer schwieg.

»Echt, Frau Gruppeninspektorin Mayer, du gehst mir auf den Geist. Eine, die grad einmal so Serbisch und Türkisch lernt, weil's ihr die Arbeit erleichtert, kneift den Schwanz ein? Und wie war das, wie ma den Antiquitätenbruch g'habt ham? Von deinem Fachgespräch mit dem Typen vom Dorotheum brummt mir jetzt noch der Schädel.«

Mayer legte die Arme auf den Tisch und den Kopf darauf. Schaute dadurch von unten in die Kronen der Kastanien. Ein Vogel müsste man sein. Nichts denken, außer, wie bekomme ich den nächsten Wurm.

»Also, sei ehrlich: Dir hat's dort Spaß gemacht und jetzt bist frustriert, weilst wieder Handtaschlziaga am Westbahnhof einkassieren musst.«

Sie sah ihren Freund Oppitz an. »Okay. Aber jetzt kann ich nimma anklopfen und sagen, ich hab's mir überlegt.«

»Warum nicht?«

»Weil ich dann eine Bettlerin bin. Die müssen mich holen.«

»Und du hast gesagt, der Katz ist eine Diva.« Oppitz

schlug sich mit der flachen Hand auf die Stirn und verdrehte die Augen. Dann zog er ihren Kopf am Kinn zu sich. »Aber versprich mir, dass du dir eine neue Freundin suchst. Die Glückshormone machen dich dann vielleicht erträglicher.«

Donnerstag nach dem Marathon, Zinshaus in der Böcklinstraße, 22:11 Uhr:

Er läutete. Wie konnte jemand nur so bescheuert sein und seine Eingangstür in hell- und ozeanblau streichen? Schon früher hatte ihn das jedes Mal geflasht, wenn ihn die blöde Kuh hatte warten lassen. Es war das Haus der Geschmacklosen. Bald musste er es nicht mehr betreten.

Kein Geräusch hinter der Tür. Sie hatte ihn herbestellt. Was sollte das? Er lauschte, musste sich konzentrieren, weil irgendwo im Haus ein Bassverstärker an seine Grenzen gebracht wurde. Nichts. Er läutete erneut.

Lugte zum Polizeisiegel an der Nachbartür. Es war definitiv zu viel Aufwand gewesen für dieses Wimmerl auszutzelnde Trampeltier und 700.000 Euro. Nur gut, dass er alles, aber auch wirklich alles bedacht hatte. Roger, Tommy, er selbst auf dem Fahrrad – nichts war vor ihnen sicher. Der Alte war ihm schon bei ihrer ersten Begegnung hier im Stiegenhaus unangenehm aufgefallen. Er gab sich exzentrisch und war ein knallharter Denker. Nur gut, dass die Kilometerzeiten nie vor Gericht durchgingen. Wer wollte ihm beweisen, dass ihm nicht schlecht gewesen war? Und diese Zuckerschnecke, sein Beiwagerl, war auch nicht ohne. Er hätte sich einfach nicht so ein auffälliges T-Shirt besorgen sollen. Kiwigrün war ja wirklich zum Kotzen.

Schritte. Gerassel.

Er setzte sein charmantes Lächeln auf, das sofort in Gefährlichkeit umschlagen konnte. Zur Sicherheit. Denn irgendetwas führte diese Nachbarin im Schilde. Sie sollte verschreckt auf seinen Anruf warten, dankbar sein, dass sie das Geld bekam. Kurz hatte er überlegt, ihr nur zehntausend zu geben. Aber das war unehrenhaft. Er klopfte auf die Beule in Brusthöhe seines Sakkos. Die Scheine würden sie schon ruhigstellen.

Die Tür wurde geöffnet. Die kleine, zugegebenermaßen ziemlich hübsche Kröte stand wie auf dem Sprung da und hielt ihm mit der einen Hand ein Handy entgegen, mit der anderen einen Pfefferspray. Bekleidet war sie mit einer dunkelblauen Trainingshose, einer grauen Kapuzenjacke und schwarzen Turnschuhen. Sie sah aus wie auf der Flucht.

»Was soll das«, fragte er bemüht freundlich. »Wollen Sie mich nicht hineinbitten?«

»Wir unterhalten uns hier.«

»Da haben wir aber vielleicht Zuhörer.«

Sie nickte Richtung Gang in seinem Rücken. »Die eine Partei ist auf verlängertem Wochenende, die andere Wohnung steht leer.« Sie grinste. »Wie auch die da«, wobei sie kurz mit dem Handy zur Tür der blöden Kuh deutete. »Und unten wohnt die alte Bernauer. Schwerhörig. Der Rest sind Studenten, die eine Party feiern.«

Deshalb also der Lärm. »Ja, aber warum wollen Sie nicht …?«

»Weil Ihnen das, was ich sagen werde, nicht gefallen wird«, unterbrach sie ihn. »Hier ist es sicherer für mich.«

Er hatte es ja geahnt. Die Kröte plante etwas.

»Und wenn Sie nur einen Schritt näherkommen, sprühe ich«, fuhr sie fort. »Gleichzeitig drücke ich auf Senden. Ich habe nämlich eine SMS vorbereitet. Direkt an die Polizei. Da steht drin, wen ich erwarte und warum.«

Er musste all seine Kraft aufbieten, um ihr nicht mit der Faust ins Gesicht zu donnern. Hätte er sie doch ganz einfach abgestochen. Er war viel zu gut für diese Welt. Darauf eingehen. Ablenken. »Was wollen Sie?«

»So ist es gut. Ich will ein halbe Million.«

Er lachte. »Und sonst geht es Ihnen noch gut?« Er machte einen Schritt auf sie zu.

Sie hob den Pfefferspray an und drückte. Er konnte gerade noch aus der Gefahrenzone hüpfen.

»Ich scherze nicht.« Jetzt hob sie auch das Handy und ließ den Daumen über dem Display schweben.

»Okay, okay.« Er hob die Handflächen in ihre Richtung. Ein glatter Schnitt durch die Kehle, das wäre es gewesen. Aber was nicht war, konnte ja noch werden. »Und wieso sollte ich Ihnen das Geld geben? Sie wissen doch noch, was ich Ihnen gesagt habe?«

»Ja, natürlich. Aber erstens weiß ich inzwischen, dass die Polizistin Sie auf dem Fahrrad gesehen hat. Meine Einvernahme war sehr aufschlussreich.«

»Kein Beweis.«

»Zweitens gibt es auch bei uns ein Zeugenschutzprogramm.«

»Aber dann hätten Sie nicht einmal die Hunderttausend.«

Sie zuckte mit den Schultern. Ihr Gesicht war gerötet – ein gutes Zeichen, weil es bedeutete, dass sie aufgeregt und daher vielleicht zu überrumpeln war. Ihre Augen glänzten wie im Fieber – schlechtes Zeichen, weil es bedeutete, dass sie unberechenbar war. Es konnte und durfte nicht sein, dass die ganze Mühe, der Marathon, die detaillierte Planung, die Bestechungen, umsonst gewesen waren. Er hätte sie wirklich sofort umbringen sollen, aber es war müßig, über vergossene Milch zu weinen. Jetzt galt es, auf diese kleine Kröte einzugehen und danach einen todsicheren Plan auszutüfteln.

»Gut. Aber ich brauche Zeit.«

»Wie viel?«

»Zwei Wochen.«

»Eine.«

»Geht nicht. Ich muss das Geld erst von … diversen Konten besorgen. Und in den nächsten Tagen werde ich nicht dazu kommen. Die haben mich im Visier.«

»Dann will ich es sofort.« Sie redete monoton und beinahe schnarrend wie ein Roboter, starr stand sie da, auch kein Wimpernschlag.

»Keine Sorge, die können mir nichts nachweisen. Aber sie werden mich jetzt befragen. So richtig befragen, meine ich. Da kann ich an meine Konten nicht heran.«

»Jetzt können Sie. Sie haben doch sicher Internet-Banking.«

»Habe ich nicht. Nicht bei so viel Geld, wenn Sie verstehen, was ich meine. Aber ich kann Ihnen die Hunderttausend als Anzahlung geben. Die habe ich mit.«

Jetzt schweiften ihre Augen kurz über seinen Körper – der sich auch sofort zum Sprung anspannte. Zu spät. Sie fixierte ihn schon wieder. Und Pfefferspray war wirklich unangenehm. Außerdem würde es hier eine unsaubere, unsichere Sache werden. Er hatte nicht darauf geachtet, ob ihn wer beim Betreten des Hauses beobachtet hatte. Er war ja offiziell nur wegen eines Plausches mit der Nachbarin hier. Nein, er musste sie an einen uneinsehbaren Ort locken, wo er dann auch gleich die Leiche verschwinden lassen konnte. Der Tod der kleinen Kröte in ihrer Wohnung würde die Bullen viel zu sehr zum Nachdenken bringen. Eine verschwundene Frau weniger. Es war nicht einmal sicher, ob der Wahnsinnige und die Zuckerschnecke von der Mordkommission überhaupt von der Abgängigkeit der Nachbarin erfahren würden, so, wie die einzelnen Abteilungen aneinander vorbeiarbeiteten.

Sie stierte noch immer. Ja verdammt, Hunderttausend waren doch nicht so wenig! »Also?«

»Okay. Legen Sie das Geld da auf den Boden. Ganz langsam.« Sie deutete zu seinen Füßen.

Er tat wie geheißen.

Sie nickte. »Jetzt zurück bis zur Stiege.«

Er folgte neuerlich.

»Okay. Wann bekomme ich den Rest?«

»Wenn die mich nicht mehr in der Mangel haben. Tut mir leid, aber genauer kann ich es Ihnen nicht sagen. In ein, zwei Wochen. So bald wie möglich.« Worauf sie Gift nehmen konnte. Sie musste verschwinden.

Die Kröte senkte, wohl von ihr unbemerkt, ein klein wenig Handy und Pfefferspray – nein, es zahlte sich nicht aus. Planung. Ohne Planung war man gefährdet.

»Ich rufe Sie an.« Er wandte sich ab und lief die Treppe hinunter. Sie folgte ihm nicht.

Zwei Wochen nach dem Marathon, Mittwoch, Böcklinstraße, 19:51 Uhr:

Fünf Minuten. Weil Oppitz sie mit seiner ständigen Aufforderung, sich eine Freundin zu suchen, nervte, weil sie sich über Carmen ärgerte, die sie auf Facebook schlecht machte, und weil sie viel zu oft an die Lipizzanerstute gedacht hatte, stand sie jetzt den bereits dritten Abend und aktuell geschlagene fünf Minuten vor dem Mietshaus und starrte auf die Fenster von Susanna Ilic im obersten Stock. Ozeanblaue Rahmen. Und erstmals ein Flügel offen. Also wahrscheinlich endlich jemand daheim. Alles bestens. Eigentlich.

Mayer kramte einen Zahnstocher aus ihrer Tasche, knickte ihn und ließ ihn wie einen Hubschrauber rotieren. Dabei schlenderte sie ein Stück zum Ende der Straße. Sie hatten sie befragt. Nichts Verdächtiges. Sie war also nur eine Zeugin, die selbst das im Grunde nicht mehr darstellte, denn der Fall war ja beinahe kein Fall mehr. Es war also nichts dabei, einfach bei ihr anzuklingeln, kein Gewissenskonflikt zwischen Arbeit und Freizeit. Sie musste nur die Straße queren und auf der Gegensprechanlage den Namen suchen und dann auf den Knopf drücken und dann … ja, was dann?

Sie bog in den Prater ab, setzte sich bei einem Baum in die Wiese und lehnte sich an den Stamm. Susanna Ilic war hetero. Viel zu mühselig und mit ziemlicher Wahrscheinlichkeit schlussendlich ohne Erfolgschancen. Wenn sie nur nicht so hübsch wäre mit ihren schwarzen Locken. Mayer riss ein Gänseblümchen aus und durchstach mit dem Zahnstocher den Blütenkelch. Nur eine Ablenkung war sie, der größtmögliche Gegensatz zu Carmen, nichts anderes. Aber natürlich auch so entzückend hilfsbedürftig und ... arm. Und zwar in jedem Sinne. Ilic hatte kein Geld. Sie war Freiberuflerin. Mayer holte tief Luft. Gesetzt den Fall, Susanna Ilic sprang wirklich auf sie an – wollte sie wirklich wieder diesen Stress wie damals mit dieser Malerin? In ihrer dreimonatigen Affäre hatte sie – wie hieß sie gleich noch einmal? Ach ja, Sandra. – Sie hatte ihr in drei Monaten fünf Mal Geld leihen müssen und nie zurückbekommen. Für Strom und Gas, für die Autoversicherung, wobei sie sich immer gefragt hatte, warum Sandra ein Auto fuhr, wenn sie es sich nicht leisten konnte. Die Ausrede vom Bildertransport war lächerlich, dann musste sie eben kleiner malen. Dann für Farben, für die Handyrechnung. Und die Essenseinladungen waren da noch gar nicht dazugerechnet. Bei Ilic, der offensichtlich erfolglosen Schauspielerin, würde es nicht anders werden, auch wenn sie angeblich was als Stimmtrainerin verdiente. Sie hatte ihre missliche Lage bei ihrem ersten Treffen ja angedeutet.

Trotzdem.

Und überhaupt.

War es lächerlich. Sie war die Polizistin, die Ilic die Zeugin. Und keinerlei Hinweis bei Ilic, dass sie sich zu Mayer zumindest freundschaftlich hingezogen fühlte. Also wo war da bitte eine Basis, auf der man eine Verführung aufbauen konnte? Eben.

Mayer stand auf. Sie würde jetzt vorn bei der *Rotundenbrücke* in den Dritten wechseln und von dort die ganze Stadt bis zur Wohnung von Alex im Fünften queren. So absolvierte sie wenigstens ein bisschen Bewegung, wenn sie schon wegen dieser blöden Idee mit der Ilic ihre abendliche Radtour ausgesetzt hatte. Zum dritten Mal. Solo zu sein war nichts Schlechtes, sie musste nur ihre gute Laune wieder finden, und das schaffte sie am besten, wenn sie sich bei Facebook ausklinkte und viel Sport betrieb. Wenn sie Carmens Schimpferei nicht mehr las, konnte sie die Schlampe auch vergessen.

Sie kehrte auf die Böcklinstraße zurück. Die Fenster waren jetzt geschlossen. Bestens. War die Ilic wohl inzwischen … Sie kam aus dem Haustor. Direkt vor Mayer. Zum Glück mit dem Rücken zu ihr. Mayer sprang hinter den geparkten SUV neben ihr. Wie megapeinlich. Sie linste zum Tor. Die Ilic sah sich um, während sie ihr Handy am Ohr hielt. Dabei trat sie von einem Fuß auf den anderen. Die Augen waren weit aufgerissen. Sie murmelte etwas, war aber zu weit weg, als dass Mayer es hätte verstehen können. Nun kam sie näher zum Heck des SUV. Mayer rollte sich am Blech auf die zur Straße gewandte Längsseite des Wagens. Unmöglich konnte sie jetzt einfach weggehen. Die Ilic würde sie bemerken und sich fragen …

»Ajde, javi se već jednom! Javi se, majku mu!«

Irgendjemand versuchte also dringend, die Ilic zu erreichen. Und zwar in reinstem Serbisch. Interessant. Mayer hatte nicht angenommen, dass Ilic zweite oder erste Generation war, sondern mehr auf eine alteingesessene österreichische Familie getippt. Namen aus den ehemaligen Kronländern der Monarchie waren ja gang und gäbe. So leicht fiel man also auf seine eigenen Vorurteile herein. Sie hatte einfach nicht angenommen, dass eine Schauspielerin …

»Konačno, Gorane. Majku mu, što se ne javljaš? Sto puta sam probala.«

Goran – sie war also eindeutig hetero. Und sie wollte ihn dringend.

»Ti si gde?« Jetzt kreischte Ilic. »Šta tražiš na Kahlenbergu? Bili smo se dogovorili u deset.«

Wieso war die Ilic so entnervt, weil ihr Freund jetzt auf dem Kahlenberg war, wenn sie ohnehin erst für zehn Uhr, also in zwei Stunden verabredet waren?

»Boli me uvo! On je pomerio termin. Sad mi trebaš.«

Welcher *Er* hatte den Termin vorverlegt? Und wieso brauchte sie für den Termin ihren Freund? Dermaßen hysterisch außerdem. Mayer spürte, wie ihr der Hals eng wurde. Da stimmte was nicht.

»Jesi li lud? Sad da idem tamo. Dolazi odmah ovamo! Odmah!«

Jetzt schrie sie. Die ganze Straße konnte sie hören. Wie auch der Mann mit Aktentasche, der hundert Meter stadteinwärts die Böcklin entlangkam und zu ihnen hersah. Mayer schaute in den Himmel und lehnte sich an den Wagen. Hoffentlich nahm ihr der Typ das Unbeteiligtsein ab. Sie ließ ihren Blick schweifen, tat so, als würde sie ihn zufällig bemerken – er war verschwunden. Wahrscheinlich in eines der Häuser.

»Pokušaću. Zakuni mi se. Dvadeset minuta. Ne kasnije.«

Es musste etwas wirklich Megadringendes sein, wenn sich dieser Goran bereit erklärte, vom Kahlenberg in zwanzig Minuten hier zu sein.

»Da, kunem se. Neću ići sama. Vidimo se.«

Sie durfte nicht allein gehen. Versprach es. Das konnte natürlich eine normale Eifersuchtssache sein, aber es klang nicht danach. Mayer schob sich zum Fenster des Autos und lugte durch beide Scheiben hindurch. Ilic hielt das Handy noch immer auf halber Höhe und starrte ins Nichts. Mein Gott, hoffentlich bewegte sie sich bald, sie konnten jetzt doch nicht zwanzig Minuten da so herumstehen.

Das dachte sich Ilic wohl auch, denn jetzt kehrte sie zum

Eingangstor zurück, während sie auf dem Handy herumfingerte. Dabei waren ihre Augen noch immer weit aufgerissen. Mayer konnte schwören, dass es vor Angst war. »Ich bin es« war das Letzte, was Mayer verstehen konnte, bevor die Tür hinter Ilic zufiel.

Jetzt müsste Katz da sein. Er hatte immer das richtige Bauchgefühl. Und ihres sagte ihr, dass sie ihn anrufen sollte. Wenn es aber doch bloß eine Beziehungsgeschichte war, blamierte sie sich bis auf die Knochen. Denn wie, bitte, sollte sie erklären, warum sie das Gespräch zufällig mitbekommen hatte?

Mayer drückte die Eins. »Oppitz? Du, ich brauch dich jetzt als Freund. Sofort.«

Beim Marathon, Kilometer 41,8, Burgring, 12:29 Uhr:

Der Glatzkopf läuft und läuft. Er sieht nicht das Gitter rund um den *Burggarten*, nicht das *Burgkino* auf der gegenüberliegenden Seite, nicht den Beginn der *Babenbergerstraße*, sieht nicht den Würstelstand in der Nähe des Parkeingangs, nicht das *Denkmal für Mozart* zwischen den Metallstäben durchblitzen, er registriert auch nicht die Massen an Menschen, die beiderseits der Ringstraße stehen und einen einzigen Pulk bilden.

Er sieht nur grau. In allen Schattierungen. Ausbesserungen im Asphalt, ehemals weiße, nun verschmutzte Spurbegrenzungen, dunkelgraue Spuckflecken, schwarze eingetrocknete Benzinlachen.

Der Berg, gegen den er anläuft, verflacht sich etwas. Es entschlüpft ihm ein »Ja!«.

Wummern dringt zu ihm. Es ist nicht mehr das seines Blutes, sondern kommt von außerhalb. Dazwischen spitze Schreie. Der Glatzkopf hebt den Blick. Er fällt auf das *Kunsthistorische Museum* linkerhand. Gleichzeitig wird alles um ihn herum scharf. Er erkennt die jubelnden, schreienden Menschen, die Läufer rings um sich. Alles ist ganz anders als zu Beginn, jetzt hat jeder Platz. Er entdeckt neben dem Museum die Lkws, aus denen sich die Halbmarathon- und Staffel- sowie natürlich auch die schnelleren Marathonläufer ihre persönlichen Gegenstände geben lassen.

Die Augenbrauen des Glatzkopfs ziehen sich zusammen. Es wirkt, als würde er gleich zu weinen beginnen. Er sieht nach rechts zur *Hofburg*. Durch die Gitterstäbe des Zauns, hinter den Menschen kann er auf dem *Heldenplatz* Tribünen erkennen. Und jetzt auch ein riesiges aufgeblasenes Tor. Es ist so weit weg, als würde er verkehrt durch ein Fernrohr sehen.

»Ich. Nicht. Muss. Schaffe es. Muss. Nicht mehr weit. Nicht weit.«

Seine Arme ziehen wie bei einem Langläufer, seine Beine laufen und laufen. Er zwinkert. Eine Träne läuft ihm die rechte Wange hinunter. Plötzlich sind alle Farben grell. Furchtbar grell. Alles wischt an ihm ungeheuer schnell vorbei, und doch scheint das *Heldentor*, das zum Heldenplatz mit dem Zielbogen führt, nicht näher zu kommen.

»Komm. Komm. Komm. Komm.«

Der Glatzkopf kommentiert jeden Schritt. Sein Blick haftet auf dem roten aufgeblasenen Ding. Endlich ist er an der Kurve, die rechts zum Heldenplatz führt. Er läuft unter dem steinernen Tor hindurch. Das Gekreische und die Musik, die aus sämtlichen Ecken des Platzes zu dringen scheint, vereinigen sich zu ungeheurem Lärm. Weit vorn sieht er einen Läufer die Arme hochreißen und direkt nach dem roten Bogen auf die Knie sinken. Rechts vor ihm schleppt sich ein spindeldürrer Mann ins Ziel – einen Schritt hüpft er, als würde er laufen, beim jeweils anderen zieht er das Bein nach. Seine Augen glänzen fiebrig.

Der Glatzkopf bläht die Nasenflügel.

»Bratwurst. Zigarette. Nicht jetzt. Zu viel. Später.«

Er wendet sich nach links, erkennt hinter der Masse von Menschen die Spitzen von Zelten.

»Gleich. Hundert. Meter.«

Der Glatzkopf läuft und läuft. Der rote Bogen wird immer größer. Die Uhren darauf wachsen ins Unermessliche. Ihnen gilt sein letzter Blick, als er das Ziel erreicht: 12:31:05 Uhr. Er betrachtet seine Armbanduhr. Exakt dieselbe Zeit.

»Alles aufgeholt.«

Er lächelt. Dann verschwindet jede Mimik aus seinem Gesicht. Er schaut sich um und scheint nichts wahrzunehmen. Widerstandslos lässt er sich von der Menge treiben. Ein Pärchen neben ihm fällt sich weinend um den Hals. Eine Frau gleich dahinter sitzt mit gespreizten Beinen im Gras und starrt die Halme an. Rechts neben ihm stößt ein Mann immer wieder mit der Faust in die Luft, während er »Yeah, yeah« schreit.

Der Glatzkopf nimmt von einem dünnen Teenager, der ein mit einem Werbeslogan bedrucktes T-Shirt trägt, einen Müsliriegel entgegen. Von einem zweiten mit anderem Slogan-Shirt eine Flasche Wasser. Er trinkt. Seine Umgebung wirkt, als würde er sie aus einem Kokon mit Milchglas heraus betrachten. Er nimmt noch eine Flasche Wasser entgegen und trinkt sie in einem Zug aus.

Mit einem Mal grinst der Glatzkopf. Er wirft den Kopf in den Nacken und lacht und lacht und lacht. Dann legt er die Ellenbogen an den Körper und bewegt seinen Hintern hin und her.

»Chachacha.«

Mit straffem Schritt drängelt er sich durch die Massen, quer über den Heldenplatz, zurück zur Ringstraße. Er schaut auf die Begleit-Lkws, bei denen die Menschen in langen Schlangen anstehen, auf die Wiese zwischen den beiden Museen. Schlendernd betritt er den Rasen und legt sich in den Schatten eines großen, kugeligen Buchsbaumes. Er schließt die Augen und schreckt erst wieder auf, als er neben sich jemanden »Komm, den Zug um halb zwei müssma erwischen« sagen hört. Er kontrolliert seine Armbanduhr. Kurz nach dreizehn Uhr. Unter Ächzen wuchtet er sich hoch. Während er bei dem Lkw für die Nummern

10.000 bis 10.500 ansteht, rollt er die Schultern, betastet er seine Brust, bewegt er das Becken, die Beine vor und zurück, alles mit einem sehr aufmerksamen Gesichtsausdruck. Schließlich bekommt er seine Tasche. Er fingert das Handy heraus und aktiviert es. Als er eine Nachricht liest, schließt er kurz die Augen.

Der Glatzkopf wählt eine Nummer. »Alex? Ja, ich hab's geschafft. – Ja danke. Du warst super. – Ja, schon. Du, feiern ist später. Ich hab einen Mord.«

Zwei Wochen nach dem Marathon, Mittwoch, Böcklinstraße, 20:23 Uhr:

Ein roter Kastenwagen von Toyota, mit einem Mann in ihrem Alter, der geschniegelt und ordentlich wie ein Jurist aussah, am Steuer, fuhr an ihnen vorbei in Richtung des Wohnhauses von Ilic. Mayer drehte sich um. Ja, das Auto blieb vor Susanna Ilic stehen. Sie sprang in den Wagen. Der fuhr gleich wieder an.

»Fast pünktlich, der Knabe«, raunte Mayer.

»Das würde ich ihm auch geraten haben«, knurrte Oppitz. »Susi wartet daheim mit einem Scheiterhaufen. Der wird nicht besser.«

»Das hast du mir jetzt fünf Mal gesagt. Ich leg mich vor dir auf den Bauch, und du darfst auf mir herumtrampeln, wenn das vorbei ist, okay, Hans?«

Statt einer Antwort startete Oppitz den Motor. »Hab ich ja gesagt, dass er umdrehen muss. Jetzt geht's los.«

Zehn Meter nach dem Kastenwagen fuhr er auf die Fahrbahn.

»Nicht so knapp.«

»Jetzt ist das noch egal. Nach zwei oder drei Mal abbiegen dürfen wir nicht mehr auffallen, das ist wichtig«, murmelte Oppitz.

Sie erreichten die Rotundenallee. Der Kastenwagen bog nach links auf die Brücke ab und reihte sich dort wieder links ein.

»Die fahren auf die Lände«, meinte Oppitz. »Tangente? Südautobahn?«

»Industriegebiet?«

»Machen die vielleicht einen Bruch?«

»Schmuggel, Hehlerei?«, ergänzte Mayer. Ihr Bauchgefühl, dass sie Katz hätte anrufen müssen, verdichtete sich. Wobei – mit Leib und Leben hatte die Sache bis jetzt noch nichts zu tun. Nein, es war schon gut so, wie es war. Wenn die beiden da wirklich etwas Illegales vorhatten und sie sie schnappten, dann würden sie, wie ausgemacht, aussagen, spazieren gewesen und zufällig Ohrenzeugen einer dubiosen Verabredung geworden zu sein.

Sie fuhren inzwischen die *Erdberger Lände* entlang Richtung stadtauswärts. Die Straße wurde zur Stadtautobahn. Die zunehmende Dämmerung brachte das Licht der Straßenlaternen zum Leuchten.

»Was komisch ist – dieser Goran sieht so brav aus«, meinte Mayer.

»Vielleicht ist das das neue Styling bei Gaunern«, nuschelte Oppitz. »Vielleicht gehen die aber auch nur schwimmen auf die Donauinsel, jetzt wo's dunkel wird. Hoffentlich machen's des wenigstens nackert, dass ma a was davon haben.«

Der rote Kastenwagen nahm die Strecke zum Flughafen – also nicht Donauinsel und nicht Südautobahn. Und gerade noch rechtzeitig bemerkten sie, dass der Wagen sofort wieder abfuhr, Ausfahrt *Simmeringer Heide*. Oppitz ließ sich zurückfallen. Sie fuhren die *Jedletzbergerstraße* entlang.

»Was wollen die in Kaiserebersdorf?«, fragte er.

»Weißt, wo's da auch hingeht?«

Der Kastenwagen bog links ab, nach einer Zeit wieder rechts. Das Straßenschild beantwortete ihre rhetorische Frage. Darauf stand *Alberner Hafenzufahrtsstraße*. Oppitz stieg nochmals auf die Bremse. Sie schlichen jetzt durch die Dämmerung, die inzwischen beinahe nächtliche Schwärze erreicht hatte. Die Rücklichter des Kastenwagens entfernten sich schnell. Der Alberner Hafen war eine zwielichtige Gegend. Mehrmals waren hier schon Menschenschmuggler gefasst oder Leichen gefunden worden. Der alte, abgelegene, am Abend menschenleere Hafen lud förmlich zu Illegalem ein. Jetzt war sich Mayer sicher, dass die beiden ein Ding drehen wollten. Sie durften sie nicht aus den Augen verlieren.

»Fahr, sonst sind sie weg.«

»Das Gelände ist nicht so groß«, entgegnete Oppitz.

Die Rücklichter waren verschwunden. Dafür tauchten vor dem nachtblauen Himmel die Silhouetten der ehemaligen Speicher auf. Mit den kleinen Luken auf den hohen, steil abfallenden Dachschrägen erinnerten sie an Hafenstädte hoch oben im Norden von Deutschland. »Da gibt's sicher irgendwelche Garagen, wo man sich verstecken kann.«

»Wenn wir sie nicht finden, warten wir einfach da vorn bei der Einfahrt. Wo sollen sie denn hin? Hinten geht's nur zum Friedhof der Namenlosen. Und zum Wirtshaus gleich dahinter. Dort ist dann Steppe. Und die Donau.«

Oppitz bog auf das Gelände ein und rollte langsam dahin. Mayer nahm einen Zahnstocher heraus und knabberte an ihm. Er schmeckte widerlich nach Holz. Sie ließ das Fenster hinuntergleiten. Oppitz tat es ihr auf seiner Seite nach und blieb bei einer Laderampe stehen. Sie lauschten. Ein Flugzeug, das im Landeanflug auf Schwechat war. Vögel bei ihrer Abendunterhaltung. Ganz entfernt das Rauschen der Autobahn. Wieder ein Flugzeug. Wasserplätschern.

»Gibt's da Fische drin?«, fragte Mayer.

»Warum nicht?«, flüsterte Oppitz zurück.

Es war vollkommen egal, ob es da Fische gab. Hier stand kein roter Lieferwagen, das war entscheidend. »Fahr eine Runde.«

Oppitz tat, wie geheißen. Das Scheinwerferlicht glitt über die Gebäude. Mittlerweile war es fast dunkel. Wenn jemand nicht auffallen wollte, tat er es auch nicht mehr. Kurz vor dem Friedhof der Namenslosen war ein aufgemotztes BMW 1er-Coupé geparkt. Einsam und verlassen. Mayer betastete im Vorbeirollen die Motorhaube. Kalt. Sah nach Junghengst aus, der gerade am Donauufer seine Stute besprang.

Sie blieben wieder bei der Laderampe stehen. Lauschten. Kein Reden, kein Streit, kein Poltern, kein Motorengeräusch.

»Verdammt, wo sind die hin?« Sie stieg aus.

»Bleib da!«, zischte Oppitz.

Sie winkte ab, griff auf den Halfter samt Pistole, den ihr Oppitz vom Kommissariat West mitgebracht hatte. Alles Wahnsinn. Wie sollten sie verargumentieren, mit Pistolen spazieren gegangen zu sein? Mussten sie nicht mehr. Sie hatten die beiden verloren. Wahrscheinlich waren sie gar nicht aufs Gelände abgebogen, sondern über die Nebenstraße weiter nach Albern und Kaiserebersdorf. Irgendeine Party in irgendeinem Haus.

Nein. Susanna Ilic hatte panisch geklungen.

Mayer ging bis zum Ende der Laderampe und bog ab zum Wasser. Es roch muffig und dümpelte sanft gegen die Ufermauer. Mayer sog den Geruch trotzdem intensiv ein und ließ ihren Blick in den Himmel schweifen. Vielleicht war hier der Lichtsmog nicht mehr so stark und man konnte ein paar Sternbilder erkennen.

Da war ein Licht gewesen. Ein rotes Licht. Ein ganz kleines rotes Licht.

Sie senkte schnell den Blick und starrte auf das gegenüberliegende Ufer. Schatten von Bäumen, ein Maschendrahtzaun. Alles sehr schemenhaft. Aber sie könnte schwören, da war ein Schatten, der nicht natürlich aussah, weil er eckig war. Und genau dort glomm in diesem Moment ein rotes Licht auf. Eine Zigarette. Mayer hielt unwillkürlich die Luft an. Ebenso unsinnigerweise bewegte sie sich ganz langsam zurück zur Ecke des Lagerhauses. Wenn sie die nicht sehen konnte, konnten die es umgekehrt auch nicht. Aber was war schon sicher?

Kaum war sie aus dem Blickfeld, sauste sie auf Zehenspitzen zu Oppitz. Sie drückte behutsam die Schnalle, deutet ihm mit dem Zeigefinger auf den Lippen, zu schweigen, setzte sich und schloss die Tür ganz vorsichtig.

Sie drehte sich zu Oppitz und deutete in ihren Rückenbereich. »Dort drüben, am anderen Ufer, da ist wer.« Unwillkürlich hatte sie geflüstert.

»Am zweiten Molo?«

»Nicht so laut.«

»Wenn da wer ist, weiß er, dass da jemand ist. Wir sind vorher gefahren und müssen auch jetzt fahren.«

»Shit.«

Er startete. »Keine Sorge. Ich könnt mir vorstellen, dass sich da schon öfter die Gauner auf die Zehen getreten sind. Sie werden das gewohnt sein.«

»Trotzdem …«

»Ja, ja.« Er fuhr an der Einfahrt zum zweiten Molo vorbei und stellte hundert Meter weiter den Wagen am Straßenrand ab.

Sie stellten ihre Handys lautlos, schlichen in der Deckung des hier schon ewig ausrangierten und mit Graffiti besprühten Transportzuges zur Einfahrt von Molo zwei zurück, lugten um dessen Hinterteil. Nichts zu sehen. Sie huschten auf die andere Seite der Nebenstraße und gingen wieder hinter einem Waggon in Deckung. Den umrundeten sie und gelangten so unsichtbar für Menschen auf dem Molo hinter ein niedriges, zerfallenes Haus.

»Was jetzt?«, keuchte Oppitz.

Mayer deutete auf den großen Speicher ein Stück weiter. Sie liefen über die Gstetten zwischen den beiden Gebäuden. Dabei traten sie auf trockene Äste und Aludosen, die unter Grasbüscheln verborgen waren. Viel zu laut! Mayers Herz raste. An der Stirnseite des Speichers verschnaufte und lauschte sie, als das pochende Blut in ihren Ohren nicht mehr alles übertönte. Sie machten sich hier lächerlich. Die schöne Susanna und der schöne Goran vergnügten sich nur. So musste es sein.

Stimmen.

Sie sahen einander an. Oppitz schlich zur Ecke und lugte auf die Nebenfahrbahn. Er schnellte zurück.

»Der Lieferwagen und drei Personen«, flüsterte er. »Ilic, Goran und noch ein Mann. Baseballkappe und Kapuzenshirt. Kann nichts erkennen. Kein weiteres Auto.«

»Drüben der BMW.«

Oppitz nickte und schaute wieder um die Ecke. »Der Kapuzenmann geht jetzt zum Zaun. Nach hinten zur Wiese.« Er schleuderte zurück. »Jetzt zu uns.«

»Shit.«

»Da ist keine Polizei«, hörten sie jetzt Susanna Ilic schreien. Es klang ärgerlich, aber auch eine Spur hysterisch. Und dann nur mehr panisch: »Was soll das?«

»He, Alter, cool down«, ließ sich nun eine Männerstimme vernehmen. »Alles easy.« Die Sprache passte so gar nicht zum Aussehen von Goran. Doch kein braver Junge. Oder er dachte, er müsse sich an die kriminelle Situation anpassen.

»Ich finde gierige Menschen sehr unsympathisch.«

Mayer wurde starr. Diese Stimme kannte sie zur Genüge. »Das ist … das ist Niederle«, keuchte sie.

Oppitz sah sie an, sein Gesicht war ein einziges Faltengebirge.

»Okay, Mann«, sagte nun Goran. »Alles klar. Forget it. Wir jumpen in die Kiste und machen einen Abflug.«

»Raffst du's nicht, Alter?«, äffte nun Niederle Gorans Sprechweise nach. »Ich steh nicht auf solche Spastis wie euch.« Und nun wieder mit seiner normalen Stimme: »Abschaum gehört ausgemerzt.«

Oppitz schob seinen Kopf wieder zentimeterweise zur Ecke.

»Wir sagen wirklich nichts«, flehte nun Susanna. »Es war blöd, okay. Aber jeder macht einmal Fehler, oder? Lassen Sie uns gehen. Wir sagen nichts. Wir sehen uns nie wieder.«

»Das Unschuldslamm steht dir nicht, du kleine Kröte. Du hast deinen Besteiger mitgenommen, du wolltest mich aufs Kreuz legen.«

»Nein! Wirklich nicht. Es war nur … Angst. Und er ist … mein Großcousin.« Jetzt weinte Susanna beinahe.

»Aus jetzt. Los, da durch den Zaun.«

Oppitz schnellte wieder zurück. »Er hat a Puffn.«

»Okay, okay, okay.« Mayer atmete aus. »Der Goran wird aber auch nicht ganz unbewaffnet hergekommen sein.«

»Kann nur Messer sein. Schläger hab ich keinen gesehen. Und a Puffn hätt er auch gleich gezogen.«

Oppitz schaute ganz schnell um die Ecke und presste sich wieder an die Wand. »Großes Loch im Maschendrahtzaun. Da drängt er sie hin. Kann man einfach durchgehen. Keine Chance für die beiden, ihn da zu checken.«

Mayer nickte. Atmete durch. Drückte am Handy die Nummer der Einsatzzentrale. Flüsterte ihre Dienstnummer und forderte Verstärkung. Sie nahm die Waffe aus dem Holster und entsicherte sie, Oppitz folgte ihrem Beispiel.

»Los. Kastenwagen.« Sie rannte.

Oppitz folgte ihr. Gerade als Niederle sich blitzschnell umsah, verschwanden sie hinter dem Wagen. Sie schauten durch die Scheiben. Die Schattenrisse der drei Personen waren jetzt gut zu erkennen. Doch Lichtsmog. Sie standen jetzt an der Kante des Molo.

Niederle deutete mit der Pistole zu Susanna. »Bind ihn fest.«

»Nein!« Die Verweigerung war erstaunlich fest gekommen.

»Bind. Ihn. Fest.«

»Nein.« Jetzt weinte sie.

Mayer versuchte zu erkennen, was Susanna solche Angst machte – abgesehen von der Waffe. Sie konnte nur einen … Betonquader ausmachen. Mein Gott, Niederle wollte Goran versenken. Ursprünglich wahrscheinlich Susanna. Mit ihrer Leiche musste er dann improvisieren. Aber das war jetzt nebensächlich. Sie durfte einfach keine Leiche werden. Und Goran auch nicht.

»Scheiß Zaun«, presste nun Oppitz hervor. »Fälscht die Kugel ab. Zu unsicher.«

»Shit. Shit. Shit.« Mayer sah sich zum Zaun laufen – und Niederle schießen. Mit Glück. Sie lag am Boden. Mayer sah sich zum Zaun schleichen – und Niederle schießen. Dann die beiden Zeugen erledigen und verschwinden. Oder: Mayer sah sich schießen – und Niederle verfehlen. Ihn die Zeugen erschießen und verschwinden. Töten und Verschwinden tat er immer. Eben.

»Ich red ihn an. Wir gehen ganz schnell die paar Meter zum Zaun. Wir müssen durch sein, bis er nicht mehr verwirrt ist.«

»Und dann?«, fragte Oppitz.

Sie antwortete nicht, sondern verließ mit schnellem und festem Schritt ihre Deckung. Zu ihrer unendlichen Erleichterung hörte sie, dass ihr Freund folgte.

Es dauerte ein paar Augenblicke, bis Niederle auf das Knirschen der Schritte im Schotter reagierte. Kurz drehte er sich um, wandte sich sofort wieder zurück zu seinen Opfern.

Nur noch eineinhalb Meter bis zum Zaun.

Er stellte sich nun seitlich hin, um beide Gefahrenpunkte im Auge behalten zu können. »Stehenbleiben!«

Nur noch ein halber Meter bis zum Zaun. »Grüß Sie, Herr Niederle.«

Er bewegte sich hinter seine Opfer, um für alle Bedrohungen nur eine Schusslinie zu haben. »Scheiße, wie kommen Sie hierher?« Er trat Susanna in den Hintern. »Scheiß Kröte, du hast die Bullen mitgebracht.«

»Hab ich nicht«, jammerte sie, während sie sich wieder aufrecht hinstellte.

Mayer sah etwas in Gorans Hand aufblitzen. Natürlich ein Messer. Er musste es im Ärmel versteckt gehabt haben.

Sie hatte den Zaun hinter sich. Hörte Oppitz leise fluchen und den Draht scheppern. Sie hob langsam die Waffe. Aus dem Augenwinkel konnte sie erkennen, dass Oppitz mit vorgehaltener Waffe drei Meter neben ihr Position bezogen hatte.

»Legen Sie die Waffen auf den Boden, sonst erschieße ich die beiden«, schnarrte Niederle.

»Das tun Sie sowieso«, hörte sich Mayer sagen. Und sie wunderte sich, wie cool sie klang.

Sie schwiegen.

Mayer sah, wie sich Goran millimeterweise zu Niederle hinarbeitete. Der Held, der seine Großcousine retten wollte. Der Idiot.

»Waffen nieder. Sonst erschieße ich Sie beide.«

»Alle Vier geht schon gar nicht, Herr Niederle. Sie müssen sich für meinen Kollegen und mich oder – darf ich euch übrigens einander vorstellen? Also, Herr Niederle, das ist Johann Oppitz aus dem Kommissariat West. Das ist Andreas Niederle, der Blaubart.«

»Blaubart?«, piepste nun Susanna.

»Sie wussten nicht, auf wen Sie sich einlassen, liebe Frau Ilic. Zwirn war nicht sein erstes Opfer.«

»Halten Sie den Mund. In den Boden reden nützt bei mir nichts.«

»Gut, dann entscheiden Sie sich – aber selbst wenn Sie bei uns beiden anfangen, wird der jeweils andere dann Sie abknallen.«

Sie schwiegen.

Mayer spürte ihren Pulsschlag, hämmernd, laut und schnell, als wollte ihr Körper klarmachen, dass er noch nicht gedachte, seine Funktion einzustellen. Gleichzeitig war er ruhig, kein Zittern, weder in den Knien noch im Bauch und auch nicht in den Händen. Erstaunlich angesichts der Möglichkeit, in ein paar Sekunden tot zu sein.

Wenn sie noch länger schwiegen, hatten sie gewonnen, denn dann ritt die Kavallerie ein.

Niederle packte Goran und hielt ihm die Pistole an den Kopf.

»Rennen Sie!«, schrie Mayer Susanna zu.

Blitzschnell schoss Niederle Ilic in den Fuß. Sie ging mit einem Aufschrei zu Boden. Im nächsten Moment hatte er wieder die Pistole an Gorans Schläfe. Er war verdammt schnell. Vielleicht ging sich das mit Oppitz *oder* ihr doch nicht aus.

»Verschwinden Sie«, sagte er nun zu ihnen beiden.

»Nützt Ihnen nichts. Wir sind Zeugen. Wir fahnden. Wir kriegen Sie.«

»Glaub ich nicht.« Sein Finger krümmte sich ganz leicht um den Abzug.

Reden. Reden. Reden. So sagte es die Schule.

»Ist doch urpeinlich, Herr Niederle, oder? Ich mein, da haben Sie alles so voll geil durchgeplant und jetzt stehen Sie da und knallen vor zwei Polizisten Menschen ab.«

»Künstlerpech.«

Seine Stimme war so ruhig! Er war der mit Abstand kaltschnäuzigste Mensch, dem Mayer jemals begegnet war.

Susanna heulte auf. Niederle sah kurz zu ihr hin. Zu große Bewegung, die Pistole entfernte sich kaum merklich aber doch von Gorans Schläfe. Der stach zu. In den Oberschenkel von Niederle. Gleichzeitig knallte ein Schuss. Den Bruchteil einer Sekunde später schleuderte es Niederle, von der rechten Schulter ausgehend, nach hinten. Mayer visierte an, auf die nun frei sichtbaren Beine. Sie schoss. Sein linkes Knie brach ein. Oppitz war unterdessen bei Goran, stieß ihn zur Seite und trat Niederle auf den rechten Arm, während er auf sein Gesicht zielte.

Stille. Für einen Wimpernschlag wundervoll energielose Stille.

Susanna Ilic brach in Schluchzen aus. Goran nahm sie in die Arme und redete in ganz normalem Serbisch auf sie ein. Wechselte manchmal zu Hochdeutsch. Doch nur eine

Attitüde, dieses Gangster-Gebrabbel. Oppitz ließ Befehle auf Niederle niederprasseln – Pistole loslassen, umdrehen, Hände auf den Rücken. Was nicht funktionierte, weil Niederle inzwischen vor Schmerzen schrie.

Und Mayer stand noch immer mit der ausgestreckten Waffe da, aber ihre Arme gehorchten dem Befehl zum Senken nicht. Sie schaute in den Himmel. Natürlich war da die Venus, die sah man immer, aber das Gebilde darunter, das war doch der Große Wagen. Oder Große Bär, wie manche sagten. So ein Bär wie Oppitz. Dann musste man also auch den Kleinen Wagen sehen, auf seiner Deichsel saß ja die Venus.

Sie hatte Niederle zur Strecke gebracht, und sie fühlte – nur Freude darüber, dass sie die Sterne sah.

In der Ferne wurden Sirenen hörbar. Kurz darauf war alles in weißes und blaues Licht getaucht. Ein Schatten kam auf sie zu.

Katz nahm sie in die Arme. Sie weinte.

Beim Marathon, Kilometer 42, Heldenplatz, 13:27 Uhr:

Ich bin der Größte. Jawoll, Herr Papa, ich bin der Größte. Nur noch ein paar Schritte. Siehst du, wie sie mir zujubeln? Sie jubeln jedem zu? Natürlich tun sie das. Sie sind arme Würmer, sie wissen nicht, wem sie tatsächlich zujubeln.

Der Kiwimann grinst und verbeugt sich nach links zur Tribüne, nach rechts zur Tribüne. Dabei winkt er mit der Hand wie ein Monarch, der aus einer Kutsche heraus Ehrerbietungen entgegennimmt. Er bleibt stehen und wirft Kusshändchen. Fotoapparate klicken. Er läuft weiter.

Ihr Wichser, ihr habt ja keine Ahnung. Glaubt, ich bin bloß über so eine Schmalspurgrenze wie die anderen gegangen. Ha! Ich, ja, ich bin einen Marathon gelaufen und ich habe dabei einen Menschen getötet. Ich bin phantastisch. Hört ihr mich?

»Phantastisch!«

Vor ihm läuft eine Frau mit relativ großem Hinterteil. Sie ist knallrot im Gesicht und keucht. Die Startnummer ist durchgestrichen.

Du bist nur die halbe Strecke gerannt und bläst wie ein Dampfross? Du gehörst selber weggeblasen. Unwert, da durch den Bogen zu rennen.

Der Kiwimann gibt noch einmal Gas. Mit elastischen Schritten erreicht er den roten Zielbogen. Die Uhr oberhalb von ihm zeigt 13:27:51 Uhr. Locker läuft er aus und sieht sich um. Seine Haltung ist aufrecht. Um seinen Mund spielt ein Lächeln. Mit großmännischer Geste nimmt er Wasserflasche und Müsliriegel entgegen, verbeugt sich dabei. Er trinkt. Setzt ab. Das Lächeln ist nun verschwunden.

Wieso hab ich so ein schlechtes Gefühl? Das ist die

Erschöpfung, jawoll, Herr Papa. Das kann man ruhig zugeben. Nichts anderes. Nur die Erschöpfung.

Er sieht auf seine Armbanduhr.

Ihr Auftritt, Herr Niederle.

Er trabt los.

ENDE

DANKSAGUNG

Man sitzt zwar als Autorin (meist) allein am Schreibtisch, aber man schreibt das Buch nicht allein. Glücklicherweise finden sich immer Menschen, die einem mit sachdienlichen Hinweisen, Schulterklopfen, Kritik und sonstiger Unterstützung zur Seite stehen.

Allen voran danke ich Norbert Templ, dessen Gehirn sich während eines Halbmarathons – wohl genauso wie jene von Karl Maria Katz und Andreas Niederle – in andere Sphären bewegt hat, kriminell wurde und die Grundidee des Chiptausches entwickelt hat.

Für die Informationen über die Gefühle und Schmerzen von Marathonläufern sowie die diesbezügliche Korrektur des Textes danke ich Oliver Kaiser (4 Halbmarathons), Norbert Doubek (2 Marathons) und ganz speziell meinem Mann, Robert Stöger (5 Marathons). Abgesehen von seinem wunderbaren seelischen Beistand während der Schreibphase, war mir seine Excel-Tabelle mit Kilometerzeiten von Mörder und Kommissar eine enorme Hilfe, um nicht den Überblick zu verlieren.

Für den Beistand bei polizeilichen und gerichtsmedizinischen Fragen danke ich ganz herzlich DI Bettina Bogner vom LKA Wien (die das Buch auch testgelesen hat) und Christian Reiter vom Department für Gerichtsmedizin sowie auch Günter Kelz vom Stadtpolizeikommando Favoriten. Beim Serbischen fand ich dankenswerterweise Unterstützung durch Dragica Dresevic und Vesna Lazic.

Spannend sind auch immer die Reaktionen meiner TestleserInnen. Jenseits der bereits Genannten waren das dieses Mal Susanne Gebhart-Siebert, Michaela Glanzer, Susanne

Schubarsky und Marion Wiesler – sowie Julia Winkler, die mich auch beim Erstellen des Werbevideos tatkräftig unterstützt hat. In diesem Zusammenhang gilt mein weiterer großer Dank Frizz Fischer, der die Musik zu dem Video komponiert hat.

Weiters danke ich meinem Agenten Lars Schultze-Kossack, der bereits an das halbfertige Buch geglaubt und das Projekt vorangetrieben hat, Claudia Senghaas vom Gmeiner-Verlag, die sich mit mir erstmals in das Abenteuer einer gemeinsamen Buchproduktion gewagt hat, sowie allen weiteren Mitarbeitern von Gmeiner.

GLOSSAR

Die Begriffserklärungen halten sich im Wesentlichen an jene des Österreichischen Wörterbuchs (ÖBV 2009, 41. Auflage, ISBN 978-3-209-06875-0) und an »Sprechen Sie Wienerisch?« v. Peter Wehle (Ueberreuter 1980, ISBN 3-8000-3165-5) sowie an die Homepages der (s) Genannten.

Achter: Handschellen (nach der Form)
angasen: loslegen; v. Gas geben
Armutschkerl: bedauernswerter, (im Geiste) armer Mensch; von arm + tschech. Suffix
Brüche: Einbrüche (Kf)
Cobenzl: einer der Wiener Hausberge; nach Graf Johann Philipp Cobenzl benannt (18. Jht.), der den vorgelagerten Reisenberg gekauft hatte
Dorotheum: Auktionshaus; 1707 von Kaiser Joseph I. gegründet und mit seiner mehr als 300jährigen Geschichte das älteste der großen Auktionshäuser der Welt
Elmayer: berühmteste Tanzschule Österreichs (eig. Tanzschule Willy Elmayer-Vestenbrugg Ges.m.b.H.), ggr. 1919 und seit jeher für die Vermittlung von Benimmregeln und Fragen der Etikette bekannt; derzeitiger Leiter »Benimmpapst« Thomas Schäfer-Elmayer (seit 1987), Autor eines berühmten Buches über gutes Benehmen und jahrelanger Choreograph der Eröffnungspolonaise am Wiener Opernball
Erster: kurz f. Erster Bezirk = Innere Stadt; einer von 23 Wiener Gemeindebezirken (eben mit der Ordnungsnummer 1)

fladern: stehlen; entw. v. rotw. fladdern = waschen oder v. mhd. vladeren = flattern, sich hin- und herbewegen
Faschiertes: Hackfleisch; ev, aus franz. farce = (Fleisch) Fülle zusammenhängend bzw. lat. farcire = verstopfen, ausfüllen
gach: schnell, jäh v. mhd. gach, gaehe; einen Gachn kriagn: einen jähzornigen Anfall bekommen
gampig sein: eig. lüstern, auf der Suche nach Sex (Nf. von gamsig); im übertr. Sinn: auf etwas total erpicht sein
Gfrett: Schwierigkeit, Komplikation, Ärger, Mühe; v. fretten = sich abmühen, sich einschränken (v. mhd. vretten = sich abquälen, vrat = halbfaul, wundgerieben)
Gluckn: Glucke
Grant: schlechte Laune, Missmut, Wut; v. greinen oder auch ev. v. Importwort Granden = spanische Adelige, von Ferdinand I. (16. Jht.) gemeinsam mit dem spanischen Hofzeremoniell nach Wien gebracht, die dann Grand erzeugten
Grätzel: (oder auch Gretzl) Teil eines Wohngebiets; mhd. Gerötze = zentrale Häusergruppe
Gstätten: leerer, unbewachsener oder ungepflegter Platz; Halde; urspr. MZ zu ahd. stat = Ort (wie auch Stätte)
Hackeln: schuften, arbeiten; von Hacke (Beil)
Handtaschlziaga: Taschendieb (jemand, der die Handtasche zieht)
Has (fescher): (hübsches) Mädchen
Herzibinki: Liebling; Herz + Binkel/Binkerl: Traglast, die durch ein Tuch zusammengehalten wird; fig. Sorgenlast; in diesem Zusammenhang etwas Besonderes (v. mhd. büngel = Ballen, Knollen), weil Menschen auf der Flucht oft das für sie Wertvollste in einem Binkerl mit sich trugen

Hiafla: oder auch Hiabler: jemand, der einen Dachschaden (Hieb am Kopf) hat; Tollpatsch
hinich: kaputt
Kerzelschlucker: (oder auch Kerzelschlicker) frömmelnder, bigotter Mensch (selbsterklärend)
Kleinschaß: unwichtige Kleinigkeit, vgl. Schaß = Pfurz
Glumpert: wertloses Zeug, Kram; urspr. liederliche, nicht besitzende Familien, zu Lumpen = Fetzen (mhd. lumpen = welk herabhängen)
knotzen: (auch knozen) lümmeln; auch sich ausruhen, dahindämmern, sich nicht rühren; v. mhd. knotze = (Ast) Knorre
Kolonia: Müllabfuhr; benannt nach den entsprechenden gut schließenden Kübeln, die beinahe staubfrei entleert werden können – ein System das in Köln erfunden wurde, daher (C)Kolonia
Krimineser: Kriminalbeamter (Abk.)
leiwand: cool, angenehm, beeindruckend, toll; von mhd. lînwât (linnenes Gewand, das seinerzeit als besonders gut und daher teuer galt)
Margarethen: 5. Wiener Gemeindebezirk; Name in Zusammenhang mit der Hl. Margareta von Antiochia
Matratze: abwertend für Geliebte (selbsterklärend)
Mischpoche: üble Gesellschaft; urspr. Familie v. hebr. Mischpāhā=glbd.
Moos: Geld; gespr. v. hebr. Mā'ōth (pl.) = viel
Nackapatzl: urspr. nacktes Kind (v. mhd. nacket = nackt, nackert und viell. v. patzeln = klecksen); auch liebevoll für Nackte verwendet; technisches Nackapatzl: jemand, der von Technik keine Ahnung hat
Papp(e)n: Mund (gs., derb); vgl. halt die Pappn: sei ruhig
Puffn: Handfeuerwaffe (lautmalend)

Rebbach: (auch Reibach oder Reiwach) kaufmännischer Gewinn, Nutzen; v. jidd. Rebach = Gewinn, Zinsen
Saftln: Saft (Flüssigkeit) abgeben
Salettl: Gartenpavillon; wahrscheinlich v. ital. saletta = kleiner Saal
Schabracke, alte: alte Schreckschraube; v. türk. csaprak = Satteldecke
Scherzerl: hier: Witz, lächerliche Kleinigkeit (Verkleinerung v. Scherz); auch: Anfangs- bzw. Endstück des Brots (Scherzerl, Scherzl) bzw. Teilstück von Rind- oder Schweinefleisch (Schulterscherzl); daraus abgeleitet: sein Scherzl (Teil) von etwas bekommen (z.B. Strafe)
Schlurf: v. schlurfen = schleifend gehen; urspr. halbstarker, modebewusster, arbeitsscheuer Typ; heute auch Asozialer
Schmafu: Unsinn, Blödsinn, v. franz. foutre; je m'en fous = da pfeif ich drauf
Schmelz: während der Monarchie Manöverplatz, heute Schrebergartensiedlung; Name kommt von Schmelzhaus, das sich zuvor auf dem Gelände befand
Schnoferl: Schnute; v. schnaufen
Sensengasse: Standort/Adresse des Departments für Gerichtsmedizin in Wien (9. Wiener Gemeindebezirk)
Speiskartn: Vorstrafenliste (selbsterklärend)
Tschickerei: Raucherei; v. Tschick = Zigarettenstummel, Kippe (v. ital. cicca)
Wurstelprater: Wiener Vergnügungspark, entst. Ende 18. Jht.
Zirbener: Schnaps mit Zirbenzapfen angesetzt
Zund: Information, Hinweis (lautmalend)

Weitere Krimis finden Sie auf den folgenden Seiten und im Internet: www.gmeiner-verlag.de

Claudia Rossbacher
Steirerkind
978-3-8392-1396-4

»Ein weiterer Alpen-Krimi der Extraklasse!«

Zwei Tage vor Beginn der Alpinen Ski-WM in Schladming wird eine Leiche unter der Eisdecke des Steirischen Bodensees gefunden. Es handelt sich um den seit Wochen vermissten Cheftrainer des österreichischen Herrenskiteams. Prompt gerät der prominente Skirennläufer Tobias Autischer unter Mordverdacht. Doch hat der WM-Favorit den Coach, der ihn von Kindheit an gefördert hatte, tatsächlich umgebracht? Sandra Mohr und Sascha Bergmann vom LKA in Graz ermitteln.

Rupert Schöttle
Hausmaestro
978-3-8392-1392-6

»Die Bezirksinspektoren Vogel und Walz untersuchen den mysterösen Mord an einem Star-Dirigenten.«

Aufregung in der Wiener Opernszene: Magnus Maurer, ein junger österreichischer Dirigent, der bereits als Nachfolger von Herbert von Karajan gefeiert wird, hat kurzfristig die Leitung der Premiere der »La Traviata« an der Staatsoper übernommen. Doch kurz nach der sensationellen Meldung wird er erdrosselt in seinem Bett aufgefunden. Die Inspektoren Kajetan Vogel und Alfons Walz stehen vor einem schier unlösbaren Fall, denn die Zahl der Verdächtigen ist groß …

GMEINER

Wir machen's spannend

Oskar Feifar
Saukalt
978-3-8392-1377-3

»Die Provinz in Aufruhr!«

Tratschen 1971. In dem kleinen Ort in der Provinz wird der aktenkundige Fritz Fellner erhängt im Wald aufgefunden. Was auf den ersten Blick wie Selbstmord aussieht, entpuppt sich als rätselhafter Mord, der in dem ach so biederen Ort einen ungeahnten Skandal ans Tageslicht bringt. Es zeigt sich, dass nicht nur die guten Sitten offensichtlich zu wünschen übrig lassen, sondern auch das dörfliche Miteinander nicht das ist, was es zu sein scheint …

GMEINER

Wir machen's spannend

Miachel Gerwien
Isarhaie
978-3-8392-1386-5

»Exkommissar Max Raintaler im Visier der Kripo!«

Der Münchner Exkommissar Max Raintaler stolpert auf dem Nachhauseweg vom Griechen in Untergiesing über die Beine einer auf dem Boden liegenden, toten Frau. Offenbar wurde sie erstochen. Max ruft per Handy seinen alten Freund bei der Kripo zur Hilfe. Am nächsten Morgen wacht er in einer Gefängniszelle auf und weiß nicht mehr, wie er dort hingekommen ist. Wieder auf freiem Fuß nimmt Max die Ermittlungen auf, die ihn in die höchsten Kreise der Stadt führen …

Marco Sonnleitner
Blutzeugen
978-3-8392-1399-5

»München in Angst vor einem Serienmörder.«

Ein bizarrer Mord an einem Finanzbeamten stellt die Münchener Kriminalpolizei vor ein Rätsel. Vielleicht weiß Bartholomäus Kammerlander eine Antwort? Aber der ehemalige Hauptkommissar hat vor Jahren den Dienst quittiert. Doch dann schlägt der Mörder erneut zu – genauso brutal, genauso rätselhaft. Jetzt kann Bartholomäus nicht mehr anders, er muss den Täter finden. Wird er ihn stellen, bevor ein weiterer Mord begangen wird?

GMEINER

Wir machen's spannend

Sabine Fink
Judasbrut
978-3-8392-1383-4

»Die Erlanger Bergkirchweih in Gefahr.«

Was haben eine tote Obdachlose in Nürnberg, eine eifersüchtige Ehefrau in Erlangen und ein dubioser Fremder in der Fränkischen Schweiz gemeinsam? Nichts, glaubt die Erlanger Kommissarin Maria Ammon. Nachdem aber eine weitere Leiche gefunden wird, dämmern ihr Zusammenhänge, die nicht nur ihre beste Freundin Nina, sondern auch die Besucher der Erlanger Bergkirchweih in Gefahr bringen. Der Feind deines Feindes ist dein Freund – doch wer ist wer in diesem makabren Spiel aus Liebe, Wissenschaft und Idealismus?

GMEINER

Wir machen's spannend

Dieter Wölm
Blutstern
978-3-8392-1375-9

»Satanische Boten oder nur Zoten?«

Aschaffenburg in Aufruhr! Im Pompejanum wird eine nackte Frauenleiche gefunden. Ein Stern wurde ihr in Brust und Bauch geritzt, sechs tote Katzen flankieren das grausame Szenario. Kurz darauf erfolgt ein Mordanschlag auf ihren Sohn. Er überlebt, wird aber immer wieder bedroht. Wer steckt dahinter? Satanisten, wie die Presse vermutet? Oder gibt es eine Verbindung zur Aschaffenburger Textilindustrie? Kommissar Rotfux ermittelt in verschiedene Richtungen, bis ein weiterer Mord geschieht …

Unsere Lesermagazine

2 x jährlich das Neueste aus der Gmeiner-Bibliothek

24 x 35 cm, 32 S., farbig; inkl. Büchermagazin »nicht nur« für Frauen

10 x 18 cm, 16 S., farbig

Alle Lesermagazine erhalten Sie in Ihrer Buchhandlung oder unter www.gmeiner-verlag.de.

GmeinerNewsletter

Neues aus der Welt der Gmeiner-Romane

Haben Sie schon unsere GmeinerNewsletter abonniert?

Monatlich erhalten Sie per E-Mail aktuelle Informationen aus der Welt der Krimis, der historischen Romane und der Frauenromane: Buchtipps, Berichte über Autoren und ihre Arbeit, Veranstaltungshinweise, neue Literaturseiten im Internet und interessante Neuigkeiten.

Die Anmeldung zu den GmeinerNewslettern ist ganz einfach. Direkt auf der Homepage des Gmeiner-Verlags (www.gmeiner-verlag.de) finden Sie das entsprechende Anmeldeformular.

Ihre Meinung ist gefragt!

Mitmachen und gewinnen

Wir möchten Ihnen mit unseren Romanen immer beste Unterhaltung bieten. Sie können uns dabei unterstützen, indem Sie uns Ihre Meinung zu den Gmeiner-Romanen sagen! Senden Sie eine E-Mail an gewinnspiel@gmeiner-verlag.de und teilen Sie uns mit, welches Buch Sie gelesen haben und wie es Ihnen gefallen hat. Alle Einsendungen nehmen automatisch am großen Jahresgewinnspiel mit attraktiven Buchpreisen teil.

GMEINER

Wir machen's spannend